KB085434

변경

1

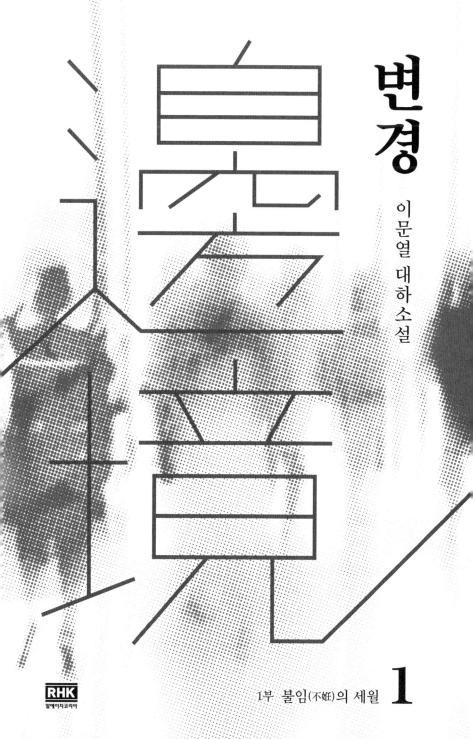

변경

이문열 대하소설

1부 불임(不姙)의 세월

1

RHK
알에이치코리아

『변경』 서문

아마도 마지막이 될 판본의 서문을 미루고 머뭇거리다 이제 쓴다.

『변경』은 내 40대 10년의 간헐적 투입이 미욱하게 축적된 3부 작으로, 88년 한국일보 주말 판에 2백자 원고지 35매 내외의 주간연재로 시작했다. 원래 1만매 남짓으로 예정하였으나 마치고 보니 대강 1만 3천 매를 1백 매 안팎 1백 2십 장(章)으로 나눠 쓴 이른 바 대하소설이었다.

하지만 그 앞 10년은 내 생애에서 가장 집중적인 문학적 소모로 지쳐 있을 때였다. 사유와 감성이 아울러 가지런하지 못하고 이야기의 맺고 끊김이 자주 헝클어져 그 빈틈을 연재지면을 바꾸는 것으로 메우다 보니 마지막은 내 50대에 접어드는 1997년에 3부 〈떠도는 자들의 노래〉를 조선일보 일간연재로 마치게 되었다. 거대한 '시대의 벽화'를 그리겠다는 문학적 야망과는 달리 지지부진한 뒷골목 낙서로 끝내고 만 게 아닌가 자괴에 빠지기까지 했다. 추고랍시고 한 해 가까이 소비하고 1998년 들어서야 문학과지성사 출판부에서 전(全) 12권으로 초판을 낼 수 있었다.

하지만 2천 년대 초 주사말류(主思末流)와 동비잔예(東匪殘裔)의 이른바 '이문열 책 장례식'이 있고, 이어 시민단체란 탈을 쓴 한국판 홍위병 난동이 벌어졌다. 충청도 어디선가 '해방구'에서는 내 작품 〈금시조〉 상징물이 불타올랐고, 또 어디에서는 내 책이 진흙탕에 버려져 마소가 짓밟고 다닌다는 소식이 인터넷에 사진과 함께 떠돌았다. 저희끼리 모은 내 소설들을 나무에 매달아 비바람에 썩힘으로써 우리나라에서는 처음 보는 책 '조장(鳥葬)'의 기록도 세웠다.

아무리 상징적이라지만 그 표독하고 끈질긴 악의에 적지 아니 상처 입은 나는 원래 예정되어 있었던 『변경』 개고도 연기하고, 2004년에는 아예 문학과지성사에 절판을 요청한 뒤, 이 땅에서는 그냥 견뎌내기 힘들어 미국으로 떠났다. 그리고 이름이 좋아 버클리대 방문학자고, 하버드대 체류작가지, 하릴없는 낭인으로 삼 년 넘게 여기 저기 떠돌다가, 겨우 『호모 엑세쿠탄스』한 편 얽어낸 뒤 2009년에 다시 서울로 돌아왔다.

그 뒤 네댓 해 무망하게 내 60대 초반이 흘러가던 중에 『변경』 절판을 아쉬워하던 민음사에서 재출간을 논의해 왔다. 나도 사뭇 미진하게 여겨왔던 데다, 문득 그 무렵 뵈었던 고(故) 김윤식 교수를 떠올렸다. 한때 하늘 높은 줄 모르던 내가 불측하게 선생께 대든 적도 있었지만, 그 무렵은 〈이병주 문학 기념사업〉 대표를 맡고 계셨는데, 그해 하동에서 열리는 추모식을 보고 돌아오는 버스 안에서 문득 『변경』 일을 물으셨다. 그리고 10년 전에 절판했다는 말을 하자 '그러는 게 아닌데…… 해마다 쓸 수 있는 작품도 아니잖소.' 하시며 고개를 절레절레 흔드셨다.

그때는 나도 조금 숙연해져 우물쭈물 겸양으로 받았으나, 집으로 돌아와 돌이켜 보니, 그전의 비평에서 여러 가지로 나한테는 엄했던 선생의 말이어선지 곰곰이 되씹어보아야 할 구석이 있었다. 거기다가 새삼스런 개고와 추보의 열의도 되살아나 2013년 한해를 급한 대로 개보(改補)에 갈음한 뒤 2014년 절판 10년 만에 다시 민음사 판을 내게 되었다.

그리고 다시 6년, 민음사에서 40년간 내오던 내 모든 책을 알에이치코리아(RHK) 출판사로 옮겨 내게 되면서 『변경』 열두 권도 새로 내게 되었다. 마땅히 마지막 결정판에 걸맞는 추고와 개보가 있어야 하나, 어수선한 세월에 탈기(脫氣)라도 했는지, 이번에는 충분하지 못했다. 내 날이 더 남아 한 번 더 온전히 손 볼 날이 있기를 빌며 여전히 불만하고 불안한 마음으로 알에이치코리아 판 『변경』을 다시 세상으로 띄워 보낸다.

2021년 8월 19일 부악산 백호 기슭에서
이문열

『변경』을 다시 내며

처음부터 기필(期必)한 것은 아니지만 꼭 12년 만에 『변경(邊境)』 열두 권을 다시 출간한다. 『변경』 절판을 결정한 그해 봄의 분개와 격앙이 이제는 울적함으로 떠오른다. 도와주러 올 이 없는 외딴 참호에 홀로 남아 자발없는 디지털 포퓰리즘의 첨병들과 가망 없는 진지전을 벌여야 했던 그 우울하고 참담했던 봄날.

80년대 없는 오늘을 상상할 수 없듯이 60년대 없는 80년대는 허구일 뿐이다. 나는 처음 80년대의 뿌리를 더듬어 보고 싶어 60년대 이야기를 시작했는데, 이제 80년대를 다시 시작하려고 보니 절판시킨 『변경』의 60년대를 살려 내지 않을 수 없었다. 마침내 한 세대를 넘겼으니 80년대 이야기도 지역감정과 이념의 검열에서 자유로울 때가 되었다.

'변경'은 시간적이기보다는 공간적 개념으로 거창하게 말하면 일종의 지정학적 장(場) 이론에 거칠지만 통시적인 제국주의론을 얼버무린 나 나름의 시대 인식 틀이다. 얼핏 보면 정적이고 닫혀 있는 듯하지만 적어도 50년대에서 80년대까지 한 세대 우리가 헤쳐 온 세계를 조망하는 데는 매우 유용한 인식 틀일 수도 있다. 그 세월 분단된 이 땅의 남과 북은 각기 아메리카와 소비에트 두 제국의 가장 끄트머리 변경이 되어 두 제국의 이념적 우위를 선전하는, 세계에서 가장 붐비는 전시장으로 기능했다.

　　나는 되도록『변경』초판을 변조하거나 증보함이 없이, 교정 또는 추고의 범위 안에서 손을 보고 재출간하려 했다. 그러나 이제 와서 보면 초판을 쓴 내 40대도 아직 원숙을 자부하기에는 일렀던 듯, 그 정도의 손질로는 바로잡을 수 없는 오류와 불철저함이 곳곳에 있어 쉽게 원고를 출판사에 넘길 수 없었다. 작년 6월에 손대기 시작해 꼬박 1년, 나름으로는 다듬고 바로잡는다고 애썼으나 여전히 불안하고 또 불만스럽게 마지막 원고를 넘긴다.『사람의 아들』말고는 이미 출간한 책에 교정이나 보주(補註) 이상으로 손대 본 적이 없는 나로서는 또 새로운 경험이다.

　　지난 1년 참을성 있게 내 교정과 추고를 기다려준 민음사 편집부 여러분에게 진심으로 감사드린다. 이제부터 내가 새롭게 해석해 보려는 80년대 이야기에 관심 있는 분들은, 한 시대를 끌어올리기 위한 마중물로는 좀 과한 분량이지만 이『변경』에서 먼저 시작해 보시는 것도 한 여유로운 길이 될 수 있을 듯싶다.

2014년 6월 부악문원에서

이문열

초판 서문

처음 이 제목으로 글을 발표한 게 1986년이라 쓰기 시작한 지 12년 만에 겨우 작품을 마친 셈이 된다. 또 그때 내 나이 서른아홉이었고 이제 쉰하나이니 나의 40대가 이 작품을 쓰는 동안에 지나갔다. 이런 작품에 무슨 변명이 있고 어떻게 작품을 떠난 이해나 동정을 구할 수 있겠는가.

물론 그 세월 동안 내가 오로지 이 작품에만 전념한 것은 아니었다. 나는 적어도 일곱 편 이상의 장편과 스무 편 이상의 중단편을 썼고, 『수호지』열 권을 우리말로 옮겼으며, 또 다른 열 권의 외국 단편 선집을 엮었다. 대학교에 3년 재직했고 여러 가지로 수상쩍어하는 문원(文院)도 설립했다. 하지만 그 또한 이 작품의 부족함을 변명할 구실이 될 수 있을 성싶지는 않다.

거기다가 마지막 손질을 하는 이 여름 내내 단순한 후회나 불안을 넘어 고문처럼 나를 괴롭힌 것은 이 작품을 시작할 때 내건 거창한 공언(公言)과 기대였다. 나는 내가 산 시대의 거대한 벽화를 남기겠다고 공언했고, 한편 은밀하게는 그걸로 오랜 세월의 비바람을 견뎌낼 내 문학의 기념비를 삼을 야심까지 품었다. 과연 이 작품이 그 공언과 야심의 절반이라도 채울 것인가.

이 작품이 취한 미련한 양식도 진작부터 나를 맥빠지게 해 왔다. 엄청나게 소모적이면서도 효율 낮은 이 대하(大河)라는 양식. 나는 여기에 적어도 세 편의 무게 있고 볼 만한 장편과 한 권은 참하게 나올 수상집(隨想集)을 소비하였으나, 대외적으로는 없는 것에 가깝고, 우리끼리의 얘기 방식으로도 그리 효율적일 성싶지 않다.

하지만 어찌하랴. 시간은 이미 흘러갔고 일은 이루어져 버렸다. 누구도 한번 흘러가 버린 물에 다시 발을 담글 수 없다. 작가에게 있어서 작품도 마찬가지다. 한 비유로 퇴고에서의 환골탈태(換骨脫態)란 말을 쓰기는 하지만 그것은 정확히 말하면 둘 중에 하나다. 곧 새로운 창작을 겸손하게 표현하거나 분식과 치장을 과장한 말일 것이다.

지난 몇 달 밤새워 골몰하면서 내가 꿈꾼 것은 당연하게도 그동안의 내 게으름과 무성의를 변명해 줄 환골탈태였다. 그러나 이제 와서 냉정히 살펴보면 결국 내가 한 일은 분식과 치장에 지나지 않는다. 더러 살과 뼈를 건드린 게 있어도 그 또한 봉합(縫合)이나 교정(矯正)의 수준을 크게 넘지 못하기 때문이다. 안됐지만 이 작품『변경』은 그 이전에 이미 다 쓰인 작품이었다.

이제 나도 작가로서 정직해야 할 때가 온 것 같다. 애매하게 써 놓고 심오한 것으로 이해해 주기를 바라지 않을 것이고, 의도하지 않은 바를 빛나게 알아봐 주는 데 감격하지 않을 것이다. 그리고 무엇보다도 여기서 내가 가진 것, 그리고 할 수 있었던 일은 이것뿐이었다, 라고 말할 용기를 가지려 한다. 실은 내게 더 크고 깊은 세계가 있는데 이러저러해서 충분히 드러내지 못했다는 식의 궁색함은 더 보이고 싶지 않다.

그렇다. '변경'이란 제목의 대하소설에서 지금 내가 할 수 있는 일은 이것뿐이다. 많은 세월을 더 주고 내 원숙을 기다리면 이보다 더 나은 작품이 나올 수 있을지도 모르나 그것은 이미 30대 후반에 구성되고 40대에 주로 쓰인 작품으로서의 『변경』은 아니다. 나는 지금까지의 내 삶에 축적된 모든 직접·간접의 경험, 모든 기억과 사유 중에서 문학적 소재 혹은 장치로 유효하고 또 적절하다고 판단되는 것은 아낌없이 썼다. 30년 가까운 내 문학 이력에서 터득한 모든 양식과 기교도 마찬가지다. 그리고 이제는 그 어느 때보다 담담한 심경으로 이 작품을 낯모를 세월과 판관들의 손에 붙인다.

참으로 고단하면서도 울적한 여름이었다. 자칫 처져 내릴 뻔한 나를 격려하고 다그쳐 늦으나마 완간을 보게 해 준 문학과지성사 여러분에게 감사드리고, 언제나 과분한 호의를 보여 주는 독자 여러분에게는 완간이 늦은 것에 깊숙이 머리 숙여 사죄를 올린다.

가을이 깊었다. 아직 단풍이 남았는지.

1998년 11월

李文烈

분홍 무지개

눈을 떴을 때는 아직 밤인가 싶었는데 실은 기차가 터널을 지나는 중이었다. 꽤 긴 터널인 듯, 모퉁이가 깨진 차창이며 출입구의 벌어진 틈새로 새어 들어온 매캐한 석탄 연기가 잠에서 막 깨어난 철(仁哲)의 빈속을 메스껍게 했다. 발밑, 아니 땅속 깊은 곳에서 울리는 것 같은 어머니의 목소리가 훨씬 가까이서 다시 철을 재촉했다.

"야야, 일나그래이. 인자 다 왔다."

그 소리에 벌떡 몸을 일으키던 철은 둥근 열차 천장 구석에 머리를 가볍게 부딪고서야 자신이 승반대(열차 시렁) 위에 누워 잠들었던 것을 기억해 냈다. 간밤 객석 팔걸이에 기대 졸고 있던 그를 어떤 맘씨 좋아 뵈는 군인 아저씨가 술기운 반 익살 반으로 번쩍

쳐들어 거기다 올려 주던 일이 퍼뜩 떠올랐다.

철은 그 군인 아저씨가 다시 자신을 깨웠나 싶어 열차 통로 쪽을 내려다보았다. 그러나 그를 받으려고 팔을 내밀고 서 있는 것은 대학생쯤으로 보이는 낯선 젊은이였다. 어머니의 부탁을 받은 듯, 마지못해 두 팔을 내밀고는 있어도 얼굴에 달갑잖아하는 빛이 뚜렷했다.

"억! 이게 뭐야?"

그 젊은이가 성의 없이 받아 내리는 바람에 철의 발이 얼굴이라도 건드렸는지 그때껏 객석 등받이에 머리를 기대 코를 골며 자고 있던 중년 사내가 한 손으로 볼을 감싸 쥔 채 방금 통로로 내려선 철을 흘겨보았다. 철이 잠자는 사이에 운 좋게 차지하게 된 듯한 어머니와 옥경(玉瓊)이의 자리 맞은편에 앉은 사람들 중 하나였다.

"아이고, 미안합니더. 우리 아아가 아직 잠이 덜 깨 가지고 그리 된 갑습니더."

어머니가 얼른 철을 대신해 잘못을 빌었다. 중년 사내는 불쾌하지만 참아 준다는 듯 철을 흘겨보던 눈을 도로 감으며 다시 객석 등받이에 머리를 기댔다. 그런데도 철은 새삼 자신을 사로잡는 두려움에 질려 한동안 움직이지를 못했다. 그와 그 곁에 깊이 잠들어 있는 또 다른 중년 사내가 간밤 술을 나눠 마시며 수군대던 말 때문이었다.

"우남(雩南: 이승만의 호)이 기어이 죽산(竹山: 조봉암의 호)을 죽여 버릴 작정인 모양이더군."

"들었어. 그런데 운석(雲石: 장면의 호)이나 유석(維石: 조병옥의 호)은 뭘 하나? 어째 팔 걷어붙이고 나서서 말리지 않고."

"그 사람들이 우남에게 그만한 소리할 입장이 될까. 우남과 갈라선 지가 하마 언젠데?"

얼큰한 중에도 한껏 목소리를 낮추어 주고받는 말이었으나, 그들의 머리 위 승반대에서 잠을 청하고 있던 철의 귀에는 그 때문에 오히려 또렷이 들렸다. '죽여 버릴 작정'이라는 소리에 긴장한 철은 자신도 모르게 뒤이은 그들의 수군거림에 귀를 기울였다. 열두 살의 그로서는 알아들을 수 없는 부분이 많았지만 철은 차츰 그들의 머리 위에서 잔다는 게 으스스해지기 시작했다. 말투로 보아서 썩 친한 것 같지는 않았으나 어쨌든 그 두 사람도 우남이 죽산이 들과 동무 사이인 것 같아서였다. 죽산이를 죽이려는 우남이, 그리고 그걸 보고도 말려 주지 않는 운석이와 유석이. 그런 무서운 사람들과 동무 사이라면 그 두 사람도 뻔했다. 통로까지 사람이 꽉 들어찬 열차 안이고 특히 발치께에는 어머니가 서 있다는 사실이 힘이 되어 주지 않았더라면 철은 아마도 지난밤 내내 불안으로 눈 붙이기 어려웠을 것이다. 그런데 다시 눈뜨기 무섭게 그 두 사람 가운데 하나가 험상궂게 쏘아보며 소리를 쳤으니 철이 질린 것도 무리는 아니었다.

"야야, 정신 차리그라. 인자 다 왔다 카이."

아직 철이 잠에서 덜 깬 줄로만 알고 있는 어머니가 부드럽게 철의 손목을 끌었다. 그때 기차가 터널을 빠져나가며 목쉰 듯한 기적 소리를 냈다.

그제야 철은 몸과 마음을 내리누르는 것 같은 그 알지 못할 두려움을 털어 버리고 짐을 챙기려고 비운 어머니의 자리로 갔다. 곧 예사 아닌 그 여행의 의미가 상기되며 간밤의 아이다운 들뜸이 되살아나기 시작했다.

차창 밖은 이른 봄의 맑은 아침이었다.

그렇게 느껴서인지, 아직도 골목 응달진 곳에서는 겨우내 쓸어 모았던 눈더미가 질척하게 녹아내리던 서울과는 달리 가까운 산등성이에는 아련한 대로 제법 푸른 기운이 돋아나고 있었다. 철은 문득 자신이 떠나온 곳이 서울이 아니라 겨울이며 찾아가는 곳 또한 어떤 낯선 읍이 아니라 바로 봄인 것 같아 더욱 마음이 설렜다. 간밤 떠남을 앞두고 느꼈던 것과는 또 다른 종류의 설렘이었다.

"오빠, 저기 봐. 이상한 집이 있어."

발밑에서 우르릉거리는 소리로 미루어 기차가 철교 위를 지나가고 있음을 안 철이 막 차창가로 다가가려는데 먼저 깨어 창틀에 붙어 있던 옥경이가 한쪽을 손가락질하며 소리쳤다. 옥경과 머리를 나란히 하고 밖을 내다보는 철의 눈에 저만큼 한 폭의 그림 같은 경치가 들어왔다. 그들이 탄 기차가 방금 지나가고 있는 철교 밑의 푸른 강물이 굽이쳐 이른 듯, 아득히 보이는 강줄기를 가로질러 긴 다리가 떠 있고, 그 다리 오른쪽으로 수종(樹種)이 얼른 짐작 안 되는 짙은 숲으로 뒤덮인 높지 않은 산이 자리 잡고 있는데, 그 산 중턱에 무슨 정자 같은 옛 건물 한 채가 이제 막 하늘로 떠오를 것처럼 솟아 있었다.

"그기 영남루(嶺南樓)라 카는 기다. 남도에서는 알아주는 누각인 갑더라."

그새 짐을 다 챙기고 돌아왔는지 홀린 듯 창틀에 붙어 있는 남매의 등 뒤에서 어머니가 일러 주는 말이었다.

겨우 걸음마를 시작했을 때부터 줄곧 도회로만 떠돌며 자라온 옥경은 말할 것도 없고, 여섯 살 때까지는 고향에서 살아 어렴풋하게나마 그곳의 고가(古家)들과 자연의 풍치를 기억하는 철에게도 멀리 보이는 영남루가 주는 감동은 거의 충격에 가까운 것이었다.

철들면서 줄곧 보아 온 것은 전후(戰後)의 헐벗고 황폐한 도회의 뒷골목뿐이어서 자연과 조화된 그 아름다움이 더욱 충격적이었는지도 모를 일이었다. 뒷날 제법 나이가 들어서도 철은 영남루를 이 땅에서 누구든 한번은 꼭 가 봐야 할 만한 아름다운 누각 가운데 하나로 꼽곤 했는데 거기에는 나중에 더해진 애틋하고 가슴 저린 추억의 후광 못지않게 그날의 그 같은 첫인상도 작용했을 것이다.

"읍내 거리는 그 산 뒤쪽에 있다. 서울보다는 쪼맨(조그만)하지만 참한 읍내라. 또 그 다리 이쪽에는 삼문동이라꼬 읍내 못잖은 동네가 있제."

남매가 그때껏 영남루를 보고 있다는 걸 어떻게 알았는지 어머니가 등 뒤에서 다시 그렇게 일러 주었다. 그 말에 철의 머릿속에 자리 잡고 있던 밀양은 간밤보다 더욱 환상적이 되었다. 지난겨울의 굶주림과 헐벗음을 끝내 줄 넉넉함과 다사로움의 기대에다 이제 다시 아름다움의 기대가 더해진 까닭이었다.

그사이 철교를 지난 기차는 곧 속도를 줄이며 철로가에 띄엄띄엄 들어선 집들 사이로 들어갔다. 석탄 연기에 그을은 작고 나지막한 지붕들이나 지나가는 기차에 눈길 한번 주지 않고 구물구물 제 할 일만 하는 허름한 차림의 어른들이 철이 품고 있던 환상에 갑자기 어두운 덧칠을 했다. 그러나 옥경은 무엇이 신나는지 "기찻길 옆 오막살이⋯⋯"를 부르기도 하고, 어쩌다 손을 흔드는 철로가 조무래기들에게 마주 손을 흔들어 주기도 하며 혼자 깔깔거렸다.

역은 그 철로가의 마을이 끝나는 곳에 있었다. 끼익끼익하는 기분 나쁜 쇳소리와 함께 기차가 멎고 앞을 가로막던 어른들이 서둘러 내리자, 문득 땅에서 솟은 듯 나타난 일본식 목조건물 역사(驛舍)가 다시 묘한 감동으로 철의 마음을 끌었다. 마름모꼴 함석을 이은 물매(구배) 싼(가파른) 지붕, 건물에 비해 허약해 뵈는 나무 기둥과 박공(牔栱) 사이의 세모진 회벽, 문살이 많아 밖에서 보기에 좀 답답한 느낌을 주는 창들이며, 시멘트 반죽을 흩뿌려 놓은 듯 우툴두툴한 외벽 처리 같은 것들이 풍기는 이국적인 정취 때문이었다.

나중에 알게 된 것이지만 실은 그 역사가 밀양에만 있는 특출한 것은 아니었다. 오히려 그때만 해도 거의 모든 시골 역은 물론 상당한 대도시의 역도 대개는 아직 일제 때 지은 그런 역사를 그대로 쓰고 있었다. 그러나 전날 밤 서울역에서 기차에 오른 것이 이미 한밤중이어서 수없이 지났으면서도 잘 볼 수 없었고, 또 보았다 해도 어둠 속에서 먼빛으로 본 것이라 그 아침 햇볕 아래서 갑자기 보게 된 철에게는 그 역사가 그렇게 새롭고 신기할 수밖에 없었다.

　그 바람에 철은 이국(異國)의 고색창연한 성문을 두드리는 동화 속의 기사나 된 것처럼 설렘을 넘어 가벼운 흥분까지 느끼며 개찰구를 지났다. 뒤따라오던 어머니가 덩치는 작아도 국민학교 2학년인 옥경이의 차표를 따로 사지 않은 일로 역무원과 제법 심한 실랑이를 벌였으나 철은 그조차도 거의 감지하지 못했다. 그만큼 그 역사는 철의 머릿속에 있는 환상의 도시에 어울리는 입구였다.

　하지만 이번에도 그런 감정의 사치는 그다지 오래가지 못했다. 역구내를 벗어나기 바쁘게 찌들고 탁한 생활의 소음들이 환상에 빠져 있는 철의 의식을 비정하게 현실로 끌어내렸다.

　"국시 한 그륵 말고 가이소."

　"국밥 육개장 백반 있임더. 어서 오이소."

　"시원한 해장국요. 뜨끈뜨끈한 순대도 있임더."

　역 광장을 둘러싸듯 빼곡히 들어선 음식점 앞마다 이런저런 사람들이 나와 서서 내지르는 소리들이었다. 흔히 '역전거리'로 불리는, 숙박업소와 음식점을 중심으로 발달한 소읍(小邑)의 역 앞 동네가 그러하듯, 그곳도 손님보다 업소가 많아서 생긴 현상 같았다. 몸뻬와 조신 저고리 사이를 땀 전 러닝셔츠로 가린 아주머니가 손목을 잡을 듯 그들 세 식구를 가로막는가 하면, 제 딴에는 도회로 나간다고 나섰다가 그쯤에서 주질러앉은 시골 총각인 듯한 상고머리가 한동안 추근추근 따라오기도 했다.

"맞다. 아침부터 걸버시(거지) 떼맨쿠로 남의 집에 가서 밥 달라 칼 수 있겠나? 아침은 고마 여다서 먹고 가자."

앞장서서 버스 정류장으로 가던 어머니가 갑자기 한 음식점 앞에 걸음을 멈추며 남매를 돌아보았다. 역 광장의 음식점 사람들이 갑작스레 일깨워 준 살이[生]의 어려움에 기가 죽은 철이 무어라 대꾸하기도 전에 옥경이가 깡충깡충 뛰며 앞장섰다.

"네, 그래요. 어머니, 우리 맛있는 것 많이 먹고 가요."

우리 나이로는 아홉 살이라고 해도 섣달 스무하루 날에 난 서럽기 짝이 없는 나이인 데다 아버지의 얼굴도 못 본 막내라고 어머니가 끼고 도는 바람에 아직 천방지축이었다. 방금의 여행도 옥경에게는 오직 즐거운 나들이에 지나지 않는 것처럼 보였다. 그러나 철은 달랐다. 옥경이보다 겨우 두 살 위지만 조숙한 그에게는 이미 삶이 몽롱한 꿈은 아니었다. 나이 때문에 어쩔 수 없이 깜박깜박 잊어버리기는 해도, 삶이란 기쁨보다는 슬픔이 많고 편안함보다는 수고로움이 더 자주 요구되는, 어둡고 혹독한 그 무엇이라는 게 벌써 오래전부터의 짐작이었다.

그 아침도 마찬가지였다. 낯선 곳에 이른 소년다운 설렘과 기대가 잠시 그를 들뜨게 한 것은 틀림없었으나 여느 애들 같으면 무심히 들어 넘겼을 역 광장의 호객(呼客) 소리 몇 마디에 철은 이내 어린 염세주의자로 되돌아가 버리고 말았다.

"철아, 니 와 그라노? 속이라도 미식(메슥)거리나? 큰 차는 차열(멀미)을 안 하다마는……."

경찰서도 아니고 학교도 아닌데 이승만 대통령의 사진을 커다란 액자에 넣어 벽에 걸어 둔 음식점 안에서 시킨 국밥을 기다리다가 어머니가 문득 물었다. 새 새끼처럼 재재거리는 옥경이에 비해 시무룩이 말이 없는 철이 그제야 이상하게 느껴진 듯했다.

철은 갑작스레 자신을 사로잡는 어두운 예감 — 막연하나마 이곳에서 새로 시작하게 될 나날도 반드시 평온하고 즐겁지만은 않으리라는 — 이 어머니에게까지 옮는 게 싫었다. 퍼뜩 정신을 차려 어른스러운 미소를 지으며 얼버무렸다.

"아, 아녜요. 그저……."

그러나 마음속으로는 어느새 며칠 전 서울에서 있었던 일을 떠올리고 있었다. 춥고 배고픈 겨울을 난 끝이기는 해도 그런대로 단란하던 집안을 둘로 쪼개 그중 하나인 자기들을 이렇게 낯선 도시로 내몰게 한, 그러나 아직 그 뚜렷한 의미는 잘 알 수 없는 바람의 한 끄트머리였다.

나흘 전, 아쉬운 봄방학(학년 말 방학)이 끝나 5학년으로서는 처음 등교하던 날이었다. 4학년 때와 크게 다를 것 없는 반 편성을 끝내고 집으로 돌아가는데 웬 말쑥한 아저씨가 불쑥 길을 막으며 물었다.

"네가 철이냐? 4학년 10반이던 이인철이."

이름만 그럴듯했지 실은 포장조차 안 된 지저분한 공터에 지나지 않는 안암로터리로 막 들어선 때였다. 거푸 같은 반이 된 아이들 몇과 새로 맞은 담임선생님을 까닭 없이 흉보며 골목길을 내려오던 철은 왠지 가슴이 섬뜩해 걸음을 멈추었다. 통상 '하이칼라'라 불리던 그런 종류의 신사복 차림은 철에게 익숙한 편이 못 될뿐더러 대개는 좋지 않은 일로 찾아오는 사람들의 차림이라는 게 언제부터인가의 편견이었다. 그 바람에 대답을 머뭇거리는 철을 대신해 옆에 있던 아이 하나가 주적거리며 나섰다.

"맞아요. 얘예요. 얘가 이인철이에요."

그러자 그 아저씨가 대뜸 철의 손목을 잡으며 말했다.

"그래? 참 똘똘하게 생겼구나. 이리 온. 나하고 얘기 좀 하자. 꼭 들려줄 말이 있어."

목소리는 한껏 부드러웠지만 철의 손목을 움킨 그의 손아귀에서는 이상하게 강압적인 힘이 느껴졌다. 요놈, 네가 무어라고 하건 이 손목은 결코 놓아 주지 않겠다 — 집게 같은 그의 손아귀가 마치 그렇게 말하고 있는 것 같아 철은 겁이 덜컥 났다.

"아저씨는…… 누구세요?"

한동안 어쩔 줄 몰라 하던 철이 겨우 용기를 짜내 물었다. 그런 철의 속마음을 읽었는지 그 아저씨가 한층 상냥한 목소리로 달래듯이 말했다.

"겁낼 것 없다. 알고 보면 아저씨는 너하고 아주 가까운 사람이야. 어쨌든 함께 가서 얘기 좀 하자."

그러고는 주위를 휘둘러보더니 한곳을 손가락질했다.

"어떠냐? 저기 가서 무엇 좀 먹으며 얘기하는 게."

그가 가리킨 곳은 로터리 모퉁이의 공터에 자리 잡은 옹기전쪽이었다. 지난해 김장철쯤 해서 큰 독들을 수백 개 쌓아 놓고 철조망을 둘러 놓은 곳인데, 그 곁 골목들이 마주치는 입새에는 사방을 거적으로 둘러치고 입구 쪽만 군용 천막 천으로 말쑥하게 해 둔 풀빵집이 하나 있었다. 그 아저씨가 가리키는 곳이 바로 그 풀빵집이라는 걸 알자 철은 그때껏 자신을 짓누르고 있는 까닭 모를 두려움에 못지않게 강렬한 유혹을 느꼈다.

철은 눈 감고도 그 풀빵집 안을 훤히 그려 낼 수 있었다. 천막 천으로 된 입구에는 드럼통을 잘라 만든 참숯 화덕 하나와 그보다 좀 작은 연탄 화덕이 나란히 놓여 있고, 그 두 화덕에는 각기 국화 모양의 풀빵과 붕어 모양의 풀빵을 구워 내는 빵틀이 얹혀 있었다.

그 두 빵틀 가운데 나무 의자를 놓고 왼편 무릎 아래가 없는 주인아저씨가 날랜 솜씨로 풀빵을 구워 냈는데, 어떤 때는 그걸 구경하는 것만으로도 예사 아닌 즐거움이 되었다. 까맣게 윤기 나는 빵틀을 튀김 기름이 묻은 무명 솔로 닦아 내듯 기름칠을 하고,

묽은 밀가루 반죽을 부은 다음 되게 반죽한 팥고물을 떼어 넣고, 다시 뚜껑을 덮은 뒤 잽싸게 뒤집어…… 그런 과정을 가만히 지켜 보노라면 그 같은 손놀림이야말로 세상에서 가장 값지고 멋있는 기술처럼 여겨졌다.

하지만 철에게 거의 동경과도 흡사한 감정을 품게 하던 곳은 그 안쪽, 흰 광목으로 사방이 둘러쳐져 바깥의 거적때기는 전혀 느껴지지 않는 깨끗한 방 같은 공간이었다.

그곳을 맡아 손님들의 시중을 드는 이는 자그맣고 바지런한 주인 아주머니였는데 철의 기억에는 언제나 상글상글 웃고 있었다. 곱게 대패질한 나무로 짠 탁자 둘과 역시 그런 나무로 짠 탁자 양쪽에 놓인 등받이 없는 긴 의자를 채우고 있는 손님들의 종류는 언제나 일정했다. 여드름이 충충 난 고등학생과 두 볼이 발갛게 상기된 여고생, 또는 검정 물 들인 군용 작업복을 잘 다려 입은 근처의 대학생과 화사한 머플러를 두른 젊은 여자가 그들이었다. 철은 그들이, 자신은 한꺼번에 세 개 이상을 먹어 본 적이 없는 국화빵이나 풀빵을 커다란 접시에 작은 산처럼 쌓아 놓고 — 더구나 그 위에는 눈처럼 흰 설탕이 듬뿍 뿌려져 있었다 — 다소곳이 앉아 있거나 무언가를 소곤대고 있는 걸 볼 때마다 어떤 환한 축복의 빛무리 같은 것까지 그들 주위에서 함께 느끼곤 했다.

그러나 그들 모두를 합친 것보다 더 세찬 부러움과 시샘을 자아내는 정경은 그 풀빵집으로 보아서는 예외적인 손님이라 할 수 있는 이웃집 병남이 녀석과 그의 아버지가 보여 준 것이었다. 언젠가 철은 녀석이 세무서에 나간다는 그의 아버지와 함께 그 탁자에 앉아 있는 걸 한동안 훔쳐본 적이 있는데, 나중에는 까닭 없이 눈물이 솟아 도망치듯 그곳을 떠나지 않을 수 없었다. 겨우 국민학교 2학년인 주제에 고등학생 형들처럼 수북한 풀빵 접시를 받아 놓고 투정까지 부려 가며 팥고물이 든 쪽만 베어 먹고 있는 녀석보다는 그런 녀석을 흐뭇한 미소로 보고 있던 녀석의 아버지 때문이었다. 어쩌면 철이 품게 된 동경과도 흡사한 감정은 기실 그때 병남이 녀석의 온몸을 무슨 따스하고 보드라운 빛처럼 감싸 주고 있던 그 아버지의 끈끈한 눈길을 향한 것인지도 모를 일이었다.

"자, 그럼 이젠 가 보자."

그 낯선 아저씨가 문득 손아귀의 힘을 풀며 철의 손목을 끌었다. 네 마음은 내가 다 안다는 듯한, 좀 전보다는 훨씬 자신 있는 태도였다. 그게 다시 은근한 반감을 일으켰지만 철은 마지못한 체 따라갔다. 마음속에서 느끼는 강렬한 유혹을 애써 표정에 나타내지 않는 것만으로도 철의 자제력으로는 힘겨울 정도였다.

"실컷 먹어라. 얘기는 천천히 하자."

전에 병남이 녀석 앞에 있던 것에 못지않게 수북한 풀빵 접시가 들어오자 그걸 철이 쪽으로 밀어 놓으며 그 아저씨가 다시 말했다. 낯선 사람에 대한 철의 단련된 경계심을 한꺼번에 허물어 버리려는 듯한 공세였다. 먼저 철의 굶주린 위가 손을 들고, 이어 파들거리던 자존심도 저항을 멈추었다. 그러나 입안에서 사르르 녹는 듯한 풀빵 맛에 취한 것도 잠시, 이번에는 그 뜻밖의 행운이 더럭 겁이 났다.

"저…… 아저씨는 정말로 누구세요?"

한번 발동된 식욕을 어느 정도 달랜 철이 여섯 개째인가 일곱
개째의 풀빵을 집으며 조심스레 물었다. 철이 먹는 모습을 가만히
보고만 있던 그 아저씨가 까닭 없이 화들짝 놀라다가 이내 애매
한 미소를 지으며 소곤거리듯 말했다.

"실은…… 네 아버지의 오랜 동무란다. 너는 잘 모르겠지만 우
린 아주 친했지."

그런데 그 순간이었다. 철은 갑자기 정수리에 얼음물을 뒤집어
쓴 듯한 느낌이 들었다. 문득 세상이 고요해지며 알 수 없는 한기
가 온몸에 오싹 소름이 돋게 했다.

아아, 아버지, 아버지. 얼굴은 말할 것도 없고 제대로 된 사진조차
본 적이 없는 그 막연한 추상, 그러나 집 안 구석구석 살아서 떠돌며
끊임없이 재난과 불행의 먹구름을 몰고 오던 두렵고 음산한 망령, 정
액 몇 방울의 의미로서는 너무 무겁던 내 삶의 부하(負荷)였으며, 알
수 없는 원죄를 내 파리한 영혼에 덮씌우던 악몽, 깊은 밤 선잠에서
깨어나 듣던 어머님의 애절한 흐느낌과 몽롱한 내 유년 곳곳에서 한
과도 같은 그리움을 자아내던 이였으되 또한 듣기만 해도 놀라움과
두려움으로 소스라쳤던 이름의 주인…….

뒷날 어느 정도 언어를 다룰 줄 알게 되었을 때 철은 아버지란

존재를 그렇게 표현했다. 그러나 그때는 아직 그와 관계된 모든 것이 본능적인 공포와 경계의 대상일 뿐이었다.

"왜 놀라니? 아저씨가 거짓말이라도 하는 것 같아?"

그 아저씨가 그런 철을 찬찬히 살피며 가만히 물었다. 마음속까지 꿰뚫어 볼 듯한 눈길이었다. 아버지란 말 자체에 짓눌려 잠시 멍해 있던 철이 겨우 정신을 가다듬어 대답했다.

"저는…… 아버지가 없어요."

"그렇겠지. 적어도 한집에 살고 있지 않다는 것쯤은 나도 안다. 하지만 이따금씩 다녀가시지 않니?"

그 아저씨가 이번에는 은근히 덮어씌우는 말투로 물었다. 그게 어른들이 잘하는 넘겨짚기라는 것까지는 몰라도 무엇이든지 다 안다는 듯한 이의 말치고는 너무 엉뚱했다. 그 바람에 다소 자신을 회복한 철이 좀 더 목소리를 높였다.

"아녜요. 나는 한 번도 그런 사람 본 적이 없어요."

아버지란 말을 되풀이하는 게 쑥스러워 '그런 사람'으로 돌려 말한 것이었지만 상대는 그 같은 표현을 한층 강한 부인의 효과를 노리기 위한 것으로만 받아들인 듯했다. 오히려 그게 수상쩍다는 듯 한참이나 철의 표정을 살피다가 다시 달래는 말투가 되었다.

"물론 아버지도 어머니도 그렇게 말하라고 시켰을 거다. 어쩌면 정말로 네 눈에 띄지 않았는지도 모르지. 하지만 너는 틀림없이 네 아버지를 알고 있다. 무언가 들은 말이라도 있을 거야. 내게는 아무것도 속일 거 없다. 다시 말하지만 나는 네 아버지와 아주 친한 동무 사이야. 네 아버지를 꼭 만나 의논할 일이 있어. 아마 네 아버지도 나를 만나면 퍽 반가워하실 게다."

"정말로 그런 일 없어요. 전 아버지 얼굴도 모르는걸요."

그 아저씨의 말투가 너무도 간곡해서 이번에는 은근히 미안한 느낌이 든 철이 짐짓 안타까운 표정까지 지으며 대꾸했다. 정말로 그가 묻는 것을 알고 있다면 모두 얘기해 주고 싶다는 게 철의 솔직한 심정이었다. 그 낯선 아저씨는 쉽게 물러서지 않았다.

"네가 착하고 공부 잘한다는 말은 담임선생님께 들었다. 설마 어른한테 거짓말을 하라고 배우지는 않았겠지? 더구나 나는 네 아버지와 동무간이라고 하지 않니? 자, 말해 봐라. 언제 아버지가 다녀갔지? 어머니와 무슨 얘기를 하든? 아니, 그것까지는 말하지 않아도 좋다. 어쨌든 다녀간 적은 있지?"

"그런 적 없어요. 거짓말이 아니에요. 엄마에게 물어봐도 좋아요."

"그럼 밤중에 아버지가 다녀가는 것도 몰라? 어머니가 밖에서 몰래 아버지와 만나는 것도?"

여느 아이들 같았으면 아마도 철은 그 아저씨의 단정적인 말투에 말려들어 어머니를 의심했을 것이다. 하지만 집 안에서 아버지란 말은 그 자체가 엄격한 금기였으며 그런 존재에 대해서는 상상하는 것조차 눈치가 보일 만큼 어머니의 단속은 엄했다.

간혹 어머니의 흐느낌 섞인 기도 속에 아버지로 추정되는 사람이 등장하게 되지만 그것은 훨씬 나중의 일이었고, 그때만 해도 어머니에게 있어 아버지란 존재는 두려움과 원망과 한이 서로 서로를 부추겨 가며 혼합된, 입에 담기만 해도 몸서리쳐지는 어떤 추상일 뿐이었다. 따라서 그 아저씨가 무슨 소리를 해도 철은 그런 어머니가 자기들 몰래 아버지를 만난다고는 믿을 수가 없었다.

"아니에요. 그럴 리 없어요. 엄마는 절대로 그러지 않을 거예요."

철은 자신도 모르게 머리까지 저어 가며 볼멘소리를 냈다. 남의 속은 모르고 억지소리로 뒤집어씌우려고만 드는 그 아저씨가 야속한 것에 못지않게 그의 호의를 받아들이고도 부인만 거듭해야 하는 자신의 처지가 정말로 안타까웠다.

"엄마는 그러지 않을 거라고? 네가 그걸 어떻게 아니?"

그 아저씨가 얼른 철의 말꼬리를 잡고 늘어졌다. 그러면서 다시 자신의 얼굴을 찬찬히 살피는 눈초리가 얼마나 따가운지, 철은 자신이 하는 말이 해도 되는지 안 되는지를 따져 보지도 않고 불쑥 털어놓았다.

"오기만 하면 바로 경찰서에 연락한댔어요. 아니면 차라리 어머니가 약이라도 먹고 죽든가."

"그래애? 그럼 아버지가 온다는 연락은 있었던 모양이로구나."

다시 철의 말꼬리를 잡고 늘어지는 그 아저씨의 두 눈이 문득 이상한 빛을 뿜었다. 그 빛이 처음 자신의 손목을 움키던 집게 같던 아귀힘을 연상시키며 철을 새삼 오싹하게 했다. 그리고 그 오싹함은 다시 자신이 무심코 말한 경찰서란 말과 묘하게 결합되어 비로소 그 낯선 아저씨의 정체를 짐작하게 했다.

'형사다. 엄마가 말하던 그 무서운 형사로구나⋯⋯.'

그러자 철은 갑자기 가슴이 철렁하며 온몸에 한기가 돌았다. 이상하게 위가 뒤틀리며 방금 그렇게도 맛나게 먹은 풀빵들이 무슨 오물 덩이들처럼 식도를 타고 되오르는 듯했다.

경찰력, 특히 사복형사로 상징되는 보이지 않는 경찰력은 알지 못할 원죄 추적자로서 내 젊은 날 거의 전부를 끈덕지게 괴롭혀 온 공포 그 자체였다. 어렸을 적, 다른 아이들은 한결같이 세상에서 가장 무서운 것으로 사자나 호랑이 또는 드라큘라나 유령 따위를 칠 때에도 나는 그들 윗자리에 형사를 놓아 두었다. 나중 철이 들어 그 공포가 아무런 근거 없고, 오히려 소아병적인 피해망상에 불과한 것이라는 걸 이성(理性)이 깨닫기 시작한 뒤에도, 본능은 여전히 거기에 떨고 있었다⋯⋯. 아직 내 의식이 형성되기 전 허옇게 질린 할머니와 어머니의 수군거림이 원초적으로 심어 준 관념, 또는 철들어 겪은 몇 가지 주관적 박해의 사례 같은 것들이 원인인 듯도 싶지만, 그래도 그것이 그토록 철저하고도 오래 내 의식 깊은 곳을 지배할 수 있었던 까닭은 지금에조차 잘 알 수가 없다. 어쩌면 그것은 거의 일생을 쫓기며 살았던 아버지의 정자(精子)에 형성된 어떤 초생물학적 유전인자가 내 존재에 전해 준 특수한 생화학적 기호는 아니었을지⋯⋯.

역시 뒷날의 일이지만 철은 어떤 글에서 그렇게 술회했다. 그런데 바로 그 사복형사와 겨우 열두 살의 철이 마주앉아 있었다.

다행히도 그 형사는 분별 있는 사람이었던 성싶다. 철이 핼쑥한 얼굴로 막 집던 풀빵을 놓쳐 버릴 만큼 손을 떠는 걸 보자 더는 그를 어린 정보원(源)으로 삼으려 들지 않았다. 들은 대로 하는 말이건 그 어머니가 미리 가르쳐 둔 말이건, 이미 철이 그런 끔찍한 말을 입에 담은 이상 더 캐물어 봤자 얻어 낼 게 그다지 없으리라는 판단도 있었겠지만, 그보다는 까닭 모르게 겁에 질려 파들거리는 어린 영혼이 가엾게 느껴졌던 것임에 틀림없었다. 몸에 밴 직업의식으로 매섭게 번쩍이던 눈빛도 잠시, 금세 처음의 상냥한 아저씨로 돌아가 미련 없이 화제를 바꾸었다. 며칠 전 학년 말에 철이 받은 우등상을 칭찬하기도 하고 따뜻한 말투로 앞날을 격려해 주기도 하며 정말로 아버지의 오랜 친구인 양 굴었다. 그러나 유감스럽게도 그의 말 가운데서 철의 기억에 남은 유일한 것은 왠지 협박처럼만 들리던 그의 마지막 당부뿐이었다.

"어머니나 형에게는 나를 만났다는 얘기를 하지 마라. 네 어머니가 그렇게 아버지를 싫어한다면 나도 그리 좋아하지 않을 테니 너는 틀림없이 야단을 맞게 될 거다."

그 형사는 그 말과 함께 주인아주머니를 부르더니 먹다 남긴 풀빵들을 봉지에 담게 해 철에게 안겨 주었다.

철은 어쨌든 그로부터 놓여나고 싶다는 생각에만 열중해서 얼결에 그 봉지를 받아안고 뛰쳐나오듯 풀빵집을 나왔다. 그러나 그 형사가 보이지 않는 골목길로 들어서자마자 미련 없이 그 풀빵 봉지를 수채에 던져 버렸다. 그 뒤 며칠 언뜻언뜻 후회가 되면서도 한편으로는 야릇한 자부심을 느끼게 하던 결단 — 그래도 준 사람이 누군지 알고서는 결코 먹지 않으리라는   에서였다. 철이 그 형사의 당부에 충실했던 것도 풀빵 봉지를 수채에 처넣어 버린 감정과 무관하지는 않았다. 그 형사가 궁색하게 끼워 맞춘 이유와는 달리, 아직 고의와 과실을 구분하기 어렵던 철이로서는 '형사'가 사 준 풀빵을 몇 개인가 먹었다는 사실이 변명하기 힘들어 그를 만났다는 것조차 끝내 어머니에게 숨길 수밖에 없었다.

그런데 바로 그다음 날 밤이었다.

'다망고'란 일본식 술래잡기를 하며 동네 골목에서 밤이 제법 이슥하도록 뛰놀다가 집에 돌아와 곤한 잠에 떨어졌던 철은 이상한 두런거림에 눈을 떴다. 어머니와 형이 불 끈 방에 누운 채 무슨 얘기인가를 나직하게 주고받고 있었다. 형이 밤일에 걸렸거나 다니는 야간 고등학교의 수업이 많은 날이면 더러 있는 일로, 전 같으면 그렇게 눈을 떴다가도 도로 잠에 떨어지게 마련이건만, 그날 밤은 그렇지 못했다. 처음 눈을 떴을 때 문득 전날 형사가 말한 대로 혹 아버지란 사람이 온 게 아닐까 하는 의심이 나 잠이 확 깬 데다 뒤이어 알아듣게 된 어머니의 말이 다시 철을 바짝 긴장시킨 탓이었다.

"아무래도 요새 형사가 댕기는 갑더라."

"형사가요?"

"그래, 구멍가게 아주무이가 카는데 웬 낯선 사람이 우리 집을 묻더란다. 또 쌀가게 아저씨도 카는데 어제 오후에 웬 신사가 우리 집을 찾드라 카데. 글치만 종일 방 안에 있어도 내한테는 아무도 안 왔더라.”

“그렇다고 그 사람들이 꼭 형사라고 볼 수야 있겠어요?”

“아이다. 저녁답에 내가 시장을 갈 때도 틀림없이 누가 날 뒤쫓고 있는 것 같더라꼬. 세월이사 어북(제법) 지났지만 나는 안즉 생생하데이. 미행당할 때의 그 고약한 기분 말이다. 돌아보믄 아무도 없는데 왜 그런 동 뒤가 땡기고 가슴이 서느리해 오는 거…….”

“에이, 그럴 리야 있겠어요? 지금 어머니를 미행해서 뭣 하게요?”

“글찮타 카이. 거다가 낮에 통장이 댕겨간 것도 이상코…….”

“통장은 왜요?”

“말로는 호구조산 동 뭔 동 한다 캤는데 해필 너 아부지 일만 꼬치꼬치 묻는 게라. 아무리 난리 중에 죽었다 캐도 통 믿을라 안 카능 게 눈치가 다르더라. 뭘 알고 온 사람매치로…….”

“그렇다 쳐도 이제야 무슨 일이 있겠어요? 그저 동향이나 파악해 두는 정도겠지요.”

“아이라(아니야). 그리 쉽게 말할 끼 아이라 카이. 니는 벌써 큰어무이(할머니) 말씀 잊어뿌랬나? 큰물이 나도 첫물머리는 피해야 한다꼬. 뭔 일이든 동 초다디미(첫머리)가 젤 지독한 기라. 그런데 이제 그 사람들이 우리를 찾아냈으이, 우리는 일만 터지믄 초다디미에 소리 소문 없이 잡혀가게 안 됐나? 이기 어디 보통 일이가?”

"아이, 참 어머니도…… 일은 무슨 일이 나요?"

뜻 아니하게 엿듣게 된 어머니와 형의 대화는 거기서 잠시 끊어졌다. 형은 되도록이면 대수롭지 않은 일로 넘겨 버리는 것 같았지만 어머니는 달랐다. 고르지 않은 숨소리 사이사이 거푸 한숨을 내쉬었다.

"아무래도 안 되겠다. 내일 아침 일찍 밀양에 가 봐야 될따."

이윽고 어머니가 벌떡 몸을 일으키면서 본격적으로 의논을 시작했다. 형도 마지못해 몸을 일으켰지만 목소리는 아직 가벼웠다.

"밀양엔 왜요? 또 영남여객(嶺南旅客) 댁에 신세를 지려고요?"

"이번에는 쌀가마이 정도가 아이따. 아주 거다 옮겨 살 궁리를 내 볼란다."

"하지만 그렇게야……"

"글찮다. 그 아자씨라믄 어예 해 줄 것 같다. 전번에 어옛는 동아나? 내가 가이 내 손목을 뿌뜰고 철철 울드라. 훈이 어무이가 어예다가 이래 됐노 카미……"

"그거야 옛정 때문에 그랬겠지요."

"어예튼 동 내일 일찍 떠날란다. 안 되든 거다서 부산이 멀지 않으이 부산 대현 씨 찾아보지 뭐. 그때는 시(市)의원에 떨어져 매란(형편)도 없었지마는 그새 몇 년이 지났으이 이제사 안 피옛을라(펴졌겠니). 원래 살림 있던 집이었으이께는."

그러자 형도 안 되겠다는 듯 목소리가 강경해졌다.

"어머니, 진정하세요. 당장 누가 잡으러 오는 것도 아닌데……

그리고 생각해 보세요. 모두 살기 어려운데 누가 한 식구를 통째로 맡아 주려고 하겠어요? 여기서 이대로 지내요. 나도 이달부터는 정식 보일라 맨(火夫)이 되었으니 월급도 오를 거고."

하지만 어머니의 뜻은 이미 정해진 것 같았다. 이번에는 어머니 쪽이 오히려 차분한 목소리가 되어 형을 달랬다.

"까짓 하우스 뽀이 월급 올라 봐야 얼매겠노? 도둑질 안 한 담에사 보일라 맨인 동 뭔 동 그게 돼 본들 별수 있겠나? 나도 인제는 돈도 안 되는 바느질당시게(반짇고리) 끌안고 앉았기도 언슨시럽다. 이 참에 차라리 달리 살 구처(區處, 방도)를 내 보자. 니는 영희만 맡아 학교 씨게라. 니도 내년에는 어예튼 동 대학을 가야 되이 월급 몇 푼 오른다 캐 봐야 너 둘이 등록금 월사금도 바쁠 기다. 백지로 한 군데 몰려 죽도 밥도 안 되는 것보다 내가 철이하고 옥경이 데리고 가 달리 길을 내는 기 옳다. 거다가 너어도 흔적 자취 없이 이 집을 떠나 어디 빽빽한 하꼬방 동네라도 방을 얻어 숨고, 우리도 밤중에 모조리 싸무질러(싸말아) 떠났브믄 저(경찰)가 다시 찾아오는 데 또 한 이태는 참하게 걸릴 끼다. 뭔 일이 터져도 초다디미에 뿌뜰랬지는 않는 길이따. 이러코롬 이 짝 저 짝 셈판이 다 맞는데 왜 안 된단 말이고?"

그러다가 어머니가 문득 말소리를 죽였다.

"그래고 — 니 말따나 당장 무슨 난리 꾸밀라꼬 이래는 거는 아이라도 우예튼 형사들이 우리 주변을 빙빙 도는 거는 안 좋다. 또 전번맨쿠로 예전에 너 아부지하고 같이 일하던 사람이 간첩으로 내리왔다가 뿌뜰렸게나 — 일본서 뭐 이상한 편지가 왔다 카미 사람 불러다가 억장 무너지는 소리 하믄 그 고생은 어예 하노? 그뿐이 아이따. 참말로 너 아부지가⋯⋯."

거기서 어머니의 목소리가 한층 더 낮아지는 바람에 철은 나머지 말을 알아들을 수가 없었다. 그러나 어머니가 무슨 소리를 했는지 형도 마침내는 동의하는 것 같았다. 목소리들이 다시 높아졌을 때는 이사에 따르는 자질구레한 의논뿐이어서 철은 다시 잠속으로 떨어졌다.

다음 날 정말로 아침 일찍 길을 떠난 어머니는 이튿날째가 되는 그저께 밤에 다시 돌아왔다. 그리고 철과 옥경에게는 즐거운 음모와 같은 하룻밤과 하룻낮이었다. 어디로 이사를 간다는 말은 입 밖에도 내지 말란 다짐이 부담스럽긴 해도 그들 남매는 전에 없이 후한 용돈을 받고 밖으로 몰려 나가 하루 종일 즐겁게 뛰놀았다. 그 사이 형과 누나의 짐들이 어디론가 옮겨 가고, 이불 보따리가 안 보이고 하다가 어젯밤 늦게 갑작스레 어머니의 손에 이끌려 닿은 곳이 서울역이었다. 그들이 영영 이사를 간다는 것을 아는 사람은 안채에 세 들어 살던 늙은 내외와 세 손자들뿐이었지만, 그들도 그때의 옥경과 마찬가지로 철이네가 청량리 어디쯤으로 옮기는 것으로만 알고 있었다⋯⋯.

"어서 먹자. 식을라."

어머니가 멀건 육개장 국물이 담긴 오지그릇을 밀어 주며 하는 말에 철은 퍼뜩 아이답지 않은 회상에서 깨어났다. 아침 때가 늦어서인지 옥경은 벌써 숟가락으로 국물 속에 잠겨 있던 뜨거운 밥을 떠서 후후 불고 있었다. 그걸 보자 철도 곧 맹렬한 식욕을 느끼며 수저를 들었다. 그리고 1950년대 말의 넉넉하지 못한 집 열두 살짜리다운 식탐(食貪)에 빠져 한동안 먹는 데만 열중했다.

"읍내 가는 다음 버스는 한 시간이나 기달려야 된단다. 마 걸어가자. 5리 남짓한 길이니 차 기다리는 시간 반만 해도 읍내까지 갈 수 있을 끼다."

어른들과 꼭 같은 양에 순대까지 덤으로 썰어 넣은 육개장을 국물 한 방울 남기지 않고 다 비운 남매가 나른해서 앉아 있을 때, 버스 정류장에 나가 버스 배차 시간을 알아보고 온 어머니가 그렇게 말했다. 갑자기 무거워진 몸과 제 몫으로 지워진 제법 큰 보퉁이 때문에 먼 길을 걷는 게 내키지 않았지만 철은 말없이 일어났다. 버스 배차 시간을 핑계 대고 있기는 해도 어딘가 차라리 잘되었다는 듯한 기미를 어머니의 얼굴에서 읽은 까닭이었다.

다행히도 밖은 걷기에 꼭 좋은 날이었다. 그사이 해는 높이 떠올라 처음 기차에서 내렸을 때 느꼈던 이른 봄 아침의 으스스함은 조금도 남아 있지 않았다. 걱정했던 보퉁이도 어머니가 미리 새끼로 짐바를 해 주어 그리 큰 괴로움은 주지 않았다. 오히려 점점 가까워 오는 낯선 소읍이 그 아침 차창 밖으로 내다볼 때보다 더한 설렘으로 그를 이끌었다.

하지만 어린 옥경이 문제였다. 역전에서 읍내로 들어가는 쪽 곧 은길을 겨우 반이나 지나왔을까 했을 무렵, 그때껏 팔랑거리며 뛰기도 하고 처음 보는 거리 풍경을 신기한 듯 두리번거리기도 하며 앞서 가던 옥경이 문득 어머니의 치마꼬리를 잡으며 칭얼대기 시작했다.

"엄마, 다 와 가? 나 다리 아파."

"조금만 참아라. 곧 물가가 나올 끼다. 거다서 쉬고 가자."

머리에 인 게 무거워서인 듯 어머니가 뒤도 돌아보지 않은 채 옥경을 달랬다. 그래도 옥경은 한동안을 더 보채다가 보다 못한 철이 곧 쥐어박을 듯 험상궂게 윽박지른 뒤에야 잠잠해졌다.

"이 기집애야! 너는 눈도 없니? 엄마는 무거운 걸 이고도 참는데, 너 이따 보자."

어머니가 말한 물가는 애써 어른스럽게 굴려는 철에게도 좀 멀었다.

"여기다가 우선 네 짐바부터 벗고, 이거 좀 받아다고."

다리가 홍수에라도 떠내려갔는지 길 끝이 바로 강물에 잠겨 있는 곳에 이르러 어머니가 그렇게 말한 것은 철도 짐바의 새끼가 어깨 살을 파고드는 것 같아 그 사이에 손바닥을 끼어 간신히 버티고 있을 때였다. 철은 팽개치듯 짐을 벗어 내리고 어머니가 머리에 이고 있던 커다란 보퉁이를 거들어 내렸다. 한지를 발라 치잣물을 먹인 두 자 남짓의 버들고리짝에 아래위가 겨우 맞물릴 만큼 이런저런 잡동사니를 쑤셔 넣고 보자기로 싸 묶은 것인데, 뒷날 철은 그 버들고리짝을 떠올릴 때마다 가슴에 썰렁한 바람이 이는 듯한 느낌을 받곤 했다. 할머니와 어머니가 고향을 떠날 때 가지고 나왔다는, 버드나무 가지로 엮은 그 오래된 상자는 철의 유년을 통틀어 그들 일가가 한곳에 머물러 살 때는 옷장 겸 문갑 겸 이불 받침대로 쓰던 유일한 가구였고, 이곳저곳으로 옮겨 갈 때는 세상의 그 어떤 것보다 크고 유용한 여행용 트렁크였다.

그때도 그 안에는 형이 한 덩어리로 뭉쳐 소화물로 부친 이불과 솥 냄비 몇 개를 뺀 그들 세 식구의 살림살이 거의 전부가 들어 있었다.

"휴우, 인제 아매 반길은 왔을 끼다. 이럴 줄 알았으믄 차라리 기다리더라도 뻐스를 탈 거로……."

똬리로 쓰던 당목 보자기로 땀을 씻으면서 어머니가 후회하듯 말했다. 그러나 아픈 어깨를 주무르고 있는 철이 안쓰러워 해 보는 소리일 뿐 진심으로 그런 것 같지는 않았다.

그들이 다시 일어난 것은 그새 한군데 가만히 앉아 있기에 싫증난 옥경이가 오히려 걷기를 조르기 시작할 무렵이었다. 먼 골짜기에서 봄눈 녹은 물이라도 흘러든 탓인지 강물은 아직 아이들이 건너기에는 너무 찼다. 철은 벗은 발로 건너야 할 강폭이 그리 넓지 않고 깊이도 무릎을 채 넘지 않는 걸 다행으로 여기며 뼛속까지 스미는 것 같은 찬 기운을 이를 악물고 이겨 냈다. 그러나 옥경은 그렇지가 못했다. 겨우 강물 안에 몇 발짝 들여놓았다가 이내 물 밖으로 되돌아 나가 떼를 쓴 끝에 기어이 두 번 걸음을 한 어머니의 등에 업혀 강물을 건넜다.

철은 그 일로 다시 옥경에게 화를 냈지만 어머니는 찬 강물을 두 번이나 오락가락했으면서도 옥경을 별로 나무라는 기색이 아니었다. 발을 말린다는 핑계로 다시 강변에 앉는 품으로 봐서 옥경이가 그렇게라도 시간을 끌어 준 걸 도리어 고맙게 여기는 것 같았다.

'어머니는 빨리 그곳에 가는 게 싫으신 거야⋯⋯.'

철은 드디어 확증을 잡은 것처럼 그렇게 속으로 중얼거렸다. 그러자 겨우 되살아났던 아이다운 설렘이 갑자기 스러지며 그곳에서의 앞날이 다시금 알 수 없는 불안으로 마음을 어둡게 짓눌러 왔다.

"영남여객이 뭐예요?"

끝내 참지 못한 철이 자신의 짐작을 물음으로 바꾼 것은 그다음으로 쉬게 된 길가에서였다. 저만치 오래된 솔숲 사이로 무슨 음산한 성처럼 들어서 있는 인기척 없는 공장 건물들이 보이는 곳이었다. 무언가 골똘한 생각에 잠겨 있던 어머니가 까닭 없이 놀라며 철의 말을 받았다.

"그거는 어예 알았노? 뻐스 회사 이름 아이가. 우리가 찾아가는 집이 바로 그 회사 사장 집이제."

"정말로 우리를 반겨 줄까요?"

다시 아이답지 않게 근심스러운 얼굴이 된 철이 진작부터 궁금하던 걸 물었다.

"그게 뭔 소리고?"

어머니가 그렇게 되물어 놓고, 이내 자신 있게 말했다.

"안 글타 카믄 뭘라꼬 우리가 이래 먼 길을 찾아왔겠노? 우선 그 아자씨는 너그 아부지 때문에 산 목숨이라. 일제 말 그 불 같을 때 너그 아부지 덕에 학병을 안 가고 배겨 냈단 말이따. 또 그 아주무이 오빠는 너그 아부지하고 둘도 없는 친구랬제. 좌익 하다가 사변 전에 하마 죽기사 했다마는 그 아주무이는 그 때문에 더 우리를 친동기맨치로 생각한단 말이따. 내외가 다 그런데 어예 우리를 안 반기겠노?"

"그래도……"

"그래도는 뭐가 그래도라. 아아가 별소리를 다 한다. 어서 가기나 하자."

어머니가 보퉁이를 들쳐 이며 공연히 화난 표정을 지었다. 그러나 얼마 걷기도 전에 문득 그런 일은 윽박질러서만 될 게 아니란 생각이 든 모양이었다. 시무룩해져 뒤따라오는 철을 가만히 돌아보다가 부드럽게 말했다.

"하기사 한 식구가 달라들믄 아무리 말로는 오라 캤다 캐도 썩 반갑지사 않겠제. 글치마는 기죽을 꺼는 없다. 아직까지는 받을 것이 있다믄 우리 쪽이고, 또 여기 와서 산다 캐도 내가 뭐 두 손 처매 놓고 얻어먹자 카는 거는 아이니께는."

그러고는 거듭거듭 철의 기분을 밝게 만들어 보려고 애썼지만 되도록 도착 시간을 늦추려는 노력은 여전했다. 군청 앞길에서 읍내로 들어가는 버스를 만났는데도 이제 다 왔다는 핑계로 어린 남매에게는 천 리나 되는 것처럼 느껴지는 나머지 길을 끝내 걸

게 했다.

어둡게 짓눌려 있던 철의 마음이 다시 풀어지기 시작한 것은 읍내로 들어가는 입새리 할 뱃다리거리 다리로 들어서면서부터였다. 이제는 정말로 다 왔다는 어머니의 말을 귓전으로 흘려들으며 작은 가게들이 줄지어 서 있는 모퉁이를 돌아서자 갑자기 앞이 확 트이며 두어 시간 전 차창 곁에서 그림처럼 보았던 풍경들이 한꺼번에 눈앞에 펼쳐졌다. 높직하게 떠 있는 다리며 덩실하게 솟은 영남루와 대숲, 그리고 그 밑 바위 언덕과 푸른 물……. 기차 차창에서 바라볼 때와는 또 다른 감동을 주는 풍경들이었다.

그러나 무엇보다도 철의 기억 속에 인상 깊게 간직된 것은 그 다리를 3분의 2쯤 건너서 내려다본 강물이었다. 그의 젊은 날이 다 가기도 전에 썩고 흐려져 갈 강물이었지만 그때는 아직 유리처럼 맑아 두어 길이 넘는 곳도 강바닥을 환히 볼 수 있었다. 철은 어깨를 파고드는 듯한 짐바의 무게도 잊고 다리 난간 위로 목을 빼어 강물을 들여다보았다. 여기저기 작은 산처럼 잠겨 있는 바위들과 거기까지는 어떻게 밀려왔으나 더는 떠내려갈 수 없다고 버티고 있는 듯한 커다란 돌들 사이로 크고 작은 물고기들이 헤엄쳐 다니고 있었다.

그런데 참으로 영문을 알 수 없는 것은 거기에 끼어든 연어의 기억이었다. 철은 그때 교각 부근의 유난히 물이 깊은 곳에서 길이가 한 발이나 됨 직한 연어들이 대여섯 마리 노닐고 있는 것을 틀림없이 보았다. 그러나 그곳은 연어가 오를 만한 곳도 아니고 계절

46

도 연어가 오를 때는 아니었다. 또 장소와 계절이 맞다고 해도 길이가 한 발이나 되는 연어는 좀 이상했으며, 더욱 그때까지는 연어가 어떻게 생겼는지 그림조차 본 적이 없는 철이 그 높은 다리 위에서 물 속에서 노는 물고기의 등만 보고도 한눈에 그게 연어라는 걸 알았다는 것은 아무래도 설명하기가 어렵다. 그런데도 뒷날 밀양에서의 첫날을 회상할 때마다 철은 다른 모든 것에 못지않은 가슴 저림으로 유리알같이 맑던 강물과 그 연어 떼를 떠올리게 되었다. 어쩌면 오래되고 이치에 맞지 않는 것일수록 더욱 소중하게 지키려는 기억의 고집 때문인지도 모를 일이었다.

"봐라. 저 집이 우리가 찾아가는 집이다."

정신없이 강물을 내려다보고 있는 철의 어깨를 가볍게 두드리며 어머니가 한곳을 가리켰다.

쑥돌로 쌓은 든든한 축대 위로 둑길이 나 있고 그 둑길을 따라 몇 채의 집이 강을 등지고 늘어서 있는데 어머니가 가리킨 곳은 그 아래쪽 끄트머리께였다. 강둑으로부터 지대가 점점 낮아지는지 둑길에 바짝 붙여 지은 첫 집을 빼면 모두 담장과 정원수만 보이고 집은 2층인 듯싶은 것만 두엇 눈에 띄었다.

"저 왼쪽 끝집이다. 여기서는 단층 같지마는 가 보면 참한 2층집이라."

아직도 철이 아이답지 않은 걱정에 빠져 있는 걸로 짐작하고 있는지 어머니가 격려하듯 덧붙였다. 마치 그 집이 바로 자기가 사둔 집이라도 되는 것 같은 말투였다.

이제는 정말로 힘든 길이 끝났다는 안도감과 그 낯선 읍에서 처음으로 자신과 구체적인 관련을 맺게 될 사물을 대하는 반가움으로 철은 찬찬히 그 집을 살피면서 걸음을 떼이 놓았다. 그런데 거기서 또 이상한 기억 하나가 끼어들었다.

뒷날 그 위치에서는 전혀 보이지 않던 그 집의 2층 창문에서 철은 무슨 분홍의 꽃다발 같은 것을 보았다. 그때는 키가 낮았던 이웃집 정원수가 차츰 자라 앞을 가린 탓이거나, 새로운 건물이 들어서서 뒷날 그 위치에서는 보이지 않게 되었다고 해석할 수도 있지만, 설령 그랬다 해도 백 미터 거리는 되어 보이는 집의 조그만 창문으로 내비치는 분홍빛이 그토록 철의 눈길을 끌 수 있었던 것까지는 설명되지 않는다. 그로부터 20년에 걸쳐 이어 갈 길고 쓸쓸한 사랑이 어떤 섬뜩한 예감으로 철의 어린 영혼에 와 닿은 것이라고 볼 수밖에 없는 일이었다.

다리를 건너서부터 그 집 뒤 정원까지의 백여 미터 거리를 철이 그 어느 때보다 걸음을 빨리했던 것도 순전히 그 분홍빛 때문이었다. 어서 빨리 그 창문이 보이는 곳으로 가서 그토록 강하게 자신의 눈길을 끈 그 빛의 정체를 알아보고 싶은 까닭이었다.

"야야, 일로(이리로) 가자. 그 철 대문은 잘 안 쓰는 갑더라. 일로 가믄 바로 안채로 드가는 쪼맨한(작은) 샛문이 있다."

무엇에 홀린 듯 성큼성큼 걸어 그 집 뒷쪽 강둑길로 난 커다란 철 대문으로 가는 철을 어머니가 불러세웠다. 철이 못 보고 지나친, 겨우 사람 하나가 마음 놓고 다닐 정도의 좁은 샛골목 앞이었다. 그러나 철은 못 들은 척 철 대문 앞으로 가서 저만치 2층 쪽을 올려보았다. 대문의 철판이 높아 그 위로 난 쇠창살 사이로 보이는 것은 그 집의 지붕 어름뿐이었다. 철은 2층 창틀을 보기 위해 대문께에서 조금씩 뒷걸음질을 쳤다. 어머니가 그런 철에게 무어라고 소리를 쳤으나 전혀 알아듣지 못했다.

거의 강둑길가에 세운 시멘트 울이 있는 곳에 이르러서야 겨우 2층의 창문들이 보였다.

철은 얼른 그 분홍빛을 찾았다.

이번에는 좀 전에 본 무슨 꽃다발 같은 것이 아니라 그대로 눈부신 분홍의 빛무리가 그의 두 눈 가득 들어왔다. 철은 조금도 과장 없이, 언젠가 서울 집 뒤꼍에서 늘어진 전선을 잘못 만졌다가 받았던 충격과 똑같은 느낌을 받았다. 한참을 멍하니 바라보다가, 겨우 정신을 가다듬어 그 눈부신 빛의 정체가 무엇인지를 살폈다.

놀랍게도 그것은 분홍 원피스를 입은 자신과 비슷한 또래의 소녀였다. 창틀에 붙어 서서 강물 쪽을 보고 있었는데, 그 곁에는 그때껏 눈에 띄지 않던 사내아이도 하나 있었다. 철은 멀리서부터 그토록 자신의 마음을 사로잡았던 빛이 겨우 조그만 계집애의 원피스 색깔이었다는 데 불쑥 화가 났다. 무슨 부끄러운 짓을 하다 들킨 것 같은 낭패감과 까닭 모를 멋쩍음이 뒤얽혀 변형된 감정이었다.

철은 갑작스레 자세를 도전적으로 바꾸고 자신이 성난 것을 한껏 과장하는 눈길로 그 소녀를 노려보았다. 그리고 무언가 한마디로 분풀이가 될 만한 상스러운 말을 찾고 있는데, 그때 또 한 번 이상한 일이 생겼다. 그 소녀 쪽에서 철이 한 번도 느껴 본 적이 없는 빠르고 세찬 빛줄기가 쏟아져 나온 것이었다. 놀란 철의 눈이 거의 반사적으로 그 빛줄기를 따라갔다. 철의 눈길이 닿은 곳은 그 소녀의 크고 맑은 두 눈이었다. 그들 사이의 거리는 30미터도 넘어 아무리 눈이 밝은 사람이라도 서로의 얼굴을 알아보기가 힘든 거리였지만 철은 그때 분명 그 소녀의 크고 맑은 두 눈뿐만이 아니라 약간 도두룩한 듯한 눈꺼풀이며 긴 속눈썹까지도 또렷하게 보았다…….

아주 오래 뒤에 철은 그날의 그 같은 첫 대면을 새삼스러운 그리움으로 돌아보면서 이렇게 덧붙였다.

그때 그 애의 눈길에 담겨 있던 것은 틀림없이 자기 집 정원 뒷담 밖에서 이상한 차림으로 서성대는 낯선 소년에 대한 불안 섞인 호기심에 지나지 않았을는지 모른다. 그러나 내가 느낀 것은 나로서는 알 수 없는 어떤 신비한 운명의 부름 같은 것이었다. 뒷날 내가 그렇게도 애써 정의해 보려 했지만 끝내는 실패하고 만, 달콤함이면서도 쓰디쓴이며, 자지러지는 기쁨이면서도 가슴 저린 슬픔이며, 세상을 가득 채울 만큼의 넉넉함이면서도 또한 언제나 모자람이고, 기꺼이 빠져듦이면서도 또한 소스라쳐 벗어나고자 함이던 어떤 운명. 그리고 그 운명에 다가가고 있는 듯한 어렴풋한 예감에 까닭 모르게 질려 나는 한동안을 굳은 듯이 서 있었다…….

하지만 그런 상태는 오래가지 못했다. 갑자기 어머니의 성난 목소리가 매섭게 철의 귓전을 후렸다.

"자(저 애)가 넋이 빠졌나? 얼이 나갔나? 아까부터 거다 뻔히 서서 뭐 하는 기고? 얼른 일로 안 오나?"

놀란 철이 까닭 없이 허둥대며 어머니를 따라 들어선 샛골목은 담장 위로 빠져나온 양쪽 집의 정원수 가지들로 하늘이 덮여서인지 꼭 어둑한 동굴 속 같았다. 그 골목길이 계단을 따라 한 길이나 내려앉으며 끝나는 곳에 갓 칠한 듯한 푸른 나무 대문이 나 있었다. 어머니가 조심스레 대문을 두드리자 양장을 기품 있게 차려입은 30대 중반의 아주머니가 기다렸다는 듯 달려 나왔다.

"아이고, 훈이 어무이, 우예 이리 늦었습니꺼? 첫차로 올 끼라 카길래 아침까지 해 놓고 기다렸다 아입니꺼?"

철이 늘 들어온 사투리와는 억양이 좀 다른 남도 사투리로 반가움을 나타내면서 어머니가 이고 있던 보퉁이를 받아 내리는 그 아주머니를 보고 철은 자신도 모르게 한숨을 내쉬었다. 오는 동안 내내 마음 한구석에 어두운 그늘을 드리우게 했던 불안 — 그들이 반가워하지 않으면 어쩌나 하는 — 에서 놓여난 안도의 한숨이었다.

정원을 가꾸다가 불려 온 듯한 아저씨의 태도도 철의 애늙은이 같은 걱정을 씻어 주기에는 넉넉했다. 원래 말수가 적고 표정의 변화가 없는 사람인 듯, 어머니를 대하는 것은 덤덤하기 그지없어 보였지만 철에게는 달랐다.

"보자, 니가 철이가? 느그 아부지를 많이 닮았구나."

그러면서 안경알 너머로 물끄러미 철을 바라보는 그의 눈길에는 단순한 측은함 이상의 끈적한 정이 배어 있었다. 새삼 설움이 복받치는지 연신 눈물을 찍어 내는 어머니 곁에서 함께 목메어 하는 아주머니보다 그런 아저씨에게서 철은 더 큰 미더움이 느껴졌다.

손님이 온 낌새를 안 그 집 아이들이 2층에서 내려온 것은 그곳에서의 앞날을 어느 정도 낙관하게 된 철이 완전히 아이다움을 회복했을 때였다. 나무 층계를 와당탕거리며 달려 내려오던 기세와는 달리 옥경이 또래의 사내아이가 수줍은 듯 삐죽이 안방 문을 열고 들여다보자 아주머니가 얼른 불러들였다.

"병우 니 잘 왔다. 여 쫌 온나. 명혜도 같이 왔으믄 들어오고."

그러자 먼저 사내아이가 멈칫멈칫 들어오고 뒤를 이어 분홍 원피스를 입은 소녀가 다소곳이 따라 들어왔다. 철은 옷 빛깔만 보고도 그 소녀가 바로 2층 창문에서 본 그 소녀임을 금세 알아차렸다.

"인사드리거라. 서울 이모다. 엄마가 히야(형님)맨쿠로 생각하는 분이라. 그라고 자들하고도 인사해라. 야는 철이라꼬 암마 명혜 니보다는 한 살 많을 끼라. 오빠맨쿠로 여기거라. 그래고 자는 옥경이라꼬 병우 니보다 한 살 많을 끼라. 병우 니는 누부(누나)라 캐라. 철이하고 옥경이도 야들하고 잘 지내고……."

아주머니가 그렇게 소개를 시켰으나 철은 한동안 고개를 들고 그들 남매를 똑바로 볼 수가 없었다. 조금 전 먼빛으로 보았을 때 받은 그 이상한 충격이 마치 불에 덴 기억처럼 철을 움츠러들게 한 까닭이었다. 유복하게 자란 아이들답게 구김살 없는 눈길로 철과 옥경을 뜯어보고 있는 것은 오히려 그들 남매였다.

"옴마야, 야가 벌써로 부끄럼 타는가 베."

아주머니가 어머니 때문에 무거워진 분위기를 바꾸어 보려는 듯 고개를 수그리고 노란 장판 바닥만 내려보는 철이를 놀려 댔다. 그 바람에 철은 마지못해 그들 남매를 바라보았다. 먼저 사내아이를, 그리고 다시 여자애 쪽으로.

'아로아······.'

잘생긴 사내아이에 이어 여자애 쪽으로 눈길을 돌린 철은 자신도 모르게 속으로 중얼거렸다. 희고 맑은 살결과 숱이 많은 길게 늘어뜨린 머리칼, 가늘지만 짙은 눈썹과 서글서글한 눈매, 오똑한 콧날에 이은 짧은 인중과 약간 위로 당겨진 듯한 도톰하고 붉은 입술. 뒷날 철의 가슴속에서 여성적인 아름다움의 한 이데아로 자리 잡게 된 그 얼굴에서 철이 하필이면 왜 그 이름을 떠올리게 되었을까. 철은 그때 이미 백설공주도 인어공주도 라푼젤도 앨리스도 신데렐라도 알고 있었다. 그런데도 그 모든 동화의 행복하고 아름다운 여주인공들을 제치고『플란더스의 개』에 나오는 슬픈 사랑의 여주인공이 떠오른 것 또한 철이 이미 품고 있던 쓸쓸한 예감의 일부였을까.

거기다가 또 하나 알 수 없는 것은 그날 철이 어떤 과정을 거처 그들 남매, 특히 그 여자아이와 친하게 되었는지가 조금도 기억에 남아 있지 않은 일이었다. 오후에는 벌써 철과 옥경이 그 집의 넓은 정원 마당에서 그 애들과 사이좋게 땅따먹기며 공기놀이를 하고 있었건만, 분명히 인상 깊었을 그 소녀와의 맨 첫 번 대화조차 기억나지 않았다.

그 소녀 명혜에 관한 그날의 기억으로 언제까지나 생생한 것은 창가에 선 그 애의 모습뿐인데, 그것도 나중에는 그때 자신이 본 것이 분홍 원피스를 입은 그 애가 아니라 분홍의 무지개였다는 느낌이 더 강했다.

주둔지

"이태어 — 으(이태원), 이태어 — 으 입구 내리세요."

차장의 그 같은 외침에 명훈(明勳)은 승강구께에 몰린 사람들을 밀쳐 내듯 하며 버스에서 내렸다. 근래 노선이 바뀌어 그곳이 육본(陸本) 쪽의 전차나 버스 정류장보다 게이트(미군부대 출입문)에 가까워진 까닭에 며칠 전부터 이용하게 된 정류장이었다. 처음 거기 내리던 날만 해도 매섭기 그지없던 강바람이 그날은 오히려 상쾌하기만 했다. 도장(道場)에서 운동을 끝내기 바쁘게 뛰어오른 버스인 데다, 그 시각이면 으레 붐비는 노선이라 온몸이 후줄근히 땀에 젖어 있었기 때문인 것 같았다.

재일교포 북송 결사 반대!!!

누가 갖다 걸었는지 부대 쪽으로 발길을 옮기는 명훈의 눈에 문득 그런 현수막이 들어왔다. 양편의 전봇대와 가로수에 한 끝씩 붙들어 매어 도로를 높다랗게 가로지르고 있는 광목 현수막이었는데, 붉은 글씨로 된 구호 끝에는 느낌표가 무려 세 개나 겹쳐져 있었다. 재일교포 북송 문제는 얼마 전의 보안법 파동과 더불어 연일 신문의 머리기사를 다투고 있는 그 무렵의 가장 큰 정치적 현안이었다. 그러나 명훈은 거의 습관적인 무관심으로 그 현수막을 지나쳤다. 여럿이 모여 구호를 내걸고 왁실거리는 일은 국회에서의 정치적 공방과 마찬가지로 그에게는 언제나 아득히 먼 나라의 얘기였다.

마음이 바빠서인지 정류장과 게이트 사이의 오 분 남짓한 거리가 그날따라 유난히 멀게 느껴졌다. 길을 건너 부대의 철조망이 시작되는 곳에서 명훈은 조금 전에 본 시계를 다시 한 번 들여다보았다. 다섯 시 이십 분, 벌써 교대 시간에 이십 분이나 늦은 셈이었다. 무엇이건 옴니암니 따지기를 좋아하는 장씨 아저씨의 짜증 난 얼굴을 떠올리며 명훈은 걸음을 한층 빨리했다. 한 달 뒤에 있을 승단 대회(昇段大會) 준비에 열을 올리다가 평소에는 네 시면 나서던 도장을 네 시 반에야 겨우 달려 나온 탓이었다.

일과가 막 끝난 무렵의 부대 주변은 언제나처럼 시끌벅적했다. PP패스(열 시 삼십 분까지 귀영해야 되는 외출증)나 오버나이트 패스(이튿날 아침에 귀영하는 외출증)를 가지고 외출하는 미군들과 퇴근하는 한국인 종업원들을 상대로 무언가를 팔고 살 일이 있는 사람들이 저마다의 목소리로 떠들어 대고 있었다. 그들 중에 가장 많고 가장 시끄러운 것은 아무래도 양공주들이었다.

"헤이 달링, 팡팡 파이브 딸라 오케이?"

"할로상, 마니 해브 예스? 쩍쩍 미 하우?"

그런 되지도 않은 토막 영어에다 묘하게 성행위를 연상시키는 손짓 발짓을 섞어 노골적으로 손님을 끄는 여자들이 있는가 하면 "헤이 미스터 론리……" 어쩌고 하며 정복 입은 하사관이나 장교들만 골라 제법 나긋하게 팔을 끼고 드는 여자도 있었다. 그런 그녀들의 유혹을 받아들이는 미군 병사들도 요란스럽기는 매한가지였다. 검은 것들은 검은 것들끼리 흰 것들은 흰 것들끼리 뭉치 지어 나오다가 그녀들이 길을 막을 때마다 뜻을 알아듣기는커녕 호오(好惡)조차 짐작 안 되는 외마디 소리를 질러 대며 걸음을 멈추었다. 대개는 낄낄거리며 하는 흥정도 요란스러웠고, 그동안도 남은 패거리는 저희끼리 시시덕거리다가 개중에는 경중경중 뛰며 흥정 중인 동료와 여자 주위를 빙빙 도는 녀석도 있었다. 목소리는 한결 나직했지만 암거래 상인들이나 각종 수집상들도 부대 주변의 시끌벅적함에는 양공주들 못지않은 몫을 했다. 그들은 가방을 들었거나 점퍼 안이 조금이라도 불룩한 미군 병사만 보면 비굴한 웃음과 함께 매달렸고 퇴근하는 한국인 종업원도 손만 호주머니에 집어넣고 걸으면 어김없이 다가가 묻곤 했다.

"어이, 오늘 뭐 있어? 뭐야?"

그런 그들이 사들이는 것은 실로 다양했다. 먹을 것과 입을 것과 바르는 것같이 드러난 물품들은 말할 것도 없고, 어떤 때는 그 용도조차 알 수 없는 쇠토막이며 표지가 뜯겨 나가 너덜너덜한 잡지들까지도 다투어 사들였다. 전에는 미군 쪽에서 수고비를 주어 가며 치우게 하던 영내(營內) 쓰레기들을 이제는 한국인 업자들이 오히려 돈을 주고 사 가게 되었다는 말이 조금도 이상할 게 없는 데가 그곳이었다. 모르긴 하지만 개숫물이라도 그게 진짜로 영내 식당 하수구에서 퍼 온 것임을 증명할 수만 있다면 누군가 사 갈 사람이 있을 것 같았다.

그 전해 명훈이 처음 하우스 보이로 그 부대에 발을 들여놓을 때만 해도 그 모든 광경은 적잖이 충격적이었다. 한 해 남짓의 자기 정화(淨化) 시기가 가운데 끼어 있기는 하지만 서울로 옮겨 오기 전날까지 명훈이 몸담아 있던 곳도 사회의 밑바닥이기는 부대 주변과 크게 다르지 않았다. 거기서도 눈만 뜨면 보게 되는 것은 벌거숭이 삶의 처절한 몸부림이었으며, 매음과 도둑질과 암거래도 재채기나 기침만큼 자연스러웠다. 하지만 그게 무엇이든 파는 쪽도 사는 쪽도 훔치는 쪽도 도둑맞는 쪽도 모두가 한국 사람이어서 피와 얽힌 감정 문제는 없었는데, 여기서는 달랐다.

첫 출근을 하던 날부터 거의 석 달이 되도록까지 명훈은 부대 근처에만 오면 까닭 모를 메스꺼움에 시달리곤 했다. 분노와 수치와 또 아득한 무력감이 묘하게 뒤범벅된, 그때껏 한 번도 느껴 보지 못한 어떤 감정이었다. 벌써 나이 스무 살이 넘었고, 만약 때맞추어 서울로 빠져나오지 않았더라면 지금쯤은 일류 기술자(소매치기)가 되어 지방 도시의 역전 부근을 주름잡고 있을지도 모를 그에게는 얼핏 보면 좀 엉뚱한 일일 수도 있었다.

하지만 그것도 하나의 길들여짐일까. 명훈은 차츰 그런 부대 주변의 풍경에 익숙해져 갔다. 미군 병사들과 양공주들이 대낮부터 벌이는 추잡스러운 흥정도 읍내 거리 역전의 색시들과 술 취한 놈 팡이들의 시시덕거림처럼 덤덤히 바라보며 지나칠 수 있었고, 한 국인 종업원의 도둑질이나 암거래는 장터에서 소 판 돈을 몽땅 털리고 땅을 치며 우는 시골 늙은이를 보지 않아도 되어 오히려 소매치기보다는 윗길의 벌이쯤으로 여기게 되었다. 그리고 나중에는 그 자신도 기회가 닿고 게이트를 빠져나가는 데 위험이 없는 한 부대 안의 이런저런 물품들을 들고 나가게까지 되었다.

"예이, 썩어질 새끼야. 매독 걸린 조개나 까다가 좆뿌리까지 콱 썩어 빠져 버려라!"

갑자기 앞쪽에서 나는 그런 앙칼진 여자 목소리가 무심히 걷던 명훈의 눈길을 그리로 끌어들였다. 옥도정기로 빨아 낸 머리를 오 글보글하게 지진 젊은 여자가 방금 명훈의 곁을 지나치고 있는 덩 치 큰 흑인 병사의 등 뒤에다 거푸 쑥떡을 먹이며 한바탕 걸쭉하 게 퍼붓고 있었다. 조금 전까지 크고 검은 수캐를 연상시키며 그 여자의 머리칼 냄새도 쿵쿵 맡고 무얼 조사하듯 젖가슴이며 엉덩 이를 손으로 쓸어 보기도 하던 흑인 상등병이었다. 흥정이 잘 이 루어지나 보다 생각하며 슬며시 다른 데로 눈길을 돌렸던 것인데, 그새 일이 비틀어져 버린 듯했다.

어깨를 한 번 으쓱하고는 딴 여자 쪽으로 가는 그 흑인 병사의 뒷모습을 좇다가 다시 좀 안됐다는 느낌이 들어 그 여자 쪽을 바라보던 명훈은 문득 섬뜩한 기분으로 고개를 돌렸다. 머리 모양이 바뀌고 화장이 달라져 얼른 알아보지 못했지만 기억에 있는 얼굴이었다. 일곱 달인가 여덟 달 전, 아직은 검고 긴 머리에 루즈도 바르지 않은 얼굴로 게이트 부근을 서성거리다가 출근하는 명훈을 잡고 어떤 미군 장교 하나를 찾아 달라고 애걸하다시피 매달리던 여자였다.

양가(良家)의 규수 같지는 않았지만, 그렇다고 흔해 빠진 양공주 같지도 않은 데다, 왠지 가여운 느낌마저 들어 명훈은 그 부탁을 받아 주었다. 그녀가 찾는 것은 코핀인가 뭔가 하는 괴상한 이름의 중위였는데, 말(영어) 잘하는 장교 식당 웨이터를 통해 알아보니 벌써 두 달 전에 본국으로 날라 버린 녀석이었다. 그녀는 명훈에게 그 말을 전해 듣고도 대엿새는 더 넋 빠진 얼굴로 게이트 부근을 서성거린 다음에야 사라졌다. 그러다가 석 달 뒤에 그녀는 다시 부대 주변에 나타났는데, 어떤 백인 하사관의 팔을 끼고 있는 그녀의 차림에는 이미 양공주 티가 뚜렷했다. 한 치는 될 듯한 인조 속눈썹이며 엉덩이께가 유난히 과장된 반바지하며……. 그리고 다시 몇 달이 지난 지금은 드디어 흑인만을 전문으로 상대하는 데까지 이르고 만 듯했다.

모든 면에서 다 그렇지만 성(性)을 사고파는 데도 흑백이 분명히 나누어져 있다는 것은 명훈도 들어서 알고 있었다. 백인 병사들은 여자의 인물을 별로 따지지 않는 데 비해 흑인 병사들은 제법 까다롭게 인물을 고르는 편이었고, 머리를 가꾸는 형태도 백인들은 길게 늘어뜨린 머리칼을 좋아하는 반면 흑인들은 그네들 스타일에 가깝게 뽀글뽀글 지진 머리형을 좋아했다.

거기다가 백인은 백인대로 흑인은 흑인대로 자기와 다른 피부를 가진 쪽을 상대하는 여자와는 결코 잠자리를 같이하려 들지 않기 때문에 양공주들도 어쩔 수 없이 흑백(黑白) 어느 한쪽을 선택하지 않으면 안 되었다. 여자들이 아무리 차림을 비슷하게 하고 있어도 미군들은 어느 쪽이 쌀밥(백인 상대)인지 보리밥(흑인 상대)인지를 한눈에 가려낸다는 말까지 있었다.

흑인만을 전문으로 상대하는 것이 반드시 불리하다고 단정할 수는 없는데도, 명훈은 그 같은 그녀의 변화가 왠지 또 한번의 전락으로만 느껴졌다. 도대체 한 여자가 삶의 막장까지 굴러떨어지는 데 얼마만한 시간이 걸리는 것일까 — 그런 생각을 하며 철조망을 따라 걷다가 까닭 모르게 답답해진 명훈은 문득 고개를 들어 하늘을 올려다보았다. 시원스러운 하늘이라도 보며 가슴속을 털어 버리려 한 것이지만, 그의 두 눈 가득 들어온 것은 하늘을 반이나 가리고 있는 철조망이었다. 너무 바짝 철조망 곁으로 붙어 걸어서 바깥쪽으로 휜 철조망의 끝 부분이 그만큼 시야를 가려 버린 탓이었다.

그 이상하게 휜 철조망과 그 너머 저만치 보이는 정구장에서 한가롭게 정구를 치고 있는 미군들이 명훈을 갑작스러운 착각에 빠져들게 했다. 자유로운 것은 오히려 철조망 안에 있는 저들이고, 갇혀 있는 것은 밖에 있는 우리들이다…….

그리고 그것이 터무니없는 착각이란 것을 깨달은 뒤에도 명훈의 사념은 고집스러운 비약을 거듭했다. 저들은 조국의 강력함으로, 살이의 풍요로움과 그에 따른 마음의 여유로 자유롭고, 우리는 조국의 무력함으로, 살이의 고달픔과 그에 따른 마음의 각박함으로 갇혀 있다. 저 철조망은 우리들을 바깥에다 가둬 놓기 위한 방편일 뿐이다…….

거기서 명훈은 조금 전과는 다른 이유로 걸음을 재촉했다. 얼마 안 남은 게이트가 정말로 그들의 풍요와 자유를 함께 누리도록 해 줄 수 있는 무슨 축복받은 문처럼 느껴졌다. 짜증스레 기다리고 있을 장씨 아저씨나 밤새 돌아가며 보살펴야 할 여남은 개의 보일러 따위는 정말이지 조금도 생각나지 않았다.

게이트는 그 분위기부터가 언제나 한국인 노무자나 종업원 들을 긴장시키는 데가 있었다. 잘못이 있건 없건, 일하러 들어가는 길이건 일을 마치고 나오는 길이건 그곳을 지나는 한국인들은 누구나 조금씩은 주눅이 들게 마련이었다. 그런데 그날은 좀 달랐다. 괜스레 뚱한 얼굴로 서 있다가 귀찮은 듯 몸수색을 하거나 패스(출입증)를 조사하던 MP(미군 헌병) 사병은 무엇 때문인지 출입 통제막 안을 들여다보느라 등을 돌린 채였고, 거만하게 팔짱을 끼고 모든 한국인 출입자를 범죄자 살피듯 훑어보며 서 있던 하사관도 어디 갔는지 눈에 띄지 않았다.

입속 혼잣말로 벌써 다들 퇴근하지는 않았을 텐데 하며 명훈은 한 사람씩 드나들게 되어 있는 통제막 곁 출입구에 들어섰다. 그때 통제막 안에서 이상한 소리가 새어 나왔다. 정액 냄새가 나는 듯한 남자의 끈적한 웃음소리와 비명이라기보다는 교성에 가까운 여자의 나직한 외침이 뒤얽힌 것이었다. 미군 사병 누군가의 양공주 애인이라도 찾아온 것이려니 짐작하며 명훈이 힐끗 그쪽을 보니 그게 아니었다. 보이지 않던 헌병 하사관이 그 안에서 직접 한국인 여종업원의 몸을 수색하는 중이었다.

별로 유쾌하지 못한 구경거리라 명훈은 되도록이면 얼른 그곳을 지나치려 했다. 그러나 안에서 벌어지고 있는 일을 들여다보는 데 정신을 뺏겨 길을 막고 있는 MP 사병의 정강이를 걷어찰 수도 없는 노릇이라, 명훈도 잠시 그 곁에 걸음을 멈추지 않을 수 없었다. 고개를 일부러 돌리지 않는 한 싫어도 통제막 안의 정경이 한눈에 들어오는 위치였다.

몸수색이라기보다는 여자의 온몸을 마구잡이로 주물러 대며 키득거리고 있는 것은 유난히 널찍한 등판과 짧게 깎은 머리로 보아 싸잔(서전트) 매코이 같았다. 이미 한국인 남자 종업원들에게까지 변태로 소문이 나 있는, 인디언이거나 동양계 핏줄이 섞인 듯한 만년 중사(中士)였다. 그런 그에게 실실 눈웃음을 보내며 몸을 내맡기고 있다가 이따금 과장된 비명 소리를 내고 있는 여자는 2016호 BOQ(장교 숙사)의 하우스 걸로 있는 아주머니였다. 이제 마흔쯤이나 됐을까, 나이보다는 곱게 늙은 전쟁 미망인이었는데,

그녀의 좋지 못한 행실은 매코이 중사의 변태만큼이나 소문이 나 있었다. 천성이 남의 일에 참견하기를 싫어하는 장씨 아저씨도 그녀에게만은 험구를 서슴지 않았다.

"빨래를 하다가도 레이션 한 박스면 가랑이를 벌려 주는 년……"

명훈은 그런 장씨 아저씨의 험구를 그녀에 대한 다른 소문들과 마찬가지로 흘려들었으나 이제 그 까닭을 알 것 같았다.

통제막 바닥에는 그녀의 몸에서 나온 듯한 물건들이 한 아름 널려 있었다. 크고 작은 깡통이 대여섯 개, 반쯤 찬 위스키 병, 기름종이에 싸인 버터 한 토막, 그리고 새것은 아닌 듯한 장갑 몇 켤레에 침대 시트 한 장……. 명훈이 보고 있는 사이에도 매코이 중사는 그녀의 허리춤에서 다시 담배 두 갑을 찾아냈다. 처음부터 몸에 감춰 빼내려고 마음먹은 양은 결코 아니었다.

명훈은 그 물건들이 하나같이 그리 값나갈 게 없다는 데 먼저 화가 났다. 특히 깡통들은 과일 통조림 하나만 빼면 모두가 열려 있었고, 버터도 먹다 남은 것이었다. 적어도 명훈의 계산으로는 그 모든 물건을 가장 비싸게 판다 해도 그녀의 젖가슴 한 번 주무를 수 있는 돈이 못 되었다.

거기다가 명훈을 더욱 못 참게 한 것은 그녀의 눈웃음이었다. 이미 매코이 중사의 털북숭이 손이 스커트 밑으로 들어갔건만 그녀는 작부 같은 눈웃음을 거두지 않았다. 뿌리치는 시늉을 하는 손도 명훈의 눈에는 오히려 매코이 중사의 손을 더 은밀한 곳으로 끌어들이고 있는 것처럼만 보였다.

"헤이!"

참다못한 명훈은 들고 있던 도복(道服) 뭉치로 내지르듯 그 구경에 넋이 빠져 있는 헌병의 옆구리를 찔렀다. 얼굴에 주근깨를 함빡 뒤집어쓴 헌병 녀석이 그 충격에 화들짝 놀라며 뒤를 돌아보았다. 언제 낄낄거렸느냐는 듯 제법 날선 눈길이었으나 그 일로 꼬투리를 잡고 늘어지지는 않았다. 그보다는 통제막 안의 기막힌 눈요깃거리가 더 바쁘다는 듯 명훈이 내미는 패스를 힐긋 건너보고는 그대로 들여보내 주었다.

명훈은 급한 발길을 영내로 옮기면서 감출 수 없는 혐오의 눈길로 한 번 더 그녀를 쏘아보았다. 그런데 그때였다. 자기가 당하는 꼴을 명훈이 보고 있었음을 그제야 알아차린 그녀의 낭패한 눈길이 강하게 맞부딪쳐 왔다. 얼굴의 웃음기는 아직도 남아 있었지만 그 눈꼬리는 분명 치욕감에 가늘게 떨리고 있었다. 약간 충혈된 듯한 두 눈에 어린 물기도 성적인 것과는 단연코 무관했다.

실로 눈 깜짝할 사이였지만 그걸 알아본 명훈은 갑자기 자신이 부끄러워졌다. 무언가 그녀에게 몹쓸 짓을 하다 들킨 것 같기도 하고 앞뒤 없는 자신의 비정함이 한탄스럽기도 했다. 그러나 쫓기듯 그곳을 떠날 때는 말할 것도 없거니와 대기실에 이를 때까지의 꽤 긴 시간에 걸친 감정 분석에도 불구하고 무엇이 그토록 급작스럽게 자신의 심경을 바꾸어 놓았는지는 얼른 알 수가 없었다.

걱정한 대로 장씨 아저씨는 벌써 말쑥한 외출복 차림이 되어 대기실(보통 20기 정도의 보일러를 맡은 보일러 맨이 주로 기거하는 보일러실)이 붙어 있는 BOQ(장교 숙사) 앞을 서성대고 있었다. 안달을 하며 기다리고 있었던 기색이 역력했다.

"학생, 오늘 많이 늦었구먼."

깐족거리는 그의 목소리에 긴장된 명훈이 진작부터 준비했던 대답으로 그 말을 받았다.

"네, 미안합니다. 승단 심사가 가까워서요. 대신 내일은 느지막이 나오셔도 됩니다. 학교에서 재일교포 북송 반대 시위를 한다니까 등교 안 할 작정입니다."

그러자 장씨 아저씨의 목소리는 이내 평소 때로 돌아갔다. 자신이 쓸데없는 손해를 보지는 않았다는 데에 마음이 풀어진 것 같았다.

"2012호 오른쪽 보일러는 너무 과열이라 물을 좀 빼고 불을 꺼두었어. 여섯 시쯤에는 다시 붙여야 될 거야. 또 1016호부터 1020호까지는 틈나는 대로 연통 쪽 그을음을 좀 긁어 내도록 해. 나머지 보일러는 오늘 내가 모두 소제했으니까 그리 알고."

장씨 아저씨는 그렇게 업무 인계를 하고는 바쁘게 게이트 쪽으로 나가 버렸다.

업무 인수를 받은 쪽이 먼저 해야 할 일은 그들 조(組)가 맡은 열 군데 BOQ의 보일러가 앞선 근무자의 말대로인지를 확인하고 점검하는 것이었다. 그러나 명훈은 왠지 일이 얼른 손에 잡히지 않았다. 책가방과 도복 뭉치를 대기실에 놓아 두고 옷을 갈아입기 바쁘게 BOQ를 도는 대신, 교복을 입은 채 대기실 물탱크 아래

깔아 둔 베니어판 위에 벌렁 누웠다.

업무 인수 뒤의 확인 점검도 실은 한 원칙일 뿐, 그대로 지켜지는 때보다는 오히려 안 지켜질 때가 더 많았다. 각종 계기가 그리 정확하지 않고 불도 손으로 붙여야 하는 불편이 있는 대로 보일러의 성능은 믿을 만했다. 과열로 인한 보일러의 폭발 따위는 반장이 신출내기 보일러 맨에게 엄포 삼아 들려주는 예화(例話)에 지나지 않았고, 기껏 일어날 수 있는 큰 사고랬자 지나치게 뜨거워진 물이 안전판을 밀치고 쏟아지는 것 정도였다. 하지만 명훈이 그날 확인 점검을 미룬 것은 반드시 그런 보일러에 대한 믿음이나 당수 도장에서의 격렬한 운동에 따른 피로 때문만은 아니었다. 이미 그런 데는 이골이 나서 전 같으면 대수롭지 않게 지나쳤을 게이트에서의 일이 조용한 곳에 홀로 남게 되자 새삼스레 그의 의식을 휘저어 댄 까닭이었다.

명훈은 팔베개를 하고 누운 채 차근차근 자기가 본 것들을 되새기며 그 까닭을 따져 보았다. 딴에는 다시 냉정한 감정 분석을 시도한 셈이지만 원래가 그에게 맞는 일이 아니었다. 오래잖아 그가 빠져든 것은 그런 냉정한 감정 분석이 아니라 철든 뒤로는 한 번도 되살려 본 적이 없던 옛 기억의 한 토막이었다.

전쟁이 일어난 첫해 7월쯤의 일이었다. 숨어 살던 하계(下溪)의 농막집에서 혜화동의 서른 칸 본집으로 돌아온 지 얼마 안 된 때였는데, 그 무렵 명훈은 소년 시절의 마지막 영광이래도 좋을 신나는 나날을 보내고 있었다. 아버지는 아침마다 총 든 인민군 호위병까지 탄 지프를 타고 나가고, 어머니는 어머니대로 완장을 찬 동네 처녀들과 함께 여맹(女盟)인가 뭔가 하는 일로 바빴다. 집 안에는 먹을 것이 넉넉했으며, 이웃들은 모두 지나치리만큼 친절했다.

그전 하계에서 보낸 몇 달은 참으로 끔찍했다. 먹을 것이라고는 농부로 위장한 아버지가 텃밭에서 캐낸 감자밖에 없었고, 찌그러진 초가집은 전해 이엉을 갈지 않아서인지 비만 오면 지붕이 샜다. 그러나 더욱 괴로운 것은 아버지처럼 다른 가족들도 자신을 감추고 살아야 하는 점이었다. 명훈은 장춘(長春)이라는 이름을, 그리고 영희는 순이라는 이름을 써야 했고, 그들이 전에 산 곳은 누가 물으면 평택이라고만 대답해야 했다. 어머니까지도 잘 안 되는 서울말을 억지로 흉내 내야 했으며 시늉조차 힘든 할머니는 숫제 반벙어리처럼 지내셨다. 거기다가 그 불안의 밤 — 아버지는 낯선 웅성거림만 들려도 뒤꼍 장독으로 입구가 위장된 움 속에 몸을 숨겼다. 어쩌면 혜화동 시절이 그처럼 화려하게 기억되는 것은 하계에서의 그 고통스럽던 나날 때문인지 모를 일이었다.

하지만 혜화동 시절이라고 해서 반드시 모든 게 다 신나지는 않았다. 어린 그에게는 나름대로 어려움이 있었으니 그것은 놀잇거리와 동무가 너무도 없다는 것이었다. 학교는 방학 아닌 방학 중이었고, 아이들은 어른들을 따라 어디론가 피난을 가 그리 많지 않았다. 거기다가 시체나 눈에 띄는 폭발물은 대강 치웠지만 거리에는 아직도 무섭고 위험스러운 일이 많았다. 불탄 집터에서 놀다가 무너져 내려앉은 기왓장 사이로 비어져 나온 그슬리고 오그라든 사람의 손을 보고 질겁을 할 때도 있었고, 재미있는 노리개 삼아 가지고 놀던 쇠뭉치가 수류탄이거나 불발탄이어서 끔찍한 일을 당하기도 했다.

느닷없이 내리꽂히는 미군 비행기도 두렵기는 어른들과 매한가지였으며, 아주 재수 없게는 쫓고 쫓기는 어른들(주로 국방군 낙오병이나 악질 반동분자들이라 했다.) 언저리에 들게 되어 유탄을 맞는 수도 있었다. 그 바람에 얼마 안 남은 아이들까지 집 안에 갇혀, 골목을 뛰어다니며 노는 아이는 거의 보기 힘들었다.

그런데 그날은 달랐다. 아버지 어머니가 모두 나간 뒤, 이기기만 하는 영희와의 딱지치기도 마침내 심드렁해져 어떻게 집을 빠져나갈까를 궁리하고 있는데 현수 녀석이 부르러 왔다. 하계로 가 숨기 전까지만 해도 그저 그런 사이였지만, 다시 혜화동에 돌아와서는 하나뿐이다시피 된 동무였다.

"명훈아, 양코배기 구경하러 가지 않을래?"

녀석의 그 같은 물음에 명훈이 어리둥절해 말했다.

"양코배기? 양코배기가 어디 있어?"

"우리 아버지가 그러시는데 오늘 붙들린 양코배기들이 저쪽 큰길을 지나갈 거래."

현수의 아버지는 원래 중학교 선생이었는데, 그 무렵에는 무슨 위원장인가로 벌건 완장을 차고 동네를 휘젓고 다녔다. 그런 녀석의 말이라 믿지 않을 수 없었지만, 그래도 명훈은 그 말을 곧이곧

대로 받아들일 수가 없었다.

몇 년 전인가 초콜릿과 껌을 지프에서 흩뿌리며 다니던 미군들의 기억과 방금도 밤낮을 가리지 않고 폭음을 내며 북으로 북으로 날아가는 그들의 비행기 때문이었다.

"정말이야?"

"정말이지 않고. 어른들은 일부러 구경하라고 불러내는 모양이던데."

못 미더워하는 명훈에게 현수가 더욱 자신 있는 목소리로 말했다. 그렇다면 명훈도 더는 마다할 까닭이 없었다. 아니 그 이상, 갑작스러운 호기심으로 오히려 현수를 앞질러 뛰었다.

큰길가로 나오니 정말로 그 무렵으로는 드물게 많은 사람이 길가에 늘어서 있었다. 개중에는 인공기(人共旗)까지 들고 설쳐 대는 사람도 있었지만, 대개는 까닭 모르게 굳은 얼굴로 큰길 남쪽을 바라보며 말없이 서 있었다. 그런 어른들 사이에 끼어들며 보니 명훈 자신처럼 순진한 호기심의 눈을 빛내며 미리 와서 기다리는 아이도 제법 많았다. 오래잖아 갓 색칠한 것 같은 미군 지프를 선두로 미군 포로를 호송하는 행렬이 큰길 남쪽 편에서 느릿느릿 다가왔다. 명훈과 현수는 몇몇 다른 아이와 마찬가지로, 가만히 앉아서 그 행렬이 다가오기를 기다리지 못하고 우르르 그쪽으로 몰려갔다. 앞장선 지프는 틀림없이 미제였으나 탄 사람은 한껏 멋을 부려 정장을 한 인민군 중별짜리[佐官] 하나와 새 전투복 차림의 전사들이었다. 나중의 짐작이지만, 선전 효과를 노린 계획된

분장 같았다. 그 뒤를 이어 걷고 있는 아카보 총을 멘 1개 분대가량의 인민군도 마찬가지였다. 역시 전투복에 위장 풀을 가득 꽂고 있었는데, 그 위장 풀은 실전을 위한 것이라기보다 그들의 씩씩함과 위엄을 돋보이게 하는 장식에 가까웠다.

그들 서너 발짝 뒤에는 정말로 미군 포로들이 끌려오고 있었다. 한 쉰 명쯤이나 될까, 대오를 짓기는 한 모양이지만 군데군데 낀 부상병들 때문에 대오라기보다는 그냥 무리 지어 걷고 있다는 편이 옳았다.

명훈은 까닭을 알 수 없는 실망을 느끼며 그런 미군들을 꼼꼼하게 살폈다. 그들을 초라하게 만들려고 호송병들이 일부러 그랬는지 아니면 더위 때문에 스스로 벗어부쳤는지, 미군들은 대개가 맨발에 때에 전 러닝셔츠 바람이었다. 그러나 무엇보다도 그들을 처참하게 만들고 있는 것은 사이사이에 낀 부상자들이었다. 어디를 어떻게 다쳤는지 가슴께를 온통 굳은 피가 더께 앉은 헝겊으로 처맨 병사도 있고, 머리 꼭대기부터 뒷등까지 아예 때 묻은 붕대로 덮어 버린 병사도 있었다. 팔 하나가 남의 물건처럼 따로 노는 백인이 있는가 하면, 허벅지가 끊어질 듯 압박붕대를 묶고 절름거리는 흑인도 있었다.

그런 미군들을 짐승 몰 듯하고 있는 것은 행렬 좌우에 한 줄씩 붙어서 걷고 있는 인민군 병사들이었다. 그들은 미군이 조금만 저희 덩어리에서 벗어나도 총대를 휘둘렀고 두어 발짝만 뒤져도 발길질을 해 댔다.

'저들이 정말로 그 미군들일까……'

명훈은 전쟁 전 서울 거리에서 위세 좋게 차를 몰고 다니던 그들을 떠올리며 속으로 가만히 중얼거렸다. 우러러보던 그들의 큰 키도 그 지경이 되어서는 청승맞게만 보일 뿐이었다. 그런 그들이 이상하게 겁먹은 눈으로 연신 사방을 훔쳐보며 벌써 따가워 오는 7월의 햇살 아래를 허둥지둥 걷고 있는 모습은 측은함을 넘어 영문 모를 혐오감까지 일으켰다. 실제로도 구경꾼들 속에서는 우우 하는 야유의 고함 소리와 잔돌멩이까지 날아왔는데, 그게 반드시 호송하는 인민군들이나 군데군데 박혀 있는 내무서원들에 대한 간접적인 아첨인 것 같지만은 않았다.

"동무들, 수고가 많습네다. 목이라도 축이고 가시우."

갑자기 행렬 선두를 치마저고리 입은 아주머니 하나가 막아서며 넉살 좋게 소리쳤다. 그녀 뒤에는 학생인 듯싶은 젊은 아가씨들이 둘씩 짝을 지어 작은 바가지를 띄워 놓은 물통을 들고 따라 나왔다. 어디서 떠 왔는지 함석 물통에 하얗고 작은 물방울들이 맺혀 있을 만큼 차가운 물이었다.

앞선 지프에 타고 있던 군관은 감사라기보다는 한바탕 연설로 그녀들의 친절을 사양하고 행군을 계속했다. 해 지기 전까지는 포로들을 동두천인가 의정부인가까지 끌어다 놓고 다시 남쪽에 있는 더 많은 양키를 끌어와야 한다는 큰 소리와 함께.

하지만 그도 호송병들이 행군 중에 잠깐 걸음을 멈추고 목을 축이는 것까지는 막지 않았다. 새벽부터 걸었는지 호송병들은 참으로 달게 물을 마셨다.

보고 있는 사람들의 눈 때문에 애써 점잔을 빼려 하는 중에도 오랜 목마름에 시달려 온 기색은 감추어지지 않았다. 급하게 물을 마시던 어떤 나이 든 호송병의 목을 오르내리던 주먹 같은 울대뼈가 몹시 신기하게 느껴졌다.

그런데 정작 그 인민군들보다 더욱 인상적인 것은 미군 포로들이었다. 끌려오는 동안에 어떤 꼴을 당했는지 그들은 물을 마시는 호송병을 부러운 듯 힐끗힐끗 보면서도 감히 대열을 벗어날 생각을 하지 못했다. 개중에는 짐짓 아무것도 보지 못한 척, 아예 다른 데로 눈길을 돌리는 포로도 있었다. 하지만 역시 그들의 참을성도 한계가 있었다. 행렬의 가운데가 물통 곁을 지날 무렵 하여 한 흑인 부상병이 운 좋게 물 한 바가지를 구걸해 마신 것을 시작으로 갑자기 포로들이 우르르 물통 곁으로 몰려들었다.

"물러서! 제자리로 돌아가!"

포로에게 물을 준 게 실수였음을 깨달은 호송병이 날카롭게 소리쳤다. 겨우 아이 티를 벗은 듯한 소년병이었다. 그러나 이미 물통 곁으로 몰려든 포로들에게는 그 소리가 들리지 않는 듯했다. 저마다 무어라고 알아듣지 못할 소리를 내지르며 물바가지를 놓고 다투다가 나중에는 손으로 물을 떠 마시기 시작했다. 물통을 들고 있던 검은 몽당치마에 흰 모시 저고리를 입은 처녀 아이가 놀라 물통을 놓고 물러나 버리자 혼란은 더욱 심해졌다. 포로들은 좁은 모이통에 머리를 처박은 병아리들 모양으로, 물통은 보이지 않는데 저희끼리 밀치고 당기고 야단법석이었다.

"이 가이(개)새끼덜!"

갑자기 그런 욕설과 함께 누군가가 그리로 달려와 총대를 휘두르기 시작했다. 그 서슬에 놀란 포로들이 홍두깨 맞은 소 떼처럼 제자리로 쫓겨 들어갔다. 총대를 휘두른 것은 얼굴이 험상궂은 특무장이었다.

"이 쌍놈의 양코배기 종자들! 그냥 드르륵 갈겨 버릴까 보다."

그는 제자리로 쫓겨 가는 미군 하나를 뒤쫓아 가며까지 후려쳐 폭삭 주저앉게 해 놓고는 구경하는 사람들을 돌아보며 그렇게 큰 소리로 씨부렁댔다. 씩 웃기까지 하는 품이 자기가 한 일을 무척 자랑스럽게 여기는 눈치였다.

'저건 미군이 아니야. 그 무서운 왜놈들을 항복시킨 미국군이 아니라고. 한 달 전까지만 해도 그렇게 위세 좋던 해방군은 더욱…….'

명훈은 덩치만 크고 힘은 없는 짐승처럼 이리 쫓기고 저리 쫓기는 포로들을 보며 다시 자신도 모르게 중얼거렸다.

그러나 명훈이 그날 본 것 중에서 가장 참담한 광경은 바로 그 순간에 일어났다. 그 특무장의 눈길이 잠시 구경꾼 쪽으로 가 있는 사이 마침 물통 곁을 지나던 포로 하나가 물통에 얼마 안 남은 물을 두 손으로 잽싸게 움켰다. 그리고 막 입가로 가져가는데 문득 무슨 급한 신호라도 받은 듯 그 특무장이 그쪽으로 고개를 돌렸다.

"종간나새끼가 어딜······."

그런 욕설과 함께 특무장의 총대가 지체 없이 물을 움켜 입으로 가져가는 포로의 두 손을 올리쳤다. 총대의 타격 때문에 코피라도 터졌는지 천천히 손을 내리는 포로의 얼굴에서는 피와 물이 범벅이 되어 떨어졌다. 그러나 그보다 더욱 명훈을 긴장시킨 것은 그 순간 번쩍하며 이상한 빛을 뿜던 그 포로의 새파란 눈이었다. 잔인하게 웃던 특무장도 그 빛을 느낀 모양이었다. 문득 흠칫하며 따발총 방아쇠에 손가락을 넣었다. 저건 진짜 미군일지도 몰라. 명훈은 갑작스럽고 앞뒤 없는 기대로 그 포로의 다음 동작을 눈여겨 살폈다. 하지만 결국은 터무니없는 기대였다. 뜻밖에도 포로가 털썩 무릎을 꿇더니 어디서 배웠는지 두 손을 모아 싹싹 빌기 시작했다. 이미 그의 푸른 눈을 가득 채우고 있는 것은 형언할 수 없는 공포와 또 그만큼의 비굴뿐이었다. 남다르던 그의 큰 몸집도 문득 그 몇 분의 일로 줄어든 것처럼 느껴졌다······.

"명훈이, 명훈이 있어?"

누군가 보일러실 문을 두드리며 부르는 소리에 명훈은 퍼뜩 회상에서 깨어났다. 뒤이어 문을 열고 고개를 디민 것은 옆 조의 김 형이었다.

"저녁 아직 안 먹었지? 꿀꿀이(죽) 해 놨으니까 우리 대기실로 와."

김 형은 그렇게 말해 놓고는 바쁜 듯이 문을 닫았다. 짐작으로는 오일 맨인 황(黃)을 부르러 가는 것 같았다. 번번이 황에게 핀

잔을 맞으면서도 먹을 것이 생기면 꼭 황부터 챙기는 게 김 형의 버릇 아닌 버릇이었다.

대기실 안에는 쌀과 취사도구가 있고 반찬도 볶은고추장과 김치 몇 포기가 있었지만 명훈은 미련 없이 일어났다. 김 형이 해 온 꿀꿀이죽이라면 어설픈 밥에 김치 조각으로 때우는 대기실에서의 저녁은 물론 바깥에 있는 식당의 웬만한 고기 국밥에 비할 바가 아니었다. 얼마 전까지만 해도 장교 식당의 웨이터로 일한 데다 원래가 붙임성이 좋은 사람이라 그곳 요리사들과 친해, 말이 꿀꿀이죽이지 삼류 호텔의 양식보다도 맛과 영양이 나을 때가 많았다.

가는 길에 있는 2013호 BOQ의 보일러 둘을 둘러본 명훈이 김 형의 대기실로 가니 김 형과 황은 벌써 상을 벌여 놓고 있었다. 튀긴 닭고기와 감자, 그리고 한 무더기의 빵과 은박지에 싸인 버터 한 토막이었다. 모두가 장교들의 식탁에 올라갔다가 내려온 것이겠지만, 김 형이 골라 온 덕분인지 먹다 남은 찌꺼기란 느낌은 별로 주지 않았다.

"오늘은 물기 많은 것만 넣었지. 쇠고기 스튜, 야채 수프, 콩 반 깡통에 칠면조 살 찢은 것 한 줌이다. 생일 든 친구가 몇 있었던 모양이야. 이만하면 초특급이지."

전기 곤로 위에서 한창 부글거리고 있는 냄비를 저으면서 김 형이 은근히 뽐내듯 말했다. 김 형은 작은 자랑거리라도 남한테 떠벌리기를 좋아했다. 그러나 그걸로 무얼 노리는 사람은 아니라 명훈은 별로 반감을 느끼지 않았지만 왠지 황은 그런 김 형을 못마땅해했다. 먹을 것은 다 얻어먹으면서도 틈만 나면 이죽거리기를 잊지 않았다.

"별놈의 초특급 다 보겠네. 양키들이 처먹다 남은 게 초특급이면 그놈들 식탁에 얹힌 건 따따불 초특급이냐?"

그날도 손은 벌써 닭튀김을 집으면서 황이 빈정대는 소리였다.

그러나 명훈은 황과 정반대였다. 김 형에게는 늘 고마움을 느끼며 그 판에 끼지만, 막상 그 음식에 손을 대려면 갑작스러운 거부감으로 한동안을 머뭇거리기 일쑤였다. 특히 시큼하고 비릿한 꿀꿀이죽을 떠 넣을 때는 가벼운 헛구역질 같은 것까지 느껴질 때도 있었다. 비위가 상한 것이라기보다는 그때마다 불쑥불쑥 떠오르는 할머니의 얼굴 때문이었다.

"아무리 급해도 남이 먹다 남긴 것에는 숟가락을 대는 게 아이다. 옛말에는 그래믄 크게 못 된다 카지마는 내 보기에는 사나(사나이) 기상이라, 사나가 기상이 먹는 데에 그래 가지고는 성공 못할 것도 뻔하고……."

그러면서 상에 차리지 않은 음식이나 이 빠진 그릇에 무얼 담아 먹는 것까지도 엄하게 말리던 할머니였다. 이미 세상을 떠난 지 6년이 지났고, 손자들 특히 맏손자인 자신을 지상(至上)으로 여겨 어려움 속에서나마 잊지 않고 내려 준 많은 가르침도 희미해져 버렸지만, 유독 그 당부만은 명훈이 낯선 상머리에 앉게 될 때마다 생생하게 되살아나곤 했다.

하지만 그런데도 명훈이 불러만 주면 그 자리로 달려 가 끼는 것은 반드시 고기 토막과 버터 덩이로 상징되는 양분과 열량 때문만은 아니었다. 그 식사가 끝난 후에 있게 마련인 김 형과 황의 잡담이 명훈에게는 종종 먹는 일 자체보다 더 큰 즐거움이 되곤 했다. 대개는 황의 일방적인 놀림이나 빈정거림이고, 김 형이 맞서 제대로 구색을 갖춘 논쟁이 되는 것은 매우 드물었지만, 명훈은 그런 그들과 한 시간만 보내도 정신의 키가 한 치는 더 자란 것 같은 느낌을 받곤 했다. 그날도 그랬다. 저녁 잘 먹고 커피까지 얻어 마신 황이 또 김 형을 슬슬 긁어 대기 시작했다.

"니네 로마 아범은 잘 있냐?"

황은 언제나 미국을 로마로 바꿔 불렀다. 로마라면 영화에 나오는 로마군의 방패와 단창(短槍), 그리고 그들의 벌거숭이 팔다리밖에 떠오르는 게 없었지만, 명훈은 왠지 그런 황의 말버릇이 재미있었다. 잘은 몰라도 황이 그렇게 하는 데는 반드시 그만한 까닭이 있을 것 같았다.

"그럼 우리는 라인이나 도나우 강변의 만족(蠻族)쯤이라도 된단 말이냐? 시저가 『갈리아 전기(戰記)』에서만 몇십만 명은 죽었다고 주장하는 그 가엾은……."

언젠가 김 형은 황에게 그렇게 반문한 적이 있었다. 그때 황은 한층 자조적인 이죽거림으로 그 말을 받았다.

"알기는 아는군, 하지만 시저 시절은 좀 지났겠지. 도나우 강을 경계로 두 토막 난 단계쯤이나 될까. 강 저쪽은 더욱 격렬하게 저항하는 반면 강 이쪽은 로마의 정복을 야만에서의 해방 또는 문

명화(文明化)란 이름으로 감사하지. 더러는 너처럼 어떻게 하면 훌륭한 로마 시민이 될 수 있을까를 궁리하기도 하고……."

명훈에게는 알 듯 말 듯한 말이었으나 어쨌든 2천 년 전에 번성했다는 그 강력한 제국과 아메리카가 어떤 심상찮은 의미의 끈으로 이어져 있는 것만은 틀림없어 보였다. 그만큼 황의 지성에 대한 명훈의 믿음은 거의 맹목적이었다.

보일러 맨이나 오일 맨의 야간 근무조는 태반이 학생이었는데 황은 그중에서도 몇 안 되는 명문 대학교 학생 가운데 한 명이었다. 그것도 내년이면 대학 입시를 치러야 할 명훈은 감히 쳐다보지도 못할 국립대학교의 장학생이었다. 나이는 김 형보다 한 살 아래인 스물둘, 겨우 한 살 차이인데도 명훈은 김 형이 없으면 말을 걸기 힘들 만큼 그를 어려워했다.

좀 지나치다 싶을 정도인 김 형의 양보도 어쩌면 그런 황의 지적 우월을 승인하는 한 방식일는지도 모를 일이었다. 김 형도 그 무렵 들어서는 제법 이류로 발돋움하는 신흥 사립대학에 적을 두고 있었고, 공부도 보는 사람이면 모두 입을 댈 정도로 열심이었지만 어찌 된 셈인지 황에게는 모든 걸 져 주었다. 아니, 그 이상 어떤 때는 황의 이죽거림을 정말로 두려워하는 것같이 보이기도 했다.

예를 들면 언제나 김 형의 손을 떠나지 않는 것으로 표지 모퉁이에 펭귄이나 펠리칸이 그려진 영문으로 된 작은 책들이 있었는데, 황과 마주치기만 하면 그는 마치 증거를 감추는 범죄자처럼 황급히 그 책들을 호주머니에 쑤셔 넣곤 했다. 그날 황이 불쑥 던진 말도 듣기에 따라서는 적잖이 화가 날 이죽거림일 수도 있었다. 로마 아범이란 제너럴 톰슨이란 미군 준장(准將)으로, 신참 대령일 때부터 남달리 김 형을 보살펴 준 은인 같은 사람이었다. 지금은 대구에 있는 어떤 캠프의 사령관이 되어 떠나가고 없지만, 그와 김 형 사이의 남다른 관계는 한국인 종업원들에게는 무슨 신화처럼 널리 퍼져 있었다. 명훈이 알기로, 김 형이 장교 식당 웨이터에서 주간부 대학을 다닐 수 있는 보일러 맨으로 옮겨 일할 수 있게 된 것도 그가 한국인 용역 회사 간부에게 전화를 넣어 준 덕분이었으며, 달리는 김 형이 대학을 졸업한 뒤 미국 유학까지 돌보아 주기로 약속되어 있다는 소문도 있었다.

김 형은 그런 제너럴 톰슨을 파파라고 불렀고 명훈도 톰슨이 승진하여 용산을 떠나기 전에 김 형이 그런 식으로 그를 부르며 얘기하는 걸 몇 번 본 적이 있었다. 그러나 그것은 하나의 애칭이었을 뿐, 말 그대로 부자 관계를 의미하는 것은 아니었다. 미군들도 나이 든 한국인 종업원을 부를 때는 파파상이란 미·일 합작의 호칭을 흔히 썼을 뿐만 아니라 김 형의 태도도 그걸 빈정거릴 만큼 비굴이나 아첨이 섞여 있지는 않았다. 그런데 황이 문득 그 호칭을 걸고 든 것이었다.

명훈은 김 형이 발끈할까 봐 은근히 마음 졸였으나 쓸데없는 걱정이었다. 김 형은 특별히 참아 준다는 기색도 없이 그 말을 받았다.

"우리 장군님 말이야? 응, 얼마 전에 엽서 받았는데 잘 계시대."

그 대답이 너무도 자연스러웠던 까닭에 오히려 머쓱해진 황이 곧 화제를 바꾸었다. 이미 여러 번 김 형을 긁어 댄 뒤라서인지, 그다음부터는 죽이 잘 맞아 돌아가던 그들의 대화는 곧 정치 쪽으로 흘러갔다. 재일교포 북송 문제, 보안법(保安法) 같은 것들로부터 이기붕을 둘러싼 자유당 내부의 부패상이며 조병옥의 당권(黨權) 장악 과정에 이르기까지 명훈에게는 처음 듣는 얘기가 많았다. 그런데 재미있는 것은 그 방면으로 화제가 바뀌면서 묘하게 뒤집혀 가는 두 사람의 태도였다. 황이 점차 냉정을 잃고 목소리가 격해지는 데 비해 김 형은 오히려 냉소적이고 가라앉은 말투가 되어 갔다.

"뭐야? 너는 벌써 아메리카 제국의 시민이라도 되었다는 건가? 그래서 변경의 야만족이 벌이는 유치한 정치 놀음이 시큰둥하다 이건가?"

도중에 황이 한번 그런 소리로 분위기를 험하게 몰았으나 이번에도 김 형이 얼른 양보해 별다른 일은 없었다. 하지만 김 형의 지나친 양보가 대화의 열기를 식혀 화제는 차츰 명훈도 끼어들 수 있는 일상적인 쪽으로 돌아갔다.

이런저런 얘기 끝에 명훈은 일러바치듯 출근 때 게이트에서 본 일을 그들에게 털어놓았다. 그대로 잊고 넘어가기에는 이상스러울 만큼 명훈의 의식을 간족거리고 있던 그 일이 드디어 바깥으로 비어져 나온 셈이었다. 황이 대뜸 그 말을 받아 열을 올렸다.

"외기노조(外機勞組: 외국 기관 근무자 노동조합)란 게 있으나 마나하니 무슨 꼴은 안 당해? 지역별 노조가 결성된 게 언젠데 아직 전국연맹(全國聯盟) 하나 못 만들고 있어? 기껏 해당 지역 미군 당국하고만 상대할 뿐 정작 고용주인 8군 당국에는 말도 붙이지 못하고 있지 않아? 8군 상대로는 교섭단체는커녕 협의 단체 하나 없으니 무슨 꼴을 당한들 어디 가 말해?"

"또 그 소리군. 하지만 명훈의 얘기는 꼭 그렇지도 않은데, 지나친 몰아치기 아냐? 너는 왜 한국인 종업원의 도둑질은 문제 삼지 않고 원시적인 민족 감정만 들고 나서냐? 자기반성 없는 민족주의처럼 위험한 게 없다면서? 외기노조가 아무리 전국연맹을 결성하고 교섭단체가 아니라 투쟁 단체가 된다 해도 명백한 범죄 행위를 취체(取締)하는 것까지 막을 순 없잖아?"

들고 있던 김 형이 전에 없이 황에게 핀잔을 주었다. 그렇다고 무슨 대단한 논쟁을 벌이려고 시작한 것은 아닌 것 같았지만 황은 벌컥 화를 내며 그 말을 받았다.

"그러니까 넌 구제 받을 길 없는 식민지 지식인이다. 하루빨리 제국 본토로 귀화할 꿈이나 꾸는. 도둑질이라, 그래 너는 도대체 우리의 임금 문제를 따져 보기나 했어? 애초에 책정된 것이 어떤 수준이며 거기서 한국인 용역 회사가 벗겨 가는 게 얼마인지 말이야. 또 임금 문제가 없다 해도 범죄자의 처리는 절차와 원칙이 있는 법이야. 아무리 의심이 간다 해도 여종업원의 몸을 외국인 병사들이 마구잡이로 주무를 수 있어? 그들은 외국 기관의 종업원이기 이전에 대한민국 국민이며 수치심을 가진 여자란 말이야."

"고용은 순수한 계약이다, 쌍방의 합의에 따른. 아무도 미군 부대에서 일하라고 강요하지는 않아. 임금이나 대우가 부당하다면 애초에 계약을 맺지 않으면 되잖아?"

황이 너무 몰아 대니까 어지간한 김 형도 기분이 상한 모양이었다. 정색을 하고 그렇게 되묻자 둘의 입씨름은 본격적이 되고 말았다.

"점점 양키 같은 소리만 하는군. 맞아. 지금 절반의 임금에다 출퇴근 때마다 발가벗긴다 해도 여기서 일하게만 해 준다면 줄을 서서 몰려들겠지. 새파란 젊은 여자들이 몸도 파는데……. 하지만 샤일록이 맺었던 것도 틀림없이 계약이었다."

"네가 샤일록을 들먹이니까 하는 얘긴데 나는 세상에서 가장 억지스러운 말장난이 그 희곡(『베니스의 상인』)의 재판 대목이라 생각한다. 살아 있는 사람의 살을 떼어 낸다는 계약에는 당연히 피를 흘린다는 것이 포함되어 있다. 땅을 산다면 그 땅 위의 하늘이 당연히 포함되는 것처럼 말이야. 그런데 로마법의 전통이 강한 이탈리아 법정에서 포샤의 그 같은 억지가 얼마나 터무니없는 대목이야? 다른 것이라면 몰라도 그 따위 이유라면 샤일록의 패소(敗訴)는 억울하기 짝이 없지. 그건 그렇고 어쨌든 나는 우리의 계약이 국내의 다른 고용 계약과 특별히 다르게 취급돼야 할 이유는 없다고 생각한다."

"거기도 저임금과 부당한 대우가 있으니까 말이지. 놀랐다. 그렇다면 너는 미국의 양곡 원조도 어김없이 혈맹 우방의 호의에 찬 무상 원조라고 믿겠구나."

"무슨 말을 하려는지 몰라도 그렇게 믿어야지."

"그 양곡들이 그들 국내에 있으면 창고에서 썩어 빠지거나 강물에 퍼다 버려야 할 잉여 농산물인데도?"

"그쪽 나라 안 사정에는 관심 없다. 어쨌든 배고픈 우리는 그 구호품 밀가루 잘 먹었다."

"무분별한 잉여 양곡 도입이 우리 농업을 정체시키고 농공(農工) 간의 불균형한 발전을 유발시켰으며 식량의 수입 의존도를 높였어도?"

"우리 중에 약간은 굶어 죽고 더 많은 사람이 한 10년쯤 참담하게 굶주릴 각오를 했다면 네가 말한 것들은 어느 정도 피할 수 있었겠지. 그렇도록 놓아두지 않은 게 미국을 원망할 이유가 될까?"

"그 양곡들이 결코 무상은 아니었으며, 다만 원화(圓貨)로 계산된 그 대금을 주로 우리 국방비에 썼을 뿐이라도?"

"우리가 모두 적화(赤化)를 원한다면 무상이라 할 수 없겠지. 그때는 국방비란 오직 미국을 위한 것이 되니까."

"훌륭한 예비 아메리카 시민이다. 그렇다면 지난 10년간의 경제 원조란 것도 틀림없이 우방 한국의 산업 발전을 위해 네 미래의 조국이 베푼 호의겠구나?"

"도대체 무슨 소리를 하려는 거야? 미국에 대해 품고 있는 내 환상을 비웃기라도 하겠다는 거야? 하지만 나야말로 너희들의 순진한 환상을 보면 우습기 짝이 없다. 도대체 미국이 뭐야? 너희들은 메마른 땅밖에 가진 것이 없는 농가(農家) 같은 우리에게 미국이 당장 필요한 옷과 먹을 것은 물론 밭에 뿌릴 씨앗과 추수 때까지 먹을 양식과 트랙터와 농약과 비료까지 주지 않았다고 불평하고 있지만, 왜 미국이 그래야 해? 그 무슨 역사의 이변으로 그런 거룩하고 아름다운 성품의 족속이 20세기 후반에 갑자기 나타나 우리를 구원해 주러 왔겠어? 아무것도 모르는 산골의 무지렁뱅이도 그렇게 순진한 환상을 품지는 않을 거야. 그런데도 너희들은 미국이 그 순진한 환상을 만족시켜 주지 않는다고 화를 내고 있어."

"우리라고 할 만큼 많은 사람이 있는지는 모르지만 우리도 미국이 건국 180년에 대외 출병(對外出兵)이 없었던 것은 채 20년도 안 되는 나라라는 것쯤은 알아. 우리가 화를 낸다면 그것은 그들이 주지 않아서가 아니라 주는 척하며 실은 뺏어 갈 궁리를 하고 있기 때문이지. 구체적으로 말하면 잉여농산물과 소비재의 원조로 이 땅을 자기들의 시장화하고 우리 경제를 자기들에게 예속시키려고 기도하고 있기 때문이란 거야."

"하지만 아직은 이 땅에 쏟아부은 것의 반의 반도 가져가지 못했어. 그리고 앞날이 반드시 그들 손에만 잡혀 있는 것도 아니야. 내가 알기로 유럽이나 일본에 대한 미국의 원조 방식도 우리에게 한 것과 크게 다르지 않았지. 이제 그들은 어느 정도 살게 되었지만, 그들 중 어떤 나라가 미국의 시장이고 어디 경제가 미국에 예속됐어?"

"아무런 공통성도 없는 표본을 함부로 끌어다 비교하지 마. 그들은 처음부터 로마 시민권을 가진 나라이지 우리 같은 변경이 아냐. 그들과 우리는 출발부터가 다르단 말이야. 전통이나 자본과 기술 축적, 사회의식의 성숙도 — 모든 게 우리와는 비교도 안 돼. 거기다가……."

그렇게 주고받는 둘의 입씨름은 끝이 없었다. 처음에는 어려운 수업을 듣듯 그들의 얘기에 온 신경을 모아 귀 기울이던 명훈도 그렇게 되자 차츰 지루해졌다. 무엇보다도 그들의 얘기가 그들에게는 조금도 절실하지 않아 보이는 탓이었다. 거기다가 시간도 이미 여덟 시를 넘고 있어, 맡은 보일러들의 확인 점검을 아직껏 하지 않은 그로서는 설령 그들의 얘기가 재미있고 유익하다 해도 더는 눌러앉아 있을 처지가 못 되었다.

"저는 이만 가 봐야겠습니다. 저녁 잘 먹었습니다."

알맞은 때를 기다리던 명훈이 잠시 그들의 대화가 끊어진 틈을 타 몸을 일으켰다.

대기실로 돌아온 명훈은 보일러 점검을 위해 작업복으로 갈아입었다. 기름과 그을음 냄새가 밴 작업복으로 갈아입는데 문득 상의 윗주머니에서 무언가 두꺼운 종이 뭉치 같은 것이 만져졌다. 무심코 꺼내 보니 그저께 받은 철이 녀석의 편지였다. 명훈은 갑자기 콧마루가 찡해 오는 그리움에 다시 한 번 그 편지를 읽어 갔다. 연필로 또박또박 썼으나 내용은 어머니가 불러 준 것 같은 편지였다.

형주전상서(兄主前上書)

형님, 그동안 옥체 만안하셨습니까? 저희들은 염려지덕에 어머님 모시고 무사히 잘 지냅니다. 영남여객 댁에서는 고맙게도 내일동 사거리에 점포를 얻어 양장점을 차려 주셨습니다. 어머님은 양재사 누나와 함께 거기서 일하시는데 아직은 손님이 많지 않습니다. 곧 많아질 것 같습니다. 오늘은 영남여객 아주머니께서 친구분들을 모시고 와 원피스를 두 벌이나 맞추게 해 주셨습니다. 저와 옥경이도 몸 건강히 공부 잘하고 있습니다. 형님과 누님이 방학에 내려오실 때는 1등 통지표를 자랑하려고 지금 잔뜩 벼르고 있습니다. 다만 걱정은 아이들이 저를 '서울내기, 다마내기'라고 놀려 대는 것입니다. 그럼 안녕히 계십시오. 다시 글월 올리겠습니다.

1959년 3월 25일

아우 인철 올림

처음 그 글을 읽을 때는 그저 안도의 한숨이던 것이 이번에는 가슴 찌릿한 감동으로 다가왔다. 한 달 전 밤 늦게 부산행 완행열차에 어머니와 어린 남매를 태워 주고 돌아설 때의 암담함이 문득 떠오르며 그들이 그만큼이라도 자리 잡은 게 이상하게도 철이 녀석의 공인 양 대견스럽게 느껴졌다.

스스로 생각하기에도 철에 대한 명훈의 감정은 유별난 데가 있었다. 겨우 아홉 살 차이건만, 열두 살의 어린 몸으로 세 살배기 철을 업고 수복 후의 황폐한 서울 거리를 보름이나 헤맨 뒤부터 명훈은 녀석에게 단순한 형제간의 우애를 넘는, 부정(父情)과도 흡사한 어떤 끈끈한 정애(情愛)를 느껴 오고 있었다.

'그래, 나의 삶은 이왕에 빗나가 버렸으니 너라도 네 삶을 멋지고 훌륭하게 가꾸어 봐라. 나는 썩더라도 기꺼이 너의 거름이 되겠다…….'

명훈은 자신도 모르게 오래 잊고 있었던 결심 하나를 떠올리고 되뇌었다. 몇 년 전 자신이 지방 도시의 역 주변을 똘마니로 떠돌던 어느 날, 바라본 적도 없는 우등상을 타 들고 돌아온 철의 머리를 쓰다듬으며 마음속으로 중얼거린 말이었다. 그 뒤 자신의 삶이 정상적인 궤도로 되돌아가게 되자 갑자기 그를 사로잡은 조급한 성취욕 때문에 마음 한구석으로 밀려나 있었는데, 이제 문득 되살아난 것이었다. 하지만 그것이 떨어져 있음으로 해서 더욱 애틋해진 정 때문인지, 아니면 지난 이태 그렇게도 몸부림쳤지만 자신은 학문과 정신의 사람들이 차지하고 있는 사회의 상층부에 끝내 끼어들지 못하게 될 것 같은 예감이 가져다준 일종의 자포자기 때문인지는 명훈도 잘 알 수가 없었다.

"갓댐, 왓 아유 두잉?"

갑자기 대기실 문이 거칠게 열리더니 누군가가 그렇게 소리쳤다. 명훈이 퍼뜩 정신을 차려서 그쪽을 보니 버터워스 소령이 머리에 물을 뒤집어쓴 채 나이트 가운만 입고 달려와 소리소리 질러 대고 있었다. 명훈은 그를 알아보자 아차, 싶었다. 장씨 아저씨가 업무 인계를 할 때 2012호 BOQ의 보일러를 꺼 두었다는 말을 한 게 떠오른 것이었다. 여섯 시쯤 다시 불을 붙이라고 했는데 두 시간이나 지났으니 물이 차게 식었을 것은 뻔한 이치였다. 아마도 버터워스는 그것도 모르고 샤워 꼭지를 틀었다가 찬물 벼락을 맞고 홧김에 달려온 것이리라.

"아이 엠 소리, 베리 베리 소리."

명훈은 그의 말을 알아들으려고 애쓸 필요도 없이 입에서 나오는 대로 잘못부터 빌었다. 그래도 회사 사무실에 바로 항의 전화를 걸거나 감독을 찾아가 딱딱거리지 않은 것만 해도 고맙기 그지없는 일이었다. 언제 경찰 대공계(對共係)가 회사를 찾아와 아버지 일로 들쑤셔 놓을지 모르는 판에, 그런 근무상의 약점까지 보탤 수는 없었다.

그런데 참으로 알 수 없는 것은 버터워스였다. 장교 식당 웨이터 시절부터 그를 잘 아는 김 형의 말에 따르면, 그는 동부 출신이란 것과 웨스트포인트 사관학교를 빼면 별로 내세울 것 없는 괴팍한 독신 소령이었다. 그렇게 붙임성 좋은 김 형도 그에 관한 것은 거의가 다른 사람에게 들은 것일 정도로 평소에는 한국인 종업원과 말 한마디 하는 법이 없었는데, 그날은 명훈이 잘못을 비는데도 알아듣지도 못하는 욕설을 한참이나 더 퍼부은 뒤에야 돌아갔다. 그것도 그저 근무 태만만을 꾸짖는 것이 아니라 인간적인 모멸까지 느끼게 하는 억양과 몸짓으로였다.

쫓기듯 대기실을 나온 명훈이 2012호 BOQ 보일러의 점화를 비롯해 자신이 맡은 스무 개의 보일러를 다 살펴보고 대기실로 되돌아왔을 때는 벌써 열 시에 가까웠다. 버터워스가 준 자극이 장씨 아서씨의 다른 당부까지 상기시켜 평소 같으면 한 시간으로 넉넉하던 일을 두 시간 가까이나 끌게 한 탓이었다.

명훈은 검댕과 기름으로 더러워진 손을 씻지도 않고 다시 물탱크 아래 마련된 자리에 벌렁 누웠다. 그런데 참으로 알 수 없는 일은 그때까지도 버터워스의 성난 얼굴과 경멸 섞인 목소리가 그를 따라다닌다는 것이었다. 전에도 깜빡 잊고 보일러를 꺼뜨려 샤워하려다가 찬물을 뒤집어쓴 장교들로부터 직접 항의를 받은 일이 있었지만(대개는 전화로 회사 사무실에 항의했다.) 버터워스처럼 직접 자기를 찾아와 맹렬하게 화를 낸 치는 없었고, 그것을 받아들이는 명훈 또한 이번처럼 미안함이나 당황을 넘어 인간적인 모멸까지 느껴 본 적은 없었다. 더구나 명훈의 회화 실력은 버터워스가 내뱉은 숱한 말 중에서 겨우 '갓댐'이나 똑똑히 알아들을까 말까였다.

무엇 때문일까. 금방이라도 몸을 덮쳐누를 듯한 물탱크를 멍하니 바라보던 명훈이 비로소 그런 의문에 빠진 것은 베개 삼아 머리를 받치고 있던 두 손바닥이 제법 저려 올 무렵이었다. 문득 까닭 모를 섬뜩함과 함께 경애(鏡愛)와 보낸 지난 일요일 오후가 떠올랐다.

경애는 바로 버터워스가 절반을 쓰고 있는 2012호 BOQ의 하우스 걸이었다. 명훈은 큰길 건너 사병 막사에서 하우스 보이 일을 시작한 지 얼마 안 돼서부터 그녀의 존재를 알고 있었다. 물론 처음 그녀를 볼 때의 감정은 그 또한 '곧 참한 양공주 하나가 더 늘겠구나. 안됐다……'라는 것이었다. 그러나 우연히도 출퇴근하는 코스가 같아 그녀를 가까이서 눈여겨볼 수 있었던 명훈은 오래잖아 그런 생각을 바꾸지 않을 수 없었다. 먼저 명훈의 근거 없는 선입견을 뒤집어 놓은 것은 항상 그녀를 감싸고 도는 것 같은 어떤 쌀쌀한 기품이었다.

무엇인지는 모르지만 그녀의 음영 짙은 얼굴에는 함부로 다가들기 어려운 위엄 같은 게 있어, 늙고 젊고를 가릴 것 없이 치마만 두르고 있으면 짐승 같은 소리를 질러 대는 미군 사병들조차 출퇴근길의 그녀를 지분대는 일이 거의 없었다. 거기다가 그녀에게는 또 부대 주변에 몰려드는 양공주는 물론, 그렇고 그런 행실의 젊은 여종업원들과 자신을 구분 짓는 몇 개의 무장(武裝)이 있었다. 언제나 그녀의 손에 잡혀 있는 책과 알맞게 잘라 늘어뜨린 생머리와 수수하면서도 이상한 멋을 풍기는 옷차림, 그리고 그녀 특유의 걸음걸이였다. 약간 고개를 젖히고 한 20미터 앞쪽에 두 눈을 고정시킨 채 잦은걸음으로 앞서 가고 있는 그녀를 보고 있노라면 아무리 복잡한 게이트 부근이라도 마치 아무도 없는 벌판을 그녀 혼자 걷고 있는 것처럼 느껴지곤 했다.

명훈은 그런 그녀가 고급 문관이거나 사령부의 타이피스트쯤은 되는 줄 알았다. 거기다가 그렇게 보아서 그런지 나이도 자신보다는 훨씬 위 같아서 처음 보았을 때 느꼈던 이성으로서의 호기심은 차츰 줄어들기 시작했다. 대신 자신으로서는 도달할 수 없는 세계에 사는 어떤 존재에게 느끼는 동경과 선망 같은 것이 조금씩 마음속에서 자라기 시작했다. 지방 도시의 역전 거리에서 흔히 볼 수 있는 값싼 사랑에 익숙해져 있는 그에겐 전혀 낯선 감정이었다.

그런데 그런 명훈에게 뜻밖에도 그녀와 가까이 사귀게 되는 행운이 왔다. 지난해 8월 어느 날의 일이었다. 그날도 여느 때처럼 육본 쪽에서 버스를 내린 그가 부대 쪽으로 부지런히 걷고 있는데 갑자기 비가 쏟아지기 시작했다. 비가 그치기를 기다리기에는 출근이 너무 늦어 명훈은 냅다 뛸 작정으로 책가방을 추슬러 옆구리에 꼈다. 그때 누군가가 등 뒤에서 불렀다.

"학생, 이리 와. 같이 받고 가지."

명훈이 돌아보니 커다란 박쥐우산을 든 그녀가 손에 든 책을 까딱거려 부르고 있었다. 왜 그랬는지는 모르지만, 일순 명훈의 가슴속에서 격렬한 투쟁이 벌어졌다. 바탕은 같지만 그 표현에는 상반된 견해를 가진 두 감정 — 그대로 못 들은 척 냅다 뛰고 싶다는 기분과 어떻게든 이 틈을 타 그녀에게로 다가가고 싶다는 기분 — 사이의 투쟁이었다. 그러나 결국 이긴 것은 그녀에게로 다가가는 쪽이었다.

처음 명훈을 부를 때의 의젓함이나 자연스러움과는 달리 막상 명훈이 다가가자 그녀도 조금은 쑥스러워진 것 같았다. 우산 안으로 받아들여 준 것으로 그뿐, 그녀는 한동안을 말없이 걸음만 옮겨 놓았다. 혼자서 우산을 받고 아무도 없는 거리를 걷고 있다는 것처럼. 그러다가 저만치 명훈이 들어가야 할 게이트가 보이는 곳에 이르렀을 때야 불쑥 한마디 했다.

"참 잘생긴 얼굴이네. 무슨 일을 하지?"

그제야 그녀가 자신을 어린애 취급하고 있다는 걸 느꼈지만 명훈은 조금도 불쾌하지 않았다. 분명 화장품 냄새는 아닌, 그러나 이상하게 사람을 취하게 하는 어떤 향기에 몽롱해져 걷고 있던 참이라 더욱 그랬는지도 모를 일이었다.

"하우스 보이로 일합니다."

명훈이 떨리는 목소리로 그렇게 대답하자 문득 그녀의 입가에 쓸쓸한 미소가 떠올랐다가 사라졌다. 그녀는 다시 굳게 입을 다물었으나 그 미소가 명훈에게 갑작스러운 용기를 주었다. 그러잖아도 게이트가 가까워질수록 까닭 없이 다급해지던 그였다.

"누나, 오늘 참 고마웠어요. 어떻게든 이 신세를 갚고 싶은데요."

명훈은 확확 달아오르는 얼굴로 진땀까지 흘리면서 겨우 그렇게 더듬거렸다. 그녀가 민망스러울 만큼 빤히 명훈의 얼굴을 쳐다보다가 희미하게 웃으며 말했다.

"나하고 친해 보고 싶다는 거니? 실은 나도 너 같은 미소년(美少年)과 마주 앉으면 조금은 세상이 즐거울 것 같다. 그래라. 이따가 퇴근 때 보자. 버스 정류장 앞에서 십오 분까지는 기다려 주마."

좀 이상한 형태였지만 그게 시작이었다. 명훈은 굳이 속인다는 생각도 없이 실제보다 두 살이나 어린 열아홉 살이 되어, 알고 보니 겨우 스물 하나인 그녀와 누나 동생으로 우선 가까워졌다. 열아홉 살은 명훈의 호적이 한 해 늦은 데다 이따금씩 등교 시간에 쫓겨 부대에서 교복을 입고 퇴근하는 모습을 보여 그녀가 추정한 나이였다. 그러나 명훈의 일기장에서 그날부터 그녀는 이미 경애일 뿐이었다. 그녀가 장교 숙사의 하우스 걸에 지나지 않는다는 것도 곧 알게 되었고 건성으로 하는 누나 동생도 그나마 오래가지는 못했다. 서로 가깝게 된 지 두세 달이나 되었을까, 그해 11월호 《학원(學園)》에 명훈의 시(詩) 한 편이 실린 적 있었다. 뒷골목에서 참담한 소년 시절을 보낼 때부터 『소월시집(素月詩集)』과 『청록집(靑鹿集)』을 스승으로 남몰래 길러 온 시가 고등학생이 되어 한 학기를 보내는 사이 겨우 한 편의 수줍은 사랑 노래로 얽혀 선자(選者)의 호감을 산 결과였다. 명훈은 처음으로 자신의 글이 활자화된 것을 보는 얼치기 시인의 감격을 주체하지 못해 혼자 울고 웃고 하다가 맨 먼저 그녀에게 보였다.

"소월풍(素月風)이구나. 좀 낡았지만 참 고운 시네. 어쩜, 우리 미소년이 시인인 줄은 또 몰랐어."

그녀는 애써 가볍게 여기려 했지만 상당히 충격을 받은 것임에 틀림없었다. 그동안 그렇게도 완강하게 덮어 둬 왔던 신상 얘기를 그날부터 비로소 털어놓기 시작한 게 그랬다. 대학에 두어 학기 적을 둔 적이 있다는 것과 자신의 꿈도 우선은 돈을 모아 학교를 마치는 것이지만 결국은 좋은 시를 쓰는 것이란 얘기를 듣자 명훈은 갑자기 그녀가 전보다 몇 배나 자신과 가까워진 듯한 느낌이 들었다. 거기에 힘입은 명훈은 언제부터인가 벼르던 것을 대담하게 밝혔다.

"누나, 실은 말이야, 고백할 게 있어. 나는 우리 나이로 올해 스물하나야. 누나가 나를 어리게 보고 나도 그래야 누나와 가까워질 수 있을 것 같아 누나의 성급한 추정을 그냥 둬 버렸지. 미안해."

그러자 문득 그녀의 얼굴이 묘하게 굳어졌다. 하지만 불쾌해하는 눈치는 전혀 없었다. 오래잖아 다시 얼굴을 풀며 미소까지 곁들여 말했다.

"그래도 생일로 따지면 누나는 누나니까. 너, 설마 나하고 연애할 작정은 아니겠지?"

"솔직히 말하면 그것도 모르겠어."

"아주 못된 애로구나. 같이 못 놀겠어."

그녀는 짐짓 새침한 얼굴로 명훈을 흘겨보았다. 그리고 서둘러 찻집을 나설 때는 명훈도 가슴이 덜컥했으나 쓸데없는 걱정이었다. 그녀는 그 뒤로도 전과 다름없이 만나 주었고, 그들의 화제는 시가 끼어들어 전보다 더 풍성해졌다. 뿐만 아니라 어떤 때는 오히려 그녀 쪽에서 서로의 관계가 대등해지는 것을 즐거워하고 있는 것처럼 보이기도 했다.

그러다가 지난달부터 명훈이 보일러 맨으로 자리를 옮기고 학교를 야간부에서 주간부로 바꾸게 되자 둘 사이는 더욱 연애 비슷한 형태를 띠어 가기 시작했다. 근무 시간이 달라져 둘 중 하나가 결근하지 않고서는 바깥에서 따로 만나기가 어려워진 까닭이었다. 만날 수 있는 날은 어김없이 만난다 해도 일주일에 한두 번 꼴이다 보니, 드디어 글이 동원되고, 글이 동원되다 보니 감정의 과장이 끼어들고, 감정의 과장이 한번 시작되자 걷잡을 수 없는 상승 작용이 일어나 그때껏 애매한 구석이 많았던 그들의 연애 감정을 급속하게 진전시켰다.

지난 일요일의 만남은 그런 의미에서 더욱 특출했다. 아직은 입장객이 많지 않은 이른 봄의 고궁에서 만난 지 얼마 안 돼 경애가 평소의 그녀답지 않게 발그레한 얼굴로 말했다.

"실은 말이야……. 네 나이. 너를 처음 보았을 때 나도 알고 있었는지 몰라, 네가 아마도 내 또래쯤 되리라는걸. 너를 내 우산 속으로 자연스레 불러들이기 위해 짐짓 너를 어린 고등학생 취급했는지도……."

명훈이 받아들이기로는 놀랍고도 감격적인 고백이었다. 대본점에서 빌린 너덜너덜한 책 속에서 음울한 동경으로 읽던 그런 연애가 자신의 삶에서도 실제로 일어나고 있음을 비로소 실감하게 되었다. 그날 명훈은 만난 후 처음으로 그녀의 손을 잡았다.

그런데 얘기에 열중하던 그들이 뉘엿한 햇살을 느끼고 벤치에서 막 일어나려 할 때였다. 언제 왔는지 멀지 않은 벤치에 버터워스가 홀로 앉아 있는 게 명훈의 눈에 들어왔다. 애써 고궁을 쳐다보는 척하고 있었지만 적어도 그들이 거기 있음을 알고 있는 것만은 틀림없어 보였다.

"저치가 언제 저기 와 있었지?"

명훈은 까닭 없이 기분 나빠 하며 경애에게 물었다. 그러나 경애의 반응은 좀 뜻밖이었다.

"어머, 버터워스 소령 아냐?"

제법 반가워하는 기색까지 보이며 그렇게 놀라고는 잽싸게 그쪽으로 뛰어가 한동안이나 무어라고 떠들다가 돌아왔다. 대학까지 다닌 적이 있어서 그런지 그녀의 회화는 상당히 능숙한 듯 보였다.

"밖에 나와서까지 뭐야? 정말 하녀가 주인을 만난 것처럼 호들갑이잖아?"

공연히 속이 뒤틀린 명훈은 그렇게 쏘아붙였다. 그녀가 정색을 하고 그 말을 받았다.

"그러지 마, 점잖으신 분이야."

"거기다가 서른셋의 노총각이고."

명훈이 다시 그렇게 빈정댔으나, 이번에는 그녀가 맞받지 않아 다행히도 말다툼까지는 되지 않았다.

하지만 아무래도 마음에 걸리는 것은 그곳을 떠나면서 힐끗 돌아본 명훈에게 남겨진 버터워스의 인상이었다. 마침 버터워스도 그를 보고 있었는 듯 눈길이 마주치자 제법 알은체까지 했지만, 왠지 그에게서는 음침한 적의 같은 게 느껴졌다…….

회상이 거기까지 미치자 명훈은 갑자기 온몸이 후끈 달아올랐다. 결코 그럴 리 없다고 생각하면서도, 느닷없이 나타난 연적에게 느끼는 것과 흡사한 적의가 앞뒤 없이 그를 휘몰았다. 그날 경애를 다잡아 두지 못한 것이 그지없이 후회스러워지는가 하면, 자신의 이렇다 할 전망 없는 앞날과 암담한 현실을 떠올리며 끝내는 경애를 잃어버리고 말 것 같은 불안에 괴로워하기도 했다.

한동안을 무슨 대단한 열병이나 앓는 사람처럼 그런 어두운 상념들에 시달리던 명훈이 벌떡 몸을 일으킨 것은 PP패스로 외출 나갔다 돌아오는 사병들의 술기운 섞인 목소리가 제법 왁작거림으로 들려올 무렵이었다. 명훈은 소리 나게 더운물을 받아 기름과 검댕이 묻은 손발을 씻고 머리까지 감았다. 그러고는 그걸로 머릿속까지 씻어 낸 것처럼이나 책가방을 풀어 책을 폈다. 대학을 가더라도 등록금 들고 줄만 서면 되는 사립대학은 가지 않으리라는 게 주간부로 옮긴 뒤의 결심이었다. 그리고 동시에 그것은 자신과 경애 사이를 가로막고 있는 마지막 벽을 허물기 위한 노력이기도 했다.

밤늦은 골목

"타라로 돌아가자. 내일은 또 내일의 바람이 불 테지……."

슬픔에 겨워 흐느끼던 여주인공이 갑자기 강인한 표정으로 돌아가 무언가를 말하고 있는 화면 한 귀퉁이에 그런 자막이 어른거렸다. 이어 노을이 짙게 밴 하늘을 배경으로 기괴하게 뒤틀린 거대한 고목이 서 있고, 마차 한 대가 그리로 달려가는 게 보였다.

그러나 영희(英姬)에게는 그 모든 장면이 그저 무슨 의미 없는 꿈같이만 느껴졌다. 언제부터인가 촉감뿐만 아니라 나머지 다른 감각들까지도 모두 형배(亨培)가 잡고 있는 손목으로 몰려 버린 탓이었다.

형배의 손바닥은 축축했고 게다가 가볍게 떨리기까지 했다. 영희는 한편으로는 처음 맛보는 그 느낌이 싫으면서도 다른 한편으로는 처음이기 때문에 오히려 짜릿한 기대가 되어 거세게 뿌리치지 못하고 있었다. 어쩌면 곁에 모니카가 앉아 있어 자기들의 은밀한 맺음이 더욱 자극적인 기쁨이 되었는지도 모를 일이었다.

찌르릉 찌르르릉. 갑자기 종영(終映)을 알리는 벨이 울리고 극장 안이 환해졌다. 영희는 그제야 자신의 손목이 잡혀 있었음을 안 사람처럼 놀라 손목을 빼고 코트의 깃을 올려 세웠다. 코트는 구제품 옷을 개조한 것으로, 깃이 넓고 커서 조금만 세우면 속에 입은 학생복의 흰 칼라뿐만 아니라 단발머리까지 감출 수가 있었다. 모니카가 황급히 머릿수건을 쓰며 영희를 보고 배시시 웃었다. 모든 것을 다 알고 있다는 듯한 웃음이었다. 그런 그녀의 눈길을 맞받지 못해 공연히 주위를 휘둘러보는 영희의 눈에 사람들 틈에 끼어 어느새 저만치 가고 있는 형배의 뒷모습이 보였다. 갑자기 그런 형배가 전보다 몇 배나 가깝게 느껴졌다.

"여기야."

사람들에게 떼밀리다시피 하여 극장을 빠져나오자 미리 골목 쪽에 나가 있던 형배가 어둠 속에서 불쑥 나서며 소리쳤다. 그러나 가방을 맡겨 둔 빵집에 이를 때까지 영희는 그와 한마디도 나누지 않았다. 모니카가 무엇을 눈치챘는지 잠시도 입을 다물지 않고 지껄여 자칫 어색할 뻔한 분위기를 겨우 자연스럽게 이끌어 갔다.

"무슨 일이야? 나 모르게 둘이 싸움이라도 했어? 왜 영화 구경 잘하고 나와 그렇게 뚱한 얼굴들이야?"

가방을 맡아 준 인사로 다시 시킨 빵 접시에서 설탕이 듬뿍 묻은 도넛을 집으며 모니카가 아무래도 그냥 넘어갈 수 없다는 듯 물었다. 남자 주인공인 클라크 게이블에 대해 한동안 호들갑스러운 감탄을 표시한 뒤의 일이었다. 영희가 얼른 고개를 가로저으며 말했다.

"아무것도 아니야, 그냥 좀……."

"그럼 학교 안 간 게 걱정돼? 너희 엄마도 이젠 서울에 없다면서?"

영희가 워낙 천연덕스레 대꾸하는 바람에 그대로 넘어간 모니카가 이번에는 그쪽으로 물었다. 하지만 그게 오히려 영희를 깨우쳐 준 셈이었다. 극장 안에서부터 줄곧 그녀를 따라온 일종의 도취와도 흡사한 감정 상태가 일시에 흩어지며 문득 썰렁한 자취방과 자신의 현실이 떠올랐다.

물론 걱정될 것은 아무것도 없었다. 어머니는 철과 옥경이를 데리고 밀양으로 간 지 벌써 한 달이 넘었고, 오빠 명훈도 야간 근무에 들어가 미군 부대에서 밤을 새울 것이었다. 학교랬자 야간이라 출석 문제에 그리 엄하지 않았고 따라서 하루쯤 결석을 하고 영화 구경했다 해서 당장 그걸로 야단을 맞거나 입장이 어려워질 일은 어디에도 없었다.

그런데도 한번 그쪽으로 생각이 미치자 영희의 마음은 갑작스레 불안하고 다급해졌다. 자유의 무게가, 아무도 통제하지 않기 때문에 오히려 더 부담스러운 시간과 공간이 느닷없이 영희의 머릿속을 짓눌렀다.

"그럼 혹시 니네 오빠 오늘 쉬는 날 아니야? 어머, 그런가 보구나."

영희가 대답이 없는 걸 보고 모니카가 다시 제멋대로 넘겨짚었다. 그런 그녀의 눈에서 이상한 열기가 반짝했다가 이내 스러졌다.

"아니, 그렇지 않아."

영희는 이번에도 자신 있게 고개를 저었지만, 눈앞에는 어느새 오빠 명훈의 성난 얼굴이 어른거렸다. 역시 모니카의 물음이 오히려 일깨움이 되어 끌어낸 환영이었다.

그런데 참으로 이상한 것은 환영으로 떠오를 때의 명훈이었다. 명훈은 겨우 세 살 손위의 오빠에 지나지 않았고, 어린 시절에는 때로 동무하여 자랐지만 영희에게는 오빠 명훈의 어린 모습이 도통 떠오르지 않았다. 왠지 처음부터 어른으로 태어난 사람처럼 언제나 어른으로만 나타났다.

이제는 그 기억이 희미해졌지만 전쟁 때, 그러니까 영희가 아홉 살이던 해 어른들이 한꺼번에 없어지고 그들 삼 남매만 남아 거리를 떠돈 적이 있었다. 그때 명훈은 잘해야 열두 살 소년이었는데도 영희의 기억으로는 이미 어른이었다. 어린 철이를 업고 불타고 허물어진 서울 거리를 떠도는데, 영희로서는 그 행동 하나하나가 그저 감탄일 뿐이었다. 분명 낯선 골목 같은데도 이리 살피고 저리 재다가 한 군데 대문을 두드리고 들어가면 거기에선 틀림없이 낯익은 얼굴들이 나타났다.

간혹 문간에서 내쫓는 이들도 있었지만, 대개는 먹을 것에다 눈물 몇 방울까지 덤으로 얹어서 내놓는 친지들이었다. 폭격으로 형편없이 허물어진 옛집을 찾아갔을 때도 마찬가지였다. 마당 아무곳이나 들쑤신 것 같은데도 곧잘 쓸 만한 것들을 파냈고, 어떤 때는 시퍼렇게 녹이 슨 놋그릇을 죽으로 찾아내기도 했다. 그 놋그릇을 곱게 빻은 기왓가루로 하루 종일 닦아 며칠은 잊어버릴 만큼 많은 먹을 것들과 바꾸었을 때의 감격은 오랜 세월이 지나도 좀체 잊히지 않았다.

3년 뒤 흘러 흘러 안동(安東)에서 할머니가 돌아가셨을 때도 그랬다. 그때 명훈은 외가가 있는 영천으로 대나무를 구하러 갔다가 할머니가 운명하신 뒤에야 돌아왔다. 대나무를 태울 때 껍질에서 나오는 기름이 할머니의 병에 특효약이라는 말을 듣고 2백 리가 넘는 길을 거의 도둑 기차(무임승차)로 오가며 한 짐이나 되는 대나무를 지고 온 길이었다. 아직 죽음이란 게 그리 실감 나지 않아 제대로 울어 본 적조차 없는 영희에게는 그때 할머니의 관을 부둥켜안고 통곡하는 명훈이 겨우 열다섯인 오빠라기보다는 어떤 낯선 어른처럼만 느껴졌다.

영희가 그런대로 너무 늦어지지 않고 학교를 다닐 수 있게 한 것도 명훈이었다. 할머니가 돌아가신 이듬해인가, 그날도 팔리지 않는 껌 통을 들고 통일여객 정류장 부근을 한 바퀴 돌고 났을 때였다. 어디선가 돌아온 명훈이 헌책 한 보따리를 쥐어 주며 말했다.

"이제 껌은 그만 팔고 내일부터 학교를 나가도록 해. 더 늦어지면 너는 영영 무식쟁이로 끝나고 만다."

그리고 펄쩍 뛰는 어머니와 싸워 가며 넣어 준 게 새로 읍내 변두리에 생긴 고등공민학교였다. 자신은 역전의 좋지 않은 패거리와 어울려 마구잡이로 살면서도 영희를 공부시켜야 한다는 것만은 잊지 않고 있었던 듯했다. 영희의 공부가 그럭저럭 제 또래를 따라가게 되자 나중에는 정식 여중(女中)에 편입까지 시켜 주었다.

서울로 옮겨 와서도 명훈의 그런 후원은 변함이 없었다. 그때는 자신도 뒤늦게 고등학교에 편입한 뒤라 하우스 보이 수입으로는 영희까지 학교에 나가기 어려웠지만 명훈은 중학교를 졸업한 영희가 놀고 있게 버려 두지 않았다.

"어디 야간이라도 고등학교에 진학을 하도록 해. 정 안 되면 낮에 일자리를 가지면 되잖아?"

그리고 여자 교육은 중학교면 됐다고 다시 펄쩍 뛰는 어머니를 달랬다.

"여자니까 더 배워야 해요. 차라리 낮에 다닐 만한 알맞은 일자리나 마련해 보세요."

그런 명훈에게서 영희는 이따금 이제는 얼굴조차 잘 떠오르지 않는 아버지를 느낄 때마저 있었다.

"야, 아무래도 영희 씨가 무슨 걱정이 있는 모양이다. 그만 일어나자. 벌써 열한 시가 다 됐어. 같이 바래다주자."

영희가 잠깐 명훈을 떠올리며 말없이 서 있자 극장 안에서의 일은 끝까지 시치미를 떼며 형배가 모니카를 보고 말했다. 그들은 이종사촌 사이였다. 모니카가 그런 형배에게 입을 비쭉이며 말했다.

"오빠, 벌써 영희 생각만 하기야? 나는 늦게 들어가면 상이라도 받을 줄 알아?"

"너는 내가 이모에게 말해 주면 되잖아. 거기다가 영희 씨 동네는 골목도 어둡고……"

"어쭈, 오빠라면 뭐든지 다 통할 것 같아? 싫어, 나 먼저 갈 테야. 영희 바래다주려면 오빠나 바래다줘."

모니카가 그렇게 말하며 혼자 책가방을 들고 일어났다. 짐짓 토라진 척하고 있었지만 그녀의 속셈은 그런 일에 그리 경험이 많지 않은 영희에게도 뻔했다. 둘만 남기고 빠져 주려는 것임에 틀림없었다.

'앙큼한 기집애……'

영희는 그게 별로 싫지 않으면서도 속으로는 그렇게 중얼거렸다. 나이는 오히려 한 살 아래면서도 남녀간의 일에는 이상하게도 발달된 감각을 가진 모니카였다. 영희는 나이가 나이라 그런 모니카에게 어쩔 수 없이 이끌리면서도 때로는 어떤 섬뜩함을 느꼈다. 뚜렷하지 않은 대로 그것이야말로 그녀의 불길한 앞날을 예고하는 무슨 조짐처럼 느껴질 때가 있었기 때문이었다.

따지고 보면 모니카는 지금도 이미 여러 가지로 문제가 많은 아이였다. 그녀가 야간 고등학교에 나오는 것은 특별히 집안 살림이 어렵거나 낮에 일자리를 가져서가 아니라 다니던 주간 고등학교에서 무슨 일을 저지르고 퇴학당한 탓이었다. 모르긴 해도 남자관계가 잘못된 것임에 틀림없다는 게 영희의 짐작이었다. 몇 번 가본 그녀의 집안도 이상한 구석이 많았다.

그녀는 어머니와 단둘이 살았는데 그 어머니는 대단한 미인이었지만 여느 가정주부 같지는 않았다. 아버지가 일찍 죽어 집안에 남자가 없다는 말도 우연히 보게 된 안방 옷장 속의 남자 양복들로 미루어 꼭 그런 것 같지만은 않았다. 어쩌다 그녀의 집안 얘기 속에 불쑥 끼어 나왔다가 황급히 취소되는 '그 남자'가 누구인지 모르지만 어쨌든 집안에 누군가 남자가 있는 것만은 틀림없었다.

"걔는 어찌 노는 게 꼭 기생 같냐?"

언젠가 모니카가 그들 자취 방에 와서 한나절 놀고 간 뒤에 명훈이 그렇게 말한 적이 있는데 사실 영희도 그녀의 어머니에게서 그런 느낌을 받고 있었다.

"어때? 나 먼저 가도 되지?"

모니카가 자리를 뜨며 영희를 보고 눈을 찡긋했다.

"안 돼, 같이 나가. 집에는 나 혼자도 갈 수 있어."

영희가 진심으로 그렇게 말했으나 모니카는 기어이 자리를 떴다. 그러다가 문께에서 문득 영희를 보고 큰 소리로 말했다.

"잊지 마, 이번 일요일은 네 차례야. 니네 오빠보고 꼭 영화 구경 시켜 달라고 해야 돼."

영희로서는 아연할 수밖에 없는 모니카의 적극성이요, 대담함이었다.

　실은 영희가 별로 마음 내켜하지 않으면서도 형배와 그만큼이나 가깝게 된 것 또한 그런 모니카의 극성 때문이었다. 여섯 달 전인가 그저 야간부이면서도 낮에 직장을 가지지 않았다는 공통점만으로 친하게 돼 영희네 집으로 놀러 왔다가 명훈을 본 모니카는 그날부터 정식으로 명훈을 소개시켜 달라고 졸라 대기 시작했다.

　그러나 영희는 얼른 그 말을 들어주지 않았다. 우선은 세 살 위라도 까마득한 어른처럼 느껴지는 명훈에게 이제 열일곱 살 난 철부지 계집애를 소개시켜 준다는 것 자체가 도무지 엄두가 나지 않았고, 그다음은 그녀의 되바라진 적극성과 대담함이 친구로서는 몰라도 어쩌면 올케가 될지 모르는 명훈의 애인으로서는 아무래도 마땅치 않게 여겨진 까닭이었다. 그러자 모니카가 끌어들인 것이 그녀의 이종사촌인 형배였다. 몇 달 지난 지금은 그럭저럭 대학생이 되었지만 그때만 해도 형배는 별 특징 없는 까까머리 고등학생이었다. 얼굴은 전형적인 몽골리안에 공부도 썩 잘하는 것 같지 않고 말주변도 시원치 않았다. 그때껏 백마를 탄 미남 왕자를 꿈꾸고 있는 것은 아니었지만 그래도 초조(初潮)를 앞뒤로 해서 멋쟁이 국어 선생을 짝사랑한 경험이 있는 영희에게 그리 탐탁할 리 없는 상대였다. 그런데도 모니카는 틈만 나면 두 사람을 끌어내 마침내 연인 비슷한 사이로 만들어 놓고 말았다.

　"우리도 그만 일어나지. 자칫하면 전차가 끊기겠어."

　형배가 아연해 있는 영희를 보고 말했다. 영희가 다시 한 번 사양했으나 형배는 기어이 영희를 집까지 바래다줄 작정인 것 같았다.

더는 뿌리치지 못해 형배와 함께 종로로 나오면서 영희는 새삼 형배와 자신을 둘러보았다. 막연히 생각했던 사랑이 바로 그런 것인지는 모르지만, 그와 함께 걸으니 무언가 든든하고 따스한 느낌이 드는 것만은 어쩔 수 없었다. 모니카의 사촌이라고는 믿어지지 않을 만큼 순박하고 성실한 인품이 주는 신뢰감 덕분이었다.

"왜 그러셨어요?"

영희가 그런 속마음을 감추고 제법 가시 돋친 음성으로 극장 안에서의 일을 따지듯 물었다. 형배가 멋쩍은 듯 뒤통수를 긁으며 말했다.

"아, 그저…… 실은 얼마 전에 『바람과 함께 사라지다』를 책으로 읽었어. 스칼렛 오하라가 이상하게 친숙한 사람처럼 생각됐는데 오늘 보니 문득 영희와 닮았다는 느낌이 들더군. 거칠고 이기적이면서도 꿋꿋하고 순진한 게. 그래서……."

언제나 그렇듯 우물우물하는 듯한 대답이었는데 듣기에 꼭 싫은 것은 아니었다. 그러나 영희는 왠지 그런 형배에게 반발하고 싶었다.

"싫어요, 그런 여자. 불결하고 칙칙해. 꿋꿋하고 순진하다면 그렇게 유혹적이지는 말아야 하잖아요?"

어느 정도는 진심이기도 한 반박이었다. 어머니의 엄격한 정조 관념이 은연중에 몸에 밴 영희에게는 여주인공이 함부로 남자를 바꿔 대는 것 같아 싫었다.

형배가 그런 소리와 함께 한 발이나 옆으로 비켜서는 영희를 힐끗 보다가 빙긋이 웃으며 말했다.

"불결하고 칙칙하다 — 그런데도 모니카와는 단짝이라……."

"모니카가 어때서요?"

반드시 그 속뜻이 짐작 가지 않는 것은 아니었으나, 영희가 그 말꼬리를 잡고 늘어졌다. 이종사촌인 그를 통해 모니카가 한사코 숨기고 있는 부분 — 특히 남자관계를 알고 싶었다. 자신의 단순한 호기심 못지않게 오래잖아 그녀와 정식으로 만나게 될 오빠 명훈을 위한 배려가 숨은 물음이었다.

"불쌍한 애야. 여러 가지로……."

"불쌍하다니요? 걔가 어때서요? 집안 넉넉하고, 어머니 아버지 다 좋고, 인물 예쁘고……."

"무어랄까, 너무 일찍…… 꺾이고 병들어 있는, 그렇지, 병든 여유고 병든 아름다움이야."

그러다가 문득 무얼 생각했는지 당황하며 물었다.

"정말 모니카를 좋게 보아서 그렇게 말하는 거야? 아니면 몰라서 묻는 거야?"

"뭘 말이에요?"

"집안 얘기, 그 애 자신에 관한 문제, 그렇게 붙어 다니면서도 아무것도 못 들었어?"

형배가 그렇게 말하며 빤히 영희를 쳐다보다가 영희가 무언가를 은근히 캐고 있다는 걸 알아차린 것 같았다.

"좀 듣긴 했지만요……."

하며 슬쩍 넘겨짚기를 시작하려는 영희의 말허리를 형배가 갑작스러운 서두름으로 잘라 버렸다.

"서둘러야겠어. 자칫하면 전차 끊어지겠네."

무언가 나중에 모니카에게 원망 들을 소리를 하게 되는 걸 피하겠다는 뜻임에 틀림없었다.

통금 예비 사이렌이 불 때가 가까웠건만 거리는 초조해하는 대로 아직 흥청대고 있었다. 술 취한 사람들이 여기저기서 목청을 돋우었고 어두운 골목 구석에서 몇 명씩 떼를 지어 먹이를 노리는 맹수처럼 지나가는 사람들을 살피던 조무래기 주먹들은 영희와 형배를 보자 야비한 휘파람을 획획 불어 댔다.

어쩌면 마지막일지 모른다는 생각에 억지로 비집고 탄 전차 안도 바깥과 크게 다르지 않았다. 꽉 들어찬 사람들도 후텁지근해진 공기 때문인지 또는 늦지 않게 전차에 올랐다는 안도감 탓인지, 술꾼들은 새삼 오르는 술기운으로 이 구석 저 구석에서 악을 써 댔고 그렇지 않은 사람도 끼리끼리 이제 막 마감한 그 하루의 일들을 떠들썩하게 주고받았다.

거의 종점까지 가야 하는 영희와 형배는 아예 차 안 깊숙이 비집고 들어갔으나 거리에서처럼 호젓한 대화는커녕 서로를 쉽게 확인할 수 있는 거리를 유지하는 것조차 어려웠다. 몇 번인가 사람들을 헤치고 영희 곁으로 오려고 애쓰던 형배도 마침내는 단념

했는지 저만치 머리 끝만 보이며 멈춰 서 버렸다.

밀리던 끝에 영희가 서게 된 곳은 하필이면 잔뜩 취한 중년 사내 둘 사이였다. 한 사람은 비록 넥타이가 뒤틀리고 중절모가 찌그러졌지만 그래도 정장이었고, 다른 한 사람은 점퍼 차림이었는데, 정장 쪽이 더 취한 것 같았다. 겨우 자리를 잡고 섰다 싶자 격한 목소리로 이미 몇 번은 되풀이했음 직한 이야기를 다시 꺼냈다.

"60프로야, 60프로. 세상에 어느 망할 놈의 나라에 일개 기업이 시장의 60프로를 해먹는단 말이야?"

그러자 점퍼 쪽이 냉소하며 그 말을 받았다.

"아직도 그 얘긴가? 돈 놓고 돈 먹기지. 원당(原糖) 분배가 시설을 기준으로 하는 이상 당연한 이치 아닌가? 자네도 삼백(三白: 흰 설탕, 흰 밀가루, 흰 솜을 원료로 하는 제당·제분·방직) 산업 한 모퉁이에 끼어들었다기에 떼돈 번 줄 알았더니 여태껏 그것도 모르고 사업했나?"

"아무래도 그렇지. 재작년에 하루 생산을 2백 톤으로 늘린 것만 해도 얼마나 터무니없는 짓이야? 다른 공장이 다 문 닫아도 그것만으로 국내의 총수요를 막을 판인데 또 설비 확장을 해? 죽일 놈의 자식. 수출 전망이라고는 손톱만큼도 없는데 시설을 늘려 제 몫 되는 원당 분배율만 높이는 것은 결국 영세업자들을 다 말아먹자는 수작 아냐? 제당(製糖)을 통째로 삼키자는 수작 아닌가 말이야?"

"그럼 자네도 설비 확장을 한번 하지 그래. 하루 5백 톤 규모로

만 늘려도 원당 60프로는 자네 공장에 배정이 될 텐데……. 자본주의의 필연이야. 다 돈일세. 돈 없어 그리 된 거 너무 핏대 세우지 말게. 혈압 올라."

"자꾸 돈, 돈, 하지 마! 그럼 돈만 있으면 아무거나 마구 독점해도 된단 말이야? 그것도 제 돈이면 분통이나 덜 터지지. 영세업자들이 두 손 호호 불며 알뜰히 모아 은행에 맡긴 돈 제 것처럼 빼내 쓰면서 그걸로 되레 영세업자들 목을 졸라? 에익, 소리 안 나는 총이라도 있으면……."

"애매한 소리 하지 말게. 그 동네는 은행 돈도 잘 안 빌린다던데. 내 듣기로 1956년까지 제당 쪽 순이익만 해도 40억 환이라더구먼."

"그거는 뭐 제 힘으로 벌었나? 시장이 보장된 데다 독점으로 차고 앉아 연순익 8백 프로씩 10년이나 폭리로 먹었으면 40억 환 아니라 4백억 환도 모으겠다. 그걸 가지고 건전한 민족자본으로 돌아설 생각은 않고, 근근이 곁다리 붙어 밥술이나 얻어먹자는 영세업자들 목이나 졸라? 과감히 생산재 쪽으로 전환한다면 누가 몹쓸 놈이라고 손가락질이라도 하느냐 말이야, 엉?"

"아따, 그 사람 순진하기는. 몇 번이나 삼백공업(三白工業: 흰 원료를 쓰는 세 종류의 공업) 얘기를 해도 못 알아듣네. 제분업계는 어떻고 면방직은 어떤가? 어디 그런 게 제당뿐이야? 내 알기로는 제분도 가동률이 30프로는 넘지 않을 걸세. 뒤늦게 뛰어든 제분도 그 모양으로 만들어 놨는데, 원래 독식하던 제당이야 말할 나위가 어딨어? 원당 못 얻어걸려 문 닫은 게 어디 자네 공장뿐인가?"

점퍼 쪽은 말리기보다는 오히려 상대편이 모르는 것까지 일깨워 주어 가며 성을 돋우었다. 정장이 마침내 악에 받친 소리를 내뱉기 시작했다.

"이제야 빨갱이들이 왜 설치게 되었는지 알겠어. 다시 빨갱이 바람이 몰아쳐야 돼. 정치하는 놈들이 독과점을 못 막으면 빨갱이들이라도 나와서 그것들을 싹 쓸어 버려야 해. 에익, 이 빌어먹을 놈의 세상……."

"자네 왜 이러나? 아무리 자가용 팔아 치우고 전차 타게 되었다고는 해도 좀 심한데?"

"왜? 내가 그른 소리 했나? 두고 봐. 무슨 일이 나는가 안 나는가? 어디 이승만이 이기붕이만 문젠 줄 알아? 제아무리 정치 잘해도 경제정책 성공하지 못하고 견뎌 내는 놈 봤어? 그런 놈 있으면 내 손바닥에 장을 지지지. 모든 게 다 경제야. 먹고사는 일에 달렸단 말이야. 그거 제대로 못 보살펴 주는 놈, 민주 아니라 우(又)민주를 해도 소용없어."

"그래도 자넨 그런 소리 해서는 안 되네. 빨갱이 때려잡아야 한다고 소매 걷어붙이고 설쳐 댄 건 누군가? 가만히 들어앉은 사람 기회주의자니 수박(겉만 푸른 빨갱이)이니 해 가며 끌어낸 건 누군가 말이야?"

점퍼 쪽이 짐짓 차 안 사람들이 다 들을 수 있을 만큼 목소리를 높여 그렇게 능쳤다. 이런 사람이니 설령 이 사람이 좀 불온한 소리를 하더라도 수상쩍게 여기지는 마시오, 라는 요청과도 같았다.

잘 알아듣지 못하면서도 영희는 언제부터인가 조금씩 으스스해졌다. 무심코 올려본 정장 쪽의 번들거리는 두 눈이 영희의 의식 밑바닥에서 어린 날의 기억 한 토막을 끌어낸 까닭이었다. 그 일 뒤로는 술 취한 남자 어른만 보면 본능적인 공포를 느끼게 된 어떤 사건의 기억이었다.

일곱 살 때였을까, 아니면 여덟 살? 그날 영희는 양지바른 대문께에서 이웃 계집아이 하나와 소꿉장난을 하고 있었다. 흰 사금파리를 부순 것으로 만든 밥에다가 붉은 벽돌 가루와 질경이며 민들레 잎새로 담근 김치를 곁들여 한 상 잘 차리고 있는데, 어떤 남자 어른이 비척거리며 다가와 물었다.

"너 이 집에 사는 아이냐?"

혀 꼬부라진 소리에다 두 눈까지 충혈돼 있어 까닭 없이 겁에 질린 영희가 얼른 대답했다.

"네."

"아버지 안에 계시냐?"

그 남자 어른이 갑자기 험해진 얼굴로 다시 물었다. 영희는 한층 겁에 질렸지만 이번에는 얼른 대답하지 않았다. 언제 누구에게서 들은 것인지는 몰라도 낯선 사람이 와서 물을 때는 함부로 아버지 얘기를 해서는 안 된다는 말이 문득 떠올랐기 때문이었다.

"있는 모양이구먼."

그 남자 어른은 영희의 망설임에서 무슨 낌새를 알아챘는지 그렇게 중얼거리며 비척비척 집 안으로 걸어 들어갔다. 그리고 왠지 그를 그냥 들여보내서는 안 될 것 같아 영희가 겨우 말문을 열려 할 때는 벌써 대청 안쪽을 향해 혀 꼬부라진 소리를 질러 대고 있었다.

"동지, 이(李) 동지, 이 동지 집에 있소?"

그런데 이상한 것은 집 안의 반응이었다. 집 안에는 분명 아버지와 어머니뿐만 아니라 할머니와 필규라는 식모 아이, 그리고 아침나절에 찾아온 손님 몇 명이 있었건만 한동안 괴괴하기만 했다. 그러다가 그 술 취한 남자가 한 번 더 소리친 뒤에야 어머니가 마지못한 듯 가만히 부엌문을 열고 나왔다. 알은체를 하는 품이 좀 놀라기는 해도 영 낯선 사람 같지는 않았다. 그러나 그 사람은 어머니의 인사도 받지 않고 사랑방 쪽만 보며 거듭 소리쳤다.

"나, 친일 부역자 염칠성이오. 이렇게 불러 될지 모르지만, 이 동지, 어쨌든 나 좀 봅시다."

그러자 비로소 건넌방 문이 열리며 아버지가 대청으로 나왔다. 누가 와도 늘 웃는 빛이던 아버지의 얼굴이 그날따라 이상하게 굳어 있었다.

"어서 오십시오, 염 선생님."

"역시 동지라고 불러 주지 않는군. 그렇지, 왜놈들 양곡조합 이사를 지낸 친일파가 어떻게 전농(全農) 대표위원의 동지가 될 수 있겠소?"

그 남자가 그렇게 빈정거리며 댓돌 위로 올라서더니 마루 기둥을 짚으며 겨우 몸을 가누었다.

"밖에서 그러지 말고 안으로 드시지요."

아버지가 애써 민망스러운 표정을 감추며 부드럽게 말했다. 그 남자가 털썩 마루 끝에 앉더니 다시 목청을 높였다.

"들어가나 마나, 한번 물어봅시다. 도대체 어째서 나는 이번에 복권(復權)이 안 됐소? 동척(東拓: 동양척식회사) 농장장은 괜찮고 시(市) 양곡조합 이사는 안 된다는 무슨 법이라도 있소?"

"너무 감정적으로 생각하지 마십시오. 아직은 때가 아니라는 게 동지들의 의견이었습니다."

"뭐? 때? 웃기지 마시오. 나도 들을 귀는 있소. 이 동지가 바로 내 복권을 앞장서서 반대하지 않았소? 자신은 당중앙(黨中央)의 후보 위원 자리까지 차지했으면서……."

나직한 아버지의 목소리에도 불구하고 그 남자는 한층 거칠게 나왔다. 그래도 아버지는 어떻게든 달래 보려고 애쓰는 것 같았다.

"무얼 잘못 아셨습니다. 다른 사람도 아닌 제가 설마 그랬을 리 있겠습니까? 어쨌든 듣는 귀도 있고…… 안으로 들어가서 얘기하도록 합시다."

하지만 소용이 없었다. 아버지의 어떤 점이 그의 심기를 건드렸는지 갑자기 눈이 뒤집힌 그 남자가 완연히 싸움투로 욕설을 퍼부어 대기 시작했다. 소꿉장난을 걷어치우고 어머니의 치마꼬리에 붙어 서서 그 광경을 지켜보고 있던 영희에게는 그 남자가 무섭게 짖어 댈 뿐만 아니라 자칫하면 달려들어 아버지를 물어뜯을 사나운 개 같았다.

건넌방에 기척 없이 들어앉아 있던 손님들이 슬그머니 문을 열고 대청으로 나와 선 것은 그 남자의 주정이 마구잡이 행패로 바뀌려 할 때였다.

"염 동지, 이게 무슨 짓이오?"

그들 중에 개똥모자를 쓰고 팔(八)자 수염을 기른 사람이 제법 엄하게 소리친 뒤에야 겨우 그들을 알아본 그 남자가 이번에는 그들을 향해 퍼부어 대기 시작했다. 아버지를 대할 때처럼 마구잡이는 아니었지만 그들에게도 성을 내고 있기는 마찬가지였다.

"오라, 동지들도 와 있었구려. 어디 좀 물어나 봅시다. 우리 사업에도 가진 놈 못 가진 놈 구별이 있소? 자금 좀 넉넉히 내놓으면 일제의 가장 악랄한 수탈 기관에서 간부 노릇을 해도 외곽 단체 대표 위원에 당중앙 후보 위원 자리까지 내주는가요? 또 가진 게 없는 놈은 위장 전향을 해서 이름뿐인 시(市) 양곡조합 이사 노릇 잠깐 했다고 해방된 지 3년이 되어도 복권조차 시켜 주지 않는가요? 도대체 언제부터 우리 사업이 자본주의 주식회사꼴이 되었소? 이것도 돈 놓고 돈 먹기요?"

그러다가 그들이 무어라고 대답하기도 전에 품에서 흰 베 조각 하나를 꺼내 마루에 펴며 말했다.

"어쨌든 모두들 계시니 마침 잘됐소. 이거나 당중앙에 전해 주시오. 이 염칠성이가 아직 썩지 않았다는 뜻이오."

그 말에 험하게 굳어져 있던 세 사람의 눈길이 한꺼번에 흰 베 조각으로 쏠렸다. 명주인 듯싶은 작은 보자기만 한 천을 잘 다려 접어 두었다 편 것이었는데 거기에는 아무것도 씌어 있지 않았다.

아버지와 세 손님의 눈길은 이내 의아로운 빛을 띠며 염칠성이라는 사람에게로 돌아갔지만, 영희는 그때 이미 갑작스러운 두려움에 질려 오들거리고 있었다. 핼쑥해진 얼굴로 숨결을 가다듬고 있는 그 남자가 금세라도 벌떡 몸을 일으켜 무슨 끔찍한 일을 저지를 것 같았기 때문이었다.

영희의 그 같은 예감은 곧 현실이 되어 나타났다. 발작적으로 오른편 식지(食指)를 입에 쑤셔 넣은 그 남자가 목 힘줄이 불쑥 솟도록 이를 악물었다. 이어 그가 입에서 손가락을 빼냈을 때는 이미 시뻘건 피가 손톱이 보이지 않을 만큼 흘러내리고 있었다.

그날 그 남자는 흰 명주 보자기가 시뻘겋게 보일 만큼 무언가를 피 흐르는 손가락으로 써 갈긴 뒤에야 마루 끝에서 일어났다. 그리고 비칠비칠 문께로 가다가 하필이면 영희 바로 앞에서 손가락 끝에 다시 고인 피를 마당에 흩뿌렸다. 그 아침 어머니가 고운 비로 정성스레 쓴 보얀 흙 마당에 점점이 스며 이내 말라 버린 그 핏자국은 그의 번들거리는 눈과 더불어 야릇한 선명함으로 어린 영희로서는 도저히 이해할 수 없는 그날의 사건을 그 무렵의 어떤 것보다 생생하게 그녀의 기억에 새겨 넣었다.

영희가 엉뚱하게 그런 기억을 더듬고 있는 사이에 전차는 어느새 동대문을 지나고 있었다. 사람들이 좀 빠져나가 생긴 틈을 비집고 형배가 다가와 손을 잡으며 말했다.

"이제 겨우 숨 돌릴 만하네. 혼났지?"

극장 안에서 손목을 잡은 것으로 이제 그쯤은 당연한 권리가 됐다는 듯 스스럼없는 태도였다. 깜깜한 극장 안과 영화의 분위기에서 옮은 과장된 감정에 휘말려 그때는 다소곳이 받아들였지만 불빛이 환하고 여러 사람이 힐끔거리는 전차 속에서는 달랐다. 여자로서는 거센 편인 영희의 성격이 한꺼번에 되살아나며 속마음 이상의 거센 반발을 시작했다.

"놔요. 사람들이 보잖아요?"

영희가 제법 옆사람이 알아들을 만한 소리로 무안을 주며 세차게 형배의 손을 뿌리쳤다. 형배는 머쓱해서 손을 거두었으나 그 같은 거부를 영희의 의도만큼 강하게 받아들여 주지는 않았다. 나이 어린 여자아이의 변덕이거니 여겼던지 굳이 사람들 사이를 비집고 영희 곁에 나란히 붙어 서며 히쭉 웃었다.

"이 사람이 영 못쓰겠구먼. 남의 발을 밟았으면 사과라도 한마디 있어야 할 거 아냐?"

그때껏 점퍼 차림을 상대로 무언가를 연신 분개하고 있던 정장 쪽이, 오냐 너 잘 걸렸다는 듯 형배를 노려보며 으르렁거렸다. 금세 사태를 알아차린 형배가 머리를 꾸뻑하며 순순히 잘못을 빌었다. 그러나 정장은 형배를 놓아주려 들지 않았다.

"요새 젊은것들은 글러 먹었어. 기생오라비같이 멋이나 부리고 계집들 꽁무니나 쫓아다니니……."

형배가 연신 머리를 꾸벅이자 말머리를 동행에게로 돌리면서도 눈길은 한층 악의에 차 형배 쪽을 힐끗거렸다. 빈정거림을 넘어 시비를 거는 것에 가까웠다.

"저래 가지고서야 어찌 나라 꼴이 잘되기를 바라겠어? 눈알 시퍼런 젊은것들이 있고서야 이승만 이기붕이가 어찌 배겨 나고 자유당이 무슨 분탕질을 쳐? 그래도 우리 때는 안 그랬지. 배창자에 칼이 들어와도 잘못된 것은 그냥 보아 넘기지 않았어. 자네 반탁(反託: 신탁통치 반대 운동) 때 생각나나? 손에 쥔 건 아무것도 없어도 기백 하나는 넘쳐흘렀지. 그런데 요새 젊은것들은 뭐야? 참 한심해서……."

형배가 굳이 못 들은 척하는 것이 한층 그를 대담하게 만든 것 같았다. 그의 지나친 정권 비판에 안절부절못하던 점퍼 차림도 잘됐다는 듯 맞장구를 치기 시작했다. 이번에는 주로 영희 쪽을 겨냥한 악의였다.

"계집들은 또 어떻고? 이건 뭐 머리에 소똥도 벗어지기 전에 남자만 보면 꼬리를 쳐 대니……. 배운 년은 양춤 배워 양갈보질 나설 궁리나 하고, 못 배운 년은 못 배운 대로 그게 무슨 좋은 본새라고 양년들 하듯 아무한테나 가랑이 벌리고 드러누울 작정들이고……."

"그 나물에 그 밥 아니겠어? 사내 녀석들이 저 모양인데 계집년들이 성하기를 어떻게 바라겠어?"

"박인수(朴仁秀) 시절만 해도 순진했지. 온 세상이 그 일로 놀라 떠들썩하고, 법도 지켜 줄 가치 있는 순결한 정조만을 보호……어쩌고 하며 멋 부릴 여유가 있었어. 하지만 요새 그런 사건이 나 봐. 도대체 기삿거리나 되겠어? 아니 애초에 사건조차 성립되지 않을 거야."

박인수라면 영희도 알 만한 사건의 주인공이었다. 두어 해 전인가. 《야담(野談)과 실화(實話)》란 잡지에서 읽었는데, 스물몇 명의 명문 여대생을 농락하고도 그중에 처녀는 하나도 없었다고 고백한 걸로 돼 있었다. 어지간하면 그냥 참아 넘기려던 영희도 거기서 더 참지 못했다.

"아저씨들, 도대체 지금 뭣들 하시는 거예요? 아저씨들은 딸 키우지 않으세요?"

영희가 눈을 치뜨고 그쪽을 노려보며 앙칼지게 소리쳤다. 그때까지도 귀머거리 행세만 하고 있는 형배에게 느끼는 밉살스러움이 그녀의 목소리를 더욱 앙칼지게 했는지도 모를 일이었다.

정장과 점퍼는 그 앙칼스러운 목소리보다도 새파란 불길이 이는 듯한 영희의 눈길과 정면으로 덤벼드는 당돌함에 취중에도 움찔하는 기색이었다.

"그 학생 성깔 하나는…… 우리가 뭐 학생을 두고 말한 건가?"

조금 있다가 정장 쪽이 한층 벌게진 얼굴로 그렇게 받았지만 좀 전과 같은 공격성은 보이지 않았다. 점퍼 차림도 얼른 그를 거들어 능쳤다.

"학생이 뭐 자격지심 들 일이라도 있나? 남의 일에 공연히 나서 긴……."

그러면서 서둘러 화제를 바꾸었다. 다행히 전차가 곧 그들이 내릴 정류장에 서서 더 이상 소란은 없었지만, 이미 영희의 기분은 구겨질 대로 구겨져 버린 뒤였다.

"따라오지 말아요! 집쯤은 찾아갈 수 있어요."

전차가 청량리에 섰을 때 영희는 뒤따라 내려서는 형배를 보고 새침하게 쏘아붙였다. 그러나 형배는 영희의 마음속을 아는지 모르는지 바보스러운 웃음만 히쭉거리며 기어이 따라 내렸다.

변두리라서 그런지 통금에 가까운 거리는 한산했다. 여기저기서 가게들이 덧문을 끼워 닫고 있는 게 보였다. 셋방이 있는 용두동 언덕 쪽으로 올라가는 긴 골목길은 더했다. 띄엄띄엄 선 가로등을 빼면 골목길은 어둡고 괴괴하기 짝이 없었다. 세 들어 사는 집이 있는 꼭대기 쪽은 공터가 있어 한층 으스스할 것이었다.

그제야 영희는 두어 발짝 떨어진 곳에서 무슨 말을 걸 듯 걸 듯하면서도 머무적거리며 따라오는 형배의 존재가 조금씩 고맙게 느껴졌다. 야간학교에 나가는 탓에 거의 매일 밤 오르내리는 골목길이지만 그날따라 오싹할 일도 많았고 깜짝 놀라게 하는 것도 잦았다. 가로등 그늘에서 누군가를 기다리는 아주머니나 어두운 샛길에서 불쑥 튀어나오는 강아지까지도 전에 없이 영희를 놀라게 했다.

"무엇 때문에 그렇게 화났어? 도대체 왜 그래?"

이래저래 걸음이 더디어진 영희를 자연스레 따라붙은 형배가 이윽고 머뭇머뭇 물었다.

"뭐예요? 남자가 시시하게……."

영희가 그렇게 쏘아붙였으나 마음은 이미 반 이상 풀어진 뒤였다. 미욱한 것 같으면서도 그만한 감각은 있는 형배였다. 영희의 마음속을 진작부터 알고 있었다는 듯 좋은 말로 영희를 달랬다.

"술 취한 개라는 말이 있잖아? 뭘 그런 걸 가지고 그래? 그럼 내가 나이 든 사람들하고 먹살잡이라도 해야 된단 말이야?"

"그래도 말 한마디쯤 따끔하게 쏘아붙이지 못해요?"

형배가 더 말끝을 이어 주지 않아 그 문제에 대한 말다툼은 그쯤에서 끝났다. 실은 영희도 정확히 자신이 무엇 때문에 그토록 화가 났는지를 알지 못했다.

"춥지?"

언덕길로 접어들면서 형배가 분위기를 바꿔 보려는 듯 다정하게 물었다. 손에는 방금 주머니에서 꺼낸 모직 머플러가 쥐어져 있었다. 영희는 그걸 받지 않았으나 그의 따스한 정은 넉넉히 느껴졌다. 거기다가 군데군데 공터가 들어선 어둡고 호젓한 골목길도 극장 안에서의 야릇한 감정을 조금씩 되살리기 시작했다.

방금 어떤 술꾼이 붙어 섰다 갔는지 밑둥치가 거멓게 젖어 있는 가로등 밑 전신주를 지나 덩그런 한옥 그늘에 묻힌 공터에 이르렀을 때 문득 형배가 영희의 팔을 끌었다.

"이리 와봐. 영희에게 할 말이 있어."

무언가 서두르는 기색으로 보아 진작부터 하려고 벼르던 말을 드디어 쏟아 놓을 작정인 것 같았다. 영희는 한편으로는 까닭 없는 두려움이 일면서도 다른 한편으로는 짜릿한 호기심을 느꼈다.

"왜? 무슨 말인데요?"

짐짓 빠안히 형배를 쳐다보며 못 이기는 척 어둠 속으로 따라 들어갔다. 방금 백열등 밑을 지나와서 그런지 추녀 그늘의 어둠은 생각보다 훨씬 짙었다. 그 바람에 바닥에 흩어진 작은 돌무더기를 보지 못한 영희가 거기 걸려 비틀하며 자신도 모르게 놀란 소리를 짤막하게 냈다. 형배가 재빨리 그런 영희를 부축했다. 두 팔로 싸안은 듯이 한 부축이라 그 어느 때보다 가까워진 형배에게서 갑자기 이상한 냄새가 났다. 나중에 알게 된 것이지만, 그것은 바로 남자의 냄새였다.

영희는 그때껏 경험해 보지 못한 아찔함을 느끼며 한층 깊이 형배의 품에 안겼다. 그 갑작스럽고 영문 모를 달아오름은 형배에게도 마찬가지인 것 같았다. 힘주어 영희를 끌어당기며 헐떡이듯 말했다.

"영희, 나는 말이야…… 너를……."

어쩌면 형배는 그날 '사랑한다'는 말까지도 다 했는지 모를 일이었다. 그러나 영희는 뒷날까지도 그 소리를 들은 기억이 전혀 없었다. 그 말에 담긴 의미의 엄청남이 그녀의 귀를 멀게 했다기보다는 뒤이어 덮친 형배의 입술 때문이었다.

열여덟의 소녀에게 자신이 하는 키스의 상상이란 그리 낯선 게 아니다. 영희도 이미 혼자서는 수없이 마침내는 사랑하는 사람을 만나 입 맞추는 상상을 해 보았고, 더러는 꿈속에서 현실처럼 느껴 보기도 했다. 그러나 형배의 입술이 주는 느낌은 상상했던 것도 꿈꾸었던 것도 아니었다. 어떤 형언하기 어려운 화끈함과 얼얼함 — 그게 영희의 기억 속에 오래오래 남은 첫 키스의 기억 전부였다.

"뭐야, 이게 뭐 하는 짓이야?"

잠시 후들거리는 다리로 형배에게 몸을 내맡기고 있던 영희가 화들짝 정신을 차려 형배의 가슴을 떼밀며 소리쳤다. 놀라기는 형배도 영희와 크게 다르지 않았다. 펄쩍 뛰듯 한 발이나 물러나 한참을 멍하니 서 있더니 겨우 꿈에서 깨어난 사람처럼 어물거렸다.

"진정이야. 사실 처음에는 모니카의 부탁 때문에 장난 삼아 나와본 거지만…… 이젠 진심이야……."

하지만 그때 이미 영희는 형배에게 앞뒤 없이 화를 내기 시작했다. 먼저 화가 난 것은 그렇게도 소중하고 아름답게 상상하고 꿈꾸어 왔던 첫 키스가 방금처럼 갑작스럽고 성의 없이 이루어져 버린 때문이었다. 그다음은 형배란 남자 그 자체였다. 되풀이 만나게 되면서 처음의 실망은 줄어들었지만, 그리고 특히 그날 밤은 어느 정도 이성으로서 호감을 품게 된 것도 사실이지만, 아직도 그를 사랑한다고까지는 생각하지 않고 있었다. 아니, 적어도 단발머리 계집아이 때부터 그려 온 그 백마의 기사로는 맞아들일 태세가 되어 있지 않았다. 그런데 그 갑작스러운 키스가 무슨 지워 버릴 수 없는 낙인 같은 것으로 모든 것을 결정지어 버린 느낌이었다.

"싫어, 나쁜 사람. 뭐 이렇게……."

그렇게 쏘아붙이다가 까닭 모를 분함과 슬픔으로 자신도 모르게 울음을 터뜨렸다.

벼르고 벼른 끝에 일을 저지르긴 했어도 영희가 그렇게 나오자 형배는 당황해서 어쩔 줄 몰라 했다. 입술을 떼면서 느꼈던 자신감은 그 몇 배의 낭패감으로 변해 그를 허둥대게 하는 것 같았다. 달래기도 하고 빌기도 하며 주저앉아 흐느끼는 영희 주위를 갈팡질팡하다가 통금 예비 사이렌 소리를 듣고서야 겨우 정상으로 돌아온 목소리로 영희를 일깨웠다.

"일어나, 통금이야. 집에 들어가지 않을 거야?"

영희도 그 말을 듣고서야 그때껏 그녀를 사로잡고 있던 격한 감정의 과장에서 깨어났다. 문득 자신의 행동거지 하나하나를 오빠 명훈에게 일러바치는 집주인 아주머니의 위로 치켜진 긴 눈을 떠올리며 주저앉았던 곳에서 비로소 일어났다.

하지만 그날 밤 이해 못 할 감정의 반전은 한 번 더 있었다. 대문께까지 따라온 형배를 개 몰듯 쫓아 보내고 썰렁한 방 안에 들어와 누운 지 얼마 안 됐을 때였다. 그날 밤에 있었던 일 때문에 뒤죽박죽이 된 머리로 멍하니 누워 있는데 갑자기 몸이 조금씩 달아오르며 이상한 스멀거림이 일어나기 시작했다. 아픔도 아니고 가려움도 아니고 저림도 아닌, 그러나 즐거움보다는 고통 쪽에 가까운 이상한 스멀거림이었다.

처음 천천히 몸이 달아오를 때만 해도 들어올 때 연탄 공기통을 열어 놓아 방구들이 달아오른 때문인 줄 알았던 영희였으나 그 야릇한 스멀거림에 차츰 들볶이게 되면서 영희는 비로소 그 정체를 짐작했다. 그러고 보니 그녀의 눈앞을 어른거리는 환영들도 한결같이 실오라기 하나 걸치지 않은 채 뒤얽힌 남녀였다.

……안동 신시장에 살던 무렵 언제였던가, 벌이는 안 되고 욕스럽기만 하다며 어머니가 해장국집을 걷어치우고 삯바느질로 들어앉은 뒤의 일이었다. 그날 어떤 신부집 혼숫감을 맡아 밤샘을 해야 하는 어머니 곁에 잠들었던 영희는 이상한 기척에 눈을 떴다. 잠결에 흐느끼는 것 같기도 하고 신음 같기도 한 소리를 들은 것 같아 어머니 쪽을 보니 잠들 때만 해도 바느질에 몰두해 있던 어머니가 이상한 자세로 앉아 있었다. 종아리를 걷고 두 다리를 펴고 있는 걸로 봐서는 쉬고 있는 것 같았는데, 오른손에 거머쥔 인두 끄트머리를 쏘아보는 어머니의 눈길이 예사롭지 않았다. 쉬면서 인두를 살펴보는 것으로 여겨 안 될 것도 없지만, 그런 어머니를 휘감고 있는 야릇한 분위기는 쏟아지는 잠을 단번에 흩어 버릴 만큼 자극적이었다.

잠결에 들은 소리도 틀림없이 어머니가 낸 것 같아, 갑작스레 긴장한 영희는 실눈을 뜨고 어머니가 하는 양을 훔쳐보았다. 어머니는 한참이나 손에 든 인두 끄트머리를 노려보다가 갑자기 그걸로 드러난 종아리를 지졌다. 이를 악물어도 나직하게 터져 나오는 신음 소리나 몸을 부르르 떠는 것으로 보아 달아 있는 인두임에 분명했다. 그런데 그때였다. 영희의 귀에 어머니의 신음 소리와는 다른 종류의 신음 소리가 다시 건넌방 쪽에서 들려왔다. 남편이 결혼한 지 1년 만에 입대했다가 한 달 전에 제대해 왔다는 젊은 부부가 세 들어 있는 방이었다. 그때만 해도 철부지 계집애에지나지 않았지만 영희는 그 소리를 듣자마자 단번에 어머니가 하고 있는 일을 이해할 것 같았다. 어머니는 스스로의 종아리를 지져 가며 그 젊은 부부의 방에서 나는 야릇한 신음 소리와 싸우고 있었다. 영희로서는 그 실체를 전혀 알 수 없는 종류의 싸움이었지만 적어도 어머니가 온 힘을 다 모아 버티고 있다는 것만은 틀림없어 보였다…….

그런데 영희도 이제 드디어 어머니가 그토록 힘겹게 싸우던 적을 온몸의 스멀거림이란 형태로 맞게 된 듯했다.

영희는 일어나 불을 켜고 책을 폈다. 그러나 여전히 그 스멀거림은 가시지 않았다. 세수를 하고 밤공기가 찬 마당을 거닐어 보아도 소용없었다. 그러다가 영희가 겨우 그 이상한 스멀거림을 가라앉히고 잠이 든 것은 언젠가 모니카에게서 듣기는 했어도 망측하게만 생각했던 그 자위 행위의 도움을 받아서였다.

아침

"오빠, 오늘 왜 이렇게 늦었어?"

명훈이 방문을 열자 망연히 앉아 있던 영희가 화들짝 놀라 일어나며 물었다. 이상하게 보아서 그런지 두 눈도 방금 울고 난 사람처럼 불그레했다.

"응, 장씨 아저씨가 좀 늦어서."

명훈은 그렇게 대답하며 이번에는 탐색하는 눈길로 영희를 쳐다보았다. 영희는 더욱 허둥대면서도 애써 태연한 척 방을 나가는 것으로 명훈의 눈길을 피했다.

"너, 무슨 일이 있었니?"

명훈이 그런 영희의 옷깃을 잡아채듯 물었다. 영희가 까닭 모르게 움찔했다가 갑자기 생각을 고쳐먹은 듯 대담하게 명훈의 눈길을 맞받으며 말했다.

"응, 실은 어제 잠을 잘 자지 못했어."

"왜? 어디 아팠어?"

"아니, 그저 좀 기분 나쁜 일 있었어."

"기분 나쁜 일? 그게 뭔데?"

"그런 게 있어. 오빠는 몰라도 돼."

영희는 거기까지 말해 놓고 문득 말머리를 바꾸었다.

"그런데 오빠, 오늘은 이렇게 늦어도 돼? 벌써 아홉 시가 넘었
는데?"

마치 자신의 일은 캐물을 가치가 없다는 걸 강조하는 것 같았
다. 명훈은 아직도 미심쩍은 구석이 있었으나 더는 캐묻기를 단념
했다. 영희의 고집스러운 면으로 보아 더 캐물어 봤자 별 소용이
없을 것 같기 때문이었다.

"음, 오늘은 아마 오전 수업이 없을걸. 재일교포 북송 반대 데
모를 나간다니까."

"그 학교도? 웃기네."

영희는 그대로 화제가 바뀐 걸 다행으로 여기며 거꾸로 명훈의
말꼬리를 잡고 늘어졌다.

"왜, 우리 학교가 어때서?"

"순 깡패 학교라며? 공부는 안 하면서 데모는 무슨……."

"뭐 데모는 공부벌레들만 할 권리가 있냐? 데모해서 막아야 할
일이 있다면 누구든 나서야지."

"그럼 오빠도 나갈 거야?"

"건 좀 생각해 보고. 어서 밥이나 줘."

그러자 영희는 비로소 무거운 짐이라도 벗은 사람처럼 제법 들릴 만한 한숨까지 내쉬며 부엌으로 내려갔다.

명훈은 틈이 나면 다시 한 번 캐물으리라 작정하고 대신 방 안을 둘러보았다. 거기에 영희를 허둥대게 만든 어떤 일의 단서라도 될 만한 게 없을까 해서였다.

방 안은 어제 집을 나설 때와 크게 달라진 게 없었다. 윗목의 종이를 발라 옆으로 세워 둔 사과 상자에는 옷가지가 가지런히 포개져 있고, 그 위에는 크고 작은 이불 두 채가 동그마니 얹혀 있었다. 그 한편으로 다시 이번에는 색깔 밝은 도배지로 겉을 발라 영희가 책상으로 쓰는 딴 사과 상자, 그 앞 벽면에 색종이로 테를 두른 마름모꼴 도화지 조각과 거기에 쓰인 영희의 그리 예쁘지 못한 글씨. '노력은 성공의 어머니'……. 어제 아침 집을 나설 때와 달라진 것은 아무것도 없었다.

방 안에 못 미더운 게 있는지 영희는 금세 상을 차려 왔다. 비지에 된장을 푼 찌개, 소금을 타고 졸여 조선간장 비슷한 맛을 낸 왜간장에 고춧가루를 넣은 종지, 콩나물국, 그리고 검은 콩조림이 전부인 상이었다.

"넌 안 먹을래?"

상 위에 밥그릇이 하나인 걸 보고 명훈이 물었다.

"응, 난 먹었어, 오빠가 늦길래."

영희가 그렇게 대답했으나 입술이 하얗게 말라 있는 것으로 보아 거짓말을 하고 있음에 틀림없었다.

거기서 나시 심상찮은 낌새를 느낀 명훈이 굳어진 얼굴로 다그쳤다.

"잔소리 말고 밥 빨리 가져와. 너 정말로 무슨 일 있었구나?"

명훈이 또 그 얘기를 꺼내자 영희는 펄쩍 뛰면서도 마지못해 제 밥그릇을 들고 와 상머리에 앉았다. 그리고 명훈의 입막음이나 하려는 듯 엉뚱한 얘기를 꺼냈다.

"오빠, 이번 일요일 어디 약속 있어? 좋은 일이 있는데……."

"왜? 무슨 일이야?"

"모니카 알지? 걔가 오빠와 함께라면 한턱 쓰겠대."

"모니카? 모니카가 누군데?"

명훈이 짐짓 모르는 척 그렇게 물었다. 나이가 나이인지 조금 전 영희에게 품었던 의심 같은 것은 까맣게 잊고 금세 영희가 들고 나온 화제에 빨려 든 얼굴이었다.

"걔 몰라? 우리 집에 이따금씩 놀러 오는 그 예쁘장한 애. 전에 오빠하고 무슨 얘기까지 한 적이 있잖아?"

"아, 그 기생같이 생긴 애? 그런데 걔 이름이 왜 그 모양이냐? 혹 튀기 아냐?"

말은 퉁명스러워도 모니카에 대한 관심이 전혀 없는 것 같지는 않았다. 얼마 전부터 줄곧 모니카에게 빚진 느낌이던 영희가 속으로 한시름 놓으며 웃음으로 그 말을 받았다.

"오빠도 참…… 모니카는 세례명이래요. 걔 할머니가 독실한 천주교 신자라서 그걸 그대로 호적에 올렸대요."

"뭐 그리 믿는 집 애 같지도 않던데?"

"그렇잖아요. 한때는 개도 착실히 성당엘 나갔다던데……."

"그런 애가 아무 남자나 보고 한턱 쓰겠다고 덤비냐?"

"아무나가 아니지, 우리 오빠잖아. 어쨌든 갈 거예요, 안 갈 거예요? 더구나 오빠가 좋아하는 안 브라이스(앤 블리스)가 나오는 시네마스코프 총 천연색 「세계를 그대 품 안에」도 구경시켜 주겠대요."

"싫다. 쬐끄만 기집애가 되바라지기는……."

"오빠, 그러지 말고 함께 가요. 나도 원님 덕에 나발 좀 불자고요……."

"일없대도. 나는 바빠. 다음번 승단(昇段) 심사 때 결근해야 되기 때문에 이번 일요일엔 출근해야 돼."

명훈은 그렇게 말하고 더는 대꾸 없이 밥만 우겨 넣었다. 보기만 해도 입맛이 돌 만큼 맛있어 뵈는 숟갈질이었다. 명훈의 거절이 모니카에 대한 관심이 없어서라기보다는 제 일에 바빠서임을 알아챈 영희는 그쯤에서 얘기를 덮어 두었다. 그것만으로 반 짐은 던 느낌이었다.

좀 늦기는 했지만 아침의 골목길은 그런대로 활기찼다. 하수도 설비가 안 돼 집집마다 함부로 쏟은 물로 질척이는 골목길을 지나 전찻길 쪽으로 가던 명훈은 습관적으로 그 끄트머리에 있는 헌책방 앞에서 걸음을 멈추었다. 헌책을 사고 팔기도 하지만 20환만 내면 하루 종일 소설책을 빌려 주는 곳으로 명훈과는 거래가 잦은 집이었다.

어떤 때는 아주 늙은이 같기도 하고 어떤 때는 마흔도 채 안 돼 뵈기도 하는 책방 주인아저씨가 조잡하게 만들어 단 의족(義足)을 흔들거리며 높다란 의자에 앉아 있다가 들어서는 명훈을 사람 좋아 뵈는 웃음으로 받아들였다.

"어, 벌써『청춘극장(青春劇場)』다 끝났어?"

"네, 뭐 좋은 거 또 있어요?"

명훈이 가방에서『청춘극장』4권과 5권을 꺼내면서 그렇게 되물었다. 누런 기름종이로 정성스레 표지를 싸기는 했지만 책장은 원래 지질(紙質)이 좋지 못한 데다 여러 사람의 손때까지 묻어 새까맸다. 주인아저씨가 그걸 받아 뜯겨 나간 곳이나 없나 훑어보면서 건성으로 명훈의 말을 받았다.

"좋은 거? 어떤 책 말이냐?"

"좀 멋있는 거.『애인(愛人)』이나『순애보(殉愛譜)』같은 거 말이에요."

그러자 책을 다 훑어보던 주인아저씨가 빈정대는 어조로 말했다.

"사랑 얘기는 모두 네게 멋져 보이는 모양이구나."

"그게 아니고…… 사랑 얘기라도 방인근(方仁根)이나 김말봉(金末峰)이는 싫어요."

명훈이 문득 붉어지는 얼굴로 항의하듯 주인아저씨를 보았다. 주인아저씨가 공연히 겸연쩍어하다가 우물우물 말했다.

"그럼 이광수를 보지 그래."

"『유정(有情)』하고『꿈』은 읽었어요. 다른 것도 몇 보았는데 설교하려 드는 통에 지루하더군요. 무슨 냄새 같은 게 나고……"

"그게 위선(僞善)의 냄새야. 그렇지만 부패의 독소를 풍기는 것 보다야 낫지."

주인아저씨가 그러다가 갑자기, 내가 무슨 소리를 하고 있나, 하는 표정이 되어 피식 웃으며 그저 흔한 헌책방 주인으로 돌아갔다.

"그렇다면 네가 직접 찾아봐. 헌책방 주인이 뭘 알아야지."

그리고 다시 의족을 흔들거리는 그는 어김없이 늙고 힘없는 헌책방 주인이었지만 명훈은 거기서 다시 한 번 그를 대할 때마다 받곤 하는 어떤 묘한 느낌에 빠져들었다. 그는 여러 가지로 알 수 없는 구석이 많았다. 어떤 때는 마른 나뭇등걸처럼 앉았다가 또 어떤 때는 젊은이 같은 소리로 사람을 어리둥절하게 만드는 따위, 짐작할 길 없는 감정의 변화도 그랬지만, 그보다 더 이상한 것은 이따금씩 언뜻언뜻 내비치는 지적인 번득임이었다. 조금 전 이광수 얘기를 할 때도 그랬다.

이광수에 대한 그의 평을 또렷이 새겨듣지는 못했지만, 적어도 그런 종류의 어휘나 말투가 어느 정도 고급한 지성에서 우러난 것이란 것쯤은 명훈도 알고 있었다. 하지만 찌들어 보이는 그의 살이나, 좋지 못한 행실이 겉으로 뚝뚝 흐르는 젊은 아내와의 관계, 그리고 하루에도 서너 병씩은 비워 대는 듯한 소주병 같은 것은 또 그게 아니었다.

명훈과 그의 관계에도 헌책방 주인과 손님이라는 것 이상의 무엇이 있었다. 한 달 전인가 처음 거래를 트던 날이었다.

"너 혹시 전에 어디서 나를 본 적이 없니?"

명훈이 학생증을 맡기고 책을 빌려 나오는데 그가 고개를 갸웃거리며 물었다. 말투도 이미 스물한 살이나 먹은 손님에게 하는 것치고는 너무 지나친 낮춤이었다. 그러나 명훈에게는 전혀 기억에 없는 얼굴이었다.

"아니야, 아무래도 너는 내가 전에 만난 적이 있는 아이다. 다음에 보자. 어쩌면 기억해 낼 수 있을 것 같기도 하다."

한동안 서가를 뒤지던 명훈은 『젊은 그들』을 뽑아 가방에 넣었다. 김동인(金東仁)이란 이름은 낯익어도 그의 책을 별로 읽은 기억이 없어 망설이다가 제목에 끌려 고른 것이었다.

명훈이 거의 일과처럼 소설을 빌려 가는 데는 몇 가지 까닭이 있었다. 그 첫째는 뒷골목 똘마니 시절의 습관 때문이었다. 학교는 국민학교 5학년에 1년제 고등공민학교를 오락가락한 게 전부였지만, 그리고 그의 삶은 뒷골목의 시궁창에 이미 발목을 적시고 있었지만, 어렸을 적 아버지의 서재에 삼엄하게 꽂혀 있던 금박 입힌 장정본들과 드물기는 해도 이따금씩 거기에 엄숙한 얼굴로 파묻혀 있던 아버지의 추억은 은연중에 명훈에게 책에 대한 동경을 길러 주었다.

그리하여 그도 나름대로 틈만 나면 책을 가까이하려 했으나 그의 어휘력과 지식이 허락하는 독서의 범위는 뻔했다. 처음으로 끝까지 읽을 수 있었던 것은 겨우 『마도(魔都)의 향불』이었으며 그다음이 『찔레꽃』이었다. 하지만 어쨌든 그렇게라도 시작한 독서는 차츰 습관으로 굳어져 어떤 때는 기술자(전문 소매치기)들의 망보기로 나가면서도 책을 들고 나갔다가 뒷골목 형들에게 따귀를 맞기까지 했다.

그다음 명훈을 대중소설에 빠져들게 만든 것은 너무 늦게, 그것도 갑자기 고등학교로 잇게 돼 아무래도 따라가기 어려운 학교 공부 때문이었다. 국어와 역사·지리·사회까지는 그럭저럭 따라갈 수 있었지만, 영어·수학·화학·물리는 수업 시간만 되면 딴 나라에 간 느낌이었다. 거기다가 그해 들어서는 3학년이 되어 그런지 시간표가 온통 그쪽 과목들로 차 있었다. 그 바람에 끝내 따라잡기를 포기한 그 시간들은 지루하고 따분하다 못해 소설이나 읽으며 때우게 되고 말았다.

직장도 명훈의 책 읽는 습관과는 적지 않은 연관이 있었다. 보일러 맨이 되고 난 뒤부터는 실제로 몸을 움직이거나 신경을 써야 하는 시간은 얼마 안 되고 나머지는 거의가 관리와 유지, 막연히 기다리는 시간이다 보니 그걸 때울 만한 읽을거리가 필요했다. 입시가 가까워져 때로는 단념했던 과목들에 절망적으로 도전해 보기도 하지만, 역시 그가 할 수 있는 공부에는 한계가 있었다.

"이제 어지간하면 외국 소설들을 한번 시작해 보지. 맛만 들이면 그쪽이 더 깊은 재미가 있는데……."

명훈이 치르는 돈을 받으며 책방 아저씨가 넌지시 그런 충고를 했다. 지나쳐 들으면 별것도 없는 말이지만, 적어도 그가 꽤 많은 외국 소설을 읽지 않고서는 할 수 없는 말이었다.

"도무지 그놈의 이름들이 걸리적거려서요. 사람 이름·도시 이름·물건 이름, 그게 모두 꼬부랑거려 줄거리가 잘 이어지지 않아요. 생판 낯선 그놈의 나라 역사나 문화도 그렇고……."

명훈이 솔직하게 대답했다. 몇해 전 『전쟁과 평화』라는 소련소설 번역책을 제목만 보고 시작했다가 바로 그런 이유 때문에 첫 권도 다 읽지 못하고 그만둔 쓰라린 기억이 되살아났다.

"고등학교 3학년이면서 영어를 통 못하는 모양이군. 영어를 모르면 대학을 가도 아무 소용이 없을 텐데……."

책방 아저씨가 그런 소리를 하다가 다시 무슨 부끄러운 일을 들킨 사람처럼 머쓱해하며 다른 곳으로 눈길을 돌려 버렸다. 더 얘기를 나누기 싫을 때 짓는 그 특유의 심드렁한 표정과 함께였다.

전차에 올라서 보니 그날은 명훈이 다니는 학교뿐만 아니라 시내의 모든 학교가 데모에 나서기로 약속한 것 같았다. 학교가 있는 동대문까지 전차는 세 번이나 행진하는 학생들 때문에 멈춰 서야 했다. 전차에서 내려서도 저만치 종로 쪽으로 행진해 가는 또 한 패의 데모대가 보였다.

처음에는 되도록이면 그런 일에 끼어들고 싶지 않았으나 학교가 점점 가까워 올수록 명훈의 가슴은 이상하게 뛰기 시작했다. 재일동포가 북으로 가는 걸 막아야 한다는 대의(大義)에 대한 동조라기보다는 사람의 무리가 모여 내뿜는 묘한 힘과 열기가 명훈의 가슴 깊은 곳에 억눌려 있던 어떤 성향을 자극한 까닭이었다.

하지만 학교에 가 보니 이미 학생들은 모두 종로 쪽으로 나가 버린 뒤였다. 남아서 학교를 지키던 규율부원 하나와 그를 돕는 몇몇 어깨가 명훈처럼 늦은 학생들을 몰아 대고 있을 뿐이었다.

"어이, 옹진(甕津), 왜 늦었어? 너 인마, 데모 빠지려고 꾀부린 거 아냐?"

그중에 긴 각목을 들고 섰던 어깨 하나가 명훈을 보고 반야유 반욕설로 소리쳤다.

옹진이란 그 학교 학생의 2할에 가까운 옹진고등학교 출신 전학생을 낮춰 부르는 소리로, 명훈도 그들 가운데 하나였다. 옹진. 한 번 가 본 적도 없는, 원래는 38선 이남이었으나 이제는 태반이 휴전선 북쪽이 되어 버린, 황해도 남쪽의 그 소읍(小邑)에서 명훈이 전학을 온 것으로 된 데는 까닭이 있었다.

한 해 전 일이었다. 비록 하우스 보이로나마 남들이 모두 부러워하는 미군 부대에 취직이 되고 집안도 어느 정도 자리가 잡히자 명훈은 상건 아저씨가 진작부터 권한 대로 뒤늦은 학업을 잇기로 마음먹었다. 그러나 전학증은커녕 중학교 졸업장조차 없는 그를 받아 주는 고등학교는 흔치 않았다. 아무리 어수룩한 때라고는 해도 명색 고등학교 간판을 건 곳들은 그런 명훈을 받아들일 수 없다며 아쉬운 표정으로 고개를 저었다. 그러나 나이 스물이 다 돼 중학교에 들어갈 수도 없어, 비록 따라지라도 고등학교 간판만 걸렸으면 명훈은 어디에고 찾아갔다.

명훈이 지금 다니고 있는 흥문(興文)공업고등학교를 찾아낸 것은 그렇게 변두리를 뒤진 지 닷새 만이었다. 창신동 시장 뒷산 한 기슭에 세워진, 새우젓 장수로 수만 석 거부(巨富)를 모았다는 어떤 옛 부자의 아흔아홉 칸 기와집이 교사(校舍)의 전부였다. 그 학교의 이사장은 전쟁 뒤 고철 장사로 갑작스레 떼돈을 번 사람이었는데, 우연히 그 옛 부자의 서손(庶孫)으로부터 헐값에 도시 빈민들의 아파트가 되어 있는 그 고가(古家)를 사들인 뒤 머리를 짜 생각해 낸 게 어울리지 않게도 거기다 공업고등학교를 들어앉히는 일이었다.

옛날에는 웅장한 솟을대문이 있었을 법한 자리에 세워진 철문을 지나면 운동장으로 쓰이는 한 3백 평 남짓의 마당이 있고, 다시 거기에 축대를 쌓아 두 채의 큰 기와집을 올려 세운 그 고가는 여러 가지로 궁궐을 연상시키는 데가 많았다. 아래 위채를 잇는 구식 낭하며 유난히 처마를 들어 올린 건축법도 그러했지만, 특히 궁궐을 연상시킨 것은 잘 다듬은 쑥돌 층계 위에 날아갈 듯 솟아 있는 중문(中門)이었다.

하지만 처음 명훈이 그곳을 찾아들 때의 심경은 솔직히 말해서 한심했다. 그 중문에 가로걸린 공업입국(工業立國)이란 현판이나 문설주에 세로로 단 흥문공업고등학교(興文工業高等學校)란 나무 명패가 그 고색창연한 문과 어울리지 않다 못해 쓴웃음까지 나올 지경이었다. 그전에 다른 학교에서 이미 대여섯 번 넘게 퇴짜를 맞은 뒤가 아니었더라면 명훈은 아마 그쯤에서 돌아섰을 것이다.

옛날에는 안채 대청쯤 되었던 듯한 교무실로 찾아간 명훈이 교무주임이란 마흔 이쪽저쪽의 남자를 만나 찾아온 용건을 말하자 그는 대뜸 명훈이 아파하는 곳부터 찔렀다.

"전학증 있어?"

"없습니다."

이미 여러 곳에서 단련된 다음이라 명훈은 숨김없이 대답했다.

"퇴학이야? 안 다녔어?"

교무주임이 다시 잡담 제하고 핵심되는 곳만 골라 물어 왔다. 퇴학당했다고 하는 편이 더 유리할 것 같아 그렇게 대답했다가 몇 번 낭패를 본 명훈이 이번에도 숨김없이 대답했다.

"안 다녔습니다."

"그럼 1학년부터 다시 시작해야지. 중학교 졸업장은 있어?"

"1년제 고등공민학교를 마쳤을 뿐입니다."

"그럼 졸업장 하나 사 와. 아무것도 없이는 안 돼."

"졸업장을요?"

"그래, 중학교 졸업장. 어디 아는 데 없어?"

"네, 하지만 나이가 많아서 1학년은 좀……."

"몇 살이야?"

"집엣 나이로 스무 살에 들었습니다."

"하긴 너무 늦군. 그렇지만 3학년은 안 돼."

"그럼 2학년은 될 길이 있습니까?"

왠지 그의 말투에서 어떤 길이 있을 듯한 예감에 명훈이 매달리듯 그렇게 물었다. 교무주임이 대답 대신 명훈을 한번 훑어보더니 문득 시계로 눈길을 돌리며 말했다.

"기다려 봐."

그가 기다리라고 한 것은 수업 끝을 알리는 종소리였다. 잠시 뒤 그가 대청 기둥에 매달린 주발만 한 종을 두드리자 교실로 쓰는 이 방 저 방에서 나온 교사들이 하나씩 둘씩 교무실로 몰려들었다. 교사라기보다는 아직은 좀 덜 찌든 실업자 떼거리 같았다. 교무주임이 그중에 한 중늙은이를 잡고 무어라고 말하더니 명훈을 손짓해 불렀다.

"이 선생님을 따라가 봐. 전학증을 해 줄 테니."

명훈으로서는 얼른 이해가 안 되는 소리였다. 그러나 그 중늙은이(나중에 알고 보니 지리 선생님이었다.)의 표정은 덤덤하기 그지없었다.

"2학년 3반 자습 좀 부탁합세. 나 좀 갔다 올 테니."

들고 있던 분필 가루 묻은 책을 교사용 책상 위에 툭 던지며 교무주임에게 그렇게 부탁하고는 따라오라는 말도 없이 앞장을 섰다.

그가 간간이 숨을 헐떡이면서 명훈을 데려간 곳은 학교 뒷산에게딱지처럼 붙어 있는 판잣집 동네였다. 그중에서도 판잣집도 못돼 움막이라고 부르는 편이 나을 오두막으로 기어들며 그가 처음으로 명훈에게 말을 건넸다.

"들어오라우."

그리고 갑자기 캄캄한 방 안에 들어온 바람에 발밑을 분간 못해 멈칫거리는 명훈에게 다시 불쑥 물었다.

"얼마 있네?"

"네?"

명훈이 얼떨떨해 그렇게 되물었다. 그가 어두운 방 안을 더듬어 무얼 끌어내면서 귀찮은 듯 말했다.

"전학비(轉學費)를 얼마 가져왔나 이 말이야."

"네, 7천 환…… 7천 환 가져왔습니다."

"2천 환은 이리 내. 저쪽은 5천 환만 하면 될 거이야."

그가 그때쯤에야 겨우 회색빛으로 희끄무레 보이는 손바닥을 명훈의 코앞으로 디밀었다. 명훈이 움찔 물러서며 물었다.

"전학증은…… 어떻게 되는 겁니까?"

"그건 여기 있지 않네? 어서 돈이나 내기요."

그리고 빼앗듯 돈을 받아 챙긴 뒤에야 그는 비로소 조금 전에 끌어낸 물건을 뒤적였다. 겨우 어둠에 익은 눈으로 보니 네 귀가 하얗게 닳은 커다란 가죽 가방이었다.

그가 거기서 꺼낸 것은 전출입학증 관련 용지인 듯한 종이 몇 장에 크고 작은 나무 도장과 고무 도장, 그리고 붉고 푸른 도장

밥이었다.

"먼저 본적하고 이름부터 대."

그렇게 시작한 그는 반 시간도 안 돼 1학년 수료증과 통지표, 전학증 일체를 갖춰 명훈에게 내밀었다. 모두 옹진고등학교의 직인이 찍힌 것들이었다. 내미니 받기는 해도 명훈은 궁금한 게 한둘이 아니었다.

"저…… 옹진고등학교가 어디 있습니까?"

명훈은 우선 그것부터 물었다. 그가 챙기던 가방을 가리키며 퉁명스레 대꾸했다.

"여기 있다고 말하지 않았네?"

"이걸로 정말 전학이 될까요?"

"안 되면 교무주임이 왜 널 여기 보냈갔네?"

입 닥치란 소리보다 더한 느낌을 주는 짜증 섞인 목소리로 그렇게 말한 그가 가방을 다시 방구석으로 밀어 넣고 일어났다.

나중에 들은 것이지만, 그는 바로 황해도에 있던 진짜 옹진고등학교의 교감이었다고 한다. 1·4후퇴 때 학교의 중요 서류와 직인 모두를 챙겨 남으로 내려왔으나 끝내 옹진군 대부분이 미수복(未收復) 지구로 남은 채 휴전이 되자 원래 학교로는 돌아가지 못하고 서울에 남게 되었다. 그는 그래도 처음 한동안은 천막이나마 피난 학교를 열었고, 수복이 가까운 장래에는 어렵다는 게 밝혀진 뒤에도 어떻게든 명맥을 유지해 보려고 애썼다. 하지만 끝내는 유령 학교의 전학증 암매 상인(暗賣商人)으로 전락해 머릿수 채우기에 급급한 신설 고등학교가 안아야 할 위험 부담을 몇 푼의 돈으로 대신 떠맡는 신세가 되고 말았다.

신기하게도 전학은 그날로 이루어졌다. 엄격하게 말해서 국민학교 5학년 1학기도 채 마치지 못한 명훈은 1년제 고등공민학교 수료와 미수복 지구 고등학교 엉터리 전학증명서 한 장으로 한꺼번에 무려 여섯 계단이나 뛰어넘어 고등학교 2학년이 되었다. 거기서 무얼 배울지도 알지 못하는 공고 토목과였다.

하지만 그 손쉬운 전학의 후유증은 있었다. 교무주임과 지리 선생, 그리고 명훈 셋 사이에서만 있은 일이건만 학생들은 용케도 명훈의 출신을 알아보았다.

"어이, 너 어디서 왔어? 너 옹진이지?"

1학년 때부터 그룹을 만들어 주먹으로 학급을 휘어잡고 있는 패거리가 첫날 하학(下學)길에서 대뜸 그렇게 다그쳤다. 명훈이 전에 살던 도시의 고등학교를 대 보았으나 소용없었다.

"후라이 까지 마(거짓말하지 마), 짜샤. 네 마빡에 벌써 옹진이라고 써 있는데도 아냐?"

그리고 명훈이 굳이 우기자 따귀부터 올려붙였다. 물론 그때만 해도 명훈에게는 이미 웬만한 조무래기 주먹쯤은 당해 낼 만한 힘이 있었다. 원체가 건장한 체격에다 오륙 년 역전 뒷골목에서의 경험이 가르쳐 준 싸움의 요령 덕분이었다. 또 패거리가 예닐곱 된다고 해도 그 역시 반드시 겁나는 것만은 아니었다. 적어도 학생복을 걸치고 있는 깡패라면 물불 가리지 않고 덤벼들어 기를 꺾어 둘 강단은 명훈에게도 있었다. 오히려 명훈이 더 익숙한 것은 웃통을 벗고 권투 시합하듯 하는 싸움이 아니라 몽둥이건 자전 거 체인이건 닥치는 대로 휘두르며 먼저 기세와 독기로 상대를 눌 러 버리는 싸움이었다.

하지만 명훈은 이를 악물고 참았다. 어렵게 다시 잇게 된 학업 을 시작부터 그런 피투성이 싸움으로 망쳐 버리고 싶지 않았기 때문이었다.

"이눔의 세상이 가르치는 지식은 아무 소용이 없다. 곧 애비가 올 테니 그때 다시 시작하믄 된다. 몸이나 성하게 보징기고(보살펴 지키고) 그때까지만 기다리거라……."

할머니가 돌아가시기 전날까지도 무슨 입버릇처럼 되뇌시던 말을 굳게 믿으면서도 교복에 학생모를 쓰고 거리를 지나가는 또 래의 소년들에게 명훈은 얼마나 자주 열렬한 선망의 눈길을 보 냈던가. 그 때문에 명훈은 그날뿐만 아니라 그 뒤로도 속없는 웃 음으로 그들의 까닭 모를 적의를 눙치거나 이따금씩은 마음먹고 마련해 간 돈으로 한턱 쓰기까지 하면서도 그들과 맞서기를 피 해 왔다.

결과로 보아서는 잘한 일이었다. 첫날은 그들을 그저 학급에 예 닐곱 되는 조무래기 주먹패쯤으로 여겼으나 차츰 알고 보니 전 학 년에 골고루 퍼진 제법 큰 주먹패였다. 거기다가 특히 그 패거리가 가차 없이 대처하는 것은 옹진고등학교 출신 주먹들의 도전이었 다. 대부분 명훈과 비슷한 전력이 있거나 딴 학교에서 퇴학을 당해도 엄청난 일을 저지르고 당해 옹진고등학교의 전학증을 사야 했던 '옹진'은 수는 많지 않아도 주먹에 있어서는 터줏대감 격인 패거리보다 훨씬 정예했다. 따라서 명훈처럼 약게 굴기보다는 힘으로 맞서는 경우가 종종 있었는데, 그때마다 교정 구석이나 학교 앞 뒷골목, 또는 뒷산 공터에서는 피투성이 싸움이 벌어졌다. 이미 학생들의 주먹 다툼이라기보다는 각목이 춤을 추었고 돌멩이가 날아다니는 마구잡이 패싸움이었다.

그런데 이상한 것은 그런 싸움에 대한 학교의 태도였다. 어쩌다 순진한 학생이 귀띔을 해 주어도 교사들이 나와서 말리는 경우는 거의 없었고, 결과도 경찰의 개입이 없는 한은 모른 체했다. 아니 그 이상, 어떤 때는 오히려 텃세를 하는 주먹패를 두둔하는 인상을 주기까지 했다. 아무리 몸이 빠르고 주먹이 세어도 결국 피해자가 되는 것은 숫자에 있어서 어림없게 마련인 옹진 쪽이었건만, 그런 싸움 뒤에 가해자가 되는 터줏대감 쪽이 처벌을 받거나 퇴학을 당하는 일은 한 번도 본 적이 없었다. 언제나 얻어맞은 옹진 쪽이 '꼬리를 내리거나' 이를 갈며 그 학교를 그만두는 것으로 결말지어졌을 뿐이었다.

하지만 그렇다고 명훈이 마음속까지 그대로 그들에게 굴복해 버린 것은 아니었다. 아마도 아버지에게서 물려받았음에 틀림없는 그의 남다른 자존심과 지배욕은 그들에게 먹을 것 마실 것을 사바치며 속없는 웃음을 흘리는 순간도 가슴 깊은 곳에서는 남모를 칼을 갈고 있었다. 그 한 구체적인 표현은 벌써 1년째 단 하루도 거르지 않고 열심으로 익히는 당수(唐手, 태권도의 1950년대 식 이름. 공수, 가라데도 함께 쓰였음.)였고, 다른 것은 주먹깨나 써 뵈는 옹진 출신들을 슬몃슬몃 사귀어 놓는 일이었다. 어쩌면 명훈이 넉살 좋게 그들 '흥문' 토박이 주먹패의 모욕과 야유를 참아 낼 수 있었던 것도 그런 내면의 준비가 진행되고 있기 때문이었는지도 몰랐다.

"야, 이 새꺄. 왜 대답이 없어? 모두 피 끓는 동포애로 나서는 길인데 넌, 마, 뭐야?"

명훈이 이런저런 생각에 얼른 대구를 않자 각목을 들고 있던 녀석이 그걸로 명훈의 배를 냅다 찔렀다. 그 끝이 공교롭게도 명치를 찔러 무방비 상태로 다가가던 명훈은 일순 눈앞이 아찔하며 숨이 꽉 막혔다. 그동안 한 달에 두어 번꼴은 사 먹인 빵과 우동으로 어느 정도 그들의 호의까지 샀다고 믿고 있던 그라 뜻 아니한 그 공격에 앞뒤 없이 불끈 화가 났다.

"억! 이거 왜 이래?"

명훈이 자기도 모르게 각목 끝을 잡아 세차게 비틀며 상대를 노려보았다. 상대가 뭣 때문인지 움찔했다가 이내 자신이 그랬던 게 더 속상하다는 듯 목소리를 높이며 각목을 치켜들었다.

"어쭈! 이 새끼 봐. 째리긴 어딜 째려?"

"왜 이래? 말로 못 해?"

명훈이 다시 어깨 어름을 후려 오는 각목을 손으로 쳐 내며 본

격인 방어 태세를 취했다. 그때 규율부원이 호루라기를 불며 다가와 그들을 떼 놓고 명훈을 다그쳤다.

"이명훈 왜 늦었어? 오늘 데모 나가는 거 알아? 몰라?"

역시 주먹들과 한 패거리이긴 해도 공부를 잘해 선생들의 신임을 받는 녀석이었다. 명훈은 그의 차분한 목소리를 듣자 퍼뜩 정신이 들었다.

"미안해, 교대가 늦었어. 내가 직장에 나가는 건 너희도 알잖아?"

자신도 모르게 매서워진 눈초리를 얼른 풀고 한껏 부드러운 목소리로 그렇게 대꾸했다. 며칠 전에도 중국집에서 배갈과 군만두를 대접받은 적이 있어서 그런지 녀석은 더 따지지 않았다.

"내게 미안할 건 없고 저기 가 줄 서. 한 삼십 분 더 기다렸다가 우리도 나갈 거야."

그렇게 말하며 운동장 한 모퉁이에 모여 서 있는 서른 명 남짓한 학생들 쪽을 가리켰다.

하지만 각목을 들고 있던 녀석은 달랐다. 어깨가 들썩거릴 만큼 숨을 씩씩거리며 애써 그쪽을 외면하고 모여 선 학생들 쪽으로 걸음을 옮겨 놓는 명훈을 노려보다 꽥 소릴 질렀다.

"어딜 가? 이 새꺄."

그런 녀석 뒤로 패거리 둘이 슬며시 따라붙었다. 명훈은 다시 욱하고 속이 치밀어 올랐으나 녀석의 등 뒤에 붙어 서는 둘 때문에 억지로 좋은 낯빛을 지었다.

"자꾸 왜 그래? 아까는 잘못했어. 네가 갑자기 명치를 찌르는 바람에 말이야……."

"어, 이 새끼 봐. 아까는 대놓고 똬리를 붙더니 이제는 또 설레 발이네."

"똬리는 무슨…… 마음 상했다면 미안하다. 잘못했어."

명훈은 거듭 잘못을 빌었지만 속으로는 그때부터 조금씩 처참 한 기분이 들고 있었다.

"야 인마, 말로만 그러면 다냐? 맨입으로 되는 게 있느냐고."

갑자기 각목을 든 녀석 뒤에 붙어 섰던 나팔바지가 넉살 좋게 웃으며 앞으로 나섰다. 명훈을 보고 한 눈을 찡끗하는 게 더 말하 지 않아도 무슨 뜻인지 알 만했다. 한턱 사서 마음을 풀어 주라는 신호임에 틀림없었다. 그 판에 자기도 끼어 좀 얻어먹자는 수작이 었지만 명훈은 차라리 잘됐다 싶었다. 각목을 든 녀석의 표독스러 운 눈초리가 아무래도 심상찮았기 때문이었다.

"그럴 리 있어? 마침 나도 아침을 못 먹었는데 가자고. 가서 한 잔 하고 속 풀어."

명훈이 억지로 쾌활한 목소리를 지어 그 말을 받았다. 각목을 든 녀석을 짐짓 외면한 채 나팔바지와 수작을 주고받는 것이었지 만 실은 각목에게 내놓은 비굴한 휴전 제의였다. 그 말의 효과는 컸다. 나팔바지가 뒤돌아서더니 각목을 뺏어 규율부원 쪽으로 내 던지며 그걸 들고 있던 녀석을 달랬다.

"야, 도치, 너도 들었지? 옹진 말마따나 한잔 걸치고 속 풀지, 어때?"

"쌔끼, 그저 처먹는 거라면⋯⋯."

그게 이름인지 별명인지 모르지만 도치라 불린 녀석이 나팔바지를 흘겨보며 쏘아붙였다. 아무래도 쉽게 마음을 풀 녀석 같지가 않았다.

나팔바지가 잡아끄니 끌려가기는 해도 낯빛은 여전히 험악했다.

명훈과 도치, 그리고 나팔바지와 또 한 명 목에 흰 '호다이(붕대)'를 감은 녀석이 교문을 빠져나가려 하자 규율부원이 잠시 난처한 표정을 짓다가 모른 척 눈감아 주었다. 그 난처함 속에는 맡은 일 때문에 거기에 한몫 끼지 못하는 아쉬움도 섞인 듯했다.

"너무 늦지들 말라고. 늦어도 이십 분 뒤에는 떠날 거야."

명훈은 근처에 그들 패거리가 앞선 셋밖에 없었던 걸 다행으로 여겼다. 급한 김에 가자고는 했지만 그의 주머니에는 돈이 백몇십 환밖에 없었다. 차비가 없어 집까지 걸을 각오를 한다 해도, 그 돈으로 달랠 수 있는 입은 두셋이 고작이었다.

그래도 터무니없이 돈이 모자라지는 않은데 약간 안도하며 명훈은 그만 다른 쪽까지 방심하게 되었다. 특히 그때까지도 말 한마디 없이 앞서 골목길을 빠져나가는 도치까지도 자신에게 유리하게만 생각한 것은 명훈의 큰 실수였다. 학교 앞 골목길을 빠져나와 늘 가는 중국집으로 난 골목 입새로 접어들었을 무렵이었다. 시장 언저리기는 하지만 아침나절이라 사람들이 뜸한 길모퉁이에서 문득 걸음을 멈춘 도치가 사방을 휘둘러보더니 명훈을 향해 휙 돌아섰다.

"야, 옹진, 너 거기 서. 니네들 둘은 저리 좀 빠지고."

도치가 찬바람 도는 목소리로 명훈을 불러세웠다. 나팔바지가 도치의 어깨를 감싸듯 하며 너스레를 떨었다.

"이거 또 왜 이래? 우리 도치 도련님이 오늘은 왜 이리 꽁하실까?"

"예까지 와서 뭐 하려고? 짜샤, 그럼 따라오지를 말지."

목에 흰 붕대를 감은 녀석도 도치를 말리는 척했으나 나팔바지처럼 진심 같지는 않았다. 그런데도 무턱대고 일을 좋게만 본 명훈은 억지웃음까지 지으며 도치에게 다가갔다.

"아까 잘못했다고 하잖았어? 그만 풀어. 기분 상했으면."

그런데 바로 그때였다. 갑자기 눈앞이 번쩍하며 명훈의 턱에 강한 충격이 왔다. 잠시 방심한 사이에 도치 녀석이 이른바 '아고(턱)를 돌린' 것이었다. 너무도 갑작스럽고도 매서운 일격이라 명훈은 하마터면 뒤로 나자빠질 뻔했다가 겨우 몸을 가누었다.

"정말 이거 왜 이래? 잘못했다고 쟤가 몇 번이나 말했어? 거기다가 한턱 쓰겠다고 따라온 사람을……"

나팔바지가 제법 낯 성까지 내며 도치를 나무랐다. 호다이도 그것까지는 너무하다는 듯 도치를 가로막으며 흘겨보았다. 그러나 도치는 처음부터 명훈을 호젓한 곳으로 끌어내기 위해 중국집으로 따라오는 척한 것 같았다. 이제부터 시작이라는 듯 나팔바지를 뿌리치더니 가로막는 호다이를 돌아 명훈에게 발길을 내질렀다.

명훈의 방어에 대한 고려는 조금도 없는 '두발걸이'였다. 당수로 보면 서투른 이단 앞차기 같은 도치의 두발걸이를 그간에 단련된 동작으로 받아넘길 때만 해도 명훈의 대응은 거의 반사적이었다.

하지만 명훈의 방어 동작에 걸려든 도치가 볼품없이 땅바닥에 나동그라지자 사태는 딴판으로 변했다. 도치가 이를 악물고 일어나고, 명훈의 방어를 공격으로 본 호다이도 금세 적의를 드러내며 도치를 편들어 싸울 자세를 잡았다. 심경이 변하기는 명훈도 마찬가지였다. 몇 번이고 거듭 참으며 일을 좋게 끌어가려고 애쓰는 동안 느꼈던 마음속의 처참함은 끝내 울분으로 돌변했다. 거기다가 자신의 멋진 방어 동작에 걸려 볼품없이 땅바닥에 나동그라지는 도치를 보면서 느낀 순간적인 승리감은 금세 흔들림 없는 자신감이 되어 명훈을 부추겼다.

'잘 들어간 선수 한 방은 초단(初段) 하나를 잡는다.'

명훈은 뒷골목 시절에 주워들은 싸움의 격언 하나를 퍼뜩 떠올리며 거의 동시에 다가오는 도치와 호다이를 노려보았다. 도치는 완연한 싸움 자세가 되어 있었지만 호다이는 아직 몸놀림이 감정을 따라잡지 못했는지 엉거주춤한 자세였다.

그렇다면 너부터 먼저, 하는 중얼거림과 함께 명훈은 채 싸울 태세를 갖추지 못한 호다이의 목줄기를 가늠해 당수의 돌려차기를 넣었다. 발에 와 닿는 묵직한 느낌과 함께 한 바퀴 돈 몸을 재빨리 가다듬고 보니 눈앞에 도치의 얼굴이 큼직하게 마주쳐 왔다. 돌려차기에 들어가기 전에 계산한 것보다는 다소 가까운 거리였지만 명훈은 처음 계획했던 대로 놈의 미간을 향해 정권(正拳)을 힘껏 내질렀다. 주먹을 통해 팔목이 찌릿할 정도의 충격이 전해져 왔다. 명훈이 느닷없이 호다이 쪽부터 공격하는 바람에 잠시 멍해 있다가 놈도 그대로 당한 것 같았다.

명훈으로서는 꽤 긴 시간처럼 느껴졌으나 실은 그 모든 게 불과 몇 초 사이에 일어난 일이었다. 신들린 사람처럼 자신도 모르는 힘에 몰려 한바탕 차고 친 명훈이 다시 정신을 가다듬어 보니 도치는 콧등을 싸쥐고 주저앉아 있고 호다이는 아직도 제정신이 아닌 듯한 눈길로 자빠졌던 길바닥에서 느릿느릿 몸을 일으키고 있었다.

"어어, 저 새끼가, 저 새끼가……."

갑자기 등 뒤에서 그런 비명 같은 소리가 들렸다. 그제야 명훈은 또 하나의 적이 남았음을 상기하고 홱 돌아섰다. 나팔바지가 질린 얼굴로 서 있다가 갑자기 몸을 구부려 길바닥을 더듬었다. 원래 주먹이 없어 말로만 한몫 보던 녀석이라 돌멩이라도 집으려는 것 같았다.

녀석까지 건드리고 싶지 않았으나 그 뚜렷한 적의를 보자 명훈의 마음도 순간적으로 변했다. 두어 발 다가서기 무섭게 발길질을 넣었다. 다른 도장에서는 '개발'이라고 흉들을 보지만 막싸움에서는 꽤나 효과적인 명훈네 도장 특유의 짧은 앞차기였다. 놀라 엉거주춤 일어나던 나팔바지가 비명과 함께 사타구니를 감싸 쥐고 땅바닥을 뒹굴었다.

하지만 명훈의 일방적인 공격은 그걸로 끝이었다. 갑자기 세차게 코를 푸는 소리가 나서 뒤를 돌아보니 손바닥 가득 핏덩이를 받아 길바닥에 팽개친 도치가 눈에 불을 켜며 다가들었다. 그새 정신을 차린 호다이도 허리에서 국방색 군용 밴드를 풀고 있는 게 보였다. 그런 싸움에 쓰기 위해 혁대 위에 덧매고 있던 것이었다.

　그러자 그때껏 명훈을 휘몰던 앞뒤 없는 공격 심리는 스러지고 뒷골목에서 단련된 차가운 야성이 되살아났다. 이쯤에서 끝내자. 이제는 달아날 때다 — 종종 사람들을 무모한 싸움에 붙들어 두는 턱없는 자존심 대신 뒷골목의 영악한 계산이 문득 명훈에게 그렇게 속삭였다. 잊고 있었던 두려움도 새삼 명훈을 덮쳐 아직 마음 한구석에 남아 있는 전의를 뭉개 버렸다.

　명훈은 재빨리 발아래 놓인 가방을 집어 들었다. 조금 전 갑작스러운 도치의 한 주먹을 턱에 받았을 때 팽개치듯 길바닥에 내려놓았던 책가방이었다. 명훈은 그걸 옆구리에 끼자마자 아직 땅바닥에서 뒹굴고 있는 나팔바지 곁을 지나 가파른 언덕길로 냅다 뛰었다. 아래로 가는 길은 도치와 호다이가 막고 있을 뿐만 아니라, 어떻게 그들을 뚫고 나간다 해도 학교 앞을 지나게 되어 있어 좋지 않았다. 규율부원을 비롯해 몇 더 있는 그들 패거리가 길을 막을 염려가 있었기 때문이다.

　명훈이 어디가 어딘지 모를 산비탈을 돌고 낯선 동네를 지나 자취방으로 돌아왔을 때는 이미 점심때가 가까웠다.

　방 문턱에 두 발을 걸치고 문설주에 기대앉은 뒤에야 명훈은 비로소 자신이 얼마나 엄청난 일을 저질렀는지를 깨달았다.

'학교는 이제 끝났다. 터줏대감 같은 패거리를 셋이나 잡아 놨
으니 더는 그 학교를 다닐 수 없고, 기껏 몇 달 다닌 걸로는 다른
학교로 전학 가기도 틀렸다……'

그렇게 생각하니 기가 막혔다. 지난 1년에 걸친 적응을 위한 노
력과 이를 악물며 참은 수많은 순간이 하루아침에 물거품이 되
어버린 셈이었다.

'양지바른 삶, 교양과 예의로 가꾸어진 삶으로 돌아가는 길은
결국 막혀 버렸다. 무식과 가난, 그리고 범법(犯法)의 어두운 그림
자만이 이제 내 삶을 지배하게 될 것이다……'

아직 싸움의 흥분이 가라앉지 않은 탓이겠지만 명훈의 머릿속
을 떠도는 것은 대략 그와 같은 성급한 단정이었다. 그 바람에 갑
자기 삶이 아득한 무게로 몸과 마음을 짓눌러 그는 마치 흠씬 두
들겨 맞은 사람처럼 방바닥에 길게 드러누웠다.

영희가 돌아온 것은 과장된 위기감으로 자극된 명훈의 상상력
이 지난날의 어두운 기억들과 뒤섞여 닥쳐 올 삶을 한창 엉망으
로 그려 내고 있을 때였다.

"오빠 왔구나? 왜 벌써 왔어?"

아무렇게나 벗어 팽개친 신발을 보고 알았는지 마당에서부터
그렇게 묻는 영희의 목소리는 아침과는 달리 밝고 들떠 있었다.
무슨 좋은 일이 있었는지 방 안에 들어와서 침울하게 누워 있는
명훈을 보고서도 아무런 낌새를 느끼지 못하는 듯했다.

"왜 오늘 수업 없었어? 데모는 나간 거야?"

그렇게 건성으로 말하다가 묻지도 않은 얘기를 제 편에서 꺼냈다.

"오빠, 오늘 나한테 무슨 일이 있었는지 모르지? 오늘 정말 좋은 일 있었다."

"……"

"나 취직했어. 아홉 시부터 오후 다섯 시까지만 근무하면 한 달에 3천 환 주겠대."

"……"

"병원이야. 치과 병원 간호원. 흰 가운도 입고."

"시끄러워, 네가 간호원은 무슨…… 이제 취직 같은 건 생각할 거 없어."

그제야 명훈이 퉁명스레 대꾸했다. 그 뜻밖의 대꾸에 영희가 눈이 휘둥그레져 물었다.

"오빠, 왜 그래? 밖에서 무슨 일 있었어? 전에 알맞은 취직 자리 있으면 나가도 좋다고 하지 않았어?"

"필요 없다니까. 앞으로는 내가 학교에 나가지 않을 거니까 너는 공부나 해."

명훈이 문득 자포자기한 사람처럼 그렇게 말했다. 말해 놓고 보니 더욱 암담한 기분이었다. 영희의 표정이 비로소 걱정스러워하는 것으로 바뀌었다.

"그게 무슨 소리야? 이제 학교에 안 나가다니? 학교에서 무슨 일 있었어? 무슨 일이야?"

"넌 몰라도 돼. 어쨌든 넌 취직할 필요 없어."

명훈은 그렇게 말끝을 자르고, 이어 핀잔처럼 덧붙였다.

"더구나 병원의 병 자도 모르는 기집애가 간호원은 무슨……."

그러자 영희는 다시 그 얘기를 처음 할 때의 들뜸을 되살리며 명훈을 달래듯 말했다.

"물론 정식 간호원은 아니야. 간호 보조라나? 간호원 언니를 도 우면서 일을 배우는 거래."

"너 아까 치과라고 그랬지? 무슨 놈의 치과에 간호원이 있고 또 보조원까지 있어. 서울 사람들 이가 모조리 썩어 자빠지기라 도 한 거야?"

명훈이 여전히 쏘아붙이듯 대꾸했으나 영희는 새 일자리가 마 음에 쏙 드는지 평소의 성깔을 죽이고 설명에만 급급했다.

"그게 아니고 지금 있는 간호원 언니가 가을에 결혼을 한대요. 그때까지……."

"세상에 간호원이 없어 생판 모르는 너를 가르쳐 가며 쓰겠대? 되지도 않는 소리 마. 어쨌든 취직은 안 돼. 이젠 필요 없으니 공 부나 잘하라고."

명훈은 그렇게 말을 맺고 더는 영희가 말을 붙이지 못하게 팔 을 눈 위로 가져가며 억지 잠이라도 청하는 시늉을 했다. 영희도 그런 명훈에게서 어떤 심상찮은 일이 벌어졌음을 느꼈던지 더는 졸라 대지 않았다.

명훈이 마음속으로 나름대로의 대책을 세우고 어느 정도 여유를 되찾은 것은 늦은 점심상을 받고도 한참 뒤의 일이었다. 우선은 녀석들 쪽 오야붕이 누군지 알아내어 그를 구워삶든지 녀석들 셋 모두를 수단껏 달래 화해하도록 애써 본다. 안 되면 빌면서 적당히 얻어맞아 주어 녀석들의 감정을 풀어 주고 따로 한턱 크게 쓸 수도 있지. 하지만 그래도 안 되면 죽기 살기로 한판 모질게 맞붙는 거다. 내가 만약 그 학교를 못 다니게 되면 그 세 놈도 학교는 끝장이다. 끝까지 괴롭혀 주겠다 ― 그게 대강의 계획이었다.

　명훈이 기운을 되찾은 기색을 보이자마자 영희는 다시 취직 문제를 꺼냈다. 영희에게는 한번 마음먹으면 명훈도 어쩌지 못할 정도의 고집스러운 구석이 있었는데, 이번도 바로 그런 모양새였다. 한동안이나 실랑이를 벌이다가 명훈이 마침내 반승낙처럼 물었다.

　"그런데 도대체 박치관지 뭔지 그 병원은 어떻게 알았어? 누가 소개한 거야?"

　"소개는 무슨…… 내가 지나가다 사람 구한다는 쪽지를 보고 들어갔지. 벌써 열몇 명이나 다녀갔다는데도 나를 뽑아 주었어. 그 의사 선생님 참 멋지더라. 나를 한번 쓰윽 보더니 됐다고 했어."

　영희가 자랑스레 늘어놓았다. 그러나 명훈은 왠지 그 얘기를 듣자마자 좋지 않은 예감이 들었다. 특히 그 치과 의사에 대한 영희의 평은 까닭 모르게 귀에 거슬리기까지 했다.

　"그 의사 멋지더라니 그게 무슨 소리냐? 한번 보고 너를 어떻게 그리 알아보았지?"

명훈이 정색을 하고 영희를 살피며 물었다. 갑자기 아침에 영희를 처음 보던 때가 떠오르며 어쩌면 그게 그 의사와 어떤 연관이 있을지도 모른다는 의심마저 들었다.

"응, 그냥 느낌이 그래. 뭐 그럴 수도 있잖아? 갑자기 그건 왜?"

영희가 대수롭지 않다는 듯 그렇게 받아넘겼지만 그녀의 볼을 살짝 스쳐 가는 붉은 기운을 명훈은 놓치지 않았다. 실은 잘못 본 것일는지도 모를 그것이 갑작스러운 고함 소리로 터져 나올 만큼 명훈에게 불결하게 느껴진 것은 그 뒤 기구하게 펼쳐질 영희의 삶이 어떤 불길한 예감으로 명훈에게 와 닿은 것이나 아니었던지.

"뭐 느낌? 시끄러, 이 기집애야. 취직이고 뭐고 다 집어치워!"

유혹하는 전조(前兆)

　골목 밖을 나오니 맑고 따뜻한 봄날이었다. 큰길 건너편 집 야 트막한 시멘트 담벼락 너머로 드리워진 자목련(紫木蓮)이 한창 흐 드러지게 피어오르고 있었다. 철은 일찍 나오기를 잘했다고 생각 하며 큰길 모퉁이를 돌아 양장점 쪽으로 갔다. 처음 문을 열 때 만은 못했지만, 아직도 양장점에는 지난 한 달간 지속돼 온 희망 과 활기가 남아 있었다. 양재사 누나는 재봉틀에 박고 있던 두꺼 운 천을 끼워 둔 채 줄자로 어떤 뚱뚱한 아줌마의 몸을 재고 있었 고, 어머니는 문짝을 아예 떼내 버린 가겟방에 앉아 한복감을 말 고 있는 중이었다.

　"엄마, 나 학교 갈래."

　철이 돌아서서 등에 메고 있는 책가방을 보이며 약간 응석 섞인 소리로 말했다. 가위질에 마음을 쏟고 있던 어머니 대신에 양재사 누나가 철을 힐끗 돌아보며 핀잔같이 받았다.

"오포(午砲)도 안 불있는데 빌씨로 길라꼬? 오후반이라미?"

정오를 알리는 사이렌이 우는 것을 밀양 사람들은 꼭 '오포 분다'고 말했다. 대구까지 나가서 양재 기술을 배워 왔다지만 그 점에서는 양재사 누나도 어김없는 그곳 토박이였다. 그런 그녀의 말을 얄미운 참견으로만 들은 철이 퉁명스레 되쏘았다.

"집에 있음 뭘 해? 일찍 가서 애들과 공부할 거야."

"공부할라꼬? 교실이 모자래 아침반 오후반으로 갈랐는데 어데 가서 공부하노?"

이번에는 비로소 일감에서 눈길을 뗀 어머니가 철의 속셈을 훤히 안다는 듯한 얼굴로 그렇게 따졌다. 턱없이 시간을 앞당겨 더욱 맛없어진 식은 밥으로 점심을 때우기보다는 몇십 환 졸라서 군것질로 점심을 때우는 데 철이 재미를 붙인 걸 은근히 나무라는 듯한 데까지 있었다.

"강당은 비어 있단 말이에요. 거기서 공부하면 선생님도 틈을 내서 봐준댔어요. 엄마는 알지도 못하고…….'

빤히 쳐다보는 어머니의 눈길에 은근히 속이 켕기면서도 철은 그렇게 어거지를 썼다. 적어도 그날만은 그게 아니라는 투였는데, 실제로도 그랬다. 그날은 무엇보다도 하얗고 따스하게 열린 봄 길과 흐드러지게 핀 자목련이 그를 불러내고 있었다. 빨리 학교로 가면 꼭 무슨 좋은 일이 기다리고 있을 것만 같았다.

"점심은 어쩌고? 보자, 아직 열한 시도 안 됐는데."

어머니가 벽에 걸린 시계와 철의 얼굴을 번갈아 쳐다보며 슬며시 속을 떠보는 소리를 했다. 철의 눈길도 어머니를 따라 무슨 대단한 장식처럼 점포 벽 한가운데 걸려 있는 벽시계로 쏠렸다. 밀양 이모(영남여객 아주머니를 그렇게 부르게 되었다.)의 친구들이 사 온 것으로 시계추가 들어 있는 부분의 유리에 흰 페인트로 "무한한 번영을 빌며 — 친구 일동"이라 씌어 있었다. 그것과 양재사 누나의 라디오 덕분에 지난번 가정환경 조사 때 학급에서 얼마 안 되는 시계·라디오가 모두 있는 가정에 낄 수가 있어 으쓱해한 적도 있었으나 그날만은 그 시계가 밉살맞기 그지없었다. 열 시 오십이 분을 가리키고 있는 문자판을 노려보던 철이 결연하게 대답했다.

"까짓거 안 먹지 뭐. 굶으면 되잖아요?"

그러고는 미련 없이 돌아서서 문께로 발걸음을 떼어 놓았다. 그제야 다급해진 어머니의 목소리가 그런 철을 따라붙었다.

"철아, 아나. 이거 가지고 가그라. 과자 같은 거는 사 먹지 말고 빵이나 떡 같은 거로 먹어래이."

그러면서 조르지도 않은 10환짜리 종이돈 두 장을 꺼내 흔들었다. 어지간히 마음을 다져 먹고 돌아선 철이었으나 그 돈이 가진 매력까지 외면할 수는 없었다. 멋쩍게 돌아가서 빼앗듯 그 돈을 움키고는 가게를 나왔다. 철이 정말로 고집을 부려 굶을까 봐 돈을 내주기는 해도 어머니는 그런 철의 뒤통수에 대고 한마디 덧붙이기를 잊지 않았다.

"군음식(군것질) 재미 붙이믄 안 된데이. 앞으로는 꼭 집에서 점심 먹고 싸이렝 불거든 가거래이."

그러나 뛰듯이 가게 문을 밀치고 나가는 철의 귀에는 그 말이 거의 들리지 않았다. 철은 쭉 뻗은 큰길을 내처 달려 읍내 거리를 벗어났다. 큰길은 강둑 시멘트 울로 막히고 거기서 왼편으로 틀면 얼마 안 가 학교로 건너가는 뱃다리거리(밀양교)에 이르게 되어 있었다.

갑자기 서늘한 강바람을 맞으며 왼편으로 길을 틀던 철은 습관처럼 영남여객 아저씨 댁 뒷문께에서 걸음을 멈추었다. 겨우 한 달 남짓 지난 일이건만, 무슨 아득하고 그리운 추억처럼 처음 그곳에 도착했던 날이 떠올랐다. 철은 새삼 설레는 가슴으로 그날 분홍 무지개가 걸려 있던 2층 창문 쪽을 쳐다보았다. 창문은 굳게 닫혀 있었다. 그도 그럴 것이 명혜는 홀수반이라 철과는 달리 그 때쯤은 학교에 있을 터였다.

오전반일 때는 철이도 거의 매일처럼 영남여객 댁에 들렀다. 나이로는 세 살이나 아래이고 학교로도 2학년이나 아래인 병우를 무슨 큰 동무 삼아 학교에 함께 가자고 부르는 것인데, 거기에는 철의 조숙한 간지(奸智)가 숨어 있었다. 그 핑계로 먼빛으로나마 명혜를 한번 보기 위함이었다.

하지만 그날은 그것도 틀려 버린 일이어서 곧 걸음을 옮겼다. 뱃다리거리를 지나다 내려다보니 물은 여전히 푸르고 맑았지만, 한 달 전의 그때처럼 차가움은 이미 느껴지지 않았다. 실제로도 강물가에는 송사리라도 쫓는 것인지 아이들 몇몇이 바지를 걷고 들어가 있는 게 보였다. 멀리 강둑 위에도 아지랑이가 아련히 피어오르고 버드나무 푸른빛은 그새 제법 짙어져 있었다.

그런저런 광경들로 철은 다시 봄날에 취하기 시작했다. 명혜를 생각할 때와는 또 다른 설렘이 일며 차츰 그것은 어떻게 가라앉혀야 할지 모르는 들뜸으로 변해 갔다.

그러다가 뱃다리거리를 지난 철이 막 삼문동으로 발을 들여놓았을 때였다. 오른편에서 무언가 번쩍하는 것 같아 돌아보니 바닥이 낮은 삼문동 쪽에서 강둑길로 올라오는 샛길을 따라 어떤 여인네가 막 강둑 위로 올라서고 있었다. 연한 자줏빛 치마저고리에 까맣고 반질거리는 가죽으로 된 손가방을 든 새색시였다. 처음에는 무심코 그리로 돌린 눈길이었으나, 그녀의 화사한 얼굴을 보자 철은 문득 묘한 섬뜩함을 느끼며 걸음을 멈추었다. 그 뒤 10년은 지난 뒤에야 겨우 그 정체를 깨달은, 아름다움이 주는 어떤 섬뜩함이었다. 그리고 이어 섬뜩함으로밖에 표현할 수 없었던 그 아름다움은 신비감으로까지 변해, 그녀가 샛길을 따라 올라온 게 아니라 하늘에서 갑자기 내려앉거나 땅에서 불쑥 솟은 게 아닌가 하는 엉뚱한 의심까지 들게 하였다.

조그만 사내아이가 갑자기 걸음을 멈추고 자신을 뚫어질 듯 바라보는 게 이상했던지 그녀도 내리깔고 걷던 눈길을 들어 철을 빤히 쳐다보았다. 넋 빠진 듯 서 있던 철도 마침 퍼뜩 제정신이 들어 가던 길을 계속 가려 할 때였다. 그녀의 눈길을 계속 받자 철은 무슨 날카로운 것에 엉덩이나 찔린 듯 펄쩍 뛰었다. 그리고 갑작스레 자신을 사로잡는 까닭 모를 부끄러움에 쫓겨 대강 학교 쪽이라 짐작되는 방향으로 화닥닥 내달았다.

한동안 정신없이 뛰던 철이 다시 걸음을 멈춘 것은 학교 입새 가까운 큰길가에서였다. 마음이 진정되어서라기보다는 장의(葬儀) 행렬이 길을 막은 탓이었다.

산이 있는 읍내 거리 쪽으로 나가는 상여로, 철은 비로소 그때껏 쫓겨 온 그 까닭 모를 부끄러움에서 벗어나 그쪽을 보았다.

형세가 좋은 집안인지 상여는 온통 울긋불긋한 종이꽃으로 뒤덮였고, 만장(輓章)도 요란스러웠다. 거기다가 길을 메우다시피 따르는 상주들과 산역(山役)까지 보려는 문상객으로 이루어진 장의 행렬은 아주 어렸을 적 초라하기 그지없던 할머니의 장례식을 본 어렴풋한 기억밖에 없는 철의 눈길을 끌 만했다. 조금 전과는 다르지만 다시 이상한 감동이 철을 사로잡아 그 상여가 큰길 모퉁이를 돌아 안 보일 때까지 한자리에 못 박힌 듯 서 있게 만들었다.

그러나 한번 큰길을 벗어나 교문에 이르는 백 미터 남짓한 골목길로 들어서자 철은 이내 고만 또래의 아이로 돌아갔다. 그 골목길은 철이뿐만 아니라 당시 그 학교를 다니는 모든 아이에게 그대로 현란한 유혹의 거리였다. 길 양편으로 좌판이나 함지를 벌여놓고 줄지어 앉은 잡상인들 때문이었다.

엿 장수·떡 장수·풀빵 장수에다 녹여 조린 설탕물로 반질거리는 쇠판에 여러 가지 모양을 그려 굳힌 것을 팔거나 구운 오징어

를 맞물고 돌아가는 톱니바퀴로 얇게 늘여 파는 아저씨들이 있는
가 하면, 과일과 삶은 강냉이, 찐 고구마처럼 철마다 달라지는 상
품들을 들고 나오는 아주머니들이 있었다. 먹을 것이 넉넉하지 못
하던 시절의 아이들에게 그보다 더 큰 유혹이 어디 있으랴.

물론 학교에서는 등굣길이 작은 시장을 이루는 걸 보아 넘기기
만 하지는 않았다. 그러나 주번 선생들을 풀어 단속해도 거기에는
한계가 있었다. 파는 사람은 어찌해 볼 수가 없어 어린 고객들만
단속하다 보니 교사 한 사람이 아예 수업을 접어 두고 나서지 않
는 한 그들의 거래를 다 막을 수는 없었다. 아니, 주번 선생이 나와
서 있어도 이쪽 모퉁이에 서 있으면 저쪽 모퉁이에서 사서 튀고,
저쪽 모퉁이에 서 있으면 이쪽 모퉁이에서 사서 튀는 판이었다. 아
마도 그 무렵 조회 때 하던 교장 선생님의 훈시나 주훈(週訓)의 절
반은 그 골목길의 잡상인들과 관계된 것이었으리라.

아직 과일도 나지 않고 아이스케이크도 빠른, 이른 봄의 계절
상품은 칡뿌리였다. 겨우 흙만 턴 굵은 칡뿌리를 손수레 위나 함
지에 늘어놓고, 아이들이 주문한 양에 따라 가는 톱으로 썰어 주
거나 잘 드는 칼로 두껍게 저며 주었는데, 서울에서 온 철에게는
처음 그게 몹시 낯설었다. 그러나 한번 그것에 맛을 들이자 철도
다른 아이들처럼 딴 군것질 두 번에 한 번꼴로는 칡뿌리를 사서
씹었다. 아이들이 좋아하는 단맛과는 그리 가깝지 않았지만, 이른
바 암칡이라는 녹말이 많이 밴 칡뿌리를 씹을 때의 약간 텁텁하면
서도 구수한 맛과 입술에 허옇게 묻어나도록 입안에서 풀리는 녹

말이 주는 근거 모를 든든함은 껌처럼 오래 씹는 재미와 함께 넉넉하지 못한 시절의 군것질감으로는 훌륭했다.

철은 골목 입새에서 혹시라도 주번 선생이 나와 있지 않나를 재빨리 둘러본 뒤 칡 10환어치를 샀다. 일찍 나온 아이들에게 좀 나눠 준다 해도 수업 시작 때까지 입이 심심하지 않을 만큼은 되었다. 점심은 남은 10환으로 교문 앞 골목길이 아닌 다른 곳에서 풀빵이나 떡으로 때우면 될 것이었다.

수업 시간인지 운동장에는 피구를 하는 6학년 한 개 반을 빼고는 학생이 그리 많지 않았다. 철은 철봉대가 있는 담벼락 쪽에 붙어서 조금씩 떼어 씹던 칡뿌리를 꺼내 대놓고 씹기 시작했다.

"어이, 이인철이, 니 거기서 뭐 하노?"

칡을 씹으며 피구를 하는 아이들에게 눈을 팔고 있던 철의 귀에 문득 그런 소리가 들렸다. 돌아보니 한 반 아이들 몇이 꼭지 없는 물뿌리개를 들고 가교사(假校舍) 쪽에서 올라오고 있었다. 그쪽 수도에서 물을 길어 오는 길인 듯했다.

철은 녀석들이 무얼 하려는지 한눈에 알아보았다. '팔자깽깽이'란 놀이를 시작하려고 준비를 해 오는 것임에 틀림없었다. '팔자깽깽이'란 땅에다 큰 S자를 그린 뒤 양편으로 갈라 각기 S자의 아래 윗부분을 근거지로 삼고 상대편 근거지를 뺏는 놀이였다. S자 안에 있을 때는 두 발을 디뎌도 좋지만 S자의 터진 틈으로 밖으로 나갈 때는 한 발을 들고 다니는 게 규칙인데 이기고 지는 것은 대개 그런 외발 싸움에서 가름이 났다. 거기서 넘어지거나 땅에 두

발을 디디게 되면 '죽게' 되어 그만큼 '방'이라고 불리는 S자 안쪽 근거지를 지킬 인원이 줄어들게 되기 때문이었다. 따라서 그 놀이에서 스타는 언제나 외발로 하는 '팔자깽깽이' 싸움을 잘하는 아이가 되게 마련이었다.

몸이 그리 날렵하지 못한 철은 그 놀이를 좋아하지 않았다. 외발 싸움에 약해 고작해야 '방'지기가 될 뿐인데, 그 방지기란 게 대개는 머릿수에서 자신을 가진 다음에야 결판을 내려 침입해 오는 적과 흙투성이 싸움을 맡게 되기 때문이었다. 가장 힘이 들면서도 결국은 지게 되어 있는 싸움만 해야 하고, 또 지고 나면 은근히 패전의 책임까지 지게 되는 고약한 역할이었다.

승리의 영광은 언제나 외발 걸음으로 방을 나가 날렵하게 적을 넘기는 출격수(出擊手) 차지였다. 철이 그날의 그 엉뚱한 거짓말을 시작하게 된 내면적인 동기는 아마도 먼저 그 놀이를 하고 싶지 않은 데에 있었던 듯싶다. 그다음으로는 무엇인가 자신의 남다름을 드러내고 싶은 마음이거나, 그 이상 그날의 몇 안 되는 아이들 가운데서라도 주도권을 잡아 보고 싶은 충동도 있었으리라. 어떻든 아이들이 꼭지 없는 물뿌리개로 물을 부어 바짝 말라 있는 운동장 모퉁이에 S자를 그리고 있는 걸 물끄러미 바라보던 철이 문득 주머니에 있는 칡뿌리를 톡톡 털어 그들에게 나눠 주고는 심각한 얼굴로 말했다.

"야, 나 오늘 정말 희한한 것 봤다."

"뭔데?"

철의 짐작대로 두셋이 한꺼번에 입을 모아 물었다.

"학교에 오는데 말이야 — 상여가 지나가더라."

"그기 뭐 이상하노? 생이(상여)사 나도 수타(많이) 봤다."

"그런데 말이야. 그 상여는 달랐어. 꽃으로 휘감은 상연데 — 놀라지 마. 그 상여를 덮어씌운 채양 위에 예쁜 각시가 춤을 추고 있더라. 보라색 치마저고리를 입고 너울너울 춤을 추는데……."

철은 스스로도 왜 그런 거짓말을 하고 있는지를 알지 못하면서 한껏 과장된 목소리로 그렇게 떠벌리기 시작했다. 그제야 아이들도 조금씩 긴장하며 그 얘기에 끌려 들어오기 시작했다.

"참말이가? 니 참말로 봤나?"

"택도 없는 소리 하지 마라. 생이 위에 치는 것은 광목인데 그 위에 사람이 우째 올라서서 춤춘단 말고?"

금세 넘어가는 녀석도 있고, 눈을 깜박이며 의심스레 철을 살피는 녀석도 있었으나, 어느 쪽도 그 얘기에 적잖은 호기심을 가진 것만은 틀림없어 보였다. 그런데 그럴 때 자신의 말을 믿어 달라고 바로 우겨 대는 것보다는 착 가라앉은 목소리로 그 상여와 춤추는 색시를 더욱 세밀하게 그려 나가는 편이 그들을 속여 넘기는 데 더 효과적이라는 걸 이미 알고 있었던 철의 표현 감각은 또 어디서 온 것이었을까.

"그 각시 얼굴 말이야, 얼마나 예쁘던지. 최은희, 김지미는 아무것도 아니야. 2학년 3반 김순희 선생님 있지? 그 선생님보다도 더 예쁘더라. 거기다가 춤을 추는데 버선발이 채양에서 한 뼘은

떠 있었어."

"그럼 그게 뭐꼬? 귀신 아이가?"

"거짓말이다. 그래믄 공중에 그냥 떠 있는 택 인데, 사람이 우예 그리 떠 있을 수 있겠노?"

"상두꾼들하고 상주들은 모르는 것 같았어. 아무도 그 각시를 쳐다보지도 않더라. 길 가는 사람들도 안 보이는 모양이야. 암말 도 없었어."

"그라이 생각난다. 할무이한테 들은 이바구(이야기)에 그런 게 있더라. 무슨 장군이라 카든데……."

"그건 남이(南怡) 장군 얘기야, 어떤 종놈 지게 위에 얹혀 간 여 자 귀신 말이지. 그렇지만 이건 달라. 사람이야, 틀림없이. 내가 자 꾸 쳐다보니까 그 각시도 나를 빤히 보더라. 그런데 겁은 하나도 안 나고 막 부끄러운 거 있지? 그래서 얼른 도망 와 버렸어."

얘기가 거기까지 가자 이제 아이들도 이유는 다르지만 모두가 완연히 달아올랐다. 한 패는 온전히 철의 말에 넘어가 약간은 겁 먹고 약간은 신기해하는 표정으로 자기들도 한번 보았으면 하는 뜻을 드러냈고, 다른 한 패는 철의 거짓말이라 우기면서도 한구석 으로는 아무래도 제 눈으로 봐야 자신이 서겠다는 그런 태도였다. 그러다가 나중에는 서로 자기가 옳다며 애써 땅바닥에 그려 놓은 S자도 잊고 저희끼리 작은 입씨름을 시작했다.

철은 그때부터 이미 조금씩 불안해졌지만 짐짓 태연한 얼굴로 그런 아이들을 바라보기만 했다. 자기를 믿어 주는 쪽이 이겨 주면 그대로 슬그머니 넘기고 정히 아이들이 믿어 주지 않으면 그때 가서 큰 소리로 웃으며 거짓말임을 밝혀 난처한 입장에서 빠져나오는 수도 있었다.

그런데 곧 철이 예상하지 못한 일이 벌어졌다. 같은 반 아이들 몇이 더 와서, 철에게는 다시 묻는 일도 다짐을 받는 일도 없이, 먼저 와 있던 아이들의 입씨름에 휘말려 든 것이었다. 그것도 그 새 저희끼리의 얘기에서 제법 부풀어 난 내용을 가지고, 이쪽저쪽 비슷한 머릿수로 갈라지는 데는 철도 놀랄 지경이었다. 그들의 갑작스럽고도 엉뚱한 열중은 벌써 이래저래 열 명을 넘어선 머릿수와 마찬가지로 지금까지 한 말을 그냥 없었던 걸로 눙치는 것도, 이제 와서 새삼 거짓말임을 밝히는 것도 모두 어렵게 만들었다.

내가 세상에 나서 처음으로 말하기의 어려움을 배운 것은 그때였다. 여럿을 향해 뱉어진 말은 그 순간 이미 내 것이 아니다. 그 말의 참과 거짓, 옳고 그름이 온전히 그들 듣는 이들의 주관적 판단에 맡겨지는 것뿐만 아니라 때로는 내 마음속의 진실까지도 그들의 해석에 영향받고 강제된다. 나의 것은 오직 그 말에 따르는 책임뿐이다. 모든 예측 불가능한 결과까지 포함한. 오오, 말하기의 어려움이여…….

뒷날 철은 그때 일을 추억하며 그런 감회를 덧붙인 적이 있다. 얼핏 들으면 지나친 비약 같지만, 그날의 대단찮은 그 거짓말이 어긋나고 꼬여 만들어 낸 결과를 보면 반드시 그렇지도 않다.

이러지도 저러지도 못해 우물거리며 구경만 하고 있는 철을 마침내 다시 그 문제의 핵심 인물로 끌어들인 것은 세 번째로 떼를 지어 나타난 '내일동(內一洞) 아이들'이었다. 읍내의 번화가에서 점포를 내거나 이런저런 사업들을 벌여 그 소읍의 유지 대접을 받는 집 아이들로 이루어진 그 동아리는 서울에서 온 철도 못 당할 되바라짐과 영악스러움을 특징으로 삼고 있었다. 거기다가 제일 싸움을 잘하는 아이도 그들 예닐곱 속에 있었고 제일 공부 잘하는 급장도 또한 그 속에 있었다. 전학 온 지 한 달이 넘는 철을 아직도 "서울내기, 다마내기, 맛좋은 고래괴기(고기)……" 하며 공공연히 놀릴 수 있는 것도 그들뿐이었다. 힘에도 엄포에도 사정에도 넘어가지 않는, 그래서 철로서는 한 동아리가 되고 싶으면서도 한편으로는 싫기 짝이 없는 패거리였다.

그들도 처음에는 또래의 아이들답게 그 화제 자체의 신기함에 빨려 들었다. 그러나 거기에 열중한 것도 잠시, 곧 누가 그 신기한 광경의 목격자인가를 캐묻더니 어쩔 줄 몰라 하는 철에게로 우르르 몰려왔다.

"야, 서울내기. 니 그거 참말이가? 참말로 봤나 말이따."

급장인 용기(龍起)가 유난히 검고 반짝이는 눈을 껌벅거리며 따지듯 물었다.

그 뒤에는 주먹싸움뿐만 아니라 '팔자깽깽이'에서 하는 외다리 싸움도 학급에서 제일가는 윤길이, 덩치로 한몫 보는 영부(英夫)가 용기의 말만 떨어지면 금세 덤빌 듯 서 있었다. 그러나 그들 못지않게 두려운 것은 어느새 그들 뒤로 몰려들고 있는 나머지 아이들의 호기심에 찬 눈망울들이었다.

철은 까닭 없이 가슴이 철렁했다. 이어 어쩌면 녀석들이 숨어서 따라오다가 자신이 도중에서 본 것을 같이 훔쳐보고 이러는 것일지도 모른다는 생각이 들며 얼굴이 화끈해 왔다. 마음 같아서는 그대로 주저앉아 울음을 터뜨려서라도 그 낭패에서 벗어나고 싶었다. 그러나 어려운 살이로 자라난 나름의 강단과 그의 성격 속에 원래부터 있던 어떤 오기가 간신히 철을 버티게 해 주었다.

"그래, 봤어."

철이 애써 마음을 다잡아 먹고 그렇게 대꾸하자 용기 녀석의 말투는 더욱 심문조가 되었다.

"어디서? 어디서 봤노?"

"삼삼(三三)당구장 앞이야."

"어디서 온 기고? 그리고 어디로 가드노?"

"역전 쪽에서 와 가지고 뱃다리거리 쪽으로 가데."

"공갈 마라, 이누마야. 그거는 우리도 봤다."

용기가 그렇게 윽박지르고는 자기 패거리를 돌아보았다.

"너그도 아까 그 생이 봤제? 거다 어디 각시가 빨간 옷 입고 춤 추드노?"

용기가 그렇게 묻자 그의 패거리가 일제히 고개를 저으며 철을 노려보았다.(적어도 철에게는 그렇게 느껴졌다.) 용기 녀석이 부쩍 기가 살아 다시 철을 몰아댔다.

"우리도 일마, 천일여객(天一旅客) 앞에서 그 생이 봤다. 어디서 이기 아무따나 씨부리노?"

"아냐, 그건. 내가 본 상여는 다리를 건너지 않았어."

그럴수록 더 살아나는 오기로 철도 한층 거세게 말했다. 어쩌면 이제는 그대로 뻗대는 수밖에 없다는 막다른 골목에 몰렸을 때와 흡사한 절박감이 철을 그토록 대담하게 만들었는지도 몰랐다.

"뭐시라? 그라믄 삼문동(三門洞) 안인데, 삼문동에 산이 어딨노? 산이 어딨어 미(묘)를 쓰노 이 말이라."

"삼문동에 왜 산이 없어? 둑 위에서 보니 산이 죽 둘러 있던데."

밀양의 지리를 아직 잘 모르는 철이 먼빛으로 본 것만 믿고 다시 그렇게 버티었다. 용기가 차게 웃으며 빈정거렸다.

"이 다마내기가 뭐라 카노? 그거는 맘산[馬飮山]이따 맘산. 물을 건너야 되는데, 생이가 우예 물을 건너노?"

"배 타고 건너지."

"배라꼬? 거다 무신 배가 있노? 생이 실꼬 상주 실꼬 할 그마이 큰 배가……."

내친김이라 버티고는 있어도 철은 그때부터 다시 움츠러들고 있었다.

"장사 지내는 집에서 준비했겠지 뭐. 너 거기 큰 배가 있는지 없는지 가 봤어?"

겨우 그렇게 맞받기는 해도 철의 목소리는 알아들을 만큼 힘이 빠져 있었다. 하지만 그 말의 효과는 뜻밖에도 컸다. 용기가 갑자기 말문이 막혀 씨근거리는 사이에 영부가 불쑥 끼어들어 오히려 철을 거들었다.

"하기사 그럴 수도 있을 끼라. 안 보이 아나?"

"맞아, 암매 그럴 수도 있을 끼라."

뒤에 선 아이 하나가 얼른 영부를 거들고 나섰다. 다른 아이들도 대개 그 비슷한 생각들인 것 같았다. 그제야 철은 어딘가 아이들이 자기가 이겨 주기를 은근히 바라는 듯한 느낌이 들었다. 자기를 노려본다고 느꼈던 용기네 패거리의 눈길까지도 어쩌면 단순한 호기심과 기대의 눈길에 지나지 않는지 모르는 일이었다.

"정 못 미더우면 가 보자꾸나. 나는 틀림없이 봤으니까."

자신이 유리한 입장에 있음을 뒤늦게야 알아차린 철이 금세 기세를 회복해 용기 녀석을 쏘아보며 그렇게 말했다. 잽싸고도 교활한 데까지 있는 반격이었다. 그새 제법 시간이 지나 설령 맘산까지 가 보려 한다 해도 수업 시작 전에 돌아올 수 없다는 걸 계산하고 있었기 때문이다.

하지만 용기 녀석의 반응은 전혀 뜻밖이었다. 갑자기 새파랗게 날선 눈길이 되어 내뱉었다.

"좋아, 그라믄 함 가 보자. 이누마가 어따가 순 공갈을 쳐 가주고……."

"맞다. 함 가 보자. 가 보믄 알 거 아이가?"

아이들도 여럿이 입을 모아 그렇게 나왔다. 거기서 철은 다시 한 번 당황했으나 이내 마음을 다잡아 먹었다. 아직도 한번 해 보는 소리려니 하고 허세로라도 기를 눌러 줄 양으로 교문 쪽으로 한 걸음 내디디며 말했다.

"그럼 가자꾸나."

수업 시간에 늦어도 난 몰라. 그 말이 목젖까지 치밀었으나 철은 간신히 참았다. 아이들에게 그걸 상기시키려고 하다가는 공연히 자신 없어 보일까 봐서였다.

아이들도 모두 자칫하면 수업 시간에 늦게 된다는 걸 알고 있는 것 같았다. 그러나 누구 한 사람 그걸 드러내 놓고 걱정하는 법 없이 따라나섰다. 그것도 제법 먼 길이 되리란 걸 미리 짐작한 듯 책가방을 모두 교정 입새의 히말라야시더 나무 아래 모아 두고 가벼운 몸으로 나서는 것이었다.

그렇게 되고 나니 어쩔 수 없었다. 철은 열대여섯이나 되는 아이들을 데리고 교문을 나섰다. 그리고 뱃다리거리에 이르기 전 삼문동으로 들어가는 옆길로 빠져들었다. 뻔히 허탕 칠 줄 알면서 나선 길이지만 강둑 아래로 난 길로 접어들고 보니 자신까지도 무언가 신기한 광경을 보게 될 것 같은 설렘이 일었다.

한참이나 강둑을 끼고 앞장서 가던 철은 문득 아는 길 하나를 보고 왼쪽으로 꺾었다. 그 길을 알게 된 것은 그리로 한참 내려가면 나타나는 고무 공장 때문이었다. 동네 사람들에게 그냥 고무 공장이라고 불리는 그곳은 정확히 말하면 여러 가지 지우개를 만드는 공장이었다. 연필 뒤에 붙이는 둥그런 지우개로부터 흔히 아이들에게는 '찹쌀 고무'라고 불리던 노란 빛깔의 투명한 네모 지우개, 그리고 그 무렵 새로 나와 아이들의 인기를 한창 모으던 삼색 고무 — 붉은 선과 푸른 선과 흰 선으로 된 지우개 — 에 이르기까지 거의 모든 종류의 지우개가 별로 크지도 않은 그 공장에서 만들어지고 있었다. 아이들이 노리는 것은 주로 그 공장 마당 한구석에 있는 쓰레기터였다. 그곳을 들쑤시다 보면 이런저런 쓰레기 더미에서 여러 가지 고무 토막이 나왔는데 재수가 좋으면 교내 매점에서 살 수 있는 것의 몇 배나 되는 삼색 고무 토막을 찾아낼 때도 있었다.

철이 그곳을 알게 된 것은 그 동네에 사는 짝꿍 때문이었다. 녀석은 거의 새 연필 길이만 한 둥근 고무나 비싼 찹쌀 고무를 한 필통 넣어 다니며 철에게 허풍을 떨어 댔다. 그 바람에 철도 대단한 기대를 가지고 녀석을 따라가 본 적이 있었는데, 한나절 공장 쓰레기터를 뒤진 소득은 신통치 못했다. 다 썩어 시커멓게 된 둥근 고무 지우개 한 토막과 공짜가 아니었으면 줍지도 않았을 삼색 고무 조각 몇 개가 전부였다.

하지만 그날의 소득이야 어찌 됐건 그 덕분에 길을 알아 둔 것은 썩 잘된 일이었다. 자신도 알지 못하는 길로 아이들을 끌고 갈 때보다는 그렇게라도 아는 길로 들어서니 한결 마음이 든든해졌다. 아이들도 그 공장을 지날 때는 잠시 자기들의 목적을 잊고 쓰레기터에 달려들어 법석을 떨기까지 했다.

고무 공장을 지나서는 곧 잠실(蠶室)이었다. 철이도 전에는 잠실이 무얼 하는 덴지 몰랐으나 그 또한 지난번에 왔을 때 들어 두어 알고 있었다. 멀리 있는 큰 기와집을 보고 아주 어렸을 적 고향에 있을 때의 희미한 기억을 떠올리며 짝꿍에게 물었더니 누에 치는 집이라고 일러 주었다.

하지만 잠실과 그 부근에 몰려 있던 대여섯 채의 집들을 지나자 철은 다시 막막해졌다. 거기서 드디어 마을은 끝나고 앞을 막는 것은 그대로 허허로운 들판이었다. 흔히 맘산이라고 줄여서 부르는 마음산이 저만치 가로막고 있었으나 어린 그들에게는 까마득하게만 느껴졌다.

그런데 이상한 것은 아이들이었다. 그만큼이나 왔으면 이제는 은근히 돌아갈 일을 걱정할 때도 되었건만 아무도 거기에는 생각이 미치지 않는 듯했다. 도중에 사람을 만나도 그 상여가 지나갔는지를 물어 철이 자기들을 바르게 이끌어 가는지를 확인하는 녀석조차 없었다. 모두가 무엇에 취한 듯 무턱대고 철의 뒤를 따를 뿐이었다. 그렇게 영악스레 몰아붙이던 용기 녀석도 자기가 옳았음을 증명하러 간다기보다는 어서 빨리 철이 말한 그 상여를 보기 위해서 가는 것처럼 열심이었다. 막막하던 것도 잠시, 다시 아이들의 그 기묘한 열정은 철에게도 옮아 붙었다. 이제 한창 자라는 푸른 보리밭이나 꽃이 활짝 핀 자두 밭을 지나가면서 철도 차츰 자신이 왜 거기까지 왔는지를 잊어 갔다. 그리하여 마침내 시원한 강바람을 맞으며 며칠 전의 봄비에 불어나 보기에 좋을 만큼 흐르는 강가에 이르렀을 때는 그마저 끝내 아무것도 보지 못한 것이 서운해 눈물이 핑그르르 돌 지경이었다. 물이 막혀 길이 끝나자 아이들은 비로소 자기들이 왜 거기까지 왔는지를 깨닫기 시작했다. 아이들이 그때껏 잊고 있었던(혹은 미뤄 왔던) 질문들을 한꺼번에 쏟아 놓았다.

"어딨노? 그 생이(상여)하고 각시?"

"배도 없네. 이 길로 왔다미 그럼 모도 어디 갔노?"

"이인철이, 니 일마 참말로 공갈친 거 앙이가?"

그 갑작스러운 웅성거림에 철도 퍼뜩 정신이 들었다. 길만 끝난 것이 아니라 이제 자신의 거짓말도 끝장이 났다는 생각에 갑자기 눈앞에 아무것도 보이지 않을 만큼 당황이 되었다. 그때 뜻밖의 구원이 왔다.

"그란데 조오기, 조기 뭐꼬?"

한 아이가 멀리 마음산 줄기의 봉우리 하나를 가리키며 말했다. 나중의 추측이지만 흰 바위거나 '산림녹화(山林綠化)'나 '산불조심' 따위를 써 둔 입간판인 듯한 산봉우리 중턱의 하얀 얼룩이었다. 그렇기를 바라는 아이들의 희망이 은연중에 철에게 암시를 주었는지, 아니면 뒷날 빛을 보게 될 거짓말의 재능이 그때 이미 그 싹을 보였는지, 그 산봉우리의 정체 모를 흰 얼룩을 본 철이 자기도 모르게 불쑥 말했다.

"저게 그 상여야. 틀림없어. 물을 건너 저리로 올라간 거야."

그러자 아이들이 철의 주위로 우르르 몰려들며 순진한 눈동자들을 빛냈다.

"어디고? 어디?"

"아, 그래. 조기, 조기다."

"맞다, 빈다.(보인다.) 뭐시 하얀 게 꼬물꼬물한다."

자신의 손가락을 보고 저마다 그렇게 소리치는 아이들을 보자 철은 더욱 힘이 났다. 거기까지는 생각하지도 않았던 거짓말이 절로 술술 나왔다.

"봐라, 그 상여 위에 춤추는 각시도 있지? 저기 봐. 흰 점 위에 무언가 불그레한 게 어른거리잖아? 그래도 내가 거짓말이야?"

그러나 철이 그렇게까지 나오자 아이들은 얼른 대답을 하지 못했다. 그 산 중턱의 흰 점을 눈을 비벼 가며 정신없이 바라들 보다가 이윽고 서로서로 쳐다보며 고개를 기웃거렸다. 다시 의심이 드는 눈치들이었다. 거의 본능적으로 어떤 위기감을 느낀 철이 발악과 흡사한 감정 상태로 마지막 허세를 부렸다.

"야 이 바보들아, 그게 안 보여? 하기야 그게 아무에게나 보일 리 있겠어?"

그 말에 아이들은 더욱 어쩔 줄 몰라 했다. 그러다가 갑자기 먼저 용기 녀석이 철의 귀에는 차라리 호들갑스럽게 들릴 정도로 감탄에 차 소리쳤다.

"맞아! 빈다. 이인철이 말이 참말이라."

그리고 그걸 시작으로 다른 아이들도 차례로 그 비슷한 감탄 소리를 냈다. 대강 학교에서의 성적 순위와는 역순(逆順)이었다. 그리고 그런 아이들이 여덟을 넘어서면서 그때껏 철의 어린 가슴속을 쥐어뜯듯 하던 고민도 사라졌다. 나중에 철은 여남은 명이나 되는 아이들을 엉뚱한 거짓말로 꾀어 나가 몽땅 첫 수업 시간을 빼먹게 한 죄로 담임선생에게 호된 벌을 받게 되지만 그때까지 거기에 대한 걱정은 아직 가슴속에서조차 떠오르지 않고 있었다.

그런데 여기서 꼭 하나 덧붙여 두고 싶은 것은 뒷날 철의 가장 오래된 친구들 가운데 하나가 된 용기 녀석의 고백이다. 소년 시절이 거의 끝나 갈 무렵에야 그때 일을 밝힐 용기가 생긴 철이 모든 것을 밝힌 뒤에, 그가 어째서 마지막 순간에 그토록 선선히 동조하게 되었는가를 물었을 때 녀석은 멋쩍게 웃으며 대답했다.

"나는 처음부터 네가 거짓말을 하고 있는 줄 알았지. 그런데도 마음 속은 왠지 그게 거짓말이 아니기를 바라게 되데. 그런 난데 없고도 못 미더운 일이, 그래서 더 신비스럽고 초월적으로 느껴지는 예외가 이 세상에 이따금씩은 일어났으면 하는 간절한 바람 같은 것이랄까. 마지막에도 물론 네가 어거지를 쓰고 있다는 걸 알았어. 그런데도 네 편을 들어준 것은 아마도 너를 구해 줌으로써 나도 구원받고 싶었던 것일 게야. 마지막 순간까지도 미련을 버리지 못했던 내 어리석은 동경 또는 어떻게든 네 말이 진심이기를 바랐던 내 순진한 희망. 그게 구원받는 길은 그 길밖에 더 있었겠어?"

갈림길

"미스 리, 나 점심 먹고 올게."

열두 시가 되기 바쁘게 가운을 벗어 벽에 건 윤(尹) 간호원이 병원을 나서며 말했다. 휘장 건너에서 치료를 받던 환자가 입안이라도 헹구는지 그르륵거리는 불쾌한 소리에 이어 의료용 대야에 물 뱉는 소리가 났다. 환자가 아직 치료실에 있는 동안은 간호원도 의사 곁에 남아 있어야 마땅하건만 윤 간호원은 그러지 않았다. 핑계만 있으면 치료실을 빠져 나가거나 아무것도 모르는 영희를 대신 밀어 넣곤 했다.

"알았어요, 언니."

닥터 박이 곧 치료실로 자기를 불러들일 것이라는 생각에 경리용 책상 앞에 무료히 앉아 있던 영희는 얼른 몸을 일으켰다. 치과도 병원이라면 박 원장쯤으로 불리는 게 보다 존대 받는다는 느낌을 줄 것 같은데도 어찌된 셈인지 박치과에서는 아래 위 없이 닥터 박이란 호칭만을 썼다. 그저 치과원장이라고만 불리는 것보다 훨씬 고상하고 권위 있게 들린다면서 처가쪽 사람들이 우겨 그렇게 불리게 된 듯했다. 아직은 함께 근무하고 있는 윤 간호원은 닥터라는 영어단어 안에 함께 들어 있는 의사와 박사라는 뜻이 그 사람들의 취향에 맞아 떨어져서라고 풀이하기도 했다.

처음 영희에게는 그 호칭이 몹시 어색하게 들렸다. 그러나 함께 사는 장인 장모와 대갓집 마님이 되고서도 시집갔다 쫓겨온 거센 처형뿐만 아니라 사흘이 멀다하고 들락거리는 이런저런 처가붙이들까지 그렇게 불러대는 바람에 영희까지도 의식 속에서는 어느새 닥터 박으로 불렀다.

아침나절의 병원 청소와 의료 기구 소독을 빼면 아직은 별로 할 일이 없는 영희에게는 어떻게든 할 일이 생긴다는 게 오히려 반가웠다. 가만히 앉아 있어 봤자 쓸데없는 걱정이나 망상에 시달릴 뿐이었다. 벌써 열흘째나 학교에 나가지 않는 눈치인 오빠 명훈이나 어두운 골목에서의 첫 키스 뒤로 왠지 싫어져서 여태껏 피하고만 있는 형배와의 일 때문이었다.

그러나 예상과 달리 닥터 박은 영희를 불러들이지 않았다.

"오늘 신경을 모두 죽였으니까 며칠 뒤에 와서 이를 해 넣도록 하십시오."

언제나처럼 은근히 감겨드는 듯한 목소리로 환자를 내보낸 닥터 박의 목소리에 이어 손이라도 씻는지 세찬 수돗물 소리가 휘장으로 된 칸막이 건너에서 들려올 뿐이었다.

도로 제자리에 앉기도 뭣해서 영희가 그냥 엉거주춤 서 있는데 닥터 박이 흰 수건으로 천천히 손을 닦으며 휘장 뒤에서 나왔다. 그의 깎아 다듬은 듯한 얼굴과 마주치자 영희는 자신도 모르게 얼굴을 붉혔다. 까닭 모를 두려움과 설렘이 얽힌 감정 때문이었는데, 그것은 그를 처음 본 날 이래로 줄곧 그랬다.

영희가 알기로 닥터 박은 이미 서른을 훨씬 넘긴 남자였다. 이따금씩 치과에 들르는 그의 아내나 벌써 국민학교 상급반에 다니는 아이들로 보면 30대도 막바지에 이른 것임에 틀림없었다. 그러나 흰 가운 위로 솟은 반듯한 이목구비나 이제 막 살이 붙기 시작한 호리호리한 몸매는 대학을 갓 졸업한 청년 같았다.

"오늘은 좀 일찍 끝났군. 점심 어떻게 할래?"

닥터 박이 희고 투명한 느낌을 주는 이마 위로 흘러내린 두어 올 머리칼을 쓸어 올리면서 영희를 보고 물었다. 어쩐지 그의 눈초리가 몸 구석구석을 훑는 것 같아 자신도 모르게 몸을 움츠리며 영희가 더듬거렸다.

"저, 점심 싸 왔어요."

"그래? 그렇지만 오늘은 나하고 나가서 먹지."

"집에 안 가시고요?"

닥터 박의 살림집은 병원에서 그리 멀지 않은 곳에 있었다. 심부름으로 한번 가 봐서 알게 된 곳이지만 서른 칸은 됨직한 한옥이었다.

"집? 응, 오늘은 밖에서 먹겠어."

닥터 박이 삽삽스레 딱딱한 억양으로 말을 받고는 살포시 이맛살까지 찡그렸다. 무슨 일이 있으신 게야, 하는 짐작을 하면서도 영희가 짐짓 말했다.

"그래도 사모님께서 기다리실 텐데요."

"기다리겠지. 장모 장인하고 처남 처제까지. 그게 어디 내 집인가 처갓집이지."

닥터 박이 노골적으로 빈정거리는 말투가 되어 그렇게 받더니 이내 자르듯 말했다.

"어쨌든 그 집 밥은 이제 물렸어. 자, 같이 나가지."

"병원이 비는데요?"

"문을 잠그고 가면 되지 않아?"

"윤 간호원 언니가 열쇠를 가져가지 않았어요. 또 그새 환자가 올지도 모르고……."

영희는 진심으로 그와 함께 식사하러 가고 싶지가 않았다. 그가 싫어서가 아니라 그와 마주 앉아 하는 식사가 두려워서였다. 먹는 일이 갑작스레 불결하고 우스꽝스럽게 느껴진 탓이었다.

"알았어. 그럼 혼자 갔다 오지. 한 시 반까지 돌아오겠어."

영희가 그리 마음 내켜하지 않는 걸 알았는지, 아니면 더 권하기가 성가신지 닥터 박은 그쯤에서 단념하고 옷을 갈아입기 시작했다. 그러자 이번에는 영희가 은근히 후회스러운 기분이 되었다.

못 이기는 척 따라나설걸 하다가 어쩌면 닥터 박이 기분이나 상하지 않았을까 걱정까지 되었다.

하지만 그리 걱정할 일은 없었다. 가운을 벗고 양복에 한쪽 팔을 꿰던 닥터 박이 문득 모든 게 귀찮다는 듯 양복을 벗어 도로 옷걸이에 걸며 말했다.

"중국집 전화번호 어디 있지? 거기다 시켜. 탕수육 하나 하고 배갈 두 도꾸리(병), 또 뭐 미스 리 먹을 거 하나하고."

그러고는 자기 책상으로 가 털썩 앉았다.

주문한 음식은 이십 분도 채 안 돼 왔다.

"그것도 이리 올려."

영희 몫으로 주문한 우동까지 자기 책상 위에 놓게 한 닥터 박이 아직도 원인 모를 어색함 때문에 공연히 서성거리고 있는 영희를 보고 다시 말했다.

"의자 가지고 이리 와. 물컵도 하나 씻어 오고. 이 잔은 새알만해서 통 마시는 기분이 나야지."

영희는 쭈뼛거리면서도 시키는 대로 했다. 다행히도 생각만큼 거북스럽지는 않았다. 닥터 박이 거의 영희를 무시하고 술잔만 비운 데다, 무엇이든 맛있는 나이가 곧 영희를 먹는 데에 열중하게 만들어 준 덕분이었다.

영희가 다시 어색한 분위기를 느끼게 된 것은 우동 그릇을 국물 한 방울 남기지 않고 다 비운 뒤였다. 일찍 나오느라고 흉내만 낸 아침밥 탓인지 유난히 달게 먹은 영희가 막 젓가락을 놓으려는

데 닥터 박이 탕수육 접시를 밀어 주며 말했다.

"맛있게 먹는군. 이것 더 들지."

그 말을 듣고 보니 줄곧 딴 곳을 보며 술잔만 비우는 것 같으면서도 실은 영희가 먹는 모습을 줄곧 훔쳐본 듯했다. 갑자기 자신이 너무 먹는 데에만 허겁지겁한 것 같아 영희가 도리질까지 쳐 가며 사양했다.

"아녜요. 실컷 먹었어요. 원장 선생님이나 드세요."

"나는 다 마셨어. 술이 없는데 안주는 뭘 해?"

"식사 안 하셨잖아요?"

"됐어. 원래 입맛이 없어 술을 시킨 거니까."

그러는 닥터 박의 눈가에는 어느새 발그레 술기운이 맺혀 있었다. 언제나 차갑게 보일 만큼 흰 살결에 어린 붉은 기운이 야릇한 따뜻함을 느끼게 하면서 굳어 있던 영희의 마음을 조금 풀어 주었다. 거기다가 몇 점 집지 않은 요리 접시도 그냥 돌려보내기는 너무 아까워 영희가 절충안을 냈다.

"그럼 선생님도 같이 드세요. 식사를 안 하시면 해롭잖아요."

하지만 닥터 박은 흉내만 낼 뿐, 부지런히 젓갈질을 하는 것은 영희뿐이었다.

"미스 리, 아니 영희라 그랬지. 영희를 보면 나는 언제나 고향이 떠올라."

이윽고 흉내나 내던 젓가락마저 놓고 담배에 불을 붙인 닥터 박이 길게 연기를 내뿜으며 그렇게 말했다. 희고 긴 손가락 사이에 끼인 긴 양담배가 여느 때보다 멋스럽게 느껴졌다. 그러나 그의 목소리에 밴 이상한 쓸쓸함이 영희를 갑자기 긴장시켰다.

"내게도 영희처럼 복스럽게 생긴 누이들이 있지. 영희처럼 순박한 아름다움을 느끼게 하는 고향도."

닥터 박이 다시 푸념처럼 덧붙였다. 언제나 백화점에서 갓 포장되어 나온 것 같은 차림에 빈틈없는 몸가짐을 한 그에게는 거의 어울리지 않을 만큼 난데없는 느슨함이었다.

"고향이 어디시게요?"

영희가 너무 입을 다물고 있기도 뭣해서 겨우 그렇게 그의 말을 받았다.

"강원도 산골. 다른 지역 사람들이 흔히 그렇게 놀려 대는 감자바위야."

정말 어울리지 않는 고향이었다. 영희는 그를 그 자신뿐만 아니라 위로 3대쯤은 서울 토박이인 사람으로만 생각해 왔다. 그새 술기운이 오른 탓일까. 한층 발그레해진 얼굴로 닥터 박이 묻지도 않은 말을 이어 나갔다.

"아마도 거기 살았으면 지금쯤은 나도 아버지처럼 농부가 되었을 거야. 영희처럼 복스럽게 생긴 색시도 얻고 초가삼간일망정 행복하게 살았을 거야……."

"그게 무슨 말씀이세요? 꼭 지금은 불행하신 것처럼……."

"그렇겠지. 지금도 행복하지. 너무 행복해 감당을 못 할 정도로……."

닥터 박이 쿡쿡 웃으며 그렇게 말해 놓고 다시 빈정거리듯 이어 나갔다.

"내가 인물 좋고 재주 있는 우등생인 게 불쌍한 우리 부모를 부추겼지. 20리 길을 걸어 다니며 중학교를 마치자 있는 것 없는 것 다 팔아 강릉으로 내보내고 다시 서울 유학이라……. 기껏 장래가 촉망되는 고학생을 만들어 부잣집에 데릴사위로 뺏기려고……."

"……."

"아들 손주 보려고 서울에 왔다가 아들 집 문간에도 들어가 보지도 못하고 되돌아가려고, 겨우 여관집 설비 잘된 거나 감탄하고 몇만 환 쥐어 준 거나 눈물 질금거리며 받아 가려고……."

거기까지 듣고서야 영희도 비로소 닥터 박에게 있었던 일이 어떤 것인지를 짐작했다. 하지만 뒤이어 반어법(反語法)으로 늘어놓는 그의 불행은 끝내 실감할 수 없었다.

"물론 나는 행복하지. 예쁘고 교양 있는 부잣집 막내딸을 꿰어 찬 행운아, 전쟁만 아니었더라면 딸과 함께 외국 유학까지 보내 주려고 했던 막강한 재계 실력자의 사위지. 하루에 한 번 목욕하지 않으면 불결한 게 되고, 음악은 적어도 베토벤쯤은 즐길 수 있어야 하는 문화생활을 하고 있어. 뿐인가, 서른도 되기 전에 하루에 몇만 환씩 긁어 들일 수 있는 병원도 가지게 되고……."

만약 그때 윤 간호원이 돌아오지 않았더라면 영희는 한동안을 더 이해도 못 할 닥터 박의 불행에 끌려다녔을 것이다.

"또 고향 얘기라도 하시는 거예요?"

윤 간호원은 방 안에 들어서자마자 차갑게 웃으며 닥터 박에게 쏘아붙이듯 말했다. 그 버릇없는 말투에 놀란 영희가 윤 간호원을 돌아보았다가 다시 닥터 박에게로 눈길을 돌렸다. 금세 매섭게 나무라는 소리가 터져 나올 줄 알았는데, 그게 아니었다. 표정만 차갑게 굳어질 뿐 닥터 박은 끝내 그녀를 나무라지 않았다.

"낮술에 내가 또 깜박했군. 미스 리, 어서 이것 치워. 곧 환자들이 오겠는걸."

한참을 굳은 듯 앉아 있다가 문득 몸을 일으켜 옷걸이에 걸린 가운을 벗기며 닥터 박이 그렇게 말했다. 윤 간호원의 말은 한마디도 못 들은 것 같았다.

"미스 리, 뭘 해? 어서 치워. 아유 이 느글느글한 기름 냄새."

윤 간호원은 더는 물고 늘어지지 않고 어리둥절해 있는 영희만 몰아세웠다. 영희는 거의 반사적으로 몸을 움직였으나 마음속은 도무지 갈피를 잡을 수가 없었다. 털어도 먼지 하나 나지 않을 것 같은 닥터 박이 갑자기 자신을 상대로 묻지도 않은 걸 털어놓은 것도 그렇지만 그보다 더 알 수 없는 것은 윤 간호원의 태도였다. 듣지 않고도 닥터 박의 얘기 내용을 빈정거리듯 꼬집어 내는 것이며, 버릇없이 쏘아붙이는 말투가 아무리 두어 달 뒤면 그만둘 사람이라 해도 너무 심하다는 느낌이 들었다.

윤 간호원이 닥터 박에게 그리 좋지 않은 감정을 품고 있다는 것은 영희도 전부터 알고 있었다. 취직한 지 사나흘쯤 된 날 아침의 일이었다. 아침 소제를 마치고 나서도 닥터 박이 나오지 않자 무료히 앉아 기다리던 영희가 윤 간호원에게 지나가는 말로 물은 적이 있었다.

"언니, 우리 선생님 참 잘생겼죠? 여 환자들 중에 선생님에게 반해서 오는 사람은 없어요?"

반 농담 삼아 말했던 것인데 윤 간호원의 반응은 뜻밖에도 차가웠다.

"얘는 그게 뭐 잘생긴 얼굴이냐? 기생오라비 같은 거 아냐? 얼핏 보면 그럴듯해도 잠시만 보고 있으면 싫증 나는 얼굴이야. 거기다가 이상한 사(邪)기가 있잖아? 치근치근 감겨드는 목소리하며 — 어느 미친년이 좋아하겠어?"

원한이라도 이만저만한 원한이 있는 게 아닌 듯한 말투였다. 그리고 그 뒤로도 영희가 조금만 그를 좋게 말해도 무참하게 깎아내리기만 할 뿐이었다. 그 때문에 언제부터인가 영희는 윤 간호원에게 그 까닭을 묻고 싶었는데 그날 또 그런 일이 생겼다.

무언가 있다 — 영희는 마치 무슨 확증을 잡은 것처럼 그렇게 속으로 중얼거리며 그날은 그대로 넘기지 않으리라 마음먹었다. 스무 평이 채 안 되는 공간을 휘장으로 칸막이를 해 쓰는 터라 닥터 박이 병원 안에 있는 한 윤 간호원과의 은밀한 대화란 불가능했다. 그게 가능한 것은 닥터 박이 출근하기 전이거나 퇴근한 뒤뿐이어서 어름거리다가 그날까지 미뤄진 것인데 이제는 더 미룰 수 없게 돼 버렸다.

하지만 그날도 결국은 그럴 짬이 나지 않았다. 오후 늦게 모니카가 느닷없이 병원으로 찾아온 때문이었다.

"웬일이야?"

문이 열리는 소리에 환자라도 온 줄 알고 힐끗 돌아보았다가 모니카가 온 걸 보고 영희가 놀라 물었다. 여느 때처럼 살살 눈웃음을 치며 모니카가 책가방을 높이 치켜들었다.

"웬일은……. 학교에 같이 가자고 왔지."

"학교? 아직 네 시 반인데?"

영희가 벽에 걸린 시계를 돌아보며 그렇게 반문했다. 마음으로 벌써 짚이는 게 있었다. 형배의 심부름으로 온 게 틀림없었다. 그러나 모니카는 시치미를 떼며 둘러댔다.

"응, 오늘은 좀 일찍 나왔어. 기다렸다 같이 가지 뭐."

"안 돼, 먼저 가. 나는 다섯 시 반은 돼야 끝나. 딴 일도 좀 있고."

영희가 짐짓 무뚝뚝한 표정까지 지어 보였지만 소용없었다. 환자 대기용 의자에 가방을 내려놓고 한편으로 착 붙어앉으며 모니카가 떼를 썼다.

"기다렸다 간다니까. 나도 꼭 할 말이 있고."

"할 말? 뭔데?"

"누구 심부름이야. 어쨌든 네 일이나 봐. 난 여기서 책이라도 읽고 있을게."

처음에는 그대로 밀고 나가 형배의 이름까지 끌어내고, 내처 호되게 쏘아붙여 몰아내려 했으나 모니카의 말이 거기까지 나오자 영희가 먼저 입을 다물었다. 그녀에게서 남자 이름을 끌어내 이러니저러니 주고받는 것은 닥터 박에게뿐만 아니라 윤 간호원에게도 그리 좋은 인상을 주지 못할 것 같아서였다. 하지만 모니카가 어쩌면 그것까지 계산하고 왔는지 모른다는 생각이 들자 영희는 갑자기 화가 났다.

"누구 심부름이라니? 누구야?"

영희가 앞뒤 생각 없이 그렇게 다그쳤다.

영희의 다그침을 적당히 눙쳐 형배가 드러나지 않게 해 준 것은 오히려 모니카였다.

"그런 사람 있어. 어쩜, 넌 나하고 같이 학교 가는 게 그렇게 싫어?"

무엇을 가지러 나갔다가 진료실로 되돌아가는 윤 간호원의 뒷모습을 핼끔거리며 그렇게 받는 모니카의 말을 듣고 영희도 치미는 속을 억눌렀다. 더 떠들어야 좋을 것 없다 싶어 짐짓 성난 듯한 눈길로 모니카를 한번 흘겨 주고는 등교 준비에 들어갔다.

영희가 퇴근하기 전에 해야 할 일 가운데 가장 중요한 것은 스무 평 남짓한 치과 건물에서 진료실을 뺀 나머지를 먼지 안 나게 소제해 두는 일이었다. 보통 아홉 시까지 환자를 받기 때문에 진료실은 다음 날 아침에 소제하는 걸로 되어 있었다. 바닥을 쓸려고 물을 뿌리는 영희를 보고 머쓱해 있던 모니카가 다시 나섰다.

"내가 좀 거들어 줄까? 빗자루 어디 있어?"

"거기 가만 앉아 있어, 기집애야."

영희가 환자 대기용 의자를 턱짓으로 가리키며 무뚝뚝하게 말했다. 그래도 모니카는 눈웃음을 잃지 않고 긴 의자로 가 앉더니 책가방에서 잡지책을 한 권 꺼냈다. 잠시 후에 영희가 바닥을 쓸다 돌아보니 모니카는 껌을 잘근잘근 씹으며 잡지에만 정신이 팔려 있었다. 어찌 보면 어린애처럼 순진하고 어찌 보면 모자라는 것 같은 그녀의 단순함이었다. 청소를 끝낸 영희가 이것저것 챙기고 있을 때는 제법 읽고 있던 얘기를 입 밖에 내기까지 했다.

"어머, 킴 노박도……."

"어쩜, 수전 헤이워드까지……."

잠시 환자가 뜸한 사이에 밖에 나와 있던 윤 간호원이 어이없다는 듯 웃으며 모니카에게 물었다.

"학생, 되게 재미있는 모양이네. 누구 얘기야?"

"알리 칸 말이에요, 굉장한 부자지만 또 그만큼 바람둥이였던가 봐요. 얼마 전 교통사고로 죽었는데 할리우드의 미녀 여배우들 치고 한 번씩 안 걸린 사람이 없대요. 아, 멋있어."

윤 간호원의 웃음이 결코 좋은 뜻이 아니라는 것쯤은 알아볼 만하건만, 모니카는 버릇과도 같은 생글거림으로 방금 읽고 있던 잡지까지 펴 보이며 그렇게 대답했다. 교복을 털던 영희가 건너보니 지질(紙質)이 나쁜 책에 군데군데 알아보기 힘든 사진들이 박힌 염문 기사였다.

"아, 그래. 그게 멋있는 거야? 멋있다는 게 그런 거야?"

윤 간호원이 그렇게 말하며 과장되게 머리를 끄덕여 경멸의 뜻을 노골적으로 드러냈다. 그걸 본 영희가 다시 화가 나서 모니카에게 쏘아붙였다.

"야, 이 기집애야, 학교 안 갈 거야? 어디서 맨날 그따위 되잖은 잡지책이나 들고 나니며……."

그제야 모니카가 휘둥그레진 눈으로 영희를 올려보았다.

"또 왜 그래? 이 책이 어때서? 남들이 다 재밌게 보는 책인데……."

영희가 더 야단치면 그대로 울어 버리고 말 것 같은 표정이었다. 그걸 보자 영희는 금세 마음이 약해졌다. 모니카가 그저 한번 지어보는 표정이란 걸 잘 알면서도 견딜 수 없이 그녀가 가엾게 여겨져 자신도 모르게 화가 풀려 버리고 말았다.

"학생이 그런 못된 책이나 들고 다니면 돼?"

여전히 나무라고는 있어도 영희의 목소리는 이미 알아들을 만큼 부드러웠다.

영희가 모니카와 함께 병원을 나선 것은 여느 때보다 조금 빠른 다섯 시 이십 분경이었다. 학교는 거기서 버스로 네 정류장이나 더 들어간 시내 쪽에 있었다. 버스를 기다리다가 모니카가 가방에서 흰 봉투 하나를 꺼내 머뭇머뭇 내밀었다.

"그게 뭐야?"

마음속으로는 벌써 짐작이 가서 눈길부터 험해진 영희가 받지도 않고 물었다.

"형배 오빠가……."

"그 사람하고는 끝났다고 하지 않았어? 이딴 것 받아 오지 말란 말야. 돌려줘."

함께 버스를 기다리던 아주머니가 놀라 그녀들을 돌아볼 만큼 영희가 소리쳤다. 모니카가 움찔하며 겁먹은 눈으로 영희를 올려 보며 사정했다.

"읽어나 봐. 보지도 않고 그럴 건 없잖아?"

"일없어. 그냥 돌려줘."

"그럼 난 어떡하란 말이야? 괜히 나만 가운데 두고……."

모니카가 다시 그녀 특유의 울상을 지으며 응석 부리듯 어깨를 흔들었다. 같은 여자이면서도 그녀가 조르는 대로 해 주지 않을 수 없을 만큼 애처로움과 사랑스러움을 함께 느끼게 하는 그런 몸짓이었다. 거기다가 형배의 일도 더는 이렇게 끌어만 갈 수 없다는 생각이 들어 영희는 못 이기는 척 봉투를 받았다.

앞서도 세 번씩이나 되돌려 보낸 편지지만, 막상 받고 보니 거기에 무슨 내용이 들어 있는가가 궁금하지 않은 것도 아니었다.

영희가 남자처럼 봉투 모퉁이를 길게 찢어 편지를 꺼냈을 때 마침 버스가 왔다. 영희는 미처 그걸 읽을 틈도 없이 버스로 비집고 들었다. 퇴근 때가 가까워서인지 버스 안은 벌써 발 디딜 틈 없이 꽉 들어차 있었다. 어지간한 영희도 그런 버스 안에서는 형배의 편지를 읽을 엄두를 못 냈다.

배차 시간에 쫓긴 탓인지 버스가 미친 듯이 달려 준 바람에 학교 앞 정류장에 내렸을 때는 수업 시간까지 아직 이십 분이 좀 넘게 남아 있었다. 학교까지는 걸어서 오 분이 채 안 되는 거리라 여유를 얻은 영희가 학교로 가는 골목길에 접어들기 바쁘게 말했다.

"저기 가서 무얼 좀 먹고 가지 않을래?"

영희가 눈짓으로 가리킨 곳은 만화가게와 가락국수집을 겸하고 있는 골목 구석의 한 점포였다. 거기서 형배의 편지를 읽고 난 뒤에 등교할 생각이었다. 그런 데 가게 되면 돈을 내야 하는 것은 자기가 되리라는 것을 알면서도 모니카는 반색을 하며 앞장을 섰다. 이상하게도 그녀는 영희를 위해서 쓰는 것은 언제나 기쁨이라는 듯 아까워하거나 주저하지 않았다. 어떤 때는 그녀도 돈이 없어 시계나 학생증을 맡기게 되는 경우까지 있었지만, 그때마저도 영희의 가난을 원망하거나 분담을 제의하는 법은 없었다.

영희의 거의 남성적인 사랑에 상응하는 그녀 나름의 애정 표시였는데, 어쩌면 그게 바로 별로 닮지도 않은 둘을 단짝으로 묶어 놓는 끈인지도 모를 일이었다.

영희

소용없는 줄 알면서도 한밤을 뜬눈으로 지새운 끝에 다시 이 편지를 쓴다. 정말 알 수가 없어. 그렇게도 다정하던 우리가 왜 이렇게 되어 버렸는지…… 한 번만 만나 주어. 속이라도 시원하게 까닭이나 일러 줘.

모니카에게 들으니 오늘 단축 수업이라는데, 돈암동 로터리에 있는 그 생과자집으로 나와 주길 바라. 열 시까지 기다리겠어. 아니 영희가 올 때까지 밤새도록이라도 기다리겠어.

가락국수를 기다리면서 영희가 읽어 본 편지는 그렇게 끝나 있었다. 생각보다 짧았으나 형배가 자신을 간절히 만나고 싶어 하는 뜻만은 알 듯했다.

"만나자는 얘기지? 한번 만나 줘. 정히 싫으면 그때 딱 부러지게 말하면 되잖아?"

읽고 난 편지를 아무렇게나 찢어 버리는 걸 보고 모니카가 조르듯 말했다. 그 만남이 짐스러울 것 같기는 했지만, 영희도 그리 기분 나쁘지는 않았다. 마음에 들건 안 들건 자신을 그토록 생각해 주는 사람이 있다는 것은 가슴 뿌듯한 일이었다.

"알았어. 좀 생각해 보고."

영희는 그렇게 모니카의 입을 막아 놓고 잠시 형배 생각을 했다. 실은 그녀 자신도 무엇 때문에 형배가 싫은지를 잘 알지 못했다. 지나간 대여섯 달 동안 한 번도 그가 보고 싶어서 만나러 나간 적은 없었지만 그래도 그와 함께 있는 시간이 꼭 따분하고 싫은 것만은 아니었다. 결정적으로 그를 만나기 싫어진 것은 첫 키스가 있었던 밤 이후인데, 그때 매몰차게 형배를 쫓을 때는 어렴풋한 대로 어떤 구체적인 이유가 틀림없이 있었을 것이지만 그게 도무지 기억나지 않았다. 그저 막연하게 더는 그를 만나 보고 싶지 않다, 더는 그와 깊게 맺어지는 것이 싫다는 게 영희를 지배하는 감정의 전부였다.

정말 무엇 때문일까. 그새 가락국수가 나왔지만 점심을 든든하게 먹은 탓인지, 아니면 스스로도 답할 수 없는 그 물음 탓인지 영희는 젓가락도 들지 않고 생각에 잠겼다.

"안 먹을 거야?"

모니카가 대젓가락을 집다 말고 영희를 빤히 쳐다보며 물었다.

"별로 생각 없어. 너나 먹어."

"그럼 뭣 땜에 여길 들어오자고 했어? 실은 나도 별생각이 없는데……"

모니카가 그렇게 불평하다가 젓가락을 집어 국수 사발을 께적거리기 시작했다. 생각에 잠긴 영희를 방해하지 않겠다는 뜻 같았다.

하지만 영희는 여자로서는 좀 억센 편인 얼굴의 선과 마찬가지로 깊은 생각과는 그리 가까운 성미가 아니었다. 금세 자신의 감정을 분석해 보는 걸 단념하고, 갑갑한 듯 주위를 둘러보았다. 점포 한쪽 벽면에 만화들이 어지럽게 걸려 있고, 그 아래 놓인 긴 나무 의자에는 조무래기들 서넛이 쪼그리고 앉아 만화를 보고 있었다. 벽면에는 『철인 28호』, 『꾀돌이 탐정』, 『수마도의 비밀』, 『날쌘돌이』 같은 남자아이들 만화에 이어 『내 이름은 미미』, 『기러기 남매』, 『그리운 아빠』, 『엄마 찾아 3만 리』 같은 여자아이들을 위한 순정 만화들이 줄줄이 걸려 있었다.

무심코 그 만화들의 표지를 스쳐 가던 영희의 눈길이 문득 한군데 멈췄다. 『소공녀』란 제목에 눈이 큰 여자아이가 눈물을 흘리고 있는 것이 그려진 만화였는데, 여러 권으로 된 것인지 제목 곁에는 아라비아 숫자로 3이란 글씨가 푸른 동그라미 속에서 하얗게 빛나고 있었다. 만화는 처음 보지만, 소설로는 읽은 적이 있는 얘기였다. 학원사(學園社)에서 낸 소년소녀 세계명작전집에 들어 있던 책으로, 영희는 명훈이 편입시켜 준 중학교 도서실에서 빌려 읽어 그 얘기를 대강 알고 있었다. 그때 그걸 읽으면서 아버지에게 걸었던 간절한 기대가 문득 떠올라 까닭 없이 영희의 가슴을 찌릿하게 했다.

그런데 이상한 것은 그다음이었다. 『소공녀』에서 아버지로 이어져 간 상념은 느닷없이 영희의 기억 속에서 '혁명가의 딸'이란 말을 끌어냈다.

……전쟁이 터지기 전해 가을의 일이었다. 언제나 잔칫집 같던 집 안이 조용해지고 아버지의 얼굴도 잘 볼 수 없게 된 어느 날이었는데 학교에서 돌아오니 아버지가 마루에 서 있었다. 며칠 못 보는 사이 얼굴이 하얘지고 구레나룻이 자라 어딘가 어둡고 무섭게 느껴지는 얼굴이었다. 그 바람에 전처럼 달려가 안기는 대신 쭈뼛거리며 마루로 올라서는데 아버지가 영희를 덥석 안아 올리며 껄껄거렸다.

"아이고, 우리 혁명가의 딸이 돌아왔구나."

그러자 어머니가 안방 문을 열고 나와 아버지를 흘기며 나무랐다.

"조용하세요. 남 들으면 어쩌시려고. 저러니까 애가 학교에 가서 엉뚱한 소리를 하지."

하지만 아버지는 천하태평이라는 투였다.

"그게 어때서? 그래도 내 직업을 공식적으로 혁명가라고 해 준 것은 얘밖에 없소."

그렇게 허허거리며 꺼칠꺼칠한 볼을 마구 비벼 댔다. 영희는 어리둥절했다. 실은 그 때문에 며칠 전 어머니에게 단단히 혼이 난 때문이었다. 학교에서 아버지의 직업을 묻길래, 어른들의 수군거림에서 주워들은 대로 혁명가라고 대답했는데, 다음 날 어머니가 학교로 불려 가더니 그 대답이 영문 모를 매로 돌아온 것이었다. 그런데도 아버지는 오히려 잘했다며 볼을 비벼 주고 있지 않은가.

하지만 그리 오래 어리둥절할 필요는 없었다.

"아휴, 저 천황씨(天皇氏) 같은 양반 좀 봐. 그만 좀 하세요."

어머니가 다시 그렇게 아버지에게 핀잔을 준 뒤, 영희를 흘겨보며 매섭게 별렀다.

"영희, 너 알지? 한 번 더 그런 소리를 했다가는 정말로 죽는 줄 알아."

결국 혁명가의 딸이 되는 것은 끔찍한 일로 결정이 나고 만 셈이었다. 그런데 그 결정은 이듬해 여름에 다시 뒤집어지고 말았다. 아버지를 따라 수원으로 옮겨 가 산 지 한 달쯤 되었을 때의 일이었다. 또래 아이들과 학교에 딸린 과수원으로 가서 매미를 잡으며 놀고 있는데 갑자기 비행기 떼가 까맣게 하늘을 덮었다.

지나가는 그 비행기 떼 엔진 소리만도 세상을 온통 뒤흔드는 듯했다. 그때는 이미 전쟁이 터진 지 두 달이 넘어 비행기 소리에는 어느 정도 익숙해 있었지만 한꺼번에 워낙 많은 비행기가 떠 영희도 덜컥 겁이 났다. 거기다가 그 비행기 떼는 전처럼 그저 지나가는 길이 아니었다. 그중에서 대여섯 대가 이리저리 솟구치면서 그 과수원이 끝나는 야산 숲속에 폭격과 기총소사를 퍼붓기 시작했다. 이따금씩 인민군들이 우글거리다가 다시 썰물처럼 빠지곤 하는 곳이었다.

비행기 엔진 소리만도 무섭기 짝이 없는데 멀지 않은 곳에서 폭격 소리까지 겹치니 기껏해야 열 살 안팎의 계집아이들이 제자리에서 배겨 낼 수 있을 리가 없었다. 곧 울음을 터뜨리며 뿔뿔이 흩어져 길인지 가시덤불인지도 모르고 궁글듯이 각자의 집 쪽으로 내달았다. 영희도 운동화가 벗겨져 나갔는지 옷이 찢어지는지 느끼지 못하는 채로 울며 농대 관사 쪽으로 무턱대고 달렸다.

얼마쯤 달렸을까. 비행기 엔진 소리와 폭격 소리가 뜸해지면서 비로소 정신을 차려 보니 자기들이 살던 학장관사(學長館舍) 부근이었다. 누군가가 허둥지둥 달려오는 영희를 받아 안으며 부드럽게 말했다.

"뉘기야. 이거 학장 동무의 따님 앙이오? 그만 울기요. 혁명가의 딸이 까짓 양코배기들 깡통 비양기(비행기) 몇 대에 울어서 쓰나?"

눈물을 닦고 보니 무슨 일인가로 이따금씩 아버지를 찾아오는

'군관(軍官) 동무 아저씨'였다. 언제나처럼 말쑥한 제복 차림이었는데, 저만치 나무 그늘에는 그가 타고 온 큰 흰 말이 앞발굽으로 흙을 파고 있었다. 자주 드나드는 사람이라 어느 정도는 마음이 놓이면서도, 어머니가 하도 단속하던 것이라 '혁명가의 딸'이란 말을 듣자 영희는 도리질부터 쳤다.

"울 아버지는…… 혁명가 아녜요."

"뭐시기? 몇십 년 반제(反帝) 투사가 혁명가가 아니라고? 혁명가가 뭐시긴지 알고나 하는 소립매?"

그저 해 본 말에 영희가 뜻밖의 대꾸를 하자 그 군관이 놀랍고도 어리둥절해 그렇게 물었다. 그때 어느새 왔는지 아버지가 영희를 받아 안으며 말했다.

"이제는 아버지를 혁명가라고 해도 된다. 그리고 혁명가의 딸은 함부로 울면 안 되는 거야."

그러면서 영희의 눈물을 닦아 준 아버지는 다시 그 군관과 무어라고 주고받으며 허허거렸다. 뒤이어 어머니도 나왔지만 이번에는 아버지의 그 같은 소리를 나무라지 않았다. 혁명가란 말의 뜻이 1년도 채 안 돼 달라져 버린 셈이었다.

그날 이후로 영희는 틈만 있으면 혁명가의 딸임을 자랑했다.

"혁명가? 그게 뭔데?"

"울 아버지 같은 사람이야."

"니네 아버지 뭐 하는데?"

"혁명가야."

기껏 아홉 살의 계집아이가 혁명가를 이해하고 설명하는 길은 그런 우스운 순환론일 수밖에 없었지만 어쨌든 신나는 일이었다.

그러나 혁명가의 빛나는 날들은 너무 짧았다. 미처 그 여름이 끝나기도 전에 자랑스럽던 혁명가는 초라한 도망자가 되어 북쪽으로 사라졌다. UN군 인천 상륙의 소문이 퍼진 탓일까, 그전 며칠 술 취한 인민군 병사들이 유난히 자주 눈에 띈 다음이었다.

어머니가 따로 다짐하지 않아도 영희는 절로 혁명가의 딸이 이제 더는 자랑이 될 수 없음을 알았다. 하지만 그게 그 이상 삶에서의 치명적인 불리(不利)가 된다는 걸 뚜렷이 알게 되는 데는 한 달쯤이 더 필요했다. 지금은 어지럽고 사나운 꿈같이만 떠오르는 수복 직후의 서울 거리. 추위와 굶주림에 시달리며 몇 밤을 무너지다 남은 빈집에서 지새우다가 혜화동 옛집을 찾게 되고, 거기 무슨 흉포한 짐승처럼 웅크리고 숨어 있던 사람들에게 어머니와 할머니가 끌려간 뒤 열흘쯤 된 날이었다. 어린 철을 업은 채 어디가 어딘지 모를 길을 돌아 어쩌다 서울에 남았거나 일찍 돌아온 친척들의 집을 찾아가기도 하고 미군 국군 가릴 것 없이 지나가는 군인만 있으면 매달리다시피 구걸하기도 해서 먹을 것을 구해대던 명훈이 반쯤 무너진 건물 속에서 모닥불로 밤을 새운 어느 날 아침에 말했다.

"안 되겠어. 아무래도 철이는 엄마에게 보내야겠어."

어찌 된 셈인지 엄마를 찾아 칭얼대면서도 먹는 것이면 무엇이건 입에 쑤셔 넣던 철이 그 전날부터 아무것도 먹지 않고 내처 자고만 있어 영희도 조금은 이상하던 참이었다. 그러나 영희는 끌려가면서도 뒤따라오는 자기들에게 눈을 허옇게 치뜨고 어서 빨리 멀리 달아나라고 고함치던 할머니가 기억나 얼른 마음이 내키지 않았다. 안고 흔들어도 눈을 뜰 줄 모르는 철과 철의 똥오줌으로 젖다 못해 물기가 뚝뚝 듣는 명훈의 등허리가 아니었더라면 영희는 말로라도 오빠를 말려 보았을 것이다.

반나절을 걸어 지금의 시흥 어름으로 짐작되는 어떤 시골 동네에 함석으로 지은 창고를 찾아가 어렵게 면회를 하게 된 어머니는 그들 삼 남매를 끌어안고 통곡부터 먼저 했다.

"아이고, 이것들아 내 새끼야……. 어디서 어떻게 지냈니? 혁명이고 건국이고 정말로 정말로 몸서리난다. 제 한 몸으로 못 갚고 너희까지 이 꼴로 만들었구나, 꼭 거지새끼 꼴이로구나……."

혁명가의 딸이 그저 자랑이 되지 않는다는 정도가 아니라 바로 저주라는 듯한 어머니의 넋두리였다. 그리고 그 뒤 10년 가까운 세월을 보내면서 어머니는 삶의 쓰라린 고비마다 그 비슷한 넋두리를 되풀이했다. 거기다가 영희가 자라난 환경도 그토록 죄 많은 혁명가가 변명되거나 구제될 만한 것은 못 돼, 아직도 영희의 가슴속에 있는 혁명가는 죄악이나 저주의 뜻이 얽혀 있는 어떤 추상이었다.

그런데 왜 갑자기 그게 떠올랐을까, 혁명가와 소공녀 세라의 아버지 랄프 같은 큰 부자는 얼토당토않은데 왜 소공녀에서 혁명가의 딸이란 말이 떠올랐을까. 영희는 망연한 가운데도 문득 그런 의문이 떠올랐다.

하지만 영희는 그런 의문에 오래 사로잡혀 있을 틈이 없었다.

"어쭈, 얘들 봐. 지가 무슨 돈병철이 딸이라고 이 맛있는 걸 젓가락도 안 대고 앉았네."

"이건 또 어디 숙녀야? 먹는 폼 한번 고상하다."

갑자기 문이 열리며 들어선 여자애 둘이 영희와 모니카를 번갈아 보면서 그렇게 주고받았다. 하나는 교복 차림이기는 해도 옥도정기로 빨아 노란 머리에 손톱마다 빨갛게 매니큐어를 칠하고 있었고, 다른 하나는 숫제 맘보바지에 점퍼 차림이었다.

"어머, 언니들이세요?"

모니카가 호들갑을 떨며 일어나 알은체를 했다. 어디서 많이 본 듯하기는 해도 영희는 그녀들이 누군지 얼른 알 수가 없었다.

"얘, 3학년 언니들이야. 인사드려."

그녀들의 빈정거림에 마음이 상해 금방 대들듯 눈을 치켜뜨는 영희를 보고 모니카가 다시 황급하게 말했다. 영희도 그녀들이 상급생이란 말을 듣고는 속이 치미는 대로 할 수가 없었다. 한마디 되쏘아붙이는 대신 어색하게 머리를 끄덕이며 인사했다.

"안녕하세요?"

"그래도 인사성은 밝구나. 안녕하지 못하다, 어쩔래?"

노랑머리가 조금 전 치켜올라 간 영희의 눈초리를 보았던지 대뜸 시비조로 나왔다. 영희는 다시 화가 치밀었다. 상급생이라고 참아 주려고 해도 까닭 없이 시비를 걸고 드니 원래의 강한 성격이 고개를 든 것이었다. 모니카가 그런 눈치를 알고 영희를 가로막듯 노랑 머리의 말을 받았다.

"왜 안녕하지 못해요? 점심 안 드셨수?"

그리고 다시 그런 식으로 몇 마디 더 상글거리다가,

"아줌마, 여기 가락국수 둘 더요!"

하고 소리쳐 그녀들의 입막음을 해 버렸다. 모니카가 중간에서 재치 있게 상대의 기분을 풀어 주고, 또 조회 시간도 가까워서 더는 이렇다 할 다툼 없이 그곳을 나왔지만 영희는 그리 유쾌하지 않았다.

"기집애, 너 돈이 썩었니? 저런 것들한테까지 뭘 사 주게."

저만큼 학교가 보이는 골목길에서 영희가 모니카를 흘겨보며 그렇게 핀잔을 주었다. 모니카가 이번에는 버릇 같은 상글거림도 없이 그 말을 맞받았다.

"그럼 어떻게 해? 실은 그 돈 오늘 바쳐야 할 공납금이란 말이야."

"걔들이 왜 국수 안 사 주면 널 잡아먹는다든?"

"넌 걔들이 누군지 몰라?"

그 말에 영희가 어리둥절해 모니카를 보았다. 상급생이라고 너무 죽어 주는구나 싶었는데 그게 아닌 것 같았다. 모니카는 묻지도 않는데 그 여자애들 얘기를 마치 영희에게 겁주는 것처럼 했다.

"쟤들이 누군 줄 알아? 바로 꽃이슬파야. 명동에 가면 남자 깡패들도 쟤들을 다 안다고. 같은 학교 애들은 안 건드려서 그렇지. 쟤들한테 잘못 걸리면 주머니뿐만 아니라 시계며 스웨터까지 벗겨 간대. 그리고 알아? 칼도 가지고 다닌다는 거야. 까불면 얼굴을 확 그어 버린대……."

"기집애들이 그런 게 어딨어?"

영희가 믿기지 않아 그렇게 대꾸했다. 골목 구석구석 깡패들이 설쳐 댔고, 여자 깡패들도 있다는 말을 듣기는 했지만 바로 그녀들이 그러리라고는 생각하지 못한 영희였다. 모니카가 한층 더 영희를 겁주었다.

"서울 온 지 1년이 넘었다면서 아직 그것도 몰랐어? 쟤들하고 이어진 남자 깡패들도 있대. 여자라고 힘만 믿고 덤볐다간 남자애들도 혼난다는 거야. 쟤들 중에는 진짜 깡패 오야붕하고 동거하는 애들도 있다던데."

아닌 게 아니라 거기까지 듣고 보니 영희도 가슴이 서늘해졌다. 그러나 마침 학급 조회 시간을 알리는 종소리가 들려와 더 얘기하지 못하고 둘은 뛰듯이 교문 안으로 들어섰다.

어디나 비슷했지만 그 무렵 야간학교의 교사직은 아직 온전한 직업이 되지 못했다. 교수를 지망하는 가난한 대학원생들이 시간을 내어 나오거나 다른 좋은 직장을 구하면서 임시로 교편을 잡은 사람들이 교사의 태반에 가까웠는데 특히 그런 현상은 변두리 신설 야간 여고인 영희네 학교에서 더 심했다. 그 주일에는 입대(入隊) 하나에 신문사와 또 무슨 이름 있는 회사에 취직이 된 둘에다 갑자기 대학에서 시간을 얻게 된 이가 또 있어 수업이 제대로 되지 않고 있었다. 교장까지 나서도 열서넛밖에 안 되는 교사 중에서 한꺼번에 넷이나 빠져나갔으니 그럴 수밖에 없는 일이었다. 갑자기 대학에서 시간 강의를 얻게 된 이를 빼면 모두 한 달 전부터 예견된 이직(離職)이었으나 어찌 된 셈인지 재단 측은 그 보충을 서두르지 않았다. 들리는 소문은 그렇게 한두 달 어물거려 교직원 봉급으로 나가는 돈을 아끼려는 수작이라는 거였다.

그런데 그날은 남은 교사들에게도 무슨 일이 있는지 전날부터 단축 수업이 예고되어 있었다. 영어·대수(代數)·물리·역사 중에서 영어와 물리가 빠져 버린 두 시간이었다. 그러나 아무도 그걸 불평하지는 않았고, 교실 안은 오히려 토요일 같은 가벼운 들뜸까지 느껴졌다.

정규 과정대로 공부를 못 한 사람에게 대개 그렇듯이, 영희에게도 수학은 이미 떠나가 버린 과목이었다. 칠판 가득 영희가 잘 알지도 못하는 문자와 숫자를 써 놓고 문제를 풀이하는 대수(代數) 선생님의 쉰 듯한 목소리를 귓전으로 들으면서 영희는 다시 형배 생각을 했다. 여전히 구체적으로 잡히는 건 없고, 그저 싫다, 그 사람하고 정말로 사랑하게 되는 것은, 하는 따위 막연한 감정뿐이었다.

그럭저럭 첫째 시간이 끝나고 다음 시간이 되었다. 그 시간은 학급의 아이들뿐만 아니라 거의 전교생이 다 좋아하는 역사 시간이었다. 학생들이 역사 시간을 좋아하는 것은 무엇보다도 그걸 가르치는 선생님 때문이었다. 그 선생은 제임스 딘이라는 별명이 말해 주는 것처럼 그 또래의 여자아이들이면 다 좋아할 얼굴인 데다 또 총각이었다. 명문 대학 출신으로 고등고시를 준비하고 있다는 소문이었는데 수업도 썩 재미있게 이끌었다.

제임스 딘의 수업 시간에는 영희도 다른 아이들 못지않게 열을 올렸다. 그러나 그날은 그 한 시간 안으로 형배를 만나러 갈 것인가 말 것인가를 결정해야 하는 바람에 자신도 모르게 수업이 시들해졌다. 2학년으로 올라오면서 세계사가 시작되어 외기 까다로운 서양 이름이 쏟아져 나온 것도 그 한 이유가 되었다.

세계사 진도는 로마의 공화정(共和政) 말기까지 가 있었다. 제1차 삼두정치(三頭政治)에 관한 설명을 건성으로 듣다가 깜빡 자기만의 골똘한 생각에 빠져 있던 영희의 귀에 문득 이런 말이 들려왔다.

"……비록 검투사와 노예가 주동이 돼 일으킨 반란이었지만 거기에는 혁명적인 성격이 있었다. 근세의 혁명 단체 중에는 바로 스파르타쿠스의 이름을 빌린 것도 있다……."

혁명이란 말에 퍼뜩 정신이 든 영희가 흑판을 보니 어느새 삼두정치는 지나가고 '스파르타쿠스 반란'이란 제목으로 판서가 바뀌어 있었다.

"질문 있습니다."

영희가 불쑥 손을 들며 말했다. 등교하는 길에 잠시 떠올랐던

'혁명가의 딸'이란 말에다 수업 중에 끼어든 혁명이란 말이 다시 자극을 주어 자신도 모르게 손을 든 것이지만, 아이들이 일제히 자신을 쳐다보자 갑자기 쑥스러워졌다. 그러나 제임스 딘이 벌써 눈길로 영희의 질문 내용을 묻고 있어 말하지 않을 수도 없었다.

"혁명이란 구체적으로 어떤 것을 말합니까?"

"혁명이란…… 음…… 갑작스럽지만, 대강 이렇게 말할 수 있을 것이다. 다스림을 받던 계층이 합법적인 절차를 밟지 않고 힘으로 권력을 빼앗는 권력 교체의 한 형식을 혁명이라고 한다. 단, 이 경우 사회구조의 전반적인 변혁이 뒤따르게 되는데 새로운 구조는 그전의 구조보다 발전적이어야 한다."

"그럼 혁명가는 언제나 옳은 사람들입니까?"

"반드시 그렇게만 말할 수는 없지만 어쨌든 비범한 안목과 용기를 가진 사람들이다."

"공산주의자도 혁명가로 부를 수 있습니까?"

영희의 질문이 거기에 이르자 갑자기 제임스 딘이 얼굴에 긴장된 표정을 떠올리며 되물었다.

"이영희, 너는 스파르타쿠스단(로자 룩셈부르크가 이끈 독일 공산 혁명 단체)이 공산당인지 어떻게 알았나?"

"그건 모릅니다. 그저 어른들 중에는 공산주의자를 혁명가로 부르는 분들이 이따금 있어서요."

그러자 제임스 딘의 표정에서 비로소 긴장된 빛이 스러졌다. 하지만 이번에는 까닭 모를 당혹감에 사로잡혀 더듬거렸다.

"음…… 공산주의자도 혁명가라고 할 수 있겠지. 그러나 — 우리의 경우는 좀 다르다. 하여튼 — 진도와 상관없으니 그 질문은 이만 그치도록."

그러고는 서둘러 교탁에 놓아두었던 책을 집었다.

좀 미심쩍은 얼버무림이지만 영희는 그것만으로 넉넉했다. 어둡게 덧칠돼 버려져 있던 아버지의 이미지가 실로 10년 만에 다시 새로워질 가능성을 보인 것이었다. '비범한' 안목과 용기를 가진 사람 — 혁명가, 아버지. 거기서 영희는 혁명가의 딸과 소공녀를 잇는 끈을 찾아낸 듯한 느낌이었다. 만화가게에서 잠깐 빠졌던 그 상념은 꼭 느닷없는 것만도 아니었다.

그녀 자신은 그렇게 눈에 띄는 미인도 아니고 환경은 물론 교양이나 재능도 남의 부러움을 살 만한 게 없으면서 영희가 형배를 늘 마음에 차 하지 않은 것도 어쩌면 은연중에 그녀의 의식 내면을 지배하고 있는 그런 소공녀 의식 때문인지 모를 일이었다. 나는 지금 비록 삶의 참담한 고빗길을 넘고 있지만 너희와는 달라 — 그런 느낌이 평범한 거리의 아이에 지나지 않는 형배를 진정으로 받아들이지 못하게 한 원인이 된 것 같았다. 그러고 보면 영희의 잠재의식 속에 아버지는 이미 오래전부터 복권되어 있었음에 틀림없었다. 그런데 이제 그게 우연찮게 의식의 표면으로 떠올랐을 뿐이었다.

거기 따라 형배의 일도 한순간에 결정이 났다. 전형적인 몽골리안의 얼굴에 이류와 삼류 사이를 오락가락하는 변두리 대학에 겨우 입학이 허가된 시원찮은 머리, 그리고 담배포를 곁들인 구멍가게와 통장(統長) 수입으로 그럭저럭 살아가는 집안의 육 남매 중 맏이인 형배는 아무래도 소공녀의 연인이 되기에는 너무 평범했다.

"어떻게 할 거야? 한번 안 가 볼래?"

이윽고 수업이 끝나 학교를 나온 그들이 돈암동 로터리로 걸어 내려가는 길과 집으로 돌아가는 버스를 탈 정류장으로 갈라지는 골목 어귀에 이르렀을 때 모니카가 조르듯 물었다. 영희가 깊은 생각에서 깨어난 남자처럼 무겁게 고개를 저으며 대답했다.

"역시…… 가지 않는 게 좋겠어. 네가 가서 말해. 아무래도 우리는 뭔가 맞지 않는 게 있다고. 그동안 좋은 친구였지만 이젠 다시 만나지 않는 게 좋겠다고. 자, 어서 가 봐."

그러고는 모니카가 매달리는 것을 떨쳐 버리기나 하듯 결연히 걸음을 떼어 놓았다. 버스 정류장에 닿게 되는 골목길로 접어든 것이지만, 또한 그것은 평범한 사랑으로부터의 작별을 뜻하는 길이기도 했다. 실제로 영희는 그 뒤 다시는 평범한 사랑으로 돌아가지 못하였다. 그 평범한 기쁨과 슬픔, 애태움과 서글픔으로도.

검은 기억 저편

통일역(統一驛)은 언제나처럼 그곳만의 독특한 냄새와 소리에 절어 있었다. 냄새는 낡은 자동차의 엔진에서 샌 이런저런 기름들이 스며 거멓게 된 땅바닥과 낮 동안은 거의 가득 차 있게 마련인 정비고 부근의 드럼통을 반으로 갈라 만든 두어 개의 폐유통, 그리고 이틀에 한 번씩 퍼내도 늘 넘치는 공중변소의 오물 따위가 어우러져 나는 것으로, 실상은 그 무렵의 중소 도시 버스 정류소에 공통된 냄새이기도 했다. 소리도 마찬가지여서 안동읍으로 보면 그곳에서만 들을 수 있는 독특한 것이지만 그 비슷한 다른 읍의 버스 정류소와 비교하면 반드시 그렇지만도 않았다. 아직은 수동식 시동으로 떠나는 버스들이 태반이어서 구부러진 쇠막대기(스타팅 바)를 들고 툭 튀어나온 엔진부 앞에 선

조수와 운전대에 앉아 차창 밖으로 목을 뺀 운전사가 주고받는 고함 소리, 행선지를 외치는 차장들의 쉰 목소리며 떠나고 보내는 이들의 시끌벅적한 인사밀들, 거기다가 오랫동안 같은 물품을 팔다 보니 자신도 모르게 묘한 발음과 가락을 얻게 된 잡상(雜商)들의 외침…….

명훈도 원래는 그 소음을 보태는 잡상 가운데 하나였다. 그 1년 전부터 멀미약, 은단, 껌, 깨엿, 사탕 따위를 앞 짐바로 맨 목판 위에 얹고 한 시간마다 인근의 다른 소읍으로 뜨는 버스들과 또 그만큼의 간격으로 그곳에서 와 닿는 버스들 앞을 누비고 있었다. 기차역과 버스 역 사이에 빼곡히 들어선 무허가 여인숙의 호객꾼과 구두닦이를 거쳐 어렵게 끼어든 자리였다.

하지만 그날은 달랐다. 제 발로 찾아와 껌이나 멀미약을 집는 손님들까지도 건성으로 대하며 명훈은 줄곧 사방을 둘러보고 있었다. 마침 장날이라 북적대는 장꾼들 틈으로 별명처럼 잽싸게 헤집고 다니는 날치와 장꾼들 틈에 사복 차림으로 끼어 있을지 모르는 짜보(형사)들을 아울러 감시하는 게 물건을 파는 것보다 훨씬 중요한 일이기 때문이었다.

다행히도 그전 며칠 경찰서 앞을 오락가락하며 얼굴을 익혀 둔 형사들은 오전 내내 보이지 않았다. 날치는 기술자(전문 소매치기)가 된 지 얼마 안 됐지만 제 몫을 잘 해내고 있는 것 같았다. 큰 쪽박이 깨지면 작은 쪽박이 대신 한다더니, 외지에서 데려온 기술자 한씨(韓氏) 밑에서 겨우 대여섯 달밖에 배우지 않았는데도 한

나절 동안에 한씨보다 더 많은 건수를 올리고 있었다. 한씨는 이제 안동읍에서는 얼굴이 너무 팔렸다며 뜰 채비로 며칠째 작업에 나오지 않았다.

소[牛] 판 돈을 전대째 뽑히고 눈이 뒤집혀 길길이 뛰던 중늙은이와 예리한 칼날에 찢긴 주머니를 들쳐 보이며 퍼질러 앉아 울고 있는 아주머니를 지나치면서 명훈은 그들이 안됐다기보다는 날치 녀석의 성공에 은근히 샘이 났다. 녀석은 명훈보다 좀 늦게 역전 거리에 나타났고 그 얼마 전까지도 명훈과 단짝이었다. 그 지방에서 흔히 '오입 간다'로 표현되는 가출 경력이 몇 번 있었던 녀석은 그때도 가을걷이 뒤의 의례적인 오입을 나왔다가 가난한 소작농인 부모와 예닐곱이 넘는 동생들이 오글거리는 집으로 돌아가는 대신 역전 거리의 똘마니로 눌러앉고 말았다. 그 무렵 명훈은 이미 그런 종류의 떠돌이에게는 텃세를 해도 좋을 만한 토박이 축에 들어 있었지만 곧 녀석과 아래위 없는 친구로 지내게 되었다. 명훈의 토박이란 이점 대신에 두 살 위인 나이를 앞세운 녀석은 또 타고난 눈썰미와 약삭빠름에 기대 힘들이지 않고 그 세계의 위계질서를 훌쩍 뛰어넘어 버렸다.

실은 여섯 달 전 '잇뽕' 형님이 앞날의 기술자감으로 점찍고 먼저 한씨에게 데려간 것은 명훈이었다. 그러나 어찌 된 셈인지 한씨는 명훈을 한번 쓰윽 훑어보고는 고개를 저었다.

"안 돼요. 저 앤 틀려먹었소."

"왜 그래? 이 바닥에서 여러 해 굴러 먹고 제법 눈치하고 깡다구도 있는데."

잇뽕 형님이 그렇게 두둔하고 나섰으나 소용없었다.

"어디 손 좀 내봐 봐."

한씨는 잇뽕 형님에게 대구하는 대신 명훈에게 그렇게 말하더니 가늘게 뜬 눈으로 명훈의 손과 얼굴을 번갈아 살피다가 자르듯 말했다.

"딴 애를 데리고 와 보슈. 얘는 손이 너무 두꺼워. 얼굴도 표정이 너무 가깝고. 이만한 일로 저렇게 안색이 자주 바뀌면 설령 기술을 익힌다 해도 밖에 있는 날보다는 학교(교도소) 가 있는 날이 더 많을걸."

노련한 전문가로서의 관록이 밴 깐깐한 한씨의 그 같은 말투에 쇠고집으로 알려진 잇뽕 형님도 더는 명훈을 밀지 않았다. 그리고 딱새(구두닦이) 중에서 둘을 다시 데려갔는데 그중에 하나인 날치 녀석이 한씨에게 뽑혀 그 뒤를 잇게 되었다.

소매치기 기술자가 되는 게 썩 마음이 내키지는 않았지만 일이 그렇게 되고 보니 명훈은 은근히 속이 상했다. 한씨 밑에 들어간 뒤로 날치 녀석의 씀씀이나 차림이 날로 나아지는 것을 보는 것도 그리 즐겁지는 않았다. 거기다가 혼자서도 안창따기(안주머니에 든 돈을 소매치기하는 것)쯤은 해낼 수 있게 된 한 달 전쯤부터는 날치 녀석의 격까지 자신보다 훨씬 높아진 것 같아 명훈에게 까닭 모를 조바심까지 일게 했다. 혹독한 전쟁과 '아버지가 올 때까지' 살아남는 것만을 가장 큰 교육 내용으로 삼았던 할머니, 그리고 그 할머니를 이어 남한 사회에서의 준법성이나 선악에 대한 판별력의 배양에는 거의 무관심했던 어머니의 영향 아래 사춘기를 보낸 그에게는 당연한 일인지도 모를 일이었다.

다행히 날치 녀석은 옛정을 잊지 않았다. 씀씀이가 나아지고, 명훈 또래는 아직도 저만치서 우러러보는 잇뽕 형님과 어깨를 나란히 하고 방석집을 드나들 만큼 되어도 한편으로는 틈나는 대로 명훈을 찾기를 잊지 않았다. 타락한 어른들의 세계에서나 허용되는 칙칙한 쾌락들을 명훈이 겨우 열여덟의 나이로 앞질러 맛볼 수 있게 된 것도 모두 그런 날치 녀석의 선심 덕분이었다.

그런데 한 보름 전부터 날치의 그 같은 선심이 명훈에게 짐스러워지기 시작했다. 어떤 낌새를 알아차렸는지 잇뽕 형님이 가만히 명훈을 불러 날치를 감시하는 일을 맡긴 때부터 그랬다. 하루 이익의 절반이 넘는 3백 환의 상납금을 면해 준다는 조건으로 날치가 올린 건수와 짐작되는 수입 액수(주로 피해자의 넋두리로 알게 된다.)를 그날그날 알려 달라는 것인데, 그 밖에 이상한 것으로는 날치가 두 시간 이상 보이지 않으면 즉각 자기에게 알리라는 당부도 있었다.

거기다가 며칠 전 서장(署長)이 갈리면서 전에 없던 형사까지 망봐야 하는 일이 더해져 명훈의 장사는 거의 뒷전으로 밀리고 말았다. 잇뽕 형님이 서슬 퍼렇게 을러대는 것으로 보아 그 어느 쪽에 실수해도 큰일 날 것 같았다. 읍내에 집이 있고, 또 그들과는 오랜 세월 든 정이 있었지만 어떤 종류의 잘못에는 보던 정 아는 정 없는 게 그들 세계였다.

그 바람에 고단하게 지내던 어느 날이었다. 점심나절 속곳 주머니가 찢긴 아주머니의 넓두리에서 소매치기 당한 게 3만 환이나 되는 큰돈이라는 걸 알아낸 명훈이 다시 제 장사로 돌아가려는데 누가 어깨를 툭 쳤다. 돌아보니 어느새 양복 정장으로 차림을 바꾼 날치였다. 아무리 닷새마다 한 번 있는 대목이라고는 하지만 하루 세 번은 무리일 텐데도 차림을 바꾼 것으로 봐서는 한 탕 더 하려는 것 같았다.

"너 미쳤어?"

날치가 끄는 대로 으슥한 대합실 구석에 가기 바쁘게 명훈이 나무라듯 물었다. 날치가 눈웃음을 치며 말했다.

"한탕 더 하려고 갈아입은 거 아니다."

"그럼 왜 때 빼고 광냈어?"

"실은 말이야, 대흥장(大興莊) 행자(幸子) 알지? 고년이 냄새를 피워 쌌길래 손 좀 봐주러 간다."

날치가 어른 같은 말투로 킬킬거리며 대답했다. 대흥장이라면 날치 덕분에 꼭 한 번 따라가 어리대(두리번거려) 본 적이 있는 고급 색싯집이었다. 그날 저녁 선녀처럼 우러러뵈던 색시들 틈에 행자란 이름이 있었던 것 같기도 했다. 얼굴은 기억 안 나지만 어쨌든 그녀들 가운데 하나와 대낮부터 어울릴 수 있다는 점만으로도 전과는 또 다른 뜻에서 날치에게 기가 콱 죽었다. 그러나 명훈은 그걸 내색하기 싫어 짐짓 욕설로 받았다.

"새끼, 지랄하네. 조심해 인마, 은팔찌 끼고 국립 호텔(감옥) 가지 않으려면."

그러나 녀석은 조금도 탄하는 기색이 없었다. 넉살 좋게 웃으며 다가와 목판 위에 시퍼런 백 환짜리 몇 장을 떨구었다.

"잇뽕 형님이 찾으면 알지? 적당히 둘러대 두라고. 두 시간 안으로 올 거야."

그러고는 무엇이 바쁜지 서둘러 가 버렸다.

전에도 전혀 없었던 일은 아니지만 명훈은 왠지 그런 녀석의 서두름에서 좋지 못한 예감을 느꼈다. 여자를 만나러 가는 사람의 들뜸을 가장하고는 있어도 어딘가 그와는 동떨어진 불안과 초조에 휘몰리고 있는 듯한 낌새가 느껴졌다. 무엇일까. 석 장이나 되는 백 환짜리를 챙겨 넣으면서도 명훈은 그 뜻 아니한 횡재가 떨떠름하기 그지없었다.

일이 터진 것은 그로부터 한 시간도 채 안 돼서였다. 어린 찍새(닦을 구두를 거둬 오거나 손님을 모으는 일을 맡은 구두닦이 패의 하나) 하나가 와서 겁에 질린 얼굴로 말했다.

"형, 잇뽕 형님이 오래."

"어디 있어?"

"분회(分會) 사무실에. 대장님도 와 계셔."

그 말을 듣자 명훈은 자신도 모르게 온몸이 으스스해졌다. 분회란 상이군경(傷痍軍警) 친목횐가 하는 단체의 안동 분회였는데, 그 사무실은 바로 통일역 길 건너편 건물 2층에 있었다. 거기서 살피면 통일역 안에서 벌어지는 일이 거의 한눈에 들어오는 위치로서, 명훈은 항상 그 창문에서 거대한 눈을 느끼곤 했다.

그 사무실이 명훈에게 그런 느낌을 주는 것은 바로 좀 전 찍새 녀석이 말한 대장이란 인물 때문이었다. 보통 안동 사람들에게는 '오광(五光)'이란 별명으로 더 알려진 그는 전쟁 전부터 안동 뒷골목의 실력자 가운데 하나였다. 그러다가 6·25가 터져 어떻게 사병으로 입대한 그는 하사관으로 동부전선에서 중상을 입고 제대했다. 오른팔은 팔꿈치 아래가 잘려 나가고 왼 눈을 잃은 데다 왼편 무릎도 파편으로 으스러진 채 굳어 버린 일급 상이용사로 돌아온 것인데 예편 때 계급은 특무상사였다.

보통 사람 같았으면 그 엄청난 불구(不具)에 짓눌려 그대로 주저앉았겠지만 오광이는 달랐다. 먼저 상이군경 친목회 안동 분회(分會)를 장악한 그는 다시 전쟁이 끝나자 되살아난 뒷골목까지 휘어잡았다. 흔히 쌍8년도(단기 4288년, 서기 1955년)라 불리던 그때만 해도 거의 무적이라 할 만한 압력단체였던 상이군경들의 힘은 그의 불구를 메워 주고도 남아, 옛날의 '역전 거리 오광이'는 이제 호칭까지 대장님으로 높아진 채 안동 거리 전체를 지배하게 되었다. 범 같은 잇뽕 형님도 그에게는 그저 좀 힘깨나 쓰는 한 팔에 지나지 않았다.

"그것 내려놔."

명훈이 까닭 모르게 떨며 분회 사무실로 들어가자 분회장 책상 곁에 서 있던 잇뽕 형님이 턱짓으로 목판을 가리키며 험악한 소리로 말했다.

대장은 분회장 의자에 깊숙이 앉아 있었다. 늘 그렇듯 어깨 어름에 여러 개의 흰 줄을 감은 하사관 정복 차림에 의안(義眼)을 감추기 위한 검은 안경을 끼고 앉았는데 표정 없는 얼굴이 의자 팔걸이에 얹힌 의수(義手)와 함께 찬바람을 일으키고 있는 듯했다. 평소 그런 일을 못마땅해하면서도 대장의 위세에 밀려 보고만 있던 다른 회원들은 일부러 피해 주었는지 아무도 없었다.

"날치 어디 갔어?"

명훈이 목판을 한쪽 구석에 놓고 돌아서자 잇뽕 형님이 다가서며 물었다.

"저어……."

명훈이 어떻게 대답할지 몰라 망설이는데 갑자기 눈앞이 번쩍했다. 그 한 방이면 황소도 넘어간다고 해서 '잇뽕(한 방)'이란 별명을 얻게 된 주먹이 정통으로 명훈의 미간을 친 것이었다. 명훈이 그대로 주저앉자 잇뽕이 손바닥으로 명훈의 턱을 받쳐 올리며 다그쳤다.

"바로 말해. 안 그러면 오늘 너 죽어."

"대흥장에…… 행자 만나러 간다고……."

명훈이 아직도 휑한 머리로 그렇게 더듬거렸다.

"뭐? 행자? 행자 년은 방금 역에서 붙들렸어. 이 새끼가 어디서……."

잇뽕이 그런 알아들을 수 없는 소리를 하며 다시 주먹을 쳐들었다. 그때 쇠갈퀴로 책상을 가볍게 두드리는 소리가 나더니 이어 대장이 차게 말했다.

"헹자 년에게 간다는 말까지 했단 말이지. 그리고 또 뭐라고 했어?"

"두 시간 안으로 올 거니까…… 그때까지 잇뽕 형님이 찾으면 좀 둘러대 달라고……"

"두 시간이라…… 흠, 두 시간…….."

대장이 쇠갈퀴로 책상을 똑똑 두드리며 그렇게 중얼거리다가 문득 잇뽕을 돌아보며 말했다.

"그럼 한 시간 안으로 안동을 뜰 작정이었군. 행자 년이 산 차표도 그렇고. 그런데 놈은 왜 아직 역에 나타나지 않지?"

"차 시간이 되면 화닥닥 뛰어 들어가 타고 뜰 작정이겠지요. 애들을 쫙 깔아 놨으니까 곧 끌려올 겁니다."

잇뽕이 송구해서 어쩔 줄 모르겠다는 듯 연신 굽신거리며 그렇게 대답했다. 고개를 갸웃하는지 대장의 검은 안경이 번쩍하더니 이번에는 쇠갈퀴로 책상을 치는 소리가 좀 높아졌다.

"아니야, 어느 골 빈 놈이 뻔히 알면서 쳐 둔 그물 속으로 뛰어 들겠어?"

대장이 그렇게 말하다가 갑자기 목소리를 낮추었다. 흥분할수록 목소리가 낮아지는 것은 모두에게 잘 알려진 그의 버릇이었다.

"그래, 맞아. 웅천역(熊川驛)이야. 아니면 운홍동 고갯마루. 거기서는 기차의 속도가 떨어지니 웬만하면 뛰어오를 수 있지 않겠어?

그 두 곳에 애들을 보내 봐."

웅천역은 안동 다음의 작은 기차역이었다. 그 말을 듣자 명훈은 비로소 날치가 무얼 하려다가 들켰는지 알 만했다. 기왕 기술을 배웠으면 큰 데 가서 써먹어야지, 맨날 장꾼들 코 묻은 쌈짓돈이나 털어 되겠어 — 언젠가 취한 날치가 그런 소리를 한 적이 있었지만 명훈은 녀석이 그렇게 빨리 결행할 줄은 몰랐다.

대장의 짐작은 어김없었다. 삼십 분도 안 돼 피투성이가 된 날치 녀석이 끌려왔다. 운흥동 고갯마루 철길가에서 붙들려 오는 길이었다.

"이런 새끼는 눈알을 뽑아 놓아야지."

잇뽕이 씩씩거리며 언제 연탄불에 꽂아 두었던지 벌겋게 단 연탄집게를 집어 들어 그대로 날치의 두 눈을 찔렀다. 명훈은 자신도 모르게 비명을 내질렀으나 날치 녀석이 재빨리 머리를 수그리는 바람에 연탄집게는 녀석의 이마와 머리칼을 스쳐 베니어판 벽에 꽂혔다. 잇뽕이 다시 그걸 뽑아 이번에는 마구잡이로 날치를 후렸다. 연탄집게가 닿는 곳에 연기가 일며 날치의 비명 소리가 높아졌다.

"그만."

대장이 그렇게 말하며 의자에서 몸을 일으키더니 날치를 쏘아보며 차갑게 말했다.

"너, 가고 싶다고 했지? 가도 좋다. 그러나 여기서 배운 기술은 두고 가."

그리고 그게 무슨 말인지 몰라 멍청하게 쳐다보는 날치를 놓아 두고 잇뽕에게 짧게 소리쳤다.

"칼과 도마를 가져와. 둘째와 셋째손가락만 받아 두면 돼."

그런데 이게 어찌 된 셈인가. 칼과 도마를 가져온 잇뽕은 대뜸 명훈에게로 덤벼들었다.

"여기 손을 얹어."

"아니에요. 나는 날치가 아니에요."

명훈이 놀라 소리쳤으나 소용없었다. 잇뽕은 명훈의 손을 왁살 스레 도마 위로 끌어 놓고 시퍼런 칼을 치켜들었다.

"아니야, 나는 아니야!"

명훈이 그렇게 소리치며 발버둥을 치는데 무언가 요란하게 부 서지는 소리가 났다. 눈을 뜨고 보니 꿈이었다. 발밑에는 영희가 아침에 차려 두고 간 밥상이 명훈의 발길질에 엎질러졌는지 밥공 기와 반찬 그릇이 어지럽게 흩어져 있었다.

명훈은 진땀으로 축축한 몸을 이부자리에서 빼내며 휑한 머리 로 방을 둘러보았다. 엎질러진 밥상 이외에도, 읽다 팽개쳐 둔 소 설 나부랭이며 새로 시작한 담배 때문에 임시 재떨이 노릇을 하고 있는 이 빠진 사기대접 따위로 방 안은 어지럽기 그지없었다. 영희 가 제 시간에 쫓겼거나, 아니면 곤히 잠든 명훈을 귀찮게 하기 싫 어 아침상만 차려 놓고 그냥 출근해 버린 듯했다.

왜 그때의 꿈을 갑자기 꾸게 되었을까. 명훈은 부대에서 주워모아 온 담배꽁초들 중에서 불을 붙였다 황급히 꺼 버린 듯한 긴 카멜 한 개비를 골라 입에 물며 그런 생각을 했다. 의식적인 노력 때문이기도 했지만, 지난 2년 동안 거의 잊고 지내다시피 했던 그 시절의 꿈이었다. 그러나 담배 한 개비가 다 타고 머릿속이 어느 정도 가라앉은 뒤에도 퍼뜩퍼뜩 떠오르는 것은 그 암담했던 시절의 토막 진 기억들뿐이었다.

그렇지, 그날 날치 녀석은 업혀 나갈 만큼 맞기는 했어도 손가락까지는 잘리지 않았다. 나를 끝까지 그 자리에 잡아 둔 것은 순전히 겁을 주기 위함이었다. 말하자면 새로운 기술자로 키우기 전에 미리 본때를 보인 것이리라. 기술은 정말 어려웠다. 날치 녀석은 열 번을 거듭해 보이면서도 실수 한 번 않는 하찮은 기술도 나는 도무지 되지가 않았다. 빳다(야구 배트)가 네놈의 손을 제비같이 만들어 줄 거다. 아구통을 돌려 놔야 정신을 차리겠어. 네놈에게 일을 시키느니 차라리 떡메로 면도를 하지. 얼러 대던 잇뽕 형님과 이죽거리던 한씨…… 그러다가 명훈의 기억은 마침내 안동에서의 마지막 날에 이르렀다.

뒷골목에서도 더 돌이킬 수 없는 막장으로 떨어지기 한 발 앞서 명훈을 구해 준 것은 일찍부터 예견되기는 했지만 그때로서는 갑작스럽기 짝이 없던 두 힘의 충돌이었다. 아직 전쟁 분위기가 남아 있던 시절의 특권과 변칙을 기득권으로 지켜 나가려는 상이군인들과 사회가 차츰 안정되면서 모두에게 무차별한 법과 질서를 통용시켜야 하는 경찰의 충돌이 바로 그것이었다.

따지고 보면 아직도 경멸이 섞인 이름이었던 오광이가 두려움 뿐인 '대장님'으로 바뀌게 된 것은 순전히 그가 감찰부장(監察部長) 자리를 맡고 있던 상이군경 친목회 안동 분회의 힘이었다. 전쟁 전에도 역전 거리에서는 술 밥 간에 돈 안 내고 먹고 마실 만큼은 되던 오광이기는 했지만, 외눈 외팔에 절름발이로 돌아와도 다시 왕초 자리를 차지할 수 있을 만큼 안동의 뒷골목이 허술하지는 않았다.

경북 북부 교통 요지이자 농산물의 집산지이고, 인근에는 대여섯의 소읍까지 거느린 교육 도시인 안동은 뒷골목도 그만큼 발달해 있었다. 주먹으로 보나 관록으로 보나 성한 오광이도 저만치 내려볼 수 있는 해방 전부터의 실력자들이 서넛이나 나와바리(세력권)를 나누어 자리 잡고 있어, 읍이란 행정 구역의 명칭만 알고 섣불리 덤볐다간 큰코 다치는 게 바로 50년대 후반 안동의 뒷골목이었다.

기차역 주변의 사창가와 무허가 여인숙을 무대로 삼는 역전패의 홍복(興福)이, 포목과 잡화·철물이 주된 상품인 구(舊)시장을 잡고 있는 '떼부'패의 떼부, 싸전 생선 가게에다 도축장까지 끼고 있어 시장과 술집 거리를 겸하고 있는 신(新)시장의 고(高)장사, 그리고 마지막으로는 해방 후 통합된 버스 역을 중심으로 형성된 상가와 가까운 소읍 및 주변 산골에서 나온 장꾼들을 노리는 이런저런 건달들을 휘어잡고 있는 통일역패의 불칼 등이 그 실력자들이었는데, 원래 오광이는 그중에서도 역전패의 중간 오야붕에 지나지 않았다.

만약 전쟁터에서 돌아온 오광이가 바로 역전패를 찾아갔더라면 그는 뒷날의 위세 좋은 '대장님'은커녕 옛날의 '오광이 형님' 자리도 되차지하기 어려웠을 것이다. 그러나 그는 왠지 한동안 역전거리에는 얼씬도 않고 상이군인 분회 일에만 정성을 쏟았다. 화투의 광(光) 다섯 장보다 더 번쩍이는 머리를 가졌다고 해서 오광이란 별명이 붙었을 만큼 잘 돌아가는 머리에다 깐깐한 말솜씨와 뒷골목에서 기른 강단은 오래잖아 그를 분회의 중심인물로 만들었다. 하사관 출신이면서도 적잖은 장교 출신을 제치고 분회의 직책 중에서도 눈알이라 할 수 있는 감찰부장 자리에 앉게 된 게 그 한 예였다.

그다음에 그가 한 일은 회원 중에서 원래 건달기가 있고 다루기도 수월한 이들을 따로 뽑아 감찰부로 모으고, 그들에게 뒷골목의 단맛을 가르쳐 준 것이었다. 불구가 된 울분과 생존을 위한 실제적 필요에서 억지나 행패로 살아가던 단순한 그들은 이내 뒷골목의 이권에 맛을 들였다. 나와바리도 없고 아래위도 없는 마구잡이 진출이었다.

뒷골목으로 봐서는 그들이 끼어드는 게 싫기 짝이 없었지만, 실력만으로는 어쩔 수 없었다. 나라를 위해 불구가 되었다는 명분도 그러하거니와 그들의 머릿수와 단결력이며 물불 가리지 않는 공격성이 두려워서도 사회는 그들과의 정면충돌을 피했다. 경찰도 단속은커녕 어지간해서는 그들을 말리러 나서는 일조차 없었다.

오광이가 역전패에 발걸음을 다시 들여놓게 된 것은 그런 부원들을 통해 분회의 힘을 그들에게 싫도록 맛을 보인 뒤였다. 역전패는 울며 겨자 먹기로 오광이에게 떠나기 전보다 윗자리를 내주며 맞아들였다. 그럼으로써 골치 아픈 상이군인들이 자기네 나와바리를 휘젓고 다니는 걸 막아 보려 함이었지만, 너무 안일한 계산이었다. 오광이는 오히려 더 많은 감찰부원을 불러들이는 한편 전부터 알고 지내던 중간 오야붕들까지 휘어잡아 겨우 반년 만에 역전패를 온전히 손에 넣고 말았다.

분회에다 역전패까지 거느리게 되자 나머지 일은 더 쉬웠다. 1년도 안 돼 오광이는 신구 시장과 통일역패까지도 자기 세력 아래 두었다. 가장 저항이 치열했던 것은 신흥 세력이라 할 수 있는 통일역패였지만, 이번에는 분회 전체가 나선 데다 경찰까지 음으로 양으로 도와 어쩔 수가 없었다.

주먹만으로도 역전패에게 몰리던 그들은 결국 '불칼'을 비롯한 그 오야붕들처럼 모두 오광이에게 손을 들거나 통일역 부근을 떠나지 않을 수 없었다.

잘해야 대여섯의 똘마니를 거느린 주먹 서넛이 적당한 방법으로 서열을 정해 만든 지방 도시 뒷골목의 패거리들을 제 밑에다 끌어모은 것이기는 했지만 오광이로 봐서는 실로 눈부시다 할 만한 성공이었다. 그러나 그는 그걸로 만족하지 않고 본부가 어디 있는지 모르는 애국청년단(愛國青年團) 안동 지대(支隊)란 걸 또 만들었다. 쌍8년도 이태전인 1953년에 숙청된 족청(族青: 민족청년단) 계열의 주먹들을 끌어모아 앞으로 내세우고, 자신의 세력 밑에 있는 스무 살 이상의 뒷골목 패거리로 머릿수를 채워 만든 단원 2백 명의 양성적인 사회단체였다.

그의 명칭을 오야붕이나 감찰부장이 아닌 '대장님'으로 굳혀 준 것은 바로 그 지대였다. 그는 당연히 안동 지대장의 자리를 차지했을 뿐만 아니라, 공식적으로도 그 직함으로 불리기를 가장 좋아했다. 그 바람에 사람들도 모두 그렇게 부르다가 나중에는 지(支) 자가 빠져나간 그냥 '대장님'으로 굳어져 버렸다.

지난 뒤의 얘기지만 오광이의 절정기는 1956년 선거 직후였다. 그 선거에서 그는 2백 명 단원들을 이끌고 국부(國父) 이승만 박사와 만송(晚松) 이기붕 선생을 위해 있는 힘을 다 쏟았다. 해공(海公) 신익희의 돌연한 죽음과 이기붕의 낙선으로 그의 노력은 크게 빛을 보지 못했지만, 선거가 한창 막바지에 이르렀을 때만 해도 다음번 자유당 지역구 공천은 그에게 떨어지리란 소문이 그럴싸하게 퍼질 정도였다.

하지만 그 이듬해부터 오광이의 운세는 조금씩 기울어져 갔다. 신구 시장패가 뭉쳐 그의 세력에서 빠져나간 데다 전쟁 분위기가 차츰 엷어지는 대신 경찰력이 사회 전반을 장악하게 된 게 주된 이유였다. 뒷골목의 세력 다툼에서도 상이군인 분회는 이미 전 같은 힘을 쓰지 못했고, 웬만하면 눈감아 주던 분회원들의 어거지나

행패에도 경찰의 적극적인 제동과 간섭이 시작되었다.

그런 상황의 변화에서 온 불안과 초조가 오광이의 일을 더욱 그르쳐 갔다. 전에는 항상 그림자처럼 사건의 배후에 숨어 있던 그가 전면으로 나서기 시작했고, 수입이 줄어들자 갑자기 불이 붙은 탐욕은 그를 더욱 겁 없는 범법 쪽으로 몰고 갔다. 대구에서 기술자 한씨를 불러들인 것이나 도망치려는 날치 녀석을 잡아 그처럼 혹독하게 다룬 것도 모두 그런 초조와 불안의 표현이라 할 수 있었다.

거기다가 오광이를 더욱 힘들게 만든 것은 새로 온 경찰서장이었다. 부임 첫날 빳빳한 백 환짜리로 가득 채운 와이셔츠 상자를 들고 찾아간 오광이를 차갑게 내쫓음으로써 선을 보인 그의 강직함은 그 뒤 여러 곳에서 오광이를 괴롭히기 시작했다. 전 같은 줄만 믿고 설치다가 경찰서로 달려 들어가는 똘마니들이 늘어났고, 또 한 번 달려 들어가면 모두가 그만이었다. 그대로 검찰에 송치하거나 죄질이 가벼워도 착실한 구류였고 무거우면 몇 년 징역형도 떨어졌다. 꼬붕이 경찰에 달려 들어갔을 때 오야붕이 지킬 의리로는 뒤를 잘 보아주는 게 첫째인데 그때까지만 해도 그 의리 하나에는 철저하던 오광이였다. 그러나 아침에 들어간 걸 저녁에 꺼내던 것은 이미 옛날 옛적 일이 되어 있었다. 기껏 그가 할 수 있었던 것은 경찰서 구내식당에 나날이 늘어 가는 사식(私食)값이나 제때제때 대는 것뿐이었다.

견디다 못한 오광이는 그 전해 선거 때의 인연을 앞세워 지역구 자유당 의원으로부터 뒷면에 선처를 부탁하는 글귀가 적힌 명함까지 얻어 왔지만 별 소용이 없었다. 밖에서 만나기를 끝내 거절해 서장실까지 찾아간 오광이가 그 명함을 내밀자 서장은 제대로 읽어 보지도 않고 서랍 속으로 던져 넣으며 차게 말했다.

"지키지도 못할 법을 만들면 뭘 해? 무슨 부탁인지는 모르지만 여기 들어와 있는 당신 사람들을 눠 달라는 부탁이면 이만 돌아가쇼. 당신이나 여기 들어오지 않도록 조심하란 말이오."

그런데 불행하게도 바람잡이로 나섰던 명훈이 날치와 함께 붙들린 것은 바로 그 무렵이었다. 추석을 얼마 앞두지 않은 장날이라 기회가 닿으면 한 번쯤 실습을 해 보려고 나갔는데 첫 작업에서 둘 다 덜미를 덥석 잡힌 꼴이 되고 말았다. 우연히 그리 된 게 아니라 형사가 미리 점찍고 감시하다가 범행 현장에서 그대로 덮친 것 같았다.

속 좋게 참아 내고 있던 오광이도 이번에는 드디어 이를 앙다문 듯했다. 그 전날 술집을 돌며 치약 따위를 터무니없는 값으로 강매하다가 수틀려 치고 부수던 중에 경찰에 끌려간 분회원(分會員) 둘을 핑계로 쇠갈퀴와 목발 부대 여섯을 경찰서로 보냈다. 오광이의 부추김으로 한껏 격앙되어 달려간 그들의 앞뒤 없는 시위에도 불구하고 서장은 눈 하나 깜빡하지 않았다. 경찰서에서 갈퀴와 목발을 휘둘러 댄 그 여섯까지 기물 손괴와 공무 집행 방해로 유치장에 집어넣고 말았다.

얼핏 보면 서장은 단호하게 일을 끝낸 듯 보였지만 실은 그게 바로 오광이가 노린 점이었다. 오광이는 기다렸다는 듯이 도지부(道支部)에 상이군경에 대한 경찰의 모욕적인 처사를 과장해 보고하고 지원을 요청했다.

해가 지기도 전에 일급 상이군경으로만 채워진 한 트럭의 지원군이 안동경찰서에 쏟아졌다. 날아가 버린 허벅지 아래에 타이어 고무를 철사로 친친 꿰어 만든 신을 신겨 오리처럼 뒤뚱거리며 잔걸음을 치는 사람은 그래도 보기 좋은 편에 속했다. 쪼그라든 팔다리에 흐물흐물 녹아내리다 만 것 같은 얼굴로 버둥대며 경찰서 마당에 자빠져 있는 이가 있는가 하면, 외다리 외팔에 의족을 떼어 흔들며 악을 쓰는 이도 있었다. 아예 허리 아래가 날아가 버려 거기다 만들어 단 조잡한 수레를 신발 신긴 손으로 움직이는 이도 있었고, 팔다리 모두 흔적도 없이 날아간 사람도 있었다.

그들은 트럭에서 비교적 불구의 정도가 얕은 몇 사람의 동료에 의해 내려지기 바쁘게 악에 받친 소리를 질러 댔다. 움직일 수 있는 쪽은 나름대로 굼실거려 경찰서 안으로 밀려들고, 남의 도움 없이는 이동이 불가능한 쪽은 그대로 경찰서 마당에 드러누운 채였다.

"서장 새끼 어디 갔어? 이리 나와!"

"우리가 누구를 위해 이 꼴이 됐는데 이제 와서 쉰밥 취급이야?"

"제 놈들이 누구 덕에 으스대며 살게 됐는데, 뭣이 어째?"

"이리 나와! 이 쌍놈의 새끼, 배때기에서 빨랫줄을 뽑아 놓을 테니……."

그러다가 느닷없이 눈물 섞어 옛날 군가를 불러 대는가 하면 다시 입에 담지 못할 욕설을 퍼부어 댔다. 뿐만이 아니었다. 시간이 되었는데도 거들어 주는 사람이 없어 그리 되었는지, 손발이 자유롭지 못한 그들에게는 그것도 시위의 일종인지, 마당에 있는 패는 얼마 안 돼 누운 채로 똥오줌을 갈겨 댔다. 가을로 접어들었다고는 해도 아직은 햇살에 따가움이 남아 있을 때라 해 질 녘에는 제법 심한 악취가 그들의 악다구니와 함께 경찰서를 가득 채웠다.

용변을 보기 위해 수갑을 찬 채로 경찰서 마당 한구석에 있는 변소로 가다가 그 광경을 본 명훈은 자신도 모르게 고개를 돌렸다. 전쟁을 통해 끔찍한 꼴을 볼 만큼 본 그였지만, 일그러지고 찢긴 인간의 육신이 모여 이룬 그 처참한 광경만은 차마 똑바로 볼 수가 없었다.

그 같은 북새통이 벌어졌건만 서장은 그래도 눈 한 번 깜빡 않았다. 기다시피 서장실까지 들어온 패를 물건 들어내듯 몰아내게 하고 조용히 자리를 지키고 있었다. 끌려 나온 패가 악을 쓰며 형사실 바닥을 뒹굴어도 못 들은 척 피의자들 조서만 검토해 나갈 뿐이었다.

오광이가 '대장님'다운 위세를 회복해 서장실을 찾은 것은 그날 해가 저문 뒤였다. 그가 하사관의 예복에 장식용 수술까지 달고 꼿꼿한 자세로 지나가는 걸 본 날치와 명훈은 기대에 부풀었다. 누가 보아도 이제는 서장이 백기를 들지 않고는 못 배길 것처럼 여겨졌다.

하지만 아니었다. 잠시 후 서장실을 나오는 그의 얼굴은 창백하게 굳어 있었다. 지그시 입술을 물며 천천히 걸어 나가는 품이 결코 항복을 받아 낸 승자 같지는 않았다. 그가 미처 수사과를 빠져나가기도 전에 서장실을 나온 서장의 나직하지만 또렷한 지시가 그걸 다시 한 번 확인시켜 주었다.

"수사과장, 삼십 분 안으로 저 사람들이 철수하지 않으면 도경(道警)에 증원 요청을 내. 모조리 연행해 송치하란 말이야. 저 사람들은 팔다리를 바쳐 가며 지킨 것을 잘못된 전우애로 빨갱이들에게 되갖다 바치려 하고 있어."

찬바람이 도는 듯한 목소리는 오광이보다 아직도 서장실 앞에 모여 있는 패에게 들으라는 듯한 투였다.

그런데 바로 그 서장이 서장실에서 명훈을 조용히 부른 것은 그로부터 한 시간쯤 뒤였다. 어떤 생각에서인지 오광이가 앞장서서 도지부에서 지원 나온 패거리를 철수시킨 직후였다.

"앉아라."

명훈이 쭈뼛거리며 서장실로 들어가자 무언가를 읽고 있던 서장이 고개도 들지 않고 나직이 말했다. 오광이를 상대로 싸울 때의 차가움과 매서움은 조금도 느껴지지 않는 목소리였다.

"나를 알아보겠느냐?"

명훈이 자리에 앉자 비로소 고개를 든 그가 찬찬히 명훈의 얼굴을 뜯어보며 물었다.

갑작스러운 물음에 어리둥절해져 명훈도 그를 마주 보았다. 어딘가 낯익기는 해도 기억에는 없는 얼굴이었다. 그게 명훈의 표정에 드러났던지 서장이 대답을 기다리지도 않고 가만히 고개를 끄덕이며 말했다.

"그럴 테지. 실은 나도 조서를 보고서야 알았으니까. 내가 마지막으로 널 본 것은 아마도 해방 전이었을 게다. 해방 이듬해에도 너희 집에 간 적은 있지만 너를 본 기억은 없고……."

경찰의 조서 확인쯤으로 생각하고 유치장을 나선 명훈으로서는 더욱 어리둥절해질 수밖에 없는 말이었다. 그래도 마음 놓이는 것이 있다면 적어도 그가 악의를 가지고 있지는 않은 것 같다는 짐작 정도일까.

"가족 상황에 적힌 걸 보니 할머니는 이미 돌아가신 모양이구나. 그게 언제냐?"

"전쟁이 끝나던 이듬해입니다."

명훈은 그렇게 대답하면서 책상 위의 명패를 보았다. '서장(署長) 윤상건(尹尙建)'이라고 씌어 있었으나 그 또한 기억에는 없는 이름이었다.

"그렇다면 채 예순을 채우지 못하셨군. 죄 많은 친구……."

서장이 무언가 감회에 찬 얼굴로 누구에게인지 모를 말을 그렇게 중얼거리다가 다시 명훈을 지그시 바라보며 물었다.

"너는 아버지가 어떤 사람인지 알고 있나?"

"……."

명훈은 전혀 알지 못해서가 아니라 어떻게 대답을 해야 유리할지 몰라 잠시 머뭇거렸다. 서장이 틈을 주지 않고 거듭 물었다.

"그런 네 아버지와 지금 네가 하고 있는 일이 어울린다고 생각하나?"

이번에는 엄한 추궁이 담긴 어조였다. 늘 아버지가 돌아오는 날까지 살아 버티기만 하면 된다는 믿음으로 지내 온 명훈이었으나 그 물음을 받자 갑자기 가슴이 섬뜩했다. 실은 언제부터인가 그도 자신을 의심해 오고 있었다. 뚜렷하지는 않지만, 자신이 아버지를 평계로 참되고 가치 있는 삶을 위해 해야 할 노력을 외면하고 있지는 않은가 하는 의문 때문이었다.

열넷에 그 거리로 나와 신시장에서 행상 목판을 메기 시작한 날로부터 열여덟에 이른 그때까지 명훈이 걸은 길은 한마디로 전락의 길이었다. 뻔히 옳지 않은 줄 알면서도 한 발 한 발 더 깊숙이 빠져 들어간 뒷골목의 악은 드디어 그를 마지막 낭떠러지까지 몰고 간 셈이었다. 그러나 솔직히 말해서, 어떻게든 어머니와 동생들만 보살펴 나가면 다른 모든 잘못은 절로 면책되리라는 믿음으로 스스로를 달래고는 있어도 그의 마음 한구석에는 언제나 알지 못할 슬픔 같은 것이 출렁이고 있었다. 때로는 울분이나 자포자기로 변해 명훈을 턱없이 대담하고 광포하게 만들기도 하는 감정이었는데, 그때 어김없이 가슴을 찔러 오는 것은 어렸을 적 꾸중 대신 던지던 아버지의 근심 어린 눈길이었다.

그 눈길을 문득 서장에게서 느끼게 된 명훈은 다시 말문이 막혔다. 까닭 모르게 콧등이 시큰하고 눈시울이 뜨거워 오기까지 했다. 서장은 아직 자신이 누구인지를 밝히지도 않았건만, 이상하게도 그것조차 궁금하지 않았다.

"하기는 이곳이 사사로운 정을 나누기에는 썩 맞는 자리가 되지는 못하겠다. 여기다 우선 네 집 약도를 그려라."

서장이 다시 명훈의 대답을 기다리지 않고 흰 종이 한 장을 명훈에게 내놓으며 그렇게 말했다. 그리고 명훈이 그린 약도를 들여다보며 몇 군데 뚜렷하지 않은 곳을 물어 더 확실히 한 뒤 명훈을 내보냈다.

"하룻밤 더 고생해라. 우선 네 어머니부터 만나 본 다음 다시 얘기하자."

아직도 어리둥절해 있는 명훈에게 그렇게 말할 때까지만 해도 따스한 정이 어린 눈길이었으나, 명훈을 다시 유치장으로 데려갈 순경이 그 방에 들어서자 그의 얼굴은 이내 차갑고 엄한 표정으로 돌아갔다.

윤상건이란 이름에서 '상건이 아저씨'를 명훈이 겨우 되살려 낸 것은 유치장으로 돌아오고 나서도 한참이 지난 뒤였다. 수복 직후 할머니와 어머니가 부역자 가족으로 보도 구금(保導拘禁)되었을 때 그들을 구해 주었다는 아버지의 친구였다.

"한 머리에는 도라꾸(트럭)를 대놓고 야지미리(모조리) 조실는데(주워 싣는데), 너 어마이는 아직 초칠(初七)도 안 난 산모제, 철이는 두 돌 겨우 넘긴 얼라(아기)제……. 나는 고마 우리가 모도 똑 죽는 줄 알았디라. 그런데 웬 찌푸차가 바로 우리를 보고 달라드는 게라. 인자는 막판이다 싶어 철이라도 살릴라꼬 등쭐때기를 후벼(후려) 우리한테서 쫓아내는데 오는 사람을 보이 군복을 입고 있어도 낯익은 데가 있더라 카이. 그기 바로 상건이라는 너 애비 친구라. 중학 때부터 우리 집을 들락거리다가 대학 졸업하고 한 몇 년 안 보인다 싶디 해방 나불(무렵)에 어예(어떻게) 경찰이 된 모양이라. 생각해도 모골이 송연하제. 그때 가가 안 왔으믄 우리 식구가 어예 됐을로……. 삼칠(三七)도 안난 산모하고 알라(애기)에다 걸키기(걷게 하기)에도 업고 가기에도 어중간한 세살배기하고 내일모레가 환갑인 할마이……."

돌아가시기 전 할머니가 이따금씩 그런 얘기를 되풀이해 상건이란 이름은 귀에 익은 것이었으나, 그 뒤 한 몇 년 듣지 못한 데다 앞에 붙은 서장이란 어마어마한 직함과 윤(尹)이란 성이 그 이름마저 낯설게 느껴지도록 만들어 버린 것 같았다.

어둡고 질척한 뒷골목 삶으로부터의 탈출은 그날 밤 늦게야 명훈이 갇힌 걸 알고 찾아온 어머니의 면회로부터 시작되었다.

"아이고, 이눔아야, 이게 무슨 일고? 목판 장사하는 것도 못 견디겠디, 쓰리(소매치기)가 웬 말이로? 니 참말로 이럴 줄 몰랐데이. 내사 참말로 몰랐데이……."

그때껏 명훈을 통일역에서 껌이나 멀미약 같은 걸 파는 목판 장사쯤으로 알았던 어머니의 통곡 섞인 넋두리였다. 그런 어머니가 진정되기를 기다려 그들 모자를 서장실로 부른 상건이 먼저 명훈에게 말했다.

"짐작대로 아주머니는 네가 하고 다니는 짓거리를 모르고 계셨다. 뿐만 아니라 너도 네가 하고 있는 짓을 모르고 있는 것 같다. 목숨을 이어 간다고 다 사는 것은 아니다. 너는 지금 네 삶을 망치고 네 아버지를 욕보이는 짓을 하고 있다. 네 아버지는 — 비록 나와 길은 달랐어도 훌륭한 사람이었다. 어디에 있든 지금 네가 하고 다니는 짓거리를 본다면 울어도 그냥 우는 게 아니라 대성통곡을 할 게다."

"……."

"다행히 이번만은 구제받을 수 있게 됐다. 너는 미수(未遂)이고 또 전과가 없는 데다 나이도 만으로는 아직 열일곱이 다 차지 않은 덕분이다. 하지만 이대로 간다면 다음번에는 아무도 너를 구해 줄 수 없다. 어쩌면 지금도 이미 자신을 빼고는 어느 누구도 끝내 너를 구해 주지는 못할 게다. 가장 더럽고 부끄럽고 추악한 삶에서 말이다."

"……."

"당장 이 안동을 떠나거라. 이미 아주머니와 얘기되었다만 서울로 가거라. 일자리도 마련해 주마. 가서 우선 학교부터 해라. 어떠한 배움도 욕되거나 해로울 건 없다. 이런 세상에서 배울 게 없다는 것은 할머니의 단순한 생각에서 나온 잘못된 가르침이었다. 오히려 지금 너에게 가장 필요한 것은 바로 그 배움이다. 그리고 이제 더 늦으면 그때는 원해도 배움을 얻기 어렵다. 네게는 범법이란 가장 괴롭고 힘든 삶의 방식이나 힘들고 천한 노동으로 때워야 할 긴 세월만이 남을 뿐이다……."

그런 다음 상건은 다시 한 번 어머니에게 다짐을 받았다.

"아주머니, 부디 제가 한 말을 명심해야 합니다. 지금까지 해 온 것처럼 아이들을 길러서는 결코 안 됩니다. 아주머님이나 아이들을 위해서는 말할 것도 없고, 저 애들의 아버지를 위해서도 이래서는 안 됩니다. 가서 제가 말한 대로 하십시오. 그리고 어려운 일 있거든 언제든 연락 주십시오."

그래서 안동 뒷골목을 벗어난 명훈은 서울로 올라오게 되었다. 상건이 아저씨의 쪽지를 들고 찾아간 사람이 미군 부대 용역 회사의 전무로 있는 임병규 씨였고, 곧 용산에 있는 미군부대에 하우스 보이로 일자리를 얻어 때늦은 학업을 이어 갈 수 있었다.

(그런데 이제 와서 왜 그 어둡고 괴로웠던 시절의 꿈을 꾸게 되었을까.)

한동안 회상에 잠겼던 명훈은 그걸 털어 버리려는 듯이 머리를 흔들며 다시 그런 생각을 했다. 늦잠으로 훵하던 머리는 이제 완전히 맑아졌지만 그 까닭은 여전히 알 수가 없었다.

이렇다 할 식욕도 없이 밥상머리에 앉으며 시계를 보니 분침이 정확히 12에 머물러 있는 열한 시였다. 막연한 의무감뿐 별다른 애착 없이 오가던 학교였으나 그새 그 생활이 몸에 배었는지 시간을 알아보자 그 시각이 3교시 종이 울릴 때라는 게 퍼뜩 떠올랐다. 그리고 이내 그것은 자신이 벌써 보름째나 학교에 가지 않고 있다는 걸 아프게 상기시켰다.

도치네 패를 때려누인 뒤로 명훈은 두어 번 학교 근처에 숨어 그들의 움직임을 살펴본 적이 있었다. 일주일 만인가 첫 번째로 갔을 때는 숨어서 엿보기에도 떨릴 만큼 그들의 앙심은 깊었다. 도치와 호다이, 나팔바지가 버티고 선 교문 앞에는 평소 그들의 패거리로 알려진 여남은 명이 모두 나와서 진을 치고 있었다. 저희끼리 시시덕거리고 있기는 해도, 조금만 이상한 낌새가 있으면 그곳으로 우르르 몰리는 것이 긴장해서 누군가를 기다리고 있음을 한눈에 알아볼 수 있게 했다.

두 번째는 우연히 싸움이 있던 그날 교문을 지키던 규율부원을 시내에서 만난 다음 날이었다. 자기만 믿고 걱정 말라며 큰소리치던 그 규율부원의 말에 반신반의하며 버스에서 내려 머뭇머뭇 학교 쪽으로 걸음을 옮겨 놓는데, 누군가가 급하게 옷깃을 끌었다. 놀라 쳐다보니 같은 '옹진'이었다. 여러 가지로 한가락 있어 보임 직한데도 이상하리만큼 똥개(옹진들은 토박이 학생들을 그렇게 불렀다.)들의 텃세를 잘 견뎌 내는 병진이라는 친구였다.

"야, 너 정신 있어? 어딜 가는 거야?"

후미진 골목으로 끌어들이기 바쁘게 병진이 물었다. 명훈은 전날 규율부원을 만난 일을 얘기하자 그가 어림도 없다는 듯 고개를 저으며 말했다.

"그게 다 꼬임수야. 걔가 도치네하고 한팬 줄 몰라? 도치네 패뿐만 아니야, 똥개들이 모두 너만 보면 물려고 벼르고 있단 말이야. 가지 마. 갔다간 뼉다귀도 못 추려."

그리고 마지막이 바로 그 전날이었다. 병진이나 그 밖에 비교적 가깝게 지내던 녀석들 중에 하나를 만나 다시 한 번 도치네 패의 동태를 알아보려고 학교 근처에 숨어들었던 명훈은 공교롭게도 나팔바지와 맞닥뜨리고 말았다.

"미안하다. 그날 네게는 정말로 감정 없었어. 급하게 튀느라고 그만……."

명훈이 그렇게 사과하며 숙여 들자 바탕이 고운 녀석이라 쉽게 감정을 풀었다. 그러나 자기들 패거리와 화해를 주선해 달라는 부탁에는 자신도 모르게 난색을 드러냈다.

"어려울 거야. 도치 녀석이 여간이어야지. 그리고 본교 출신이 옹진에게 한꺼번에 셋씩이나 당한 것도 이게 첨이라……. 걔네들에게 몸을 맡기고 빌어 보겠다면 몰라도 화해는 어려울 거야."

그것은 가혹한 사형(私刑)이나 진배없는 몰매에 몸을 맡기든지,

아니면 학교를 그만두는 수밖에 없다는 뜻이었다. 따지고 보면 명훈이 꾸게 된 사납고 어지러운 꿈도 그 일이 명훈의 잠재의식을 충동질한 탓이었을 것이다. 학교를 그만두어야 할지도 모른다는 걱정이 어둡고 괴로웠던 그 시절로 되돌아가게 될지도 모른다는 연상으로 이어졌다가 꿈으로 나타났음에 틀림없었다.

어떻게 하나 — 깔깔한 입안으로 식은 국물을 떠 넣으면서 명훈은 되풀이 생각해도 대책이 안 떠오르는 학교 일을 생각했다. 한판 싸움으로 끝날 일이라면 도장 선배들의 힘을 빌려 보는 수도 있지만, 상대는 동네 토박이들이고 경우에 따라서는 동대문을 중심으로 한 어른 깡패들까지 불러들일 수 있는 패거리였다. 전학도 생각해 볼 수는 있으나 어렵기는 마찬가지였다. 우선 전학에 필요한 목돈도 막막하려니와 3학년도 1학기가 반 이상 지나간 지금 전학증 없이 받아 줄 학교가 있는지도 의문이었다.

그 바람에 더욱 입맛이 떨어진 명훈은 곧 숟가락을 놓고 나갈 채비를 했다. 조금 이르지만 당수 도장으로 갈 작정이었다. 저번 심사에서 승단에는 실패해도 준결승전까지 진출함으로써 어느 정도 도장 안에서 실력을 인정받아 우쭐해진 데다 학교를 안 나감으로써 생긴 여유로 명훈은 전에 없이 당수에 열을 올리고 있었다. 호구(護具)도 걸치지 않은 거친 대련을 하는 동안이나마 모든 괴로운 상념에서 벗어날 수 있다는 것도 그 같은 열심의 빼놓을 수 없는 동기 가운데 하나였다. 거기다가 그 아침의 악몽은 갑작스러운 위기감까지 보태 명훈을 평소보다 세 시간이나 빨리 도장

으로 내몰았다. 어느새 저만치 다가와 불길하게 입을 벌리고 있
는 듯한, 어두운 과거에로의 통로로부터 멀어질 수 있는 길은 오
직 그뿐이란 듯이.

초대

명훈이 땀으로 축축이 젖은 도복 뭉치만 들고 부대 게이트에 이르렀을 때는 여느 때보다 좀 이른 다섯 시 반쯤이었다. 패스를 보이고 게이트를 지나 대기소로 가는데 어디서 왔는지 경애가 앞을 가로막았다. 왠지 얼굴이 차게 굳어 있었다.

지난번 일요일에 만났을 때 가벼운 말다툼으로 헤어졌던 게 생각난 명훈이 짐짓 목소리를 밝게 해 농을 걸었다.

"아이고, 누님 웬일이세요? 설마 절 기다리신 건 아니겠죠?"

"아냐, 널 기다렸어."

경애가 여전히 얼굴 표정을 풀지 않고 야멸차게 받았다. 명훈은 잠시 이번에는 어떻게 나갈까 궁리하다가 계속해서 그녀의 보호 본능에 호소하기로 했다. 그녀는 이상하게도 명훈이 어리게 구는 데 약했다.

"뭘 또 야단치시려고? 그저 잘못했수."

"오늘 또 학교 안 갔지? 가방 어떡했어?"

"어림없는 소리 마세요. 저 같은 모범생도가 학교 안 갈 리 있어
요? 가방은 집에 두고 왔죠."

명훈은 정말로 큰누나 앞에 선 막내처럼 고분고분 대꾸했다. 전
같으면 풀어질 만한 때가 되었는데도 경애의 표정이나 목소리는
조금도 변함이 없었다.

"너, 오늘 장씨 아저씨와 근무 좀 바꿀 수 없어?"

"왜요? 이유를 알려 주셔야지요."

"어쨌든 게이트에 가서 기다릴게, 알아보고 와. 다음에 두 곱을
서 주더라도 오늘은 나오도록 하란 말이야."

그제야 명훈도 그녀에게 어떤 심상찮음을 느끼고 농담을 거두
었다.

"한번 부탁드려 보지. 그런데 정말로 왜 그래? 무슨 일이야?"

"빨리 가서 알아보기나 해. 지금은 긴말 하고 싶지 않아."

경애가 그렇게 말해 놓고 또박또박 게이트 쪽으로 걸음을 떼어
놓았다. 명훈은 그런 그녀를 잡고 한번 더 까닭을 물어보려다 그
대로 장씨 아저씨를 찾아갔다.

"안 돼, 오늘 제사가 있어 놔서."

장씨 아저씨는 첫마디에 명훈의 청을 거절했다. 정말로 제사가
있어서라기보다는 대리 근무의 값을 올리려는 것 같았다. 경애에

게 몰려 거의 얼결에 부탁을 하기는 했으나 막상 거절을 당하자 명훈은 갑작스레 다급해졌다. 만약 당장 나가서 따라잡지 않으면 경애가 그대로 멀리 떠나 버릴 것 같은 엉뚱한 예감 때문에 명훈은 더 밀고 당기고 할 여유도 없이 상대가 바라고 있는 듯한 제안을 바로 내놓았다.

"부탁합니다. 한번 들어주신다면 내일 모레 이틀을 대신 서 드리겠습니다."

그래도 장씨 아저씨는 몇 번이나 능청을 떨다가 못 이기는 척 명훈의 청을 들어주었다.

뛰듯이 게이트로 되돌아가니 경애는 무언가 골똘한 생각에 잠긴 채 초소에 바짝 붙어 서 있었다. 이상하게 그녀를 싸고도는 싸늘한 느낌 때문인지, 아니면 퇴근하는 한국인 종업원들의 몸수색에 바쁜 탓인지, 여자라면 무턱대고 지분거려 놓고 보는 매코이 중사도 경애만은 못 본 체하고 있었다.

"무슨 일이야? 정말 왜 그래?"

경애에게로 다가간 명훈이 정색을 하고 물었다. 골똘한 상념에서 퍼뜩 깨어난 경애가 새삼스레 명훈을 찬찬히 뜯어보다가 짧게 말했다.

"어쨌든 따라와. 같이 갈 데가 있어."

그러고는 반굽 하이힐을 또각거리며 앞장을 섰다. 그럴 때가 아니건만 군청색 스커트 밖으로 이따금씩 드러나는 엉덩이의 곡선이 묘하게 육감적으로 느껴졌다.

버스에 오른 뒤에도 경애는 입을 뗄 생각을 않았다. 명훈은 몇 번인가 경애의 입을 열어 보려고 말을 붙였으나 번번이 그녀의 차가운 반응에 머쓱해져 물러나지 않을 수 없었다.

그사이 버스는 한강대교를 건너고 있었다. 무슨 일인지 모르지만 따라가 보는 수밖에 없다고 마음을 느긋하게 먹은 명훈은 비로소 차 안의 다른 사람들에게로 눈길을 돌렸다. 전에 없이 신문을 사서 펴 들고 앉은 사람이 많았다. 별생각 없이 신문마다 먹칠하듯 크게 찍힌 활자를 보니 "《경향신문(京鄕新聞)》폐간(廢刊) ─ 30일 각의(閣議) 의결"이라 되어 있었다. 한자가 복잡하게 끼어 있어 읽기 어려웠으나 《경향신문》을 알아보자 그동안 들은 말도 있고 해서 그럭저럭 뜻을 뜯어 맞힐 수 있었다.

명훈이 '들은 말'이란 한 열흘 전 부대에서 김 형과 황이 주고받던 얘기였다. 그날 되는 대로 저녁을 끓여 먹고 맥없이 앉아 있는데 황과 김 형이 나란히 명훈의 대기소를 찾아왔다. 황은 맡고 있는 보일러를 한 바퀴 둘러보고 자기 대기소로 가는 길에 들른 것이었고, 김 형은 또 어디선가 얻은 레이션의 기호품 깡통을 하나 나눠 주려고 명훈에게 온 참이었다.

마침 끓는 물이 있어 명훈이 깡통 속의 종이 봉지에 든 커피를 타 내자 그대로 주저앉은 둘은 곧 이런저런 얘기를 시작했는데 그 가운데 나온 게 《경향신문》폐간에 대한 풍문이었다.

"그야말로 풍문이겠지. 기자가 둘씩이나 잇달아 구속되니까 나온 추측들일 거야."

언제나 온건한 김 형이 피식 웃으며 고개를 저음으로써 갑자기 그 얘기는 불이 붙었다. 먼저 그 말을 꺼냈던 황이 그런 반응에 발끈해 어느 때보다 노골적인 경멸을 드러내며 김 형의 말꼬리를 잡고 늘어진 탓이었다.

"너 같은 녀석들의 소갈머리 없는 낙관론 때문에 이승만이하고 친일파들이 10년이 넘어도 떵떵거리며 해 처먹고 있는 거야. 있어서는 안 될 일이 일어나려 한다면 적어도 걱정쯤은 할 수 있어야지, 문제 자체를 지워 없애려는 건 또 뭐야? 이미 담당 장관들의 합의가 이루어졌다는데도 네 희망만 우겨 댈 거야?"

"장관들의 합의? 그게 어떻게 거리까지 흘러나오냐? 어쨌든 그게 정말이라도 이 박사가 들어주지 않을 거야. 다른 건 몰라도 그 점만은 믿어."

"미국식 민주주의가 몸에 밴 늙은이란 말이지? 무엇보다도 언론의 자유를 신봉하는. 하지만 지금 자유당 어디에 미국식 민주주의가 있어? 자유당 정부는 누가 무어라 해도 명백히 권위주의적 정부야. 거기다가 이 박사의 믿음이 설령 전에는 그랬다 쳐도, 지금은 아니야. 그의 정신력은 이미 젊은 날의 믿음을 일관성 있게 밀고 나갈 상태에 있지 않아. 벌써 많은 중요한 결정이 이기붕에게 넘어가 있다고 보는 편이 온당한 관측이고, 각료들의 합의도 그런 전제하에 이루어진 것이라고 볼 수 있지. 이런 권위주의적 체제에서 그만한 눈치 없이 어떻게 장관 자리에까지 올랐겠어?"

"그러고 보니 너야말로 《경향신문》이 폐간되기를 바라는 사람 같구나. 그렇게 되어 좋을 게 뭐 있어? 왜 그런 비관적인 추측을 이미 결정 난 일처럼 우겨 대느냐고."

"하긴 그렇군. 오히려 나야말로 그걸 바라고 있는지 모르지. 그 일 자체로는 불행이지만, 그렇게 되면 내가 기다리는 조종(弔鐘) 소리는 훨씬 가까워질 테니까……."

황의 말투가 거기서 잠깐 감상적이 되었다. 그러나 김 형은 어딘가 어이없어하는 것 같았다.

"조종 소리?"

"그래, 자유당과 이승만 정권의 조종, 친일파와 독재자의 종말을 알리는 조종 말이야."

"결국 그놈의 얘기로 돌아가 버렸군. 그렇지만 신문 하나 없애는 것과 그런 엄청난 변화를 연결 짓는 것은 지나친 과장이나 비약이 되지 않을까?"

"그러니까 조종 소리가 가까워진다고만 했지 당장 들릴 거라고는 하지 않았어. 징후지. 내부적 붕괴의 징후. 대변혁을 예고하는……."

"대변혁이라……. 흠, 대변혁……."

황이 워낙 거칠게 몰아대는 바람에 정색을 하게 됐던 김 형은 거기서 다시 처음의 여유를 찾은 듯했다. 그렇게 중얼거리다가 얼굴에 엷은 웃음을 되살리며 황을 보고 물었다.

"그런데 말이야, 나는 솔직히 이해할 수가 없어. 네 덕분에 이것저것 알게는 되었지만, 그 대변혁, 아니 혁명 말이야, 정말로 네가 말하는 그런 대변혁이 이 땅에서 가능하다고 봐?"

"그건 또 무슨 소리야? 민도(民度)라든가 혁명 의식의 미숙 같은 걸 말하려는 거야? 이 민중으로는 아직 아무것도 되지 않는 다고?"

"아니야, 그거야 급조된 유사의식(擬似意識)에다 선동 기술만 발달시키면 우선은 그럭저럭 비슷하게 갈 수도 있겠지. 내가 말하는 건 이를테면 대외적 여건이야. 남북으로 미국과 소련이 버티고 있고, 동서로는 중공과 일본이 마주 보며 옛 꿈을 버리지 못하고 있는데, 네가 말하는 그런 근본적인 대변혁이 가능하겠느냐고. 진정한 의미의 혁명이 내부적인 힘만으로 이뤄질 수 있느냐고."

"알겠어. 너는 또 너의 강력한 로마를 말하고 싶은 모양이군. 로마의 칼을 빌리지 않고는 아무것도 할 수 없고, 그 칼을 빌리면 결국은 로마식으로 끝난다 — 그 말을 하고 싶은 거야?"

"오히려 그보다 더하지. 로마식으로조차 되지 않을 것 같은 생각이야. 로마가 다스리기 좋은 상태로 바뀔 뿐이지. 자기들의 식탁에 끼워 주는 그런 로마식은 결코 되지 않으리라는……."

"호오, 우리 미래의 로마 시민께서 놀라운 발언을 하셨군. 나는 하루바삐 로마로 건너가 어느 로마인 부호의 집에서 집사장쯤으로 출세하는 것이나 꿈꾸고 계시는 줄 알았는데."

어떻게든 대화의 주도권을 잡지 않고는 못 배기는 황이 그처럼 심한 빈정거림까지 서슴지 않았으나 김 형은 그런 도발에 별로 흐트러지지 않았다.

"실은 네 덕분에 프랑스혁명사를 좀 읽어 보았어. 하지만 한 가지 몹시 궁금한 구석이 있더군. 자유·평등·박애…… 정말 아름답고도 귀한 이념이지. 그렇지만 너는 진심으로 프랑스혁명을 성공시킨 게 다만 그런 이념의 힘이라고 믿어? 그 모든 감격에 찬 저술가처럼 말이야."

"'다만'이라고 하면 좀 망설여지겠지만 가장 중요한 원동력이 된 것만은 의심할 수 없지."

"그런데 나는 그 '가장 중요한'이란 수식어도 의심이 간단 말이야. 적어도 가장 중요한 건 그게 아니라는 느낌……"

"호오, 이건 놀랍고도 새로운 학설이네. 그럼 가장 중요한 것은 뭐 같아?"

"프랑스 자신의 힘. 나는 그 혁명이 당시 유럽 제일의 강국이었던 프랑스가 아니고 벨기에나 네덜란드 같은 작은 나라에서 시작되었다면 틀림없이 초두에 실패했을 것 같은 생각이 들어. 그 프랑스혁명도 압살당할 위기를 벗어난 것은 총동원령이 효과를 내기 시작한 다음일 거야. 곧 제1차 대불동맹군(對佛同盟軍)의 총병력 40만 남짓을 압도하는 60만 대군을 프랑스가 거느리게 된 1793년 이후라고 봐."

"혁명은 총구에서 나온다 — 뭐 그런 소리야?"

"총구 그 자체라기보다는 혁명이 근본적으로 가능할 수 있는 배경을 말하려는 거지. 잘은 모르지만 러시아혁명도 예외는 아닌 것 같아. 어떤 사람은 러시아 같은 후진사회에서 선진 공업국을 모델로 안출해 낸 이론을 바탕 삼은 공산혁명이 성공한 걸 이상히 여기지만 나는 그 반대야. 만약 공산주의 혁명이 폴란드나 루마니아에서 먼저 성공했다면 틀림없이 몇 년 못 가고 유럽 열강들에 의해 뒤집어지고 말았을 거야. 러시아니까 오히려 가능했지. 자본주의 열강들로부터 자신의 혁명을 지켜 낼 수 있는 유리한 지형적 위치에다 충분한 잠재력을 갖춘 나라는 유럽에서 그곳밖에 없어 성공할 수 있었다는 편이 옳아."

"야, 이건 역사적 허무주의에다 지정학적 허무주의까지 곁들였군. 요컨대 우리는 혁명을 지켜 낼 힘도, 유리한 지리적 위치도 없다. 그러니까 근본적인 혁명은 불가능하다. 특히 이념 따위만으로는 ― 뭐 그런 얘기야?"

"대강은. 만약 혁명이 가능하다면 어떤 형태로든 외세를 등에 업은 의사 혁명(擬似革命)이거나 한층 개악(改惡)된 보수 세력 내지 반동 세력에게 기회를 줄 환상의 백일천하(百日天下) 정도겠지."

"정말 질렸다. 실로 엄청난 변경(邊境) 이론이구나. 로마 시민이 되는 것 외에는 구제받을 길이 전혀 없다는……. 우리 민족에 대한 그 철저한 비관과 불신이 무섭다. 민중의 힘, 아니 인간의 진보 그 자체에 대한 네 불신은 차라리 증오라는 편이 옳겠다. 그 어떤 반인간적 논리보다 더 악랄한 인간 혐오야. 그만하자. 그 모진 병이 내게도 옮을까 봐 겁난다."

《경향신문》 폐간 문제로 시작된 그들의 논쟁은 격렬함이 지나쳐 오히려 차분해진 황의 그런 전 같잖은 후퇴로 얼버무려졌지만 명훈에게는 그 어느 때보다 인상적으로 들렸다. 군데군데 끼어든 혁명이란 단어의 자극 때문이었다. 혁명. 이제는 아득한 꿈결처럼만 느껴지는 10년 세월 저쪽. 아버지가 함께 집 안에 있던 그 시절에는 무슨 화려하고 빛나는 꽃처럼 그의 어린 의식 속에서 피어나던 말이었다. 그러나 또한 아버지가 떠나 버리고 난 뒤의 10년은 무슨 음험하면서도 끔찍한 저주처럼 들리던 말이기도 했다. 사회 전체로도 한동안 자취를 감추다시피 했던 말, 어쩌다 책 모퉁이에 끼어 있어도 마치 생소한 서양 말같이만 느껴지던 말, 그런데 이제 그 말이 은근한 실현성까지 내비치며 공공연히 그들의 입에 오르내리게 되었다. 그것도 명훈으로서는 거의 도달이 불가능해 보이는 젊은 지성인들 입에.

"종말을 알리는 조종 소리……"

한동안은 곁에 있는 경애도 잊고 김 형과 황이 주고받던 말들을 토막토막 떠올리고 있던 명훈은 자기도 모르게 중얼거리며 신문을 읽고 있는 사람들을 하나하나 돌아보았다. 잔뜩 찌푸리고 읽다가 구기듯 신문을 접는 사내가 하나 있기는 했지만 나머지 네댓은 조용하고 무표정하기만 했다. 황이 말한 종말의 조종이 어떤 것인지는 몰라도, 명훈은 그런 그들에게서 그 어떤 소리도 연상되지 않았다.

버스는 이제 한강을 끼고 난 비포장도로를 심하게 흔들리며 달리고 있었다. 차창으로 저만치 내려보이는 푸른 한강의 물줄기가 문득 명훈을 엉뚱하게 빠져든 상념에서 끌어냈다.

"도대체…… 어딜 가는 거야?"

자신이 딴생각을 하고 있었다는 게 까닭 모르게 미안해진 명훈이 이제는 궁금한 걸 넘어 걱정까지 된다는 듯한 표정을 지으며 경애를 돌아보고 물었다. 그게 어떻게 경애의 마음을 움직였던지 차에 오르고는 처음으로 짤막한 대답이 나왔다.

"다 왔어. 가 보면 알아."

그러나 경애가 앞장서 버스에서 내린 것은 결국 흑석동 종점에 이른 뒤였다.

"집. 내가 살고 있는 곳을 보여 주고 싶어."

"너희 집을? 갑자기 그건 왜?"

다른 얘기를 할 때는 발랄하기 그지없다가도 살이나 집, 가족 같은 것들에 화제가 미치기만 하면 왠지 짜증스러운 얼굴로 말머리를 돌리곤 하던 그녀라 명훈은 그렇게 묻지 않을 수 없었다.

"벌써 잊었어? 너 나하고 결혼하고 싶다며?"

경애가 쏘아붙이듯 그렇게 말해 놓고 다시 덧붙였다.

"왜, 가고 싶지 않아?"

그러자 명훈은 문득 지난 일요일 경애와 말다툼한 까닭이 그때보다 생생히 떠올랐다.

그날 「세계를 그대 품 안에」란 영화를 함께 보고 극장을 나오던 때의 일이었다. 명훈은 그녀에게 스스로도 어이없을 만큼 갑작스러운 욕정을 느꼈다. 영화에 별로 그런 장면이 있었던 것도 아닌데, 아랫도리가 뻣뻣해질 만큼 강렬하고도 구체적인 욕정이었다.

나이에 비해 명훈은 빨리 여자를 안 편이었다. 안동 시절, 그러니까 열아홉이 되기도 전에 벌써 명훈은 동정(童貞)이 아니었다. 기술자가 되어 씀씀이가 좋아진 날치 녀석의 선심에 처음에는 오기로, 그리고 그 뒤로는 제법 재미까지 느끼며 역전 뒷골목을 몇 번인가 드나든 적이 있었다. 서울로 온 뒤로는 그쪽 또한 청산해야 할 과거의 한 부분으로 여겨 많이 삼갔으나, 그래도 두어 번 사창가가 있는 종삼(鍾三)을 기웃거린 적이 있었다. 하우스 보이로 일하던 무렵 대낮부터 여자와 뒤엉킨 미군 병사를 어쩌다 엿보게 된 날 밤 같은 때였다.

그런데 경애를 알게 된 뒤부터 왠지 명훈은 그런 곳에 가는 게 불결하게 느껴져 걸음을 끊어 버렸다. 정히 못 견딜 지경이면 자위로 처리하는 한이 있더라도 그런 직업적인 매춘부와 어울리는 것보다는 나을 것 같았다. 그러나 자위를 하면서도 경애를 떠올리는 일은 없을 정도로 그녀에게는 깨끗한 감정을 지켜 왔는데 그날 느닷없이 욕정을 느끼게 되었다. 그것도 아직 저물지도 않은 시각에.

명훈은 우선 당황스럽고 한편으로는 경애에게 미안했다. 그럭저럭 연애 비슷한 관계로 바뀌 놓기는 했지만, 솔직히 그때까지 명훈을 지배하고 있던 감정은 내가 그녀에게 감히…… 하는 것이었다. 하지만 아버지 없이 해 온 마구잡이의 삶은 명훈에게 별로 절제를 길러 주지 못해 퍼뜩 떠올랐던 순수한 감정도 잠시, 명훈은 다시 그 느닷없는 욕정에 휘말리기 시작했다. 어쩌면 멀지 않은 곳에 세워진 여관의 간판이 그를 충동했는지도 모를 일이었다.

"저어…… 우리는 언제쯤 결혼하게 될까?"

앤 브라이스 정말 예쁘지, 어쩌고 하는 경애의 말을 흘려들으며 명훈이 불쑥 그런 소리를 했다. 딴에는 한껏 감정을 억제하고 둘러서 한 말이었다. 경애가 별생각 없이 그 말을 받았다.

"그게 무슨 소리야?"

"언제 내가 경애를 마음대로 안게 되느냐고."

명훈은 그렇게 말해 놓고 턱짓으로 길가의 여관 간판을 가리키며 다시 재빠르게 덧붙였다.

"언제 저런 여관에 함께 들어가도 좋게 되느냔 말이야."

그제야 경애도 어떤 심상찮은 기색을 느낀 것 같았다.

"얘가 미쳤어."

그래 놓고 빠안히 명훈의 얼굴을 쳐다보다가 거기서 무얼 보았는지 한 발이나 물러서며 앙칼지게 소리쳤다.

"정말로 못된 애로구나. 너 그게 무슨 소리야?"

야릇한 열에 들떠 있는 가운데도 섬뜩함이 느껴질 만큼 날 선 목소리였다. 그 바람에 비로소 앞뒤 없는 욕정에서 깨어난 명훈이 새삼 자기가 한 말을 농담으로 돌리려 애썼지만 별 소용이 없었다.

"안 되겠어. 오늘은 이만 헤어져야겠어."

경애는 몇 마디 듣기도 전에 그렇게 말허리를 자르고 돌아섰다.

그런데도 명훈이 그날 일을 심각하게 느끼지 않게 된 것은 아마도 몇 발짝 떼어 놓던 그녀가 되돌아서서 던진 한마디 때문이었다.

"어쩌면 네게 화를 내고 있는 게 아닌지도 몰라. 다음에 또 만나."

그때껏 어쩔 줄 몰라 하며 우두커니 서 있는 명훈이 안됐던지 목소리가 알아들을 만큼 누그러져 있었다. 그 바람에 명훈은 그날 일을 가벼운 말다툼 정도로 돌리고 애써 걱정을 눌러 왔는데 이제 보니 그게 아니었던 듯했다.

경애네 집은 허허벌판에 서 있는 듯한 중앙대학교 본 건물이 아직도 저만치 보이는 산비탈에 있었다. 판잣집을 겨우 면한 시멘트 벽돌집이었는데, 그나마 안마당을 지나 뒤곁으로 도는 게 셋방살이인 것 같았다. 명훈은 언제나 깔끔하면서도 멋 부린 차림인 경애가 그런 집에 산다는 게, 막연히 짐작은 했으면서도 솔직히 믿을 수가 없었다.

"왜, 꽃 같은 님 계신 곳치고는 너무 초라해?"

그런 명훈의 마음속을 알아차렸는지 아니면 갑작스레 남의 집을 찾게 돼 쭈뼛거리는 게 달리 느껴졌던지 경애가 빈정거림치고는 좀 앙칼지게 물었다. 명훈이 강요해서 억지로 그곳까지 안내하기는 했지만 아무래도 속이 상한다는 그런 표정이었다. 특별하게 강요한 기억이 없으면서도 경애가 그렇게 몰아대니 명훈도 까닭 모르게 송구스러운 느낌이 들었다. 거기다가 방 안에서 기다리는 사람들이 또 어떤지 몰라 더욱 경애를 따라 들어서기가 망설여졌다.

"들어와. 이 집도 대목이 지은 집이니까 그리 쉽게 무너지지는 않을 거야."

경애가 문고리를 잡고 그때껏 쭈뼛거리고만 있는 명훈을 쏘아보듯 살피며 재촉했다.

"실례가…… 되지 않을까? 안에 누가 계신지 모르지만……."

명훈이 겨우 그렇게 더듬거렸다. 경애가 그대로 방문을 열고 들어서며 그런 명훈을 더욱 어쩔 줄 모르게 했다.

"어차피 해야 할 실례니까 어서 들어오기나 해."

세를 주기 위해 담벼락에 달아 낸 방이라 그런지 방 안은 어둡기 그지없었다. 어둠이 답답했지만 인기척이 없는 게 명훈에게는 우선 다행으로 여겨졌다.

"그럼…… 혼자 살아?"

아무도 없는 어두운 방 안에 경애와 단둘이 있게 되었다는 사실로 갑작스레 설레는 가슴을 진정시키며 명훈이 물었다.

"혼자 살아? 내가 그렇게 팔자 좋은 사람으로 보여?"

경애가 다시 그렇게 빈정거림 섞어 되물어 놓고는 팔을 들어 높지 않은 천장 쪽을 휘저었다. 전등을 찾는 것이었던지 이내 딸각하는 소켓의 스위치 돌리는 소리와 함께 방 안이 갑자기 환해졌다.

"억!"

무심코 방 안을 휘둘러보던 명훈은 하마터면 터져 나올 뻔한 비명을 참으며 한 발이나 물러섰다. 조금도 인기척을 느끼지 못했는데, 실은 사람이 앉아 있었다. 머리가 하얗게 센 노파였다.

"인사드려. 우리 할머니야."

놀라는 명훈이 고소하다는 듯 심술궂은 미소와 함께 경애가 그렇게 알려 주고는 그 노파에게로 다가가 갑자기 악을 쓰듯 소리쳤다.

"할머니, 제가 왔어요. 경애예요."

그러나 노파는 여전히 작은 움직임도 보이지 않았다. 벽 한 군데 걸려 있는 액자에 시선을 고정시킨 채 세운 무릎에 턱을 괴고 앉은 게 꼭 나무나 돌로 다듬어 놓은 사람 같았다. 명훈은 다시 한 번 섬뜩했으나 경애는 그런 노파에게 익숙했다. 더 말을 시키려고도 않고 노파의 치마폭 속으로 가만히 손을 넣었다.

"이 나쁜 자식, 또 어디 가서 자빠져 있는 거야?"

이윽고 무엇을 확인했는지, 경애가 누구에겐가 그렇게 쫑알거리더니 명훈에게 말했다.

"좀 돌아서 있어. 이것까지 보여 주고 싶진 않으니까. 심심하면 벽에 걸린 액자나 봐 두는 게 좋을 거야."

그러면서 방 안에 줄을 쳐서 걸어 둔 속곳을 걷어 내리는 것으로 보아 그 노파의 옷을 갈아입히려는 것 같았다. 못 느꼈던 지린 내가 새삼 명훈의 코끝을 찔렀다.

명훈은 경애가 시키는 대로 말없이 벽에 걸린 액자 곁으로 다가갔다. 액자에 들어 있는 것은 커다란 기선(汽船) 사진이었다. 대포 같은 것도 없고 여객선의 줄지어 선 창문도 눈에 띄지 않는 것으로 보아 상선(商船)이거나 화물선인 듯했다. 톤 수를 가늠할 수는 없어도 흔히 보기 어려운 큰 배임에는 틀림이 없었다.

그 배 사진 양편 모퉁이에는 양복 차림을 한 젊은 남자의 명함판 사진과 그 두 배쯤 되는 가족사진이 마주 보고 끼워 있었다. 젊은 남자는 가볍게 웃고 있었는데, 눈매나 오뚝한 콧날에는 경애를 느끼게 하는 데가 있었다. 가족사진은 바로 그 남자를 가운데로 하여 그의 부인인 듯한 젊은 여자, 그리고 서너 살쯤 되어 보이는 사내아이와 예닐곱 살쯤 되어 보이는 계집아이가 적당히 앉고 선 걸 담고 있었다. 부인은 수수한 한복 차림이었으나 상당한 미인으로 그 남편보다 한층 뚜렷이 경애를 느끼게 해 주었다.

"이제 됐어. 돌아서서 앉아도 좋아."

명훈의 눈길이 그 부인과 사내애를 지나 간탄후쿠라 불리던 원피스 차림의 계집아이에게로 옮아갈 무렵 등 뒤에서 다시 경애의 억양 없는 목소리가 들렸다. 그러나 명훈은 그대로 경애인 듯싶은 그 계집아이를 살펴보았다. 머리를 깎았다가 새로 기르기 시작했는지 머리 모양이 밤송이 같았지만 틀림없이 경애였다. 일제 때는 귀했던 커다란 서양 인형을 안고 있는 게 그들 가족의 살이가 남달리 넉넉했음을 뽐내 보이고 있었다.

소화(昭和) 19년 7월이라, 그게 언제쯤일까. 명훈은 그 사진 아래쪽에 쓰인 날짜를 보고 속으로 가늠해 보았다. 아버지가 잠시 동양척식회사(東洋拓殖會社)에 있었다는 그 무렵 같았다. 해

방 뒤 무슨 큰 범죄의 증거처럼 그 무렵의 사진을 모조리 불사르지 않았더라면 명훈의 집에도 몇 장 그 비슷한 사진이 남았을 것이다.

"우리 가족사진을 보고 있군. 해방 전해 것이야. 아버지가 남선무역(南鮮貿易) 이사로 계실 때지. 우리로서는 그때가 한창때였다고나 할까."

명훈이 가족사진에 눈길을 주고 있음을 알아본 경애가 그날 처음으로 정감 어린 목소리를 들려주었다. 그러나 그것도 잠시였다. 명훈이 돌아서 앉자마자 마당 쪽에서 왠지 거칠게 들리는 발짝 소리가 나더니 방문이 쓰윽 열렸다. 뒤이어 들어선 것은 끈 떨어진 책가방을 옆구리에 낀 고등학생이었다. 명훈보다는 두어 살 어려 보였으나 학년 배지는 같은 3학년을 나타내는 로마숫자 III이었다.

"야, 너 어딜 쏘대다 왔어? 좀 일찍 돌아오면 안 돼?"

경애가 그 소년을 보자마자 앙칼지게 쏘아붙였다. 소년은 — 아마도 사진 속의 그 사내아이인 듯했는데 — 매양 당하는 일인지 조금도 탄하는 기색 없이 넉실거렸다.

"학관(學館) 갔다 온다고. 뭐, 공부해서 대학 가라며?"

"학관이라고? 야, 웃기지 마. 이 나쁜 자식, 어딜 얼려 다니다가 이제 와 놓고선……."

경애는 곁에 명훈이 있다는 것도 깨끗이 잊고 대뜸 듣기 거북한 욕설까지 섞어 남동생을 나무랐다. 명훈이 보기에도 불량기가 넘쳐흐르는 녀석이었다. 교모의 챙은 엄지손톱만큼이나 남았을까, 그 무렵의 유행을 감안해도 너무 좁았다. 그나마 챙에는 붉은 구두약이 덧입혀져 있었고, 꿰고 있는 바지는 내복보다 더 꽉 조이는 맘보 바지였다.

교복 윗단추 두어 개는 펄렁하게 열어 놓았는데, 오다가 어디서 한바탕 했는지 교복 목깃 안에 꽂아 두었던 흰 플라스틱 칼라는 가운데가 부러져 너덜거렸다. 그쪽으로 이름난 학교의 모표나 배지가 아니라도 한눈에 드러나는 학생 깡패였다.

거기다가 그 같은 차림새보다 더한 것은 말투와 행동거지였다. 명훈을 의식해서인지 한동안 용케 참는다 싶더니, 곧 본색을 드러낸 녀석이 명훈을 아예 무시하기로 작정한 듯 제 누이를 보고 으르렁대기 시작했다.

"야, 이거 뭐, 놈씨 하나 달고 와 사람 겁주는 거야? 해도 너무하는 거 아냐? 아침저녁으로 사람을 볶아 치니 도무지 살 수가 있어야지."

그렇게 명훈을 걸고넘어지는가 하면,

"밥 좀 먹여 준다고 너무 그러지 마. 지렁이도 밟으면 꿈틀한다고. 뭐 내가 갈 데 없어 이 콧구멍만 한 방으로 돌아오는 줄 알아?"

그러다가 이왕 내친김이라는 듯 가방을 팽개치며 거세게 방문을 열어젖혔다.

"우리 둘 누나에게 혹 같은 존재인 거 알아. 누나가 대학도 그만두고 양키들 빨랫거리나 주물럭거리는 거 나도 맘 아프다고. 그러기에 학교 같은 거 집어치우고 나도 벌어 오겠다고 하잖았어? 그런데 대학이니 뭐니 해서 생사람만 잡아 대니 견디겠어? 그만둬. 이제 나갈 테야. 할머니는 이왕에 누나가 맡아 왔으니 몇 달만 더 모셔. 내 한탕 크게 쳐서 모셔 갈 테니까."

문지방에 걸터앉아 신발 끈을 꿰며 내뱉는 말로 미루어 이미 빗나가도 한참은 빗나간 녀석 같았다. 명훈은 무언가 나서서 해야 할 일이 있는 것 같으면서도 도대체 어떻게 해야 할지 얼른 생각이 나지 않았다. 속 같아서는 흠씬 두들겨 경애에게 무릎 꿇도록 만들어 놓고 싶었지만, 아직은 녀석에 대해 확실하게 아는 것도 없거니와, 경애도 그걸 바라는 것 같지는 않았다. 얼굴이 새파래져서 팔팔 뛰고 있기는 해도 그녀 또한 명훈이 함께 있다는 걸 무시하기는 마찬가지였다.

"애들아, 배가 왔어? 배가 왔니?"

그때껏 깎은 듯이 앉아 있던 노파가 문득 고개를 돌려 그런 경애 남매를 보고 물었다. 그들 남매가 악다구니를 쓰며 다투는 소리가 무언가 자극을 준 듯했다.

"배요? 그건 태평양 한가운데 벌써 가라앉았다고요. 이젠 제발 그놈의 배, 배 하는 소리 집어치우세요!"

경애의 남동생이 고함치듯 그렇게 노파를 윽박질렀다. 노파는 묘하게도 그 말만은 알아들은 듯했다. 살래살래 고개를 저으며 한층 또렷하게 말했다.

"아니다. 조선 땅이 꺼져도 아범이 탄 배는 그럴 리가 없다. 너희들이 잘못 안 게야."

"아범이고 뭐고 그 더럽고 꼴같잖은 치도 가라앉는 배하고 그대로 꼴까닥했다고요. 할머니, 괜히 헛다리 짚지 마세요!"

녀석이 한층 더 악을 썼다. 뚜렷하지는 않아도 그 같은 조손(祖孫)의 말을 듣고 있자니 명훈도 어렴풋하게나마 경애가 빠져 있는 곤궁의 배경을 짐작할 것 같았다. 노파는 못된 손주 녀석의 말에 두어 번 더 맞서다가 마침내는 상심한 듯 훌쩍이기 시작했다.

"나가! 이 자식, 이 나쁜 자식. 할머니가 무슨 죄가 있어? 어서 나가란 말이야, 이 못된 자식아!"

보다 못한 경애가 다시 그렇게 악을 쓰며 녀석의 등짝을 후려 내쫓고 문을 닫았다. 그리고 한동안 정성 들여 노파를 달래다가 문득 명훈을 돌아보았다.

"이게 자칫하면 네 처갓집이 될지 모르는 집구석이야. 어때, 볼 만해?"

"나도 부잣집 고명딸이 미군 부대 하우스 걸로 나온다는 소리는 못 들었어. 왜, 뭐가 어때서?"

경애의 속셈이 어디 있는지는 몰라도 방금 자신에게 일부러 부풀리어 보여 준 정경들이 그녀에 대한 자신의 감정을 조금도 해치지 않았다는 것만은 명훈도 밝혀 두고 싶었다. 오히려 그녀에게 처음으로 느끼게 된 인간적인 연민은 아무도 없다면 그녀의 가녀린 몸을 그대로 포근히 안아 주고 싶다는 생각까지 들게 했다.

"하지만 그런 상식선이 아니니까 문제지."

경애는 그렇게 빈정거려 놓고 부엌으로 나갔다.

명훈이 경애와 다시 그 방을 나선 것은 한 삼십 분쯤 뒤였다. 우는 노파를 달래 흰죽인지 미음인지 모를 음식을 떠먹인 뒤 명훈을 재촉해 방을 나서는 그녀를 넘겨짚은 명훈이 말렸다.

"돌아갈 길 정도는 알아. 바래 주지 않아도 돼."

그러자 그녀가 핸드백을 집으려다 말고 명훈을 멀거니 바라보았다. 원래는 그 길로 함께 외출할 작정이었던 듯했다.

"하긴…… 네게도 뒤죽박죽인 이곳의 인상들을 정리할 시간은 필요하겠지."

이윽고 명훈의 표정에서 무엇을 읽었던지 그녀가 뜻 모를 한숨과 함께 그렇게 말하고는 빈손으로 따라나섰다. 방문 앞에서 헌 운동화를 접어 신는 게 명훈과 함께 나가기를 단념한 눈치였다. 잠시 무언가 생각에 잠겨 입을 다물고 있던 그녀가 대문께에 이르러서야 다시 단호하기 짝이 없는 어조가 되어 말했다.

"내 초대가 이걸로 끝난 것은 아냐. 한 번 더 너를 초대해야겠는데 언제가 좋지? 아냐, 내가 바로 결정하겠어. 이번 주말에 만나. 낮 교대 끝나고. 여섯 시쯤 게이트 저편 로타리 찻집 버팔로에서 기다릴게."

"이번 주말이라고? 장씨 아저씨에게 오늘 하루 쓰고 이틀 갚기로 했는데 토요일에 또……."

명훈이 얼떨떨해하며 그렇게 받는데 그녀가 여지없이 말허리를 잘랐다.

"너는 아직 봐야 할 게 많아. 그런데 내게는 보여 줄 시간이 많지 않아. 사흘 뒤야. 그날이 지나면 아무것도 보여 줄 수 없게 될지 몰라."

유년의 꽃그늘에서

　밀양에서의 내 날들은 대략 국민학교 졸업을 앞뒤로 해서 전혀 다른 빛깔과 느낌의 두 부분으로 나누어진다. 앞의 두 해는…… 아아, 어른 된 지금에 와서도 추억만으로 가슴 뛴다. 그때 삶은 희망으로 밝았으며 세상은 기쁨으로 빛났다. 놀이와 꿈속에서 내 유년(幼年)은 꽃피었고, 바로 그 꽃그늘에서 그 뒤 내 삶을 이끌어 준 모든 아름다움의 이데아가 자랐다. 비록 한 애늙은이의 환상이나 착각에 지나지 않을는지 몰라도 거기에는 세월의 비바람에 바래지지 않을 첫사랑이 있으며, 더러는 오늘까지 벗으로 남고 더러는 기억의 어둠 속에서만 반짝이긴 해도 또한 이 한 살이가 끝날 때까지는 결코 잊힐 리 없는 코흘리개 동무들이 있다. 한번 떠난 뒤에도 몇 번이나 되찾아 본 적이 있지만 밀양의 기억이 언제나 30년 저쪽만을 고집하는 것도 어쩌면 그게 꽃다운 그날의 배경이었기 때문은 아닐는지.

먼저 떠오른다, 그 맑고 푸르던 남천강(南天江). 사람은 같은 물에 두 번 발을 담글 수 없다지만, 나는 아련한 꿈속에서 또는 애틋한 그리움 속에 수없이 그때의 그 강물에 내 발을 담갔다. 봄눈 녹아 흐르던 찬 여울살에, 모래펄을 얕고 넓게 지나느라 뜨거워져 강을 거슬러 올라오던 은어 떼를 이따금씩 혼절시키던 여름철의 느린목에, 가만히 들여다보고 있노라면 까닭 없이 슬퍼지던 가을의 교각(橋脚) 곁 그 맑다 못해 푸르스름하게 보이기까지 하던 웅덩이에, 이미 유리 같은 살얼음이 끼기 시작하던 그 발 저린 겨울 물굽이에. 세월은 구름처럼 허망히 흘러가 버렸으나 내 발을 감싸는 물살은 언제나 예전의 그 물살이었다.

또 나는 아직도 알 듯하다. 어느 강변 어디쯤에 가면 모래 속에 얕게 숨은 모래무지를 운 좋게 밟아 어린 손아귀에는 뿌듯하다 못해 움키기에 벅차던 그것들을 잡아 낼 수 있으며, 8월 초순의 어느 느린목이 죽은 것처럼 하얗게 배를 뒤집고 가라앉아 있어도 주워다 찬 물동이에 넣기만 하면 곧 생기 차게 되살아나는 은어 떼가 있는 곳인지를. 어떤 여울살에 파리 낚시를 던지면 검은 등에 희고 반짝이는 배의 비늘로 맵시로는 단연 으뜸이던 참피라미들과 무지갯빛 화려한 무늬를 자랑하던 갈겨니들을 낚아 올릴 수 있고, 어떤 여울목에 다슬기를 짓찧어 넣은 사발을 묻으면 지느러미 고운 쉬리와 배불뚝이 쫑매리를 담아낼 수 있는지를.

어떤 굽이에 가면 강물이 비껴 흘러 웅덩이나 다름없이 괸 물이 있고, 그곳 어디에 물풀들이 무성히 자라, 반두로 떠올리면 공연히 기분 좋은 붕어들과 길을 잘못 든 가물치 새끼가 숨어 있는지를. 뻥구리, 텡가리, 노지름쟁이, 수수꿀레미, 버들피리, 납주레미, 눈치, 밀피리, 격다구, 문디고기…… 아동용 동물 사전쯤으로는 그 표준어 이름을 알기 어려운 그곳의 숱한 물고기가 어떤 돌 틈에 메(물고기 집)를 파고 알을 스는지를.

그 강물을 따라 양편으로 길게 흐르던 둑길도 거기 깃들이고 살던 작은 목숨들과 더불어 속절없는 30년을 이겨 내고 기억 속에 살아 있다. 그 둑길의 강 쪽 등성이와 거기 이어진 습기 찬 풀밭에서는 꼬리를 끊고 달아나던 게 늘 신기하던 도마뱀이며 껍질을 벗겨 구워 놓으면 먹음 직해 뵈도 비위 약한 탓에 끝내 먹어 보지는 못한 살찐 다리를 가진 떡개구리들, 그리고 저만치 질경이 이파리 위에 앉아 있어도 왠지 밟게 될까 가슴 조이게 되던 청개구리와 건드리기만 해도 죽은 듯 몸을 까뒤집어 알록달록한 배를 드러내던 비단개구리가 비교적 몸집 큰 식구들이었다.

거기 비해 둑길의 마을 쪽 등성이는 좀 더 다양했다. 둑길을 건너온 앞서의 양서류들은 말할 것도 없거니와 물 걱정 없는 그쪽에 굴을 파고 사는 들쥐와 뱀들에다 작은 덤불에 둥지를 튼 멧새들까지 있었다. 방아깨비, 송장메뚜기, 여치, 사마귀, 풀무치, 풍뎅이, 쇠똥구리며 크고 작은 이름 모를 나방들은 이쪽저쪽 편리한 대로 오가며 살았다. 장마철이 되어 불어난 강물로 강 쪽의 풀밭이 잠겨 들기 시작하면 물가에 살던 다른 많은 날것과 함께 강둑 위로만 몰려 오글거리던 그들이 왜 그렇게 애처로워 보이던지. 그리고 새들만은 못한 대로 우리의 손이 닿는 날것 중에서는 가장 멋지고 탐나던 그 왕잠자리들.

나는 긴긴 여름 해가 지는 줄도 모르고 그 수컷들로 봐서는 간교하고 비열하기 짝이 없는 미인계에 열중하곤 했다. 암컷을 잡아 실로 다리를 묶은 뒤 수컷을 유인하는 방식이었다. 나는 별 쓸데도 없이 잡은 수컷으로 열 손가락 사이를 채워야 한다는 고집에 빠져 실에 다리가 묶인 암컷이 지쳐 날갯짓도 못 할 때까지 실 끝을 쥔 손을 휘둘러 댔고, 먼저 암컷을 잡지 못했을 때는 재수 없게 먼저 잡힌 수컷의 날개며 몸통에 호박꽃 가루를 노랗게 발라(놀라워라. 그 비법은 누구에게서 전수 받았을까.) 짝 없이 떠도는 외로운 수컷의 사랑에 허기진 맹목을 노리기도 했다.

하지만 그 작은 목숨들보다 더 강한 인상으로 내 머릿속에 새겨진 것은 역시 그 둑길에서 보게 되는 사람들이었다. 밀양에서 사랑을 해본 적이 있는 사람 중에 시원한 강바람에 짙은 풀향기 나는 여름밤 강둑길을 모르는 사람이 있을까. 아직은 1950년대의 보수가 완강히 버티고 있을 때였지만 어떤 대담한 「마을의 로메오와 율리아」는 미처 해가 지기도 전에 팔짱을 끼고 그 둑길을 거닐기도 했다. 해 질 녘 하루의 물놀이에서 돌아오던 내가 둑길 풀숲에 깨끗한 손수건을 깔고 나란히 앉아 가만히 놀을 바라보는 그들에게 부러움을 넘어 알지 못할 시새움까지 느꼈다면 그건 나의 지나친 조숙이었을까.

어느 서리 친 늦가을 아침, 턱없이 흥분한 구경꾼들 틈에 끼어 보았던 어떤 불행한 연인들. 영아 살해 혐의로 체포되어 그곳으로 끌려

온 젊은 남자가 수갑 찬 손길로 가리킨 강가 모래밭에서는 비닐 보자기에 싸인 갓난아기 시체가 나왔다. 절로 죽었는지 죽음을 당했는지를 알아보기 위해 핏덩이나 다름없는 어린것을 검시하고 있을 때 실성한 듯 달려와 그 젊은 남자를 부둥켜안고 울던 아가씨. 성난 구경꾼들은 소리 높여 그들을 욕하고 침을 뱉었지만 흐느끼는 그들 불행한 연인들을 바라보던 내 콧마루가 시큰했던 것은 또 무엇 때문이었을까.

이제 와서 보면 그게 혁명 전야의 한 징표였던 듯도 싶지만, 그 무렵에는 젊은 실업자가 유난히 많았다. 일찍이 청운의 뜻을 품고 큰 도회로 떠났으나 끝내는 상처 입고 지쳐 돌아온 이들이 대부분인 그들은 그곳이 이 세상에서 가장 편안한 안식처인 듯 둑길 풀밭에 팔베개를 하고 누워 떠가는 흰 구름만 하염없이 바라보곤 했다. 여자아이를 대학에 보낸 집이 읍내를 통틀어도 아직은 열 손가락 안에 꼽을 수 있을 만큼 적던 시절이라 기껏 그곳의 고등학교로 끝장을 보고 혼기(婚期)가 되기만을 기다리던 아가씨들도 둘셋씩 짝을 지어 자주 그 둑길을 수놓았다. 저희끼리만 공부한 여고 출신은 짐짓 새침을 떨며, 그리고 남녀공학인 인문고등학교나 농잠(農蠶) 고등학교 출신은 대담하게, 얼굴 희고 손길 고운 그 실업자들을 훔쳐보며 지나쳤는데, 짐작건대는 그들 사이에서도 많은 새로운 쌍의 연인이 태어났을 것이다.

그 밖에 그 둑길과 연관되어 떠오르는 사람들로는 가을이 되면 조금이라도 땔감에 보탤까 해서 쇠갈퀴로 잔디 뿌리가 드러나도록 둑길 풀밭을 긁어 대던 몸뻬 차림의 아주머니들과 염소나 송아지를 끌고 강변 쪽 풀밭을 어슬렁대던 늙은이들, 그리고 토끼풀을 뜯거나 이런저런 놀이로 뛰어다니던 아이들이 있다. 모두가 그 무렵의 보편적 빈곤과 이어진, 자칫하면 우중충한 추억의 배경이 될 모습들이지만, 이 무슨 감정의 고집일까, 내게는 하나같이 떠올리기에 애틋하고 그리운 사람들일 뿐이다. 그 둑길 강 하류 쪽 끄트머리에는 흔히 '문둥이집'이라고 불리던 움막이 두어 채 있었는데, 분별없는 기억의 과장은 그것마저도 턱없는 아름다움으로 덧칠해, 뒷날 그 움막들이 없어진 걸 보자 나는 무슨 소중한 꿈의 일부를 잃어버린 사람처럼 허전함을 느낀 적도 있었다.

뱃다리거리 위쪽으로 둑길이 끝나는 곳에 펼쳐진 솔밭과 그 뒤편 모직 공장도 내 유년의 작은 무대 가운데 하나였다. 모든 산이 거의 벌거숭이가 되어 있다시피 한 때인데도 푸르름과 당당함을 자랑하던 그 소나무 숲은 교사(校舍) 부족에 허덕이던 우리들에게 훌륭한 야외 교사가 되어 주었다. 따뜻한 봄날이나 노염(老炎)이 숙지는 초가을 같은 때, 칸막이도 없이 서너 반이 이곳저곳에 흑판을 걸고 와작거려야 하는 강당이나 궁색한 판잣집 가교사(假校舍)에서의 수업에 지친 선생님들은 곧잘 우리를 그 솔밭으로 끌고 가 거기에 요란한 유년의 추억 일부를 묻어 두게 했다.

모직 공장은 그 솔밭과 강둑길을 사이에 두고 마주 보고 있었다. 해방 전에는 전국에서 알아주던 큰 방직 공장이었으나, 그때는 함부로 자란 들풀과 잡목 사이에 버려져 있었는데, 한번 내 유년의 동화적인 상상력이 끼어들자 그것은 곧 신비스러운 중세의 고성(古城)으로 변했다. 끔찍한 몰락의 전설과 함께 괴로운 죽음을 맞아야 했던 그 마지막 영주의 원통한 넋이 밤마다 굳게 닫힌 문들을 삐걱이며 열고 나와 스산한 잡목 숲을 배회했고, 때로는 늙은 미법사가 녹슨 직조기(織組機) 사이에 향불을 피워 놓고 일생을 닦아 온 마법의 완성을 서두르고 있기도 했다. 그 후 삶이란 쓰디쓴 시간 때우기에 지나지 않는다는 단정을 내리게 된 뒤조차도 그곳을 지나치다 보면 까닭 모를 설렘에 젖을 때가 있었는데, 어쩌면 그것은 그때껏 내 가슴 한구석에 살아 있던 그 마법사에게 영혼을 팔아서라도 사고 싶은 그 무엇이 있어서는 아니었던지.

그러나 밀양을 얘기하면서 아무래도 빼놓을 수 없는 것은 강을 가운데 끼고 그 솔밭과 엇비슷이 맞보고 있는 영남루와 대숲이다. 영남루는 밀양을 찾는 이에게는 그 어떤 버스 정류장이나 기차역보다 먼저 나타나는 마중꾼이고 떠나는 이에게는 또한 그 마지막 배웅객이었다. 그러나 거기 몸담고 사는 사람에게는 어김없이 그 읍의 중심이어서, 찾아온 손님을 제일 먼저 데려가는 곳도 그곳이고, 그 자신 먼곳을 떠돌다 돌아와서 가장 먼저 찾게 되는 곳 또한 거기였다. 나에게도 그것은 마찬가지여서, 그곳을 들러 보지 않고 돌아오게 되면 밀양 자체를 다녀오지 않은 것 같은 느낌이 들곤 했는데, 그 까닭은 아마도 거기에 서린 유년의 추억들 때문일 것이다. 다른 아이들도 그랬는지 모르지만, 밀양에서의 명절들은 물론 길고 지루하던 여름방학의 태반이 영남루의 기억과 얽혀 있다. 누각이나 전망의 아름다움보다는, 거기 잇대어 있는 대숲과 오래된 참나무붙이가 주된 수종(樹種)을 이루던 뒤편 산이 마땅히 갈 만한 곳도, 좋은 장난감도 갖지 못한 내게는 더할 나위 없이 훌륭한 놀이터가 되어 준 까닭이었다.

먼저 그 대숲. 한 번도 맞닥뜨려 본 적이 없는 그 관리인과 대숲 아래 비탈길을 지나다니는 사람들의 눈길을 피해 가며 청대를 찌던 때의 가슴 졸임은 지금에조차도 꿈속에서 온몸을 진땀으로 적신다. 마음은 급하고 알맞은 도구는 없이 함부로 꺾은 대를 칼돌로 짓찧다 보면 잘못 찧어 왼손 손톱부터 먼저 새까맣게 멍들기 일쑤였다. 나는 그 대숲에서 합쳐 일곱 대의 청대를 쪄 냈고, 그중에서 다섯은 낚싯대로, 둘은 활로 만들었는데, 필요하다면 아직도 내가 그 대를 쪄 낸 곳을 정확히 가리켜 낼 수 있을 듯하다.

그 대밭 발치 바위 언덕의 석화(石花)들도 오래오래 잊히지 않는 것들 중에 하나다. 화강암인 성싶은 그 바위 언덕 군데군데 연꽃 모양으로 튀어나온 게 바로 석화인데, 그게 절로 생긴 것인지 사람이 새긴 것인지는 여태 확인하지 못했다.

하지만 추억으로 치면 보다 생생한 것은 그 대숲 위 영남루와 무봉사(舞鳳寺)와 상수도 가압장(그때 어린 우리는 그걸 수원지라고 불렀다.)을 잇는 삼각형에 드는 참나무붙이 숲이다. 이른 봄 먼저 나를 그리로 불러들이는 것은 그렇게 탐냈으면서도 끝내는 잡아 보지 못한 다람쥐들이었다. 뒷날 여자를 성(性)이 고려된 구체적 욕망의 대상으로 보게 된 나이에 이르렀을 때 나는 가끔씩 그녀들을 다람쥐로 비유하곤 했는데, 어쩌면 그런 비유는 그때 그 다람쥐들에게 느낀 원한에 가까운 야속함이 내 의식 깊이 앙금으로 가라앉았다가 은연중에 표면으로 떠오르게 된 것이나 아닌지 모르겠다.

뾰족뾰족 돋던 참나무의 새순들이 점차 넓은 잎새로 자라 그 숲 길이 짙게 그늘지는 여름이 되면 다람쥐를 쫓던 내 열정은 그 숲의 다른 식구들 — 다람쥐보다는 더 작고 날렵하지만 아둔해서 잡기는 쉬운 매미와 풍뎅이, 하늘소 따위에게로 방향을 바꾸었다. 눈이 밝고 나무가 조금만 흔들려도 사람이 다가듦을 알아채는 참매미나 말매미를 잡기 위해서는 말[馬]들이 먼저 수난을 당해야 했다. 말총으로 만든 눈에 잘 보이지 않는 올가미만이 그들을 잡아낼 수 있는 수단인 까닭이었다. 그 무렵 일감을 기다리는 읍내의 말 구루마(말이 끄는 수레)들은 모두 뱃다리거리 밑에 모여 있곤 했는데, 거기서 말총을 얻을 때부터가 이미 모험이었다. 뱃다리거리 그늘에서 시원한 강바람에 졸고 서 있는 말의 꼬리에서 말총을 뽑으면 말들은 그 아픔을 못 이겨 소리 내어 울거나 뒷발질을 해 댔고, 그 소동에 역시 그 부근에서 눈을 붙이고 있다 깨어난 말 임자들이 소리소리 지르며 아이들을 뒤쫓게 마련이었다.

콩매미, 찔찔이, 풍뎅이, 하늘소 따위는 훨씬 잡기가 수월했다. 시원찮은 망사 매미채면 넉넉하고, 때에 따라서는 옥양목으로 만든 채나 맨손으로도 얼마든지 잡아낼 수 있었다. 특히 우리들에게 먹풍뎅이라고 불리던 검고 빛나는 등에 몸집이 큰 풍뎅이나, 한번 잡으면 며칠씩이나 아이들의 부러움을 사던 장수하늘소는 어떻게 잡느냐보다는 어디서 찾아내는가가 더 어려웠다.

가을의 그 숲은 이번에는 갖가지 모습의 도토리로 아이들을 끌어들였다. 꼭지 부분을 칼로 도려내고 성냥개비를 꽂아 손팽이를 만드는 것 외에는 이렇다 할 쓸모가 없다시피 한 그 도토리를 주워모으는 데 바쳤던 그토록 많은 시간과 노력을 떠올리다 보면, 인간이 종종 빠지게 되는 탐욕이란 고약한 열정이 바로 그런 게 아닌가 하는 생각이 들 때가 있다. 결국은 방 안이나 책가방 속만 며칠 어지럽게 하다가 이리저리 버려지고 말 그 도토리를 위해 아이들은 또래들과 다퉈 가며 날이 어둡도록 거친 산비탈의 낙엽과 풀숲을 헤집고 다녔다. 가만히 따져 보면 지금 내가 집착하는 여러 가지 일도 기실은 삶의 도토리에 부리는 쓸데없는 탐욕이 아닌지.

가을의 그 숲이 가지는 또 다른 효용은 대개 추석을 앞뒤로 얼마간은 가게 되는 위험한 화약 놀이를 마음 놓고 할 수 있는 우리만의 장소로서였다. 그 무렵 국민학교 상급반 아이들은 단순한 딱총이 아니라 스포크 총이란 걸 만들어 썼다. 양산 대를 잘라 총열(銃列)을 삼고 자전거 살과 휠 사이를 연결하는 작은 쇠붙이로 약실(藥室)을 대신한 그 총은 소리가 엄청날 뿐만 아니라 약실 끝에 철사 토막 같은 탄환을 넣으면 제법 사람까지 다치게 할 수 있었다. 또 폭죽도 가게에서 파는 조잡한 것을 그대로 쓰지 않고 만들었는데, 거리에서 터뜨리면 근처 가게의 유리창이 떨리고 아주머니들이 풀썩 주저앉을 정도였다. 따라서 그런 것을 가지고 놀 때는 사람들과 거리에서 떨어진 곳을 찾지 않을 수 없었고, 그러다 보니 그 숲이 가장 알맞은 장소가 되고 말았다.

겨울이 되면 그 숲은 잠시 아이들에게서 멀어졌다. 줄기와 가지만 앙상한 참나무 숲 산중턱에서 얼어붙은 강을 내려다보기 좋아하는 이상한 취미를 가진 어른들이나 여름밤의 강둑길에서 그리로 옮겨 온 젊은 연인들의 차지가 돼 버리는 까닭이었다. 특히 눈이라도 오는 날은 밀양의 거의 모든 연인이 거기 모여 하나뿐이던 영남루의 사진사를 바쁘게 했다.

아랑(阿娘)이 목숨으로 지킨 정절의 의미가 뚜렷하지는 않은 대로 대숲 사이에 서 있던 아랑각(阿娘閣)도 나름대로는 내 어린 영혼에 무언가를 말해 주었던 듯하다. 역시 뒷날의 일이지만, 제법 그런 일을 키들거리며 주고받을 나이가 되어 밀양을 들렀을 때, 나는 그곳 아가씨들의, 소읍에 흔히 있게 마련이면서도 듣기에는 언제나 뜻밖인 성적 분방함에 겉으로 드러내지 못하면서도 불같이 화를 낸 적이 있다. 아랑제(阿娘祭) 때 행렬의 선두에서 단정한 미소로 손 흔들며 지나가던 그 아랑들에게 느꼈던 어린 날의 연모가 나를 분개하게 만들었음에 틀림이 없다.

한번 돌아보기 시작하자 밀양은 점점 가깝고 생생하게 다가오고, 그걸 잡아 보려는 내 도구는 점점 무력해진다. 그때는 그대로 하나의 완전한 우주였던 그곳을 이 애매하고 모자라는 말[言]과 끝내는 한정이 있게 마련인 시간으로 어떻게 모두 잡아 둘 수 있단 말인가. 나는 아직 사포(沙浦)의 배와 기러기도 얘기하지 못했고 용두목의 물놀이와 선불의 밤밭, 진늪의 백송(白松)이며 마음산도 애매한 기억 속에만 남아 있다. 반투명의 고운 곱돌(활석)을 주우러 가 동굴 속의 톰 소여를 꿈꾸었던 읍내 광산이며, 한 줌의 쪼대(질 낮은 고령토)를 얻기 위해 한나절이나 걸어야 했던 그 도자기 공장도 모두가 말로 잡아 두기에는 또 다른 기회와 열정을 필요로 하는, 내 꽃피는 유년의 뜨락이었다.

그러나 ― 어느 날 문득 꽃은 시들고 빛은 스러졌다. 삶은 쓰디쓴 실상으로 유년을 목 조르고, 세상은 어둡고 긴 터널이 되어 내 앞에 입을 벌렸다…….

아주 여러 해가 지나 말(언어)을 삶의 도구로 삼게 된 철은 어떤 잡문에서 밀양을 이렇게 감상적으로 술회했다. 그러나 감정의 과장에다 언어의 기교가 곁들여진 뒷날의 술회일 뿐, 열두 살의 여름이 메워 가고 있는 삶의 외양은 여느 아이들과 크게 다르지 않았다.

그해 6월의 마지막 일요일 오전, 철은 전처럼 안달을 부림 없이 주일학교의 예배가 끝나기를 기다리고 있었다. 앞서의 주일들과는 달리 그날은 예배를 마치기 바쁘게 뛰어갈 곳이 없는 까닭이었다. 모두가 종숙이 누나 때문이었다.

종숙이 누나는 영남여객 댁 아저씨 쪽의 먼 친척이 되는 아가씨였다. 중학교를 졸업하고 그 집으로 와 여객 사무실에서 경리도 아니고 사환도 아닌 어정쩡한 자리로 일을 보고 있었는데, 그 무렵에는 사무실보다 안채에서 아주머니의 잔시중을 들며 보내는 때가 더 많았다. 꼭이 심술궂다고 할 수는 없었으나, 어찌 된 셈인지 철과 명혜가 노는 걸 눈여겨보다가 틈만 있으면 놀려 대는 바람에 철은 그녀만 보면 공연히 주눅이 들곤 했다. 그 며칠 전에도 시작은 그랬다. 병우와 낚시나 가려고 그 집으로 들어서는데 어둑한 복도에서 나타난 그녀가 철을 불러세웠다.

"철아, 니 거 쪼매 섰거래이, 내 좋은 이바구(이야기) 해 줄 게 있다."

"뭔데요?"

빙글거리는 게 무언가 철에게 좋지 않은 예감이 들게 했지만 걸음을 멈추고 그렇게 묻지 않을 수 없었다. 그녀가 바짝 다가서더니 거의 귓속말로 소곤거렸다.

"철아, 있제 그자(그치)? 명혜가 유시형이보다 니가 더 좋다 카더라."

그래 놓고는 그때까지 겨우 참았다는 듯 깔깔거렸다. 철은 자신도 모르게 낯이 화끈했다. 유시형은 반에서 몇 안 되는 상고머리 가운데 하나였다. 쇠 장식이 반짝이는 좋은 책가방에다 두꺼운 스펀지 밑창에 희고 긴 신발 끈을 얼기설기 맨 '와신토'라 불리던 멋진 운동화를 신고 다니는 아이로, 보얗고 잘생긴 얼굴이 전학 첫날부터 철의 눈길을 끌었다. 그러나 정작 철이 마음으로 그를 부러워하게 만든 것은 첫 일제고사 때와 봄소풍 때였다. 일제고사에서 그는 평균 98점으로 전 학년에서 1등을 했고, 봄소풍 때의 노래자랑에서는 「고향 생각」으로 또 전 학년 1등을 차지했다. 나중에 들은 얘기지만, 그는 4학년 때 라디오 방송국에까지 나가 노래를 부른 적도 있었다.

그런데 그 유시형보다 자기를 더 좋아한다고 명혜가 말했다지 않은가. 거기다가 종숙이 누나는 전에 몇 번인가 유시형의 이름을 들먹이며 명혜를 놀려 댄 적까지 있었다.

"뭐라고요?"

부끄러운 것도 잠시, 이번에는 도무지 믿기지 않아 철이 그렇게 물었다. 그때 마침 복도를 통통거리며 명혜가 그리로 다가왔다. 명혜를 본 종숙이 누나가 갑자기 목소리를 높였다.

"명혜가 카는데…… 명혜는 인자 유시형이보다 철이 니가 훨씬 더 좋다 카드라."

그러고는 갑자기 몸을 돌려 안방 쪽으로 달아났다.

"이 가시나, 이 가시나가 뭐라 카노?"

명혜가 새파란 얼굴로 앙칼지게 소리치며 그런 종숙이 누나를 뒤쫓았다. 대여섯 살 위여서 평소에는 언니, 언니 하던 터라, 가시나란 사투리가 무슨 끔찍한 욕설처럼 들렸다. 부르쥔 작은 주먹이 파르르 떨리는 게 예사 아닌 당황과 분노를 내비치고 있었다.

그 자리에 못 박힌 듯 한참이나 멍하니 서 있던 철이 다시 정신을 가다듬은 것은 그 소동에 달려 나온 아주머니가 명혜와 종숙이 누나를 한꺼번에 나무라는 소리를 들은 뒤였다. 병우와의 낚시 따위는 깨끗이 잊고 철은 뛰듯이 그 집을 나왔다.

'명혜가 나를 더 좋아한다아 —.'

둑길로 달려 나온 철은 하마터면 그렇게 큰 소리로 외칠 뻔했다. 그러나 심장이 터질 듯한 기쁨이 가라앉자마자 곧 그대로 서서는 버텨 내기 어려운 부끄러움과 야릇한 흥분이 철을 휩쓸었다. 그 바람에 철은 어디가 어딘지 모를 길을 한참이나 내닫다가 후둑후둑 떨어지는 빗소리를 듣고서야 집을 향해 달려갔다.

두 사람 사이를 남에게 감추고 싶어 하는 마음이 들 때가 우정과 사랑의 갈림길이라면, 철은 그때 이미 사랑의 길로 접어든 작은 연인이었다. 그날 이후 철에게는 명혜가 자신을 좋아하고, 자신이 명혜를 좋아한다는 사실이 여럿에게 알려지는 게 갑자기 두렵고 싫어졌다. 따라서 병우와의 놀이를 핑계로 틈만 나면 드나들던 것은 물론, 그 무렵에는 이미 작은 관행으로 굳은 일요일 오후의 영남여객 댁 방문마저 피하게 돼 버렸다.

제법 날이 지난 뒤에야 다시 시작된 일요일 오후의 그 방문은 철에게 여러 가지로 뜻깊은 것이었다. 주일예배가 끝난 뒤 어머니는 언제나 영남여객 댁을 들러 거기서 한나절을 보내곤 했다.

그때 아주머니는 어머니를 만나기 바쁘게 이것저것 묻기 시작했는데 주로 그 주일의 벌이와 가게의 전망 따위였다. 철의 짐작에 그때 아주머니는 그 양장점에다 아저씨의 동의를 얻은 도움 외에 그녀 자신만의 투자도 곁들였던 것 같았다.

처음의 한 달쯤을 빼면, 간결한 보고에 가까운 어머니의 대답은 한숨 섞인 것이었고, 건성으로 위로와 격려를 되풀이하기는 해도 아주머니의 얼굴 역시 밝지 못했다. 그도 그럴 것이 차린 지 석 달 남짓한 양장점은 어린 철이 보기에도 영 가망이 없었다. 가게를 처음 열었을 무렵 반짝하던 손님은 두 달도 안 돼 발길이 끊어지고, 헌 구제품 옷을 뜯어 멋쟁이 기성복을 만들며 한 달을 더 버티던 양재사 누나도 끝내 가게를 나가 버렸다. 그리하여 석 달이 지나면서부터는 아주머니 쪽에서 조심스레 양장점의 정리를 권하는 눈치였고, 어머니도 다른 장삿거리를 살피고 있는 것 같았다.

"옥경이 어무이, 지금이라도 문 닫고 떨이를 하믄 드간 거 반은 안 나올까예?"

"그거사 글치만, 달리 뭘 해야 좋을 동……."

그게 종숙이 누나의 일이 있기 바로 전 일요일에 철이 엿들은 그녀들의 대화였다.

하지만 철은 자기들의 새로운 보금자리에 드리워지고 있는 그 어두운 그늘을 애써 모르는 척했다. 고생스레 자란 아이답게 유달리 집안 형편에 민감하던 그에게는 적지 않은 변화였는데, 그것은 아마도 그때껏 한 번도 경험해 보지 못한 야릇한 감정에 그가 들떠 있었기 때문이었다.

뒷날의 술회처럼 그 무렵 철의 하루하루는 기쁨과 즐거움만으로만 이어졌고, 세상은 그대로 아름답고도 재미난 놀이터였다. 틀림없이 감정의 장난이겠지만 미래는 언제나 낙관의 꽃구름에 싸여 있었으며, 거기 힘입어 수상쩍은 현재까지도 밝고 다사롭게만 느껴질 뿐이었다.

그러나 엄밀히 따져 보면 철의 그 같은 느낌은 세계와 삶 전체에 대한 그 나름의 인식이라기보다는 어떤 특별한 장소와 그곳에서의 시간을 무분별하게 확대한 결과였다. 바꾸어 말하면, 2백 평이 채 못 되는 영남여객 댁 담장 안과 거기서 보낸 얼마 안 되는 시간들로 세계와 삶 전체를 갈음한 까닭이었다.

큰길가 사무실 곁으로 난 문이건 둑길 쪽에 있는 좁고 어두운 골목에 난 쪽문이건, 그 집 안으로 발을 들여놓는 순간부터 모든 사물은 본래와는 다른 외양과 의미로 철을 감동시켰다. 거기에 어떤 거룩하고 아름다운 빛을 뿜는 존재가 있어, 하찮은 사물도 그 빛을 쬐기만 하면 덩달아 거룩하고 아름다워지는 듯했다. 철은 아직 모르고 있었지만, 그 신비한 존재는 바로 명혜였다.

어머니를 따라, 또는 어린 날의 간지(奸智)가 짜낼 수 있는 한의 이런저런 핑계로 그 집 안에 발을 들여놓다가, 하얗게 웃고 나오는 명혜라도 맞닥뜨리게 되면 철의 어린 영혼은 그녀가 뿜어내는 무어라 이름할 수 없는 그 엄청난 빛에 그대로 눈멀어 버렸다. 그래서 철은 한동안 허둥대며 딴전을 피우기도 하고, 갑자기 못생기고 바보같이 느껴지는 자신에게 화를 내기도 하다가 겨우 마음을 가다듬어 그녀의 눈길을 맞받는 것이었지만, 그때조차도 그녀는 그저 눈부신 빛의 다발이었다.

사실 철이 명혜를 빛으로 느끼는 것은 꼭 그 집 안에서만은 아니었다. 등하굣길 반 아이들과 어울려 떠들썩하게 걷다 보면 갑자기 등 뒤에서 무슨 세차고도 눈부신 빛이 쏘아져 오는 듯한 느낌이 들 때가 있었다. 그래서 힐끗 돌아보면, 거기에는 어김없이 명혜가 시녀들에게 둘러싸인 어린 왕녀처럼 뒤따라오고 있게 마련이었다. 일찍 등교해 2층 교실에서 멍하니 창밖을 내다보다가도 그런 경험을 할 때가 많았다. 교문 앞 키 큰 히말라야시더 그늘 사이에서 무언가 번쩍하는 게 있어 살펴보면 거기에는 틀림없이 눈에 익은 명혜의 수단(繡緞) 원피스나 세일러복의 흰 테 두른 넓은 깃이 나풀거렸다. 그러나 그때는 한동안의 가슴 두근거림으로 그뿐, 집 안에서 맞닥뜨릴 때처럼 눈앞에 두고도 얼굴이 안 보일 정도는 아니었다. 철의 눈에 해맑은 명혜의 얼굴이나 두 가닥으로 땋아 늘인 머리칼이 제대로 들어오기 위해서는 제법 긴 시간이 필요했다. 마음의 눈이 그 신비한 빛에 적응하는 데 걸리는 시간으로, 그 때문에 일요일 오후 어머니를 따라 그 집을 찾는 게 특별한 의미를 가지게 되었다. 짜내느라고 짜내기는 하지만 평일에는 오래 그 집에 머물 구실이 잘 없었을 뿐만 아니라, 명혜네 남매를 위해 들인 가정교사의 간섭 때문에 구실이 있어도 명혜와 마주하고 있을 시간은 길지 않았던 까닭이다.

명혜의 얼굴을 뚜렷이 알아보고, 한 걸음 더 나아가 그들 남매와 어울려 놀기 위해서는 일요일 오후 한 밥상에서 점심을 먹고도 한 삼십 분은 마음에도 없는 말다툼을 한 뒤였다. 무슨 의식처럼 대수롭지 않은 일로 티격태격하다가 슬그머니 화해가 이루어지면서 놀이로 들어가게 되는 것이었다. 그때는 그 옛날 어머니와 영남여객 아주머니가 남편들의 소개로 처음 알게 된 때부터 한 3년, 아주머니에게는 신혼 때이고 어머니로 봐서는 일생에서 가장 행복했던 때 가운데 하나인 김해(金海) 시절을 회상하고 있거나, 함께 바깥 나들이를 가서 철이 남매에게는 어머니를 기다린다는 구실이 생겨 주기 때문이었다. 또, 약간 신경질적인 명혜네 가정교사도 일요일 오후민은 억지로 그들 남매를 철에게서 떼어 내는 법이 없었다.

철이 남매와 명혜네 남매가 어울려 노는 것은 주로 강 쪽으로 난 정원에서였다. 철에게 더 신나는 놀이터는 강가거나 둑길 또는 영남루 뒷산이었지만, 명혜네 남매가 여유 있는 집 아이들답게 그런 바깥에서의 거친 놀이를 좋아하지 않았기 때문이었다.

그 정원은 대략 백 평 남짓이었으나 어린 그들에게는 조금도 모자람이 없는 한 세계였다. 그들이 올라가도 가지가 찢길 염려가 없는 단감나무 네댓 그루와 두 그루의 오래된 히말라야시더, 그리고 아저씨가 가장 아끼는 두어 길의 뒤틀린 향나무는 자연석을 날라다 세운 여남은 평의 동산이며, 그 아래에 있는 서너 평의 연못과 더불어 그때껏 제대로 된 정원을 본 적이 없는 철에게는 이국적인 느낌까지 주었다. 그리고 군데군데 알맞게 배치돼 있는 장미 넝쿨과 잘 전지된 회양목 떨기 같은 것들은 여기저기 놓인 큰 돌덩이들과 더불어 아쉬운 대로 산과 들과 물의 역할을 한꺼번에 해 주었다.

잔디를 심었으나 잘 자라지 않아 생긴 듯한 정원 가운데의 스무 평 남짓한 공터도 어린 그들 넷이 뛰어놀기에는 넉넉했다. 하지만 호기심 많은 철에게서 그 어떤 곳보다 흥미를 끌어내던 것은 그 정원 모퉁이에 있던 헛간이었다. 그 안에는 검은 비로드로 치

장된 인력거와 커다란 일본식 사기 화로 같은 것을 비롯해 여러
가지 신기한 물건이 많았다. 대개 한때는 주인의 애호를 받았으나
이제는 쓸모없어 한구석으로 밀려나게 된 것들이었다. 철은 그 잡
동사니들 틈에서 낯선 것을 찾아내기를 좋아했는데, 한번은 날이
제법 한 뼘이나 남은 부러진 일본도를 찾아내 가지고 놀다가 야단
을 맞은 적도 있었다.

그 정원에서의 놀이는 참으로 다양했다. 숨바꼭질, 술래잡기,
돼지부랄, 가새, 줄넘기, 땅따먹기, 팔자깽깽이, 공기놀이, 그리고
당시 한창 유행하던 훌라후프 돌리기 등 남녀를 구분 않는 온갖
놀이였다. 그런데 철이 언제나 곤경에 빠지는 것은 편을 갈라서 하
는 놀이에서였다. 그때는 명혜와 옥경, 철과 병우로 편을 가르게
되는데, 딱하게도 어떤 놀이에서건 지는 것은 철이네 편이었다. 병
우가 옥경보다 한 살 어리고 몸도 약해 늘 몰리는 편이기 때문에
철이 명혜를 이겨 주어야 했지만 그게 영 되지가 않았다.

"철이 히야(형), 뭐 하노? 히야는 허재비(허깨비)가?"

거푸 지는 바람에 약이 오른 병우의 그 같은 투정에 마음을 다
잡아 먹고 명혜에게 덤벼 보아도 결과는 같았다. 여자애들의 놀이
는 물론 힘에 좌우되는 남자애들의 놀이에서마저 철은 어이없이
지고 말았다. 명혜의 몸에 손이 닿기만 하면 갑자기 온몸에서 힘
이 빠져 절로 무너지게 되는 까닭이었다.

철이 그들 사이에서 우위를 차지할 수 있는 경우는 꼭 하나, 날
이 궂어 정원에서의 놀이가 어려울 때, 2층의 다다미방이나 구석

진 식모 방에서 벌어지는 이야기판에서였다. 명혜도 동화를 읽고 만화를 보았으나 그것들을 이야기로 바꾸어 전하는 데는 아무래도 철을 따라오지 못했다.

그때 이미 철은 동화를 떠나 중학생이 되어서야 읽는다는 학원사의 소년소녀 세계명작전집이며 어른들의 소설에까지 손을 대고 있었다. 조숙한 탓도 있지만 두 번이나 학교를 옮기면서 학교와 학교 사이에 떠 있게 되는 몇 달의 여유가 만든 책 읽기 습관 탓이기도 했다.

어머니는 학적부를 통해 자기들이 옮겨 간 곳이 추적당하는 게 싫어 아이들의 전학증을 떼지 않고 어거지로 편입을 시키는 방식을 택했다. 그 때문에 인철은 학교를 옮길 때마다 어느 쪽에도 속하지 않은 몇 달이 끼게 되었는데, 그때의 심심함을 달래기 위해 가까워진 게 책이었다.

이야기의 밑천뿐만 아니라 입담에서도 명혜는 철에게 맞설 수가 없었다. 어쩌다 이야깃거리가 달리면 철은 그 무렵에 본 만화나 명혜네 남매도 분명 읽었을 법한 동화를 적당히 변형하고 윤색하여 들려줄 때가 있었다. 그때도 그들은 넋 빠진 듯 그 이야기를 듣고 있다가 다 끝난 뒤에야 겨우, "아, 그거 나도 읽은 것 같은데, 맞다. 그거, 안데르센 동화에 나오지?" 하며 분해하곤 했다. 거기다가 철에게는 따로이 주일학교에서 듣게 되는 구약성서의 여러 가지 재미난 이야기들과 수요일 밤의 유년 예배에서 들려주는 주일학교 반사(班師)들의 명작 간추림이 있어, 적어도 명혜나 병우쯤으로는 결코 이야기판의 주도권을 넘볼 수가 없었다.

그 밖에 그 일요일 오후의 놀이 중에서 특별난 것으로는 병우를 조연으로 삼은 이인극(二人劇)이 있었다. 자주는 아니지만 이따금 정원에서의 놀이가 시들해질 때가 있었는데, 그때 철은 명혜와 옥경을 관객으로 삼아 즉흥적인 연극을 했다. 주로 그 무렵 읽은 만화에서 줄거리를 뽑아 내거나 떠도는 우스갯소리를 끼워 맞춘 희극으로, 그중에서도 「동업자」란 연극은 뒷날까지 기억에 남을 만큼 여러 번 되풀이됐다.

먼저 철이 강도임을 알아볼 수 있게 얼굴을 가리고 나무칼을 든 채 헛간 벽 모서리 쪽으로 살금살금 다가간다. 그러면 다른 편 벽에서도 병우가 비슷한 분장으로 다가오다가 모서리에서 둘이 딱 마주친다.

"손들엇! 가진 것 다 내놔." 먼저 철이 칼을 내밀고 병우에게 소리치면 병우도 거의 동시에 칼을 내밀며 소리친다. "꼼짝 마라! 목숨이 아깝거든 돈을 내놓아라." 이어 두 사람은 서로 놀라 자빠졌다가 일어나 복면을 벗고 악수를 한다. "아이고, 자네 아닌가?" "아니, 자네는 웬일인가?" 그렇게 수선스럽게 인사를 건넨 뒤 두 사람은 다시 복면을 뒤집어쓰고 헛간 모퉁이에 있는 정원석에 나란히 앉으며 함께 말한다. "우리 동업하세."

그때그때 세부적인 동작이나 대사는 조금씩 달라져도 대강 줄거리는 그랬는데, 요샛말로 앙코르 공연을 여러 번 했건만 그때마다 명혜와 옥경은 손뼉을 치며 깔깔거리곤 했다.

그런저런 놀이에 한참 빠져 있다 보면 아주머니가 시켜 식모가 쟁반에 담아 내오던 찰떡이나 고급 과자들도 그 정원의 기억 중에서 지워지지 않을 것들 중 하나였다. 군것질거리는 말할 것도 없고 끼니조차 제대로 이어 가는 사람이 많지 않던 시절이라 뒷날 보면 그리 대단치도 않은 그 간식들이 실제보다 더 강한 인상으로 남게 된지도 모를 일이었다. 철의 머릿속에 굳어진 그 정원의 기억 가운데는 아름다움과 즐거움 외에도 풍요로움이 하나 더 있었는데, 그것은 틀림없이 그 때문일 것이다.

그전의 즐거웠던 일요일 오후와 그 정원에 생각이 미치자 철은 갑자기 종숙이 누나가 얄미워졌다. 심술궂은 마귀할멈이 고약한 저주로 아름다운 성을 없애 버리듯 그녀는 쓸데없는 참견으로 그 모든 것을 철에게서 빼앗아 버린 셈이었다. 더군다나 철은 그 일요일을 위해서 『폴과 비르지니』까지 읽어 두지 않았던가. 그때까지의 경험으로 보아서는, 폴이 바다에서 건진 비르지니의 시체를 안고 통곡하는 대목쯤이면 다감한 명혜를 울릴 자신이 있었다.

'여우 같은 기집애.'

철은 그녀가 명혜의 마음속을 알려 준 것에 느꼈던 고마움 따위는 깨끗이 잊고 속으로 그렇게 종숙이 누나를 욕하다가 다시 앞을 보았다. 어느새 예배가 끝났는지 아이들이 「돌아갑시다」란 노래와 함께 일어서고 있었다.

전처럼 서두름 없이 신발을 꿰어 신고 교회 마당으로 나오니 벌써 장마가 시작됐는지 아침부터 찌뿌드드하던 날씨가 기어이 가는 빗발을 뿌리고 있었다.

"오빠, 오늘은 명혜 언니네 집에 안 가?"

어느새 나왔는지 옥경이 철이 곁에 붙어 서며 물었다.

"안 가."

철이 무뚝뚝하게 대답했다. 옥경이 적이 실망한 눈치로 철을 보며 깨우쳐 주듯 말했다.

"왜 그래? 이번 일요일엔 정말로 재미난 얘기를 해 주기로 약속했잖아? 마침 비도 오는데……."

하지만 그게 오히려 철의 부아를 건드렸다.

"안 간다고 했잖아, 이 기집애야. 이젠 거긴 안 가. 그 바보 같은 것들하고는 안 놀아."

명혜네 집으로 놀러 가지 못하게 된 게 마치 옥경 탓인 양 옥경에게 쏘아붙이던 철은 명혜네 남매에게까지 마음에도 없는 소리를 하고서야 단호하게 걸음을 떼어 놓았다.

교회는 명혜네 집과 양장점의 꼭 한가운데쯤에 자리 잡고 있었다. 그 바람에 정문을 나서면서 다시 한 번 세차게 마음이 흔들렸으나 철은 이를 악물듯 양장점 쪽으로 발길을 돌렸다.

"그럼 나는 여기서 놀다가 엄마하고 같이 갈래."

거기까지 따라 나오던 옥경이 아무래도 집으로 돌아가기 싫은지 그렇게 꽁무니를 뺐다. 심술 반 시기 반으로 철이 그런 옥경을 윽박질렀다.

"안 돼. 그래서 어머니하고 개네들 집에 가려고? 까불지 말고 따라와."

철이 워낙 험상궂은 얼굴로 으르렁대서인지 옥경은 더 뻗대지 않았다. 가벼운 한숨 같은 것을 내쉬며 가만가만 뒤따라왔다.

가까운 시장통으로 가면 비어 있는 가점포(假店鋪) 같은 데 모여 놀이를 하는 동네 아이들과 어울릴 수도 있고, 북성(北城)거리 쪽으로 윤호(允浩)라는 새로 사귄 동무네 집을 찾아갈 수도 있었지만, 철은 군이 집으로 돌아갔다. 명혜네 집으로 갈 수 없다는 게 다른 아이들과의 놀이마저 시들하게 만들어 버린 듯했다.

이사 들기 전에 도배를 새로 해 화려함까지 느껴지던 셋방이 철에게는 그날따라 유난히 좁고 을씨년스레 느껴졌다. 거기다가 양장점을 차린 가겟방 유리창의 함석 덧문을 닫은 탓인지 어두컴컴한 방 안은 그러잖아도 까닭 모르게 처져 있는 철의 기분을 더욱 후줄근하게 만들었다. 철은 시련에 빠진 어린 연인답게 그런 방 안에 팔베개를 하고 벌렁 누웠다. 마음속에서 다시 은근한 후회가 고개를 들었다.

실은 누구도 내가 명혜네 집으로 가는 걸 막는 사람은 없지 않은가. 그리고 일요일은 언제나 거기서 보내 오지 않았는가. 명혜나 병우는 어쩌면 나를 기다리고 있을지 모른다 — 그런 생각이 들자 철은 금세라도 몸을 일으켜 영남여객 댁으로 달려가고 싶었다. 그러나 자신과 명혜를 번갈아 보며 허리를 싸안고 웃는 종숙이 누나의 얼굴을 떠올리기만 하면 그런 생각은 천 리 만 리 달아나 버렸다.

'나쁜 기집애……'

철은 몇 번이고 그렇게 종숙이 누나를 속으로 욕하다가 벌떡 일어나 가겟방으로 나갔다. 함석 덧문을 두어 개 떼어 내고 책이라도 읽을 셈이었다. 그때 이미 책은 모든 기쁨과 즐거움의 대용물로서, 또는 슬픔이나 괴로움의 진정제로서 철에게 기능하기 시작했다.

두 치는 됨직한 각목 뼈대에다 함석을 씌운 미닫이 덧문은 철에게 좀 무거웠다. 다섯 개 중에서 겨우 두 개를 빼냈는데 철의 이마에 땀이 흘렀다. 그러나 안에 있는 유리 미닫이를 열자 시원하게 밀려드는 바람과 갑자기 훤해 오는 방 안은 철의 어둡고 후줄근하던 마음을 한결 개운하게 해 주었다. 거기다가 역시 그 열린 문으로 찾아든 바깥의 빗소리는 음울하면서도 달콤한 감상까지 불러일으키는 것이었다.

방 안으로 돌아온 철은 『폴과 비르지니』(아마도 다이제스트 판이었을 것이다.)를 찾아 다시 펴 들었다. 교회의 어린이 문고에서 빌려 온 책이지만, 활자가 작고 군데군데 어려운 낱말들이 섞인 게 국민학생을 위한 것 같지는 않았다. 철은 그저 빨리 읽을 욕심으로 줄거리만 알고 건성으로 넘긴 부분들을 다시 폈다. 이를테면, 어른들이 폴과 비르지니를 떼어 놓으려고 애쓰는 대목 같은 것들이었다.

왜 부잣집 딸아이와 가난한 집 아들이 서로 친하면 안 되는가. 막대한 유산을 물려받은 비르지니가 단순하게 부잣집 딸로 전화(轉

化)되면서『플란더스의 개』에서는 당연하게 넘어갔던 그런 의문이 새삼 철을 사로잡았다. 그리고 그 의문은 점차 알 수 없는 위기의식으로 자라 자신과 명혜의 앞날까지 불길한 상상으로 뒤덮었다. 어린 그에게는 엄청나게만 보이는 명혜네의 부유함과, 실은 그들의 동정에 의지해 살고 있는 것이나 다름없는 자기네의 처지가 그 어느 때보다 선명한 대조를 이루며 철을 괴롭혔고, 방금도 부산으로 나가 중·고등학교를 다니고 있는 명혜네 언니 오빠가 비르지니의 유학을 연상시키면서 엉뚱하게도 명혜의 슬픈 죽음까지 예감케 해 철의 어린 영혼을 고뇌로 짓씹어 놓기도 했다.

그렇게 얼마쯤이나 지났을까, 철의 눈치만 보며 방 한구석에서 꼼지락거리던 옥경은 어느새 잠이 들고 빗소리만 한층 더 요란스러워졌을 무렵이었다.

'나는 폴처럼 비르지니의 시체만 안고 울고 있지는 않을 거야. 내가 폴이라면 비르지니와 함께 죽어 버릴 거야……'

건성으로 뛰어넘은 곳들을 다시 한 번 정독하고 책장을 덮으며 철이 속으로 그런 다짐을 하고 있을 때 갑자기 가게의 유리 미닫이가 다급하게 열리는 소리가 들려왔다. 마침 열려 있는 방문으로 철이 놀라 가겟방을 보니 뜻밖에도 명혜가 새파랗게 질린 얼굴로 뛰어들고 있었다.

"무슨 일이야?"

튕기듯 몸을 일으켜 가겟방으로 뛰어 내려간 철이 자신도 모르게 명혜를 받아 안으며 물었다. 함빡 젖은 명혜가 오들오들 떨며 정신없이 길가 쪽을 손가락질했다.

"저기, 저기……."

철이 그쪽을 보니 길 저쪽에서 두 녀석이 종이우산을 빙글빙글 돌리며 킬킬거리고 있었다. 하나는 김문환이란 녀석으로 철과 한 반에 있는 말썽꾼이었고, 다른 하나는 학교도 안 다니는 시장통의 어린 건달이었다.

"자(쟤)들이 내 우산을…… 그라고 막 뿌뜰라 안 카나."

철이가 녀석들을 가늠하고 있는 사이에 다시 명혜의 그런 울먹임이 들렸다.

원래대로라면 철에게는 두 녀석 중 어느 하나도 수월한 상대가 아니었다. 김문환은 힘으로야 그럭저럭 맞설 만했지만, 반에서 알아주는 '내일동 패거리'의 하나여서 함부로 덤비기 어려웠다. 그리고 다른 한 녀석은 학교도 안 가고 시장통만 돌아 닳고 닳은, 맞싸우기가 공연히 겁나는 그런 아이였다.

하지만 명혜의 말을 들은 철은 가늠이고 뭐고 집어치우고 그대로 몸을 날리듯 뛰어나갔다. 그 무엇이 그를 격려하고 자극했는지 모르지만, 적어도 그때의 철에게는 녀석들이 힘없는 강아지 두 마리로조차 보이지 않았다.

그런데 더욱 이상한 것은 그 녀석들이었다. 앞뒤 없이 덮쳐 오는 철에게서 무엇을 보았던지 킬킬거리던 얼굴이 갑자기 핼쑥해지더니 그대로 우산을 팽개치고 냅다 뛰기 시작했다. 철은 우산을 되찾고도 멀리 내이동까지 녀석들을 쫓아 버린 뒤에야 가겟방으로 돌아왔다.

저만치 양장점 간판이 보이는 곳에 이르러서야 철은 비로소 그 엄청난 승리가 어떻게 얻어졌는지 궁금했지만 그걸 아는 데는 꼬박 8년이 더 걸려야 했다. 그때 재경(在京) 동창회에서 대학생으로 만난 문환이 녀석이 용케 그 일을 기억하고 있다가 철에게 놀림 섞어 말해 주었다.

"정말로 겁나데. 니가 눈에 불을 철철 흘리 가며 덤비는데 나는 부뜰리기만 하믄 똑 죽는 줄 알았다. 내뿐이 아이라. 또수[複壽] 글마도 내하고 똑같았다 카드라."

그러나 철이 기억하는 그때의 심경은 그저 '명혜 너를 위해서라면……' 하는 조건문으로밖에는 표현될 길이 없는 막연한 분기(奮起)였다.

철이 돌아가니 명혜는 아직도 가겟방에서 오들오들 떨고 있었다. 놀라고 겁먹은 탓도 있지만 흠뻑 비를 맞은 옷 때문이기도 한 것 같았다. 철은 수건을 찾아 명혜의 젖은 머리부터 닦아 주었다. 넋 잃은 사람처럼 철에게 얼굴을 맡기고 있던 명혜는 그때 겨우 낮잠에서 깨어난 옥경의 인사말을 듣고서야 퍼뜩 정신이 들었는지 철에게서 수건을 채어 갔다.

옥경이 깨나는 바람에 정신이 들고 어색해지기는 철도 마찬가지였다. 무슨 부끄러운 짓을 하다 들킨 사람처럼 몸둘 곳을 몰라 허둥대고 있는데, 옥경이 문득 철의 발 쪽을 가리키며 말했다.

"오빠, 거기 피."

철이 내려다보니 왼 발바닥 밑에서 피가 흘러 제법 시멘트 바닥을 흥건히 적셔 놓고 있었다. 철은 그제야 자신이 맨발로 녀석들을 쫓아갔었음을 알아차렸다. 정신없이 달려 나가다가 칼돌이나 유리 조각을 밟은 모양인데 상처는 생각보다 꽤 컸다. 속살이 드러날 깊이로 발바닥이 한 치가량이나 찢어져 있었다.

"엄마야, 우야꼬."

목덜미와 팔다리의 물기를 닦아 내고 있던 명혜가 울상을 하며 방 문턱에 앉아 있는 철에게로 다가왔다. 얼굴로 보아서는 철이보다 명혜가 더 아픈 사람 같았다.

"옥경아, 너 아까쟁끼(옥시풀)하고 소개(솜) 없나? 호다이(붕대)하고……."

명혜가 호들갑을 떨자 역시 놀란 옥경이 방 안을 뒤져 옥시풀과 옷솜을 찾아 내왔다.

"물 한 대야 떠온나. 발부터 씻거야 될따."

명혜는 다시 그렇게 지시해 철이 발을 씻게 한 후 옥시풀을 상처에 바르고 옥양목 조각을 찢어 철의 발을 정성 들여 싸매 주었다. 그때 어쩌면 그녀는 철에 대한 어떤 특별한 감정보다 그 나이에 재미있어 할 간호원 놀이를 한 것이나 아닌지 모르겠다. 하지만 철은 그 뒤 일생 동안 그 어떤 간호원에게서도 그보다 더 따듯한 손길을 느껴 보지 못했다. 그의 기억 속에 더 뚜렷한 것도 흙모래가 들어간 상처를 씻을 때나 벌어진 발바닥 틈으로 드러난 속살에 옥시풀을 부어 넣을 때의 아픔보다는 명혜의 표정이나 움직임

쪽이었다. 조금 전 자신이 당한 일은 깨끗이 잊은 듯 가볍게 혀를 차기도 하고, 눈살을 찌푸리기도 하며 다친 곳을 살피던 그녀의 어른스러운 눈길과 옥시풀을 바르고 천으로 싸맬 때의 예사 아닌 열중을 보여 주던 예쁘게 오므린 입술, 그리고 작지만 부드럽고 따뜻하기 그지없는 그 손길 따위였다.

'그래, 나는 너를 지켜 주고 너는 내 곁에서 나를 보살핀다. 평생을 이렇게 함께 있었으면……'

뚜렷하지는 않지만 철은 그때 이미 그런 희원(希願)을 품었던 것 같다.

그러나 상처를 싸매고 이래저래 어질러진 가겟방을 치운 뒤 방안에 명혜와 마주 앉게 되자 철은 다시 쑥스럽고 어색해졌다. 며칠 전의 일이 또 떠오른 까닭이었다. 명혜도 철과 마주 쳐다보기가 안 됐던지 어린 옥경을 상대로 별로 긴하지도 않은 일들을 이것저것 묻기 시작했다.

"웬일이야? 네가 다 우리 집에 오고……"

명혜를 옥경에게만 뺏길 수 없다고 생각한 철이 애써 쑥스러움을 억누르며 물었다. 실은 명혜가 처음 뛰어들 때부터의 궁금함이기도 했다.

"일요일인데 너어가 안 오길래 함 와 본다꼬……. 와? 내가 온 기 싫나?"

철의 물음이 무뚝뚝하게 느껴졌던지 명혜가 그렇게 대꾸했다. '천만에' 철의 마음속은 기쁨에 차 그렇게 외쳤으나 입술은 엉뚱한 말을 내뱉었다.

"종숙이 누나도 그렇고, 애들도 놀려 대니까 그렇지."

그러자 명혜의 얼굴이 새침해졌다.

"그라믄 괜시리 왔네. 안 그래도 종숙이 그 가시나 때문에 속이 상해 죽겠는데."

그 말에 이번에는 철이 비뚤어졌다.

"왜 속이 상해? 실은 유시형이를 더 좋아하는데, 자꾸 날 더 좋아한다고 그러니까 약이 올라?"

"야가 뭐라 카노? 암만 카믄 유시형이하고 니하고 대겠나? 시도 때도 없이 그 가시나가 놀려 대이 그렇제."

명혜는 여전히 새침한 얼굴로 쏘아붙이듯 말했지만 철에게는 그걸로 넉넉했다. 전과는 달리 티격태격은 그만큼에서 끝내고 싶었으나 갑자기 말머리를 다른 데로 돌리기가 어려웠다. 그런 철을 구해준 건 옥경이었다.

"오빠, 명혜 언니가 왔으니 우리 여기서 재미있게 놀아."

둘이 주고받는 말투에 은근히 가슴 졸였던지 사뭇 둘을 화해시키려는 기색이었다. 옥경의 그런 중재를 반가워하며 철이 아무일도 없었던 사람처럼 물었다.

"여기서…… 어떻게 놀지? 병우도 없고……."

"비도 오고 하니까 얘기나 해 줘. 오빠, 이번에 뭐 새로 읽어 둔 책 있잖아?"

옥경이 다시 그렇게 분위기를 풀어 주었다. 거기까지 얘기가 나오자 명혜도 금방 아이다운 호기심을 드러냈다.

"뭔데? 무슨 얘기고. 함 해 봐라."

일은 생각보다 쉽게 철이 원하는 방향으로 풀린 셈이었다.

동화나 성경 이야기와 다른 성질 때문에 철은 한참이나 더 뜸을 들이다가『폴과 비르지니』를 얘기하기 시작했다. 그러나 한번 시작되자 얘기는 전에 없이 술술 풀렸다. 일종의 감정이입(感情移入)이 그 이국 소년 소녀의 사랑 이야기를 자신의 체험처럼 만들어 준 덕분이었다.

명혜는 물론 어린 옥경이까지도 숨을 죽이고 철의 얘기에 귀를 기울였다. 철의 얘기 사이로 때 이른 장마의 낙숫물 소리만이 이따금씩 끼어들 뿐이었다.

그때 어리나 음험한 얘기꾼이었던 철이 노린 것은 아마도 그 이국의 소년 소녀들과 자신들의 동일시였다. 철은 특히 명혜가 그녀 자신과 비르지니의 공통점을 찾아내도록 이야기를 윤색했고, 덧붙여 폴도 되도록이면 그 자신과 닮도록 변형시켰다. 그리하여 이제 자기들 두 사람은 죽음밖에는 갈라놓을 수 없는 운명으로 얽히게 되었음을 은연중에 명혜의 가슴속에 새겨 놓고 있었다.

철이 바란 대로의 동일시가 일어났는지는 모르지만 긴 얘기가 끝났을 때 명혜는 정말로 울고 있었다. 어린 옥경이도 그 이야기의 어디에 마음이 건들렸는지 금방 울음이 터질 듯한 얼굴로 철을 바라보았다. 그러나 정작 셋 중에서 가장 거센 감정이입을 경험한 것은 철이었다. 억지로 참고는 있어도 마음속은 폴과 똑같이

목 놓아 울고 있었다.

"차암 슬픈 얘기구나. 비르지니가 불쌍해……."

이윽고 명혜가 코를 훌쩍이며 말했다. 마침내 참지 못한 철이 주먹으로 눈물을 닦으며 소리치듯 말했다.

"아니야, 더 불쌍한 것은 폴이야. 비르지니가 없는 세상을 살아 갈…… 내가 폴이라면 그냥 견뎌 낼 수 없을 거야."

열두 살의 소년으로서는 거의 되바라지게 느껴질 그 말은, 그러나 어쩌면 뒷날 철이 고르게 될 삶의 형태와 어떤 연관을 가진 것이나 아니었는지 모르겠다.

철과 명혜가 열두 살의 평범한 소년 소녀로 돌아간 것은 그로 부터 한 십 분쯤 지난 뒤였다. 갑자기 방문이 열리며 나무람 섞인 어머니의 목소리가 그들을 그 알지 못할 아득한 슬픔에서 끌어내었다.

"야들이 어디 갔노 했디 여 있었구나. 이 깜깜한 방에서 뭐 하노? 점심이나 먹었나?"

쓸쓸한 사랑

　미군 부대 근처라 그런지 '버팔로'는 시내의 여느 다방보다 소란스러웠다. 전에 경애와 몇 번 드나든 적이 있어 꼭 낯설 것도 없었으나 그날 명훈에게는 입구부터 그게 몹시 기분에 거슬렸다. 어쩌면 그때까지도 잘 정리되지 않는 머릿속 때문이었을지도 모를 일이었다.

　지난 며칠 명훈은 줄곧 경애의 그 돌연한 초대와 그녀의 집 안에서 보고 들은 것들을 바탕으로 무언가 그녀에 대해 정연한 추리를 해 보려고 애써 왔다. 그러나 아무리 머리를 쥐어짜도 뚜렷이 잡히는 게 없었다. 그저 그녀에게 무언가 심각한 일이 생겼다는 것과 그들 둘의 관계가 어떤 결정적인 전기(轉機)를 맞고 있는 것 같다는 막연한 위기감뿐이었다.

막연하지만 시간이 흐를수록 무게를 더해 가는 그 위기감 때문에 서둘러 달려갔는데도 경애는 벌써 나와 있었다. 구석진 자리에 혼자 앉아 있다가 명훈이 들어와 앉기 바쁘게 핸드백을 집어 들었다.

"나가, 우리."

그렇게 말하며 몸을 일으킨 경애는 무어라 말할 틈도 주지 않고 명훈을 큰길가로 끌고 나왔다. 그리고 한마디 상의하는 법도 없이 지나가는 빈 택시를 세우더니 밀어 넣듯 명훈을 태웠다.

경애가 택시를 세운 곳은 명동 입구에 있는 어떤 번듯한 양식당 앞이었다. 명훈에게는 먼빛으로 보는 그림 같은 곳이었으나 경애는 그곳에 아주 익숙한 사람처럼 앞장서 명훈을 끌었다.

"여기서 저녁과 술 한잔을 사고 싶었어. 할 얘기도 있고."

경애가 창가에 난 자리를 찾아 앉으며 담담하게 말했다. 그 담담함이 앙칼지게 몰아댈 때보다 몇 배나 명훈을 혼란시켰다.

"무슨…… 얘기인지 몰라도…… 꼭 이렇게 해야 돼? 이런 집이 아니면 안 되느냐고?"

"그래, 얼마 전부터 봐 둔 집이야."

경애는 그렇게 말하고 때마침 다가온 웨이터에게 이것저것 주문을 했다.

이제 나가기는 틀렸다 싶자 오히려 뱃심이 생긴 명훈은 그제야 식당 안을 둘러보았다. 생각보다 훨씬 고급스러운 식당이었다. 인조석과 커튼으로 한껏 이국 취향을 살려 꾸민 실내며 한구석에 놓인 그랜드 피아노가 공연히 명훈을 주눅 들게 했다. 마침 저녁 때라 빈자리가 거의 없을 정도로 들어찬 손님들도 명훈 같은 검게 물들인 군용작업복 차림은 아무도 없었다.

몇몇 외국인뿐만 아니라 내국인들까지도 모두 처음부터 그 식당에 맞춰 태어난 사람들인 듯 정중하면서도 세련된 차림이었다. 그러나 그들보다 더욱 명훈에게 소외감을 느끼게 만든 것은 맞은편에 앉은 경애였다.

의자에 깊숙이 몸을 묻고 다시 무언가 골똘하게 생각에 잠긴 그녀가 얼마나 그 분위기에 잘 어울리는지 명훈에게는 전혀 낯선 사람처럼 느껴졌다. 흑석동 산비탈의 단칸 셋방에서 본 것들이야말로 오히려 괴이쩍게 비틀어진 환상 같았다.

그 바람에 더욱 혼란스러워진 명훈은 날라져 온 스테이크 재료가 쇠고기인지 돼지고기인지조차 구분하지 못한 채로 접시를 비웠다. 2년 가까운 미군 부대 생활로 양식에는 어느 정도 익숙해 있었건만, 몇 번인가 경애의 가벼운 눈 흘김까지 받으며 식사를 마칠 무렵 해서야 경애가 다시 입을 열었다.

"너 술 좀 하지? 여기서 한잔해. 여긴 부대 PX에서 흘러나온 양주가 종류대로 있어."

"술은 나가서 하는 게 어때? 마침 부근에 내가 아는 대폿집이 있는데."

명훈이 겨우 정신을 가다듬고 말했다. 왠지 숨 막히는 듯한 분위기가 싫어 우선 그 식당부터 벗어나고 싶었다.

그러나 경애는 갑자기 엄한 표정으로 돌아가며 고개를 저었다.

"아니야, 역시 여기가 제격이야."

그런 경애가 조금씩 자신을 드러내기 시작한 것은 독한 위스키를 두 잔이나 비운 뒤였다.

"무엇부터 얘기할까? 그래, 먼저 그 남자부터 얘기하지. 며칠 전 네가 우리집 사진에서 본 그 젊은 남자……."

그렇게 허두를 꺼낸 경애는 꼭 남의 얘기처럼 자기 아버지의 삶을 요약해 갔다. 말투도 이제껏 해 오던 얘기를 계속하는 것 같았다.

"예전에…… 그러니까 한 30여 년 전 식민지 시설에 어떤 영악하고도 붙임성 좋은 시골 소년이 하나 있었지. 찢어지게 가난한 소작인 막내인 그 소년은 소학교도 제대로 못 마치고 남의 집 애머슴을 하다가 어느 날 주인집 소를 몰고 고향을 떠났어. 그리고 겨우, 여비나 될까 말까 한 돈에 소를 넘긴 뒤 일본으로 건너갔지. 대판(大阪, 오사카)인가 어딘가로 간 소년은 어떤 일본인 미곡 상회에서 점원으로 출발했어. 그게 빛나는 미래로의 출발이었지……."

"네 아버지 얘기를 하는 거야?"

"그래, 한때 내가 아버지라고 불렀던 사람 얘기야. 어쨌든 그 소년은 곧 부지런함과 눈치만으로 그 일본인의 마음을 사로잡아 야간학교를 다니게 되었지. 그리고 무슨 야간 상업 학교, 또 무슨 대학을 1등에서 1등으로 하는 식으로 입지전적인 길을 착실히 걸은 뒤에 마침내는 그 일본인의 데릴사위가 되었어."

"그럼 어머니가 일본 사람?"

"아냐, 그녀는 그 사람에게 상당한 재산만 남겨 주고 죽었지. 식산은행(殖産銀行)인가 하는 곳에 나가며 이른바 내지인(內地人)이 되어 가던 그는 아내가 죽자 모든 걸 처분해 반도(半島)로 건너왔어. 예쁘고 교육받은 조선 여성을 만나 결혼하고 남매를 낳았지. 그런데 문제는 그 뒤의 삶이야. 그 사람은 사업보국(事業報國)을 한다며 일본인 앞잡이가 되어 할 짓 못 할 짓으로 재산을 긁어모으기 시작했지. 그 절정이 겨우 서른대여섯의 나이로 남선무역(南鮮貿易)의 이사가 된 때일 거야. 그게 뭐 하는 곳이었는지는 모르지만 어쨌든 해방된 뒤 그 사람 밑에 있던 평직원까지도 그 경력을 숨기는 것으로 보아 민간 기업을 가장한 식민지 착취 기구였던 것 같아. 그 사람 재산의 많은 부분이 그때 그 회사가 일부 위탁받아 처리하던 공출물(供出物)들을 빼돌린 것이라는 뒷소문도 그렇고……."

경애는 거기까지 얘기해 놓고 영화에서 보듯 앞에 놓인 술잔을 꼴깍 비웠다. 자신의 아버지에 대한 그 냉담한 말투가 이상하게 호기심을 건드려 명훈은 되도록이면 방해하지 않으려고 말없이 그런 경애를 바라보기만 했다.

"해방이 되자 그 사람은 불안해졌지. 재산의 절반이 든 돈 가방을 들고 성북동과 이화장(梨花莊: 이승만의 사저), 경교장(京橋莊: 김구의 사저) 부근을 몇 달이나 오락가락하다가 문득 깨달은 게 있어 미(美) 군정청(軍政廳)으로 발길을 돌렸지. 과연 거기에 길이 있었어. 거기서 일제 때 친하게 지내던 조선인 경부(警部) 하나를 만나 그가 모시게 된 경찰 고위층에 줄을 대는 한편 어떤 미군 고급장교 한 사람을 구워삶게 됐지. 그다음 그 사나이에게는 모든 게 순풍에 돛을 단 듯했어. 일본인들이 미처 가져가지 못한 옛 직장의 배 한 척을 미군정청에서 불하받아 다시 번창하기 시작했지. 조금 전 네가 사진에서 보았던 그 배야. 그가 그 배로 무얼 했는지 모르지만 그때 아직 어렸던 그 딸이 기억하는 그의 부(富)는 엄청난 것이었어. 필동에 있던 어마어마한 집, 풍뎅이 차라고 부르던 검고 반들거리던 자가용, 찾아와 굽실거리던 사람들, 마대에 담아 나르던 지폐……. 그런데 갑자기 모든 게 끝났지. 전쟁이야. 무슨 냄새를 맡았는지 아내와 자식들을 6월 25일 그날 밤차에 태워 부산으로 내려보낸 것까지는 좋았는데, 아무래도 그 사람 물욕이 지나쳤던 모양이야. 자신은 남아서 더 눈치를 보다가 뒤늦게야 이것저것 한 트럭 모아 싣고 서울을 떠나려 할 무렵 그만 한강철교가 끊어져 버렸어. 약은 고양이 밤눈 어두운 꼴이 된 셈이지. 그가 다시 가족들과 만난 것은 수복 뒤였어. 그 석 달 동안 어떤 일을 당했는지 부산으로 내려와 가족들을 만난 그는 이미 옛날의 그가 아니었어. 며칠을 내처 자고 며칠은 또 멍하니 지내더니 겨우 정신을 차려 배를 찾아 나서더군. 배는 이미 당국에 징발되었지만, 어쨌든 그때부터 사는 일은 가족들이 걱정하지 않게 되었어. 그 가족들은 오래잖아 전쟁만 끝나면 다시 옛날의 생활로 돌아갈 수 있을 줄 알았지. 하지만 그때 이미 그는 남모르게 생각을 굳혀 놓고 있었어. 어떻게든 이 땅을 뜬다 — 아마 그런 생각이었던 것 같아.
그리고 전쟁이 다시 불리해지자 그의 가족들이 이해할 수 없는 어
떤 공포에 사로잡힌 그는 서둘러 그 배를 타고 떠났어. 그게 1951
년 2월이야. 1·4후퇴로 다시 밀리기 시작하고 얼마 안 돼⋯⋯. 그
의 늙은 어머니는 그가 선주 겸 선장으로 무슨 수지맞는 무역길
에 나선 걸로 알고 있지만, 그리고 그의 아내까지도 남편이 어렵게
그 배에 자리를 얻어 일하게 된 정도로 알고 있지만, 실은 도망이
었어. 아직 수복하지도 못한 서울에 있는 재산과 이권까지도 모조
리 이 사람 저 사람에게 헐값으로 넘기고 긁어모을 수 있는 대로
긁어모아 뜬 계획적인 도망이었다고. 이제나저제나 하고 기다리던
그의 아내가 모든 걸 안 것은 1953년 휴전이 되고 서울로 돌아온
뒤였지. 그의 늙은 어머니와 어린 자식들은 그래도 그가 돌아오기
를 기다렸지만 현명한 아내는 달랐어. 한 이태 이리저리 살림을 꾸
려 나가는 것 같더니 자신을 버리고 달아난 남편에게 앙갚음이라
도 하듯 미련 없이 재혼해 버리더군. 남은 것은 열일곱 살짜리 여
고생과 열네 살짜리 중학생, 그리고 남매의 실성한 할머니뿐이었
어. 그래도 자식들에 대한 정은 있었던지 그의 아내는 한동안 자
식들을 돌봐 주었지. 큰딸이 몇 달간이나마 대학물을 먹을 수 있
었던 것은 그 덕분이라 할 수 있어. 하지만 재혼한 남자의 사업이
망하자 그것도 끝났어. 흑석동 비탈의 쓰러져 가는 오두막에 착
란증세와 치매로 정신 나간 할머니와 네살 터울 남동생을 떠맡게
된 큰딸은 하는 수 없이 학교를 집어치우고 닥치는 대로 일자리를

찾다가 아메리카 G.I 주둔지의 빛나는 하우스 걸이 되었지······.”

경애는 거기까지 얘기해 놓고 자조적인 웃음과 함께 다시 잔을 비웠다. 명훈도 기계적으로 따라 비웠다. 독한 위스키를 넉 잔이나 마신 셈이었으나 조금도 술이 오르지 않았다. 경애의 얘기가 주는 묘한 감동 때문이었다. 그녀는 꼭 남의 얘기하듯 말했지만 명훈은 그 때문에 감상에 젖은 회상에서보다 오히려 더 선명하게 그녀의 아버지를 그려 낼 수 있었다. 그리고 아울러 갑자기 쑤셔 오는 묵은 상처처럼 자신이 아버지와 보낸 마지막 날을 떠올렸다.

요란한 유년이 끝나 가던 그해 여름 내내 밤마다 어린 인민군 병사들과 군마(軍馬)와 수레 들로 은밀하게 수런거리던 계곡이 하루아침에 쥐 죽은 듯 조용해져 버린 어느 초가을 오후 전에 없이 허둥대며 집으로 뛰어들던 아버지, 그와 함께 가겠다고 나서시던 할머니와 흐느끼던 어머니, 그런 그녀들을 팽개치듯 하고 농대(農大) 본부 쪽으로 간 아버지를 배웅하러 나가던 그들이 실습지 모퉁이에서 만난 트럭, 무언가 악을 쓰며 외치던 붉은 완장을 찬 젊은이들과 수심 긴 중년 사내들로 빼곡 들어찼던 트럭의 적재함, 그 트럭의 운전석 곁에 앉았다가 목을 빼고 손을 흔들던 아버지의 이해할 수 없는 미소, 까닭 없이 심란해져 손조차 마주 흔들어 주지 못하고 있는데, 철없는 영희는 콩잎에 날아 앉은 방아깨비를 쫓고······. 그때 그 아버지와 경애가 말하는 ‘그 사람’은 어떻게 다른 것일까.

"어때? 그 사람, 감동적이야?"

경애가 비틀어진 웃음으로 명훈을 쿡 찌르듯 물어 왔다. 퍼뜩 정신을 차린 명훈이 문득 그를 사로잡는 의문을 더듬거리며 입에 올렸다.

"음…… 그런 사람, 나도 비슷한 기억이 있지. 그런데…… 왜 갑자기."

"왜 그런 일로 바쁜 사람을 불러내 이 도깨비놀음이냐고? 뭣 땜에 너의 그 용감한 결혼 신청에 이런 식으로 대답하느냐고?"

"또 그 얘기야? 지난 토요일은 잘못했다고 그러잖았어? 그런데도 뚱딴지같이……."

"뚱딴지같이……가 아니야."

경애의 목소리가 다시 신경질적으로 높아졌다가 이내 좀 전의 그 자조적인 말투로 돌아갔다.

"지난 토요일에 네가 결혼 신청을 했던, 그 사람의 큰딸 얘기를 하기 위해 먼저 그 사람 얘기가 필요한 거야. 이제 그 큰딸 얘기를 하지. 현명한 어머니가 무어라고 하든 그 애는 할머니 편이었어. 그 애의 소녀 시절을 지켜 준 것은 어릴 적에 누렸던 풍요의 기억과 그 크고 멋있는 기선의 꿈이었어. 하루 종일 굶으면서도 할머니와 나란히 앉아 그 배의 사진을 올려보면서 아버지가 그 배 가득 보물을 싣고 돌아와 애타게 자기들을 찾고 있는 황홀한 상상을 했고, 겨우겨우 사 입은 낡은 구제품 재생 외투를 입고 가서도 급우들에게는 아버지가 외국에서 보낸 것이라고 자랑했지. 이제는 정말로 더 갈 곳이 없게 돼 미군들의 작업복을 빨게 된 뒤에도 마음은 언제나 대선단(大船團)을 이끌고 인도로 떠난 영국 부호의 딸이었고, 거기에 기대어 느끼한 달러의 유혹을 뿌리칠 수 있었어. 그런데 작년 어느 비 오는 봄날, 그녀는 우연히 아도니스를 만났지. 아도니스 알아? 그리스신화에 나오는 미소년. 이제 고백하지만, 애써 냉담한 척 하면서도 그녀는 이 힘든 세상에 유배당한 여신처럼 그 아도니스를 사랑했어. 더군다나 그 아도니스는 제법 아름다운 노래까지 부를 줄 알았거든. 하지만 아도니스는 끝내 아도니스로 남아 있으려 하지 않았어. 그는 나이도 그녀와 동갑내기였고, 의식이 망가진 대로 또 다른 소공자였거든. 그녀에게 약간의 지적인 우월은 있지만 그것도 그녀와 그를 신과 인간으로 갈라 놓을 만큼 대단하지는 못했지. 거기다가 그 아도니스의 뜨거운 열정이 겹치자 그녀도 차츰 여신의 일시적인 바람기가 아니라 온달(溫達)의 꿈으로 그를 보게 되었지."

"온달의 꿈?"

어려운 대로 거기까지는 그럭저럭 그녀의 말을 알아듣던 명훈이었으나 마침내는 더 견뎌 내지 못하고 물었다. 그녀가 잠깐 그런 명훈을 말끄러미 바라보다가 하던 말을 이어 나갔다.

"그래, 온달의 꿈이야. 남자에게 거는 여자의 꿈은 크게 나눠 두 가지가 있지. 가장 흔한 건 신데렐라의 꿈. 삶의 맨 밑바닥에서 맨 꼭대기로 한순간에 자신을 끌어올려 줄 수 있는 남자를 기다리는 거지. 백마의 기사니, 숲 속의 왕자니 하는 것들도 실은 그 변형일 거야. 다른 하나는 바로 그 온달의 꿈. 이번에는 자기가 상대를 가장 밑바닥에서 맨 꼭대기로 끌어올리는 것이지. 현실적으로 나타나는 경우는 드물시만 의식 속에시는 신데렐라의 꿈이나 다름없는 크기로 여자를 지배하는 꿈이야. 부성(父性) 지향과 모성(母性) 회귀 또는 가학(加虐)과 피학(被虐)의 열정에 상응되는 꿈일 거야. 하지만 그래도 한동안 그것은 말 그대로 막연한 꿈에 지나지 않았어. 그게 아도니스건 온달이건 그녀는 그저 그 소년을 만나는 게 좋고, 그와 함께 보내는 시간이 즐거워 그가 바라면 별일이 없는 한 만나 주었지. 그런데 갑자기 그 꿈을 더 이상 막연한 꿈으로 미뤄 둘 수 없는 일이 생겼어. 바로 지난 토요일 오후……."

"제발 그 얘긴 이제 그만해. 없었던 걸로 해 줘. 정말 그냥 불쑥 해 본 소리야."

명훈은 점점 자신을 죄어 오는 까닭 모르게 불길한 예감을 떨쳐 버리듯 세차게 고개까지 저으며 부인했다. 목소리가 너무 컸던지 곁자리에 앉아 술을 마시던 건장한 사내들 가운데 하나가 흘긋 명훈을 쳐다보았다. 그러나 경애는 조금도 흔들림 없는 어조로 이어 갔다.

"너에게는 그럴 수도 있겠지. 그러나 이 땅의 스물한 살 여자에겐 결혼이란 말이 벌써 그냥 해 본 소리만일 수는 없어. 그날 그녀는 강한 전류에 닿기라도 한 듯한 충격을 받았지. 그리고 그 한 주일 내내 가슴속에 있는 두 개의 꿈을 나란히 세워 놓고 비교를 했어. 아니, 온달의 꿈을 현실적으로 철저하게 검토했다는 편이 옳

아. 하지만 결론은 역시 안 되겠다는 거였어."

"그게 왜 안 된다는 거야?"

조금 전에 강경한 부인에도 불구하고 명훈은 자신도 모르게 펄쩍 뛰듯 물었다. 그때껏 몸 한구석에 몰려 있었던 듯한 술기운이 갑작스레 온몸으로 번지기 시작했다.

"너는 아마도 온달이 될 수 있겠지만 내가 평강공주가 아니거든. 평강공주는커녕 밤 아홉 시 전의 신데렐라지. 우리가 어울리면 그때는 열두 시 반의 신데렐라와 아직도 나무꾼 시절의 바보 온달이 합쳐지는 것뿐이야. 긴 세월의 비참과 치욕은 우리 둘 모두 이제까지로 충분해."

"아니야!"

명훈은 이제 머리끝까지 취기를 느끼며 거리낌 없이 소리쳤다.

"너는 왜 머릿속에서 함부로 삶을 결정짓지? 남의 삶까지. 그러는 게 어딨어? 신데렐라든 바보 온달이든 그건 모두가 동화에 나오는 얘기일 뿐이야. 삶은 동화가 아니라고. 어른들의 얘기는 따로 있어. 너는 세상일을 이미 다 아는 것처럼 떠들고 있지만, 실은 너야말로 아무것도 몰라. 몸만 멀쩡히 컸지, 정신은 아직 동화 세계에 살고 있다고. 알아?"

그렇게 정신없이 내뱉는데 웨이터가 와서 짜증 난 목소리로 조용히 해 달라는 주의를 주었다. 그러나 그 주의보다 더 효과 있게 명훈의 앞뒤 없는 흥분을 가라앉혀 준 것은 가벼운 웃음과 함께 이어진 경애의 빈정거림이었다.

"꿈이라고? 동화라고? 하지만 그 신데렐라의 꿈이 벌써 조금씩 이루어지고 있는 건 모르지? 요술쟁이 할머니가 나타나 신데렐라는 이미 무도회까지 한 번 다녀온 줄도……."

"무도회? 그게 무슨 소리야?"

"바로 여기. 나는 오늘로 여기가 세 번째야. 내 왕자가 두 번이나 우리들의 반달 치 봉급에 가까운 저녁을 사 주었지. 그렇지 않으면 내가 어떻게 이런 곳을 알겠어? 어쩌면 너를 꼭 여기 데리고 오고 싶었던 것도 그 때문이었을 거야."

경애의 또박또박한 대답은 심장에 얼음덩이를 문지르는 듯한 느낌을 명훈에게 주었다. 조금 전 몸 구석구석까지 뜨겁게 휩쓸던 술기운이 일시에 싹 가셨다.

"무슨 일이 있었군……. 그게…… 누구야?"

명훈은 자신도 모르게 떨리는 목소리로 물었다. 실제로도 술기운이 가신 온몸에 알지 못할 한기가 오싹거리며 도는 것 같았다. 발갛게 상기된 가운데도 잠깐 망설이는 듯하던 경애가 빈정거리는 투를 좀 죽인 목소리로 그 물음을 받았다.

"너하고 같이 보일러 맨으로 일한다는 그 친구, 미스터 황이던가? 그 사람이 늘 미국 대신에 로마란 말을 쓴다고 했지? 그 사람 말투를 좀 빌려야겠어. 조금이라도 성적(性的)인 것과 연관되면 미군이란 말은 불결하고 칙칙해지니까. 네가 물은 사람은 교양 있고 예절 바른 로마군 천부장이야."

"천부장?"

"거 왜 백부장(百夫長), 천부장(千夫長) 있잖아?"

천부장, 천 명의 군사를 거느린다. 그렇다면 버터워스쯤 되겠군. 명훈은 그 말이 목젖까지 치밀었으나 입을 여는 대신 가만히 그녀를 쳐다보았다. 잘못 보았을까. 그 대목에서 그녀의 얼굴이 한층 붉어지는 것 같았다.

"만족(蠻族) 원주민 처녀와 로마 주둔군 사관의 로맨스는 영화에만 있는 게 아냐. 겁탈과 매음만이 원주민과 주둔군의 성적 결합이 있게 하는 양식의 전부라는 건 지나친 속단이지. 왜냐하면, 그들 사이에는 이국정취란 묘한 감정의 증폭 장치가 끼어들기 때문이야. 대수롭지 않은 원주민들의 옹기 조각이 주둔군에게는 의미심장한 골동품처럼 느껴지고 차돌 부스러기가 다이아몬드 조각으로 보이는 것처럼, 원주민들은 또 원주민대로 양치기를 하다가 끌려온 주둔군 사병도 위대한 정복자의 일원으로만 느끼고, 본국에 있는 그의 오두막은 무슨 큼직한 성채쯤으로 지레짐작을 하지. 거기다가 주둔군의 외로움과 향수에 원주민의 빈곤과 동경이 더해지면 일은 더욱 쉬워지지, 솔직히 말해 외국인 상대의 매음은 순수한 매음이 아닐지도 모른다는 생각까지 들 때가 있어. 가만히 관찰해 보면 정복자의 두둑한 약탈물 보따리 못지않게 그런 이국정취에 홀려 있는 것 같은 여자들도 많거든."

그때껏 그녀를 당당하게 만들어 주고 있던 빈정거림의 말투를 깨끗이 털어 내고 오히려 까닭 없이 당황하는 기색까지 보이며 경애가 다시 그렇게 말했다. 그제야 겨우 마음을 가다듬은 명훈이 새삼 비틀어진 말투로 그런 경애를 몰아세우듯 목소리를 높였다.

"허세 부리지 마. 공연히 말을 어렵게 꾸며 사람 기죽이지 말라고. 버터워스 얘기 같은데…… 쉬운 말로 해 줘. 도대체 어떻게 된 거야? 무슨 일이 난 거냐고."

"대뜸 양공주로 몰아세워 술을 끼얹지 않으니 다행이군. 그래, 얘기해 주지."

경애가 그렇게 말하고 어느새 얼마 남지 않은 위스키 병을 들어 자신의 잔과 명훈의 잔을 채웠다. 잔을 보아 가며 두 번 세 번 부어 두 잔 모두 찰찰 넘치도록 채우는 것이 어쩐지 시간을 끌기 위한 동작 같았다. 술병을 제자리에 놓고도 한참이나 잔을 만지작거리며 시간을 끌던 경애가 이윽고 마음을 가라앉힌 듯 입을 열었다. 그러나 명훈에게 모든 걸 털어놓는 게 아니라 무얼 읊조리기 시작했다.

"……나도 한때는 그렇게 자작나무를 타던 소년이었고/그 때문에 그 시절로 돌아가는 꿈을 꾸곤 합니다/이런저런 걱정거리에 시달릴 때/삶이 꼭 길 없는 숲 속 같아서/얼굴에 거미줄이 걸려 근지럽고 얼얼하며/작은 나뭇가지가 눈을 찔러 와/한쪽 눈에서 눈물이 흐를 때/나는 그 시절로 돌아가고 싶습니다/잠시 이 세상을 떠났다가/다시 돌아와 새로 시작해 보고 싶습니다/운명이 짐짓 나를 오해하여/내 소원의 반만 들어주고 나를 되돌아오지 못하게/채어 가 버리지 않기를 빕니다……."

"뭐 하는 거야?"

명훈이 더 참지 못하고 그렇게 경애를 중단시켰다. 그러다가 문득 그녀의 눈에 어린 물기를 보고 움찔했다. 두 눈과는 달리 입가에 희미한 웃음기를 띠며 경애가 담담하게 이어 나갔다.

"프로스트란 시인의 시야. 읽어보았는지 모르지만……. 얘기는 거기서부터 시작돼. 하우스 걸의 일이 어떤 건지는 너도 잘 알지? 그날도 나는 12호(2012호) BOQ의 세탁물을 가지러 들어갔지. 먼저 마틴 대위의 침상을 정돈하고 버터워스 소령의 침상을 치우려고 하는데 침상 머리맡에 책 한 권이 있더군. 무슨 앤솔로지 같은 것이었어. 마침 그날 일도 대강 끝났고 해서 나는 침상 머리에 앉아 그걸 뒤적거려 보았지. 그런데 대뜸 펼쳐진 곳이 방금 외운 그 시가 인쇄된 쪽이었어. 내가 대학을 졸업했으면 틀림없이 전공했을 그 사람의 시를 보자 그 무슨 감정의 과장에서인지 걷잡을 수 없이 눈물이 쏟아지더군. 처음에는 대학에서 들어 본 적이 있는 시라 갑작스레 그 시절이 그리워진 탓이겠지만 차츰 그 눈물은 나의 삶 전체를 대상으로 번져 가기 시작했어. 그래서 침대 모퉁이에 앉아 울고 있는데 무슨 일인가로 버터워스가 들어왔어. 그는 한동안 어리둥절해 나를 보더니 무어라고 중얼거리며 내 손의 책을 뺏더군. 아마도 눈물이 떨어져 책장이 더럽혀지는 게 싫었던 것 같아. 그제야 나도 그가 돌아온 걸 알고 얼른 눈물을 닦으며 사과를 했지. 그리고 서둘러 시트를 갈고 나오는데 그가 나를 불러 세웠어. 압지(壓紙)로 물기를 빨아 낸 그 페이지를 가리키며 그 시가 그렇게 슬픈 것이냐고 묻더군. 나는 당황한 나머지 대답도 제대로 못 하고 빠져나왔는데, 그게 시작이었어. 버터워스는 며칠 뒤 인사처(人事處)를 통해 내 기록을 알아보기도 하고, 전에 없이 BOQ를 지키고 앉아 무언가 나를 살피곤 하더니 드디어 내게 데이트 신청을 했어. 자기들 식으로 치면 하녀 중에도 가장 질 낮은 하녀인 내게, 그것도 아주 수줍은 소년처럼. 언젠가 고궁에서 버터워스와 만난 적이 있지? 바로 그다음 날이야. 나는 좀 어리둥절했지. 미군 소령이 내게 가지는 의미가 어떤 건지 알아? 어릴 적에는 미군 소령이 세상에서 가장 높은 사람인 줄 알았지. 우리 아버지가 정성을 다해 섬긴 그 사람, 떠나 버린 일본인들에 갈음해서 아버지의 생명과 재산을 지켜 주었을 뿐만 아니라 오히려 전보다 더 풍요한 삶을 누리게끔 해 준 힘의 원천도 바로 아버지가 어렵게 선을 댄 어떤 미군 소령이었지. 물론 해방 직후의 혼란 때이긴 했지만, 어쨌든 미군 소령이란 계급은 어린 시절이 끝날 때까지 줄곧 어마어마한 느낌으로 기억되던 것이었어. 오히려 하우스 걸이 되어 그들 밑에서 일하게 되면서 격하되었지. 하지만 아직도 나는 무슨 섬뜩한 기억처럼 소령의 견장을 볼 때가 있어."

"아니, 지금도 대단한 계급이지. 그래, 두 번이나 만나 보니 어땠어? 틀림없이 너를 신데렐라로 만들어 줄 왕자였어?"

"내 말 끊지 마."

한층 비틀어진 말투로 끼어드는 명훈을 밀어내듯 그렇게 쏘아붙인 경애가 잠시 말을 끊었다가 다시 이었다.

"두 번이나 만나 몇 시간씩 보냈어도 그는 아직 내 손목조차 잡지 않았다는 얘기까지 끝마친 뒤에 네 질문을 받고 싶어. 물론 달러도 내밀지 않았고……. 미리 말해 두지만, 그와 나에 대해 불결하고 칙칙한 의심을 하면 용서하지 않겠어."

그 말에 거의 터지기 직전의 심경이 된 명훈이 치미는 속을 빈정거림으로 간신히 눌렀다.

"그렇다면 물어보고 자시고 할 것도 없지. 나도 그의 얘기는 들었어. 동부 출신에 웨스트포인트를 나왔다지. 거기다가 시집을 읽고 고상한 인격까지 갖추었다니 동화 속의 왕자라도 그만하기 어렵지."

명훈의 빈정거림에 효과적인 앙갚음이나 된다는 듯 그녀가 고집스레 고개를 저었다.

"아니야. 어쩌면 몇 푼의 달러로 쉽게 살 수 있는 쾌락보다는 다른 종류의 쾌락을 사고 싶어 하는 변태인지도 모르지."

"원 겸손의 말씀을……. 서른셋의 근엄한 독신 소령인데. 더구나 게리 쿠퍼 같은 얼굴을 하고……."

"본국에 있는 애인에게 바람맞고 홧김에 손쉬운 내게 덤벼든 건지도 몰라. 나하고 나란히 찍은 사진으로 마음 변한 애인을 약 올려 주려 하는지도."

"집안도 상당하다는 것 같더군. 틀림없이 텍사스에 있는 큰 목장 하나쯤은 유산으로 물려받도록 되어 있을 거야."

"그래, 너도 보았는지 모르지만 그 영화, 기껏해야 「마이 페어 레이디」의 히긴스 같은 꿈을 꾸고 있는 정도겠지. 비뚤어진 독신

자의 꿈."

한동안 서로 엇바꿔 그렇게 주고받다가 먼저 견딜 수 없는 기분이 된 것은 명훈이었다. 말을 주고받는 동안 더해 가던 까닭 모를 처참함은 솟구치는 술기운과 함께 갑자기 명훈을 대담하게 만들었다.

"이제 그만해!"

가까운 자리의 사람들이 다시 눈살을 찌푸리며 돌아볼 만큼 소리쳐 경애의 입을 막은 명훈은 이렇다 할 계획도 없이 불쑥 말했다.

"이만하면 신데렐라의 무도회는 넉넉히 본 셈이야. 이젠 온달의 오두막을 구경하는 게 어때?"

스스로 생각하기에도 그럴듯하다 싶을 만큼 낮고 담담하면서도 위압적인 힘이 은근히 깔려 있는 어조였다. 움찔해 명훈을 쳐다보는 경애의 눈길이 이내 의혹으로 반짝했다.

"온달의 오두막?"

"그래, 우리 집엘 가는 거야. 이왕 평강공주의 꿈을 버릴 바에야 미련 없이 버려야 하지 않겠어?"

그러자 경애는 술기운이 올라 있는 중에도 잠시 무엇을 셈해 보는 것 같았다.

"좋아, 지난 1년만으로도 네게 그만한 권리는 있다고 봐. 그럼 나가."

이윽고 경애가 발딱 일어서며 핸드백을 챙겼다. 말은 당돌하고 야무져도 술은 그리 세지 못한 것 같았다. 계산을 하고 층계를 내려오는데 벌써 걸음이 알아보게 흔들리고 있었다.

"아직은 너의 온달이니까."

명훈은 그렇게 말하며 자연스레 그녀를 부축했으나, 엷은 초여름 옷을 통해 그녀의 따뜻하고 부드러운 살결이 느껴지자 그때 껏 억눌려 있던 야성(野性)이 꿈틀대며 살아나기 시작했다. 그녀의 지적인 우월에 압도되어 그녀와 마주 앉기만 하면 의식 밑바닥으로 자취를 감춰 버리던 뒷골목 시절의 야성이었다. 술과, 점점기정사실로 굳어 가는 어떤 종말감의 충동질 탓임에 틀림없었다.

스물한 살의 젊은 사내가 내뿜은 야성이란 호전성(好戰性)이 아니면 욕정이기 십상이다. 그런데 어느새 명훈을 세차게 몰아대기 시작한 것은 음험한 욕정이었다. 평강공주건 신데렐라건, 어쨌든 오늘 밤 나는 너의 몸을 차지하겠다 — 명훈은 그런 갑작스러운 결의를 다지며, 뒷골목과 삼류 애정 소설에서 자주 본 조잡한계략에 들어갔다.

"그렇지만 온달의 오두막을 가기 전에 먼저 들렀다 갈 곳이 있어."

외무부 쪽으로 명동을 빠져나오다 말고 명훈이 불쑥 그렇게 말했다. 겨우 몸을 가누며 명훈에게 기대 걷던 경애가 고개도 들지 않고 물었다.

"어딜?"

"온달의 주막. 이번에는 내 술이야. 빈대떡을 아주 맛있게 굽는대폿집이 있는데 거기 들렀다 가. 내 술로 한잔 더 하고 가자구."

명훈은 되도록 가볍게 말했다. 술을 수단으로 삼으려고 마음먹은 이상 지나치게 술을 내세워서 경애의 경계심을 자극해서는 안 된다는 계산이었다.

"좋아. 하지만 한 대포만이야."

경애가 별로 망설이지도 않고 명훈이 끄는 대로 따라왔다. 당수 도장 선배들과 두어 번 들른 적이 있는 대폿집으로 경애를 데리고 들어갈 때만 해도 명훈은 속으로 음흉한 쾌재를 부르고 있었다.

너희들 영리한 여자들은 언제나 스스로를 경계하여라. 너희들이 항상 빠지는 것은 남이 파 둔 함정이 아니라 스스로가 판 함정이니. 그런 잠언투가 되었다가, 곧 잔인한 복수심에 차 속으로 뇌까렸다. '나를 버리려면 깨끗이 떠나 버리는 게 옳았다. 너는 그 알량한 정신의 허영까지 만족시키며 멋진 이별극을 연출하려 한 거겠지. 하지만 내일 아침 네 몸 구석구석까지 내 손이 스친 뒤에 네 표정이 어떤가 보자. 너의 영리함과 지성이 어떻게 그 처참한 아침을 수습하는가 보자.'

그렇게 되자 그 대폿집에서의 말과 행동은 더욱 막힘이 없었고 부드러워졌다. 명훈은 논리나 이성으로는 경애를 설득할 수 없음을 진작부터 알고 있었다. 오직 감정에 호소하는 길뿐이었는데, 거기에는 잘 갈고닦았으면 한 시인으로 빛을 보았을 그의 재능이 한 몫을 톡톡히 해 주었다.

하지만 그리 오래 공을 들일 필요는 없었다. 뒷날 그의 삶을 더욱 극적으로 만든 광대 기질까지를 곁들여, 그녀가 명훈에게 어떤 의미를 가진 여자인가, 자신이 얼마나 그녀를 사랑했으며 그녀가 떠나 버린 뒤의 삶이 얼마나 쓸쓸하고 공허할 것인가를 제법 눈물까지 떨구어 가며 늘어놓고 있을 때였다. 대포 한 잔으로 도리질을 치고 몽롱히 앉아 명훈을 보고만 있던 경애가 문득 손을 내밀었다. 그리고 힐끗거리는 곁사람들에게 아랑곳없이 명훈의 눈물을 닦아 주며 꿈꾸듯 말했다.

"나도…… 한평생 이렇게 너를 바라보고만 있어도 행복하겠어. 그만해. 나는 가지 않겠어……."

"정말이야?"

"그래…… 함께 견디고 가꾸어 봐. 로마의 대리석 기둥이 늘어선 저택에서 쓸쓸하고…… 그리워하며 귀부인으로 사는 것보다 신음하면서도 사랑하는 사람들끼리 모여 사는 변경의 만족(蠻族) 부부가 더 아름다운 삶을 누리는 것일지도 몰라. 너와 함께 더 행복할 수 있을 거야. 네가 좀 더…… 힘있게 나를 잡아 줘."

"힘있게 잡는 게 아니라, 오늘밤부터 당장 너를 놓아 주지 않을 거야. 이제부터는 영원히 함께 있겠어."

명훈은 거기까지 별로 힘들이지 않고 몰아간 뒤 잠깐 고삐를 늦추고 경애를 가만히 살펴보았다. 그녀는 그런 명훈의 말뜻을 아는지 모르는지 아무 대꾸 없이 명훈을 말끄러미 마주 볼 뿐이었다. 그 무력하고 계산 없는 눈길이 그때껏 은밀하게 진행돼 온 명훈의 계략에 뜻 아니한 균열을 일으키게 했다. 까닭 모를 연민과 함께 문득 자신이 하고 있는 말 모두가 그대로 티끌 한 점 없는 진심처럼 느껴졌다. 그래, 진실로 너와 함께라면…….

그 바람에 명훈은 그녀를 충동질해 더 취하게 만든다는 처음의 계략도 잊고 혼자서 몇 잔을 거푸 들이켜다 열한 시쯤 술집을 나왔다. 간신히 택시를 잡고 둘이 함께 올랐을 때도 마찬가지였다. 명훈은 하마터면 경애네 집이 있는 흑석동으로 가자고 할 뻔했다. 그러나 택시 뒷좌석에 나란히 앉아 몸을 부딪게 되자 이미 의식 속에서 흉흉한 파도를 일으키고 있는 욕정이 처음의 결의를 강하게 일깨워 주었다.

"청량리 쪽으로 갑시다."

명훈은 이제 더는 우리의 결정을 번복할 수 없다는 듯, 짐짓 강한 어조로 운전사에게 목적지를 알려 주었다. 경애의 얼굴에 긴장이 반짝하더니 금세 스러졌다. 이어 명훈 쪽으로 약간 몸을 붙이며 의자 등받이에 기댄 그녀가 혼잣말처럼 나직이 말했다.

"메스껍고, 머리가 아파……."

그 말에 명훈이 고개를 돌려 그녀의 낯빛을 살펴보았다. 조금 전 술집에서까지도 불그레하게 남아 있던 술기운이 싹 가신 창백한 얼굴이었다. 그게 이상한 애처로움으로 다시 명훈의 욕정에 찬물을 끼얹었다.

"그럼, 어떻게 할까?"

명훈은 자신도 모르게 그렇게 물었다가 화닥닥 놀라듯 말을 돌렸다.

"아냐, 여기서 멀지 않아. 조금만 참아."

아마도 마침 맞은편에서 사이렌을 울리며 달려오는 헌병 백차 탓이었을 것이다. 그 백차가 깜빡 잊었던 버터워스를 무의식적으로 상기시킨 것임에 틀림없었다.

명훈이 택시를 세운 곳은 청량리 못 미처에 있는 큰길가 작은 여관 앞이었다. 여관 문을 들어설 때 가벼운 밀고 당김이 있었지만 이번에도 일은 쉽게 풀렸다. 술기운을 빌려 억지라도 써 볼까 하는 참에 경애가 먼저 또각거리며 수부(受付) 쪽으로 걸어갔다.

전차를 타고 지나다닐 때의 겉보기와는 달리 여관 안은 초라하기 그지없었다. 아래층의 방이 다 차 2층으로 올라가는데 낡은 나무 계단이 먼저 든 손님들에게 미안할 만큼 삐걱거렸다. 2층 복도에서는 뭔지 모를 퀴퀴한 냄새가 술로 어지간히 마비된 코를 찔러 왔고, 그 안쪽 끝 방에서는 혀 꼬부라진 소리로 시비가 한창이었다.

방 안은 더욱 한심했다. 값싼 도배지는 그나마 성의 없이 발라 이음매의 허연 선이 드러나 있었으며 구석구석 검붉게 뜬 방바닥은 군데군데 땜질까지 되어 있었다.

"잠깐 다녀올게."

핸드백과 구두를 방 안으로 들여놓기 바쁘게 고무 슬리퍼를 찰싹거리며 복도 끄트머리 화장실 쪽으로 달려가는 경애를 따라가려다 말고 명훈은 천천히 방 안을 둘러보았다. 찌그렸다 편 다섯

홉짜리 주전자와 사기 물컵이 얹힌 커다란 양은 쟁반과 이가 빠진 사기 재떨이, 그리고 방 한구석에 동그마니 개어져 있는 이부자리와 그 이불 위에 나란히 놓여 있는 베개 두 개가 비품의 전부였다.

명훈은 암담한 눈길로 그런 걸 둘러보다가 한쪽 벽에 붙은 숙박 요금표 쪽으로 갔다. 술값을 치른 뒤라 문득 여관비가 걱정된 탓이었다. '일실일인(一室一人) 3백 환' 그렇다면 그럭저럭 돈이 돌아갈 만해서 마음 편히 앉으려는데 문득 그 아래 여백에 쓴 색연필 글씨가 들어왔다.

요 호청을 깨끗이 쓰시압. 호청을 버릴 시(時)는 세탁비를 추가함 — 주인 백(白).

처음 보는 경고문도 아니고, 또 전에는 은근히 선정적으로 느껴지기까지 하던 것이었으나, 명훈은 그걸 읽자 울컥 속이 치밀었다. 노여움과 역겨움이 묘하게 뒤섞인 감정이었다. 노여움은 왠지 그 글귀가 자신의 음흉한 속셈을 빈정대고 있는 것처럼 느껴진 데서 온 것이었고, 역겨움은 결국 경애와도 이런 식으로 끝을 봐야 하는가 하는 한탄 같은 게 변형된 감정이었다.

"뭐 하는 거야?"

자신의 감정을 억제하지 못한 명훈이 벽에 붙은 그 종잇조각을 거칠게 떼 내는데 살며시 문을 열고 들어서던 경애가 물었다. 명훈은 결정적인 범죄의 단서를 감추는 범인처럼 그 종잇조각을 주머니에 구겨 넣으며 애매한 웃음을 흘렸다.

"응, 아무것도 아니야."

그런데 그때였다. 까닭 없이 경애와 눈길이 맞부딪치는 게 겁나 딴 곳을 보다 마지못해 경애의 얼굴로 눈을 돌린 명훈은 섬뜩해져 그녀에게로 다가갔다. 방 안에 들어선 그녀의 얼굴이 희다 못해 푸르스름한 빛까지 띠고 있었다. 거기다가 간신히 서 있기는 해도 곧 쓰러질 듯 휘청거리는 그녀의 몸이 그 까닭을 묻는 것보다 그녀를 부축하는 일을 더 급하게 만들었다.

"무슨 일이야?"

허물어지듯 기대 오는 경애를 가만히 받아 벽에 기대앉힌 뒤에야 명훈이 물었다. 그녀가 눈을 감은 채 힘없이 말했다.

"심하게 토했어. 잠깐만 그냥 놔둬."

얼른 보기에도 공연히 그러는 것 같지는 않았다. 명훈은 그런 그녀의 어깨를 감싸 안으며 걱정스레 물었다.

"많이 괴로워? 약이라도 좀 사 올까?"

"아니, 그냥 가만히 있게만 해 줘."

경애는 여전히 눈을 감은 채 어깨만 가볍게 흔들었다. 약하기는 해도 감싸 안은 명훈의 팔을 털어 버리려 하는 게 분명했다. 명훈은 그런 그녀를 풀어 주는 대신 윗목에 놓인 이부자리를 폈다. 요 이불의 잇이 모두 희다기보다는 누른빛에 가까웠다. 역시 전에는 별생각 없이 그런 이부자리에 몸을 넣었으나 그날따라 불결하기 그지없이 느껴지고, 그게 다시 명훈의 거칠어져 있던 감정을 축

처지고 울적하게 만들었다.

"그럼 여기라도 누워."

명훈은 여자를 이부자리 속으로 끌어들인다는, 당연한 설렘이나 들뜸을 거의 느끼지 못하고 그렇게 권해 보았다. 경애가 갑자기 짜증스러운 소리를 냈다.

"제발 좀 가만히 두어 달랬잖아!"

그러자 술집에서부터 별러 오던 것과는 달리 명훈은 느닷없이 막막해졌다.

무얼 어떻게 해야 할지 몰라 엉거주춤 경애를 바라보다가 이불한 모퉁이에 멋쩍게 앉았다.

실은 명훈에게도 그다음부터의 상황은 전혀 경험에 없었다. 여자를 안다고 하지만, 그것은 기껏 돈으로 산 여자들과의 몇 날 밤에 지나지 않았다. 경애가 그런 여자들과 다른 만큼 다른 접근 방법이 있어야 하는데, 갑자기 그게 막막해져 버렸다. 거기다가 파리한 얼굴로 쪼그리고 앉아 입술을 깨물며 고통과 싸우고 있는 그녀의 모습은 더욱 명훈을 어쩔 줄 모르게 했다.

한동안 방 안은 이상한 적막에 휩싸였다. 그러나 그것은 명훈만의 느낌이었고, 실제로는 그렇지가 못했다. 방음이 잘 안 된 옆방의 수런거림이며 아직 끝나지 않은 복도 끝 방의 시비 소리가 마음대로 그 적막을 휘젓고 다녔다. 그러다가 그 소리들 가운데 어떤 종류가 언제부터인가 축 처지고 음울하게 가라앉은 명훈의 의식을 건드리기 시작했다. 명훈이 기대앉은 벽 쪽 방에서 흘러나오는 남자와 여자의 속삭임이었다. 자기들 딴에는 한껏 소리를 죽인다고 죽였지만 벽이 부실해서 제법 알아들을 만했다.

"자?"

"응, 아니."

"그럼……."

"또? 아이, 이제 그만 자."

그렇게 시작된 그들의 속삭임은 이불깃 스치는 소리와 또 다른 그렇고 그런 소리들로 이어지면서 거의 가라앉아 가던 명훈의 욕정을 거세게 휘저어 댔다. 그래, 오늘밤은 무슨 일이 있든지 너를 내 것으로 만들기로 했지. 잠시 잊고 있었던 초저녁의 결의를 되새기며 명훈은 청각에만 쏠려 있던 신경을 눈길로 모아 경애를 살폈다.

그새 경애는 제법 회복된 듯했다. 여전히 눈을 감고 머리를 벽에 기댄 채였지만 얼굴의 푸르스름한 빛은 가셨고, 괴로운 듯 가슴을 싸고 있던 두 손도 무릎께로 내려와 있었다. 약간 벌어져 있는 듯한 입술은 오히려 앙다물고 있을 때보다 더욱 고혹적이기까지 했다.

"어때? 이제 좀 괜찮아?"

명훈은 갑자기 아랫도리를 움직이기가 거북할 만큼 부풀어 오는 자신의 남성을 무릎걸음으로 감추며 그녀에게 다가가 물었다. 그녀가 가만히 눈을 뜨며 대답했다.

"좀…… 속은 가라앉는 듯해."

"그럼 여기 와 누워. 이대로 밤새도록 앉아 있을 순 없잖아?"

명훈이 좀 더 대담하게 그녀에게 다가가 이부자리 속으로 그녀의 손을 끌며 말했다.

"싫어!"

느닷없는 끌어당김에 기우뚱 명훈 쪽으로 몸이 쏠렸던 그녀가 몸서리치듯 어깨를 떨며 명훈의 손을 뿌리쳤다. 원래의 자리로 물러나 벽에 붙어 앉는 그녀의 자세가 어쩌나 차갑고 꼿꼿한지 명훈도 하마터면 거기서 주춤 물러날 뻔했다. 그러나 초저녁부터 몇 번이나 엎치락뒤치락하며 마음속에서 길러 온 결의는 이제 더 물러날 수 없을 만큼 굳어 있었다. 어느새 딴 방에 신경을 쓸 겨를이 없을 만큼 일이 진행되어 거리낌 없이 교성과 신음을 흘려보내고 있는 옆방의 남녀도 그런 명훈을 앞뒤 없이 충동질했다.

"그게 무슨 소리야? 그럼 여기까지 뭣 땜에 따라왔어?"

명훈은 자기도 모르게 거칠어진 목소리로 몰아세우듯 말했다. 경애는 대꾸도 않고 새삼스러운 눈길로 방 안 구석구석을 꼼꼼히 살폈다. 그러다가 명훈이 다시 무어라고 몰아세우려 할 무렵 종전보다 한층 높고 날카로운 목소리로 "싫어!" 해 놓고는 세우고 있던 무릎 사이로 얼굴을 파묻었다. 그같이 강한 반발에 명훈이 잠시 주춤해 있는 사이 다시 고개를 든 경애의 얼굴은 어느새 눈물로 젖어 있었다. 명훈은 어떻게 해야 자신에게 유리한 분위기로 끌어갈 수 있을까가 더욱 막연해져 그대로 엉거주춤 경애를 보고

만 있었다.

"싫어, 이건 아니야. 뭔가 잘못됐어⋯⋯."

경애는 흐르는 눈물을 닦으려고도 않고 흐느끼며 중얼거렸다. 그게 하도 절실해 명훈이 거의 반사적으로 물었다.

"뭐가? 뭐가 아니란 말이야?"

"이 방, 이 이부자리, 이 분위기⋯⋯. 어쩌면 너도 아니야⋯⋯."

"무슨 소릴 하는 거야?"

"이 싸구려 여관방과 땟국 전 이부자리 말이야. 그리고 이 불결하고 칙칙한 분위기⋯⋯. 적어도 나는 이런 식으로 내 처녀를 내던지고 싶지는 않아!"

경애는 그렇게 내뱉고 다시 소리 죽여 흐느끼기 시작했다. 토하기는 했어도 아직 남은 얼마간의 술기운이 빚어 낸 격앙 상태 같았다. 그러나 한 가지 틀림없는 것은 어쨌든 그게 난봉꾼들이 흔히 이죽거리며 말하는 처녀의 형식적인 거부는 아니라는 점이었다. 뜻 아니한 호된 반격과도 같은 경애의 그런 저항에 금세 터져 버릴 듯 부풀어 오르던 명훈의 욕정은 날카로운 송곳에 찔린 듯 꺼져 내리기 시작했다. 그녀의 눈물이나 야멸찬 말투보다는 그 감정이 명훈 자신의 것과도 일치하고 있었기 때문이었다. 이런 식으로는⋯⋯ 하는 처음 그 방에 들어섰을 때의 그 묘한 역겨움과 노여움이 새삼 되살아나 전의(戰意)와도 흡사하던 명훈의 결의를 무력하게 만들었다.

하지만 더욱 끈질기고 치열한 것은 스물한 살의 건장한 몸에 술기운과 아울러 불 댕겨진 지 오래인 욕정이었다. 이런저런 감정과 변덕에 주춤했던 것도 잠시, 그것은 또 그 나름의 일관성으로 예정된 대로의 분출을 고집했다. 한동안 상반된 욕구와 주장 사이에 혼전이 일었다. 그러나 승리자는 이내 명훈의 건장한 육체와 그것이 지지하는 거센 욕구로 결정이 났다.

'여자와 날고기는 오래 두고 보지 마라. 상하거나 소리개가 채 가니까.'

'여자와 집 짓기는 저질러 놓고 보아라.'

그런 시시껄렁한 격언들이 움츠러든 명훈의 욕정을 부추기는가 싶더니, 다시 간지(奸智)라고 불러도 좋을 그럴듯한 구실이 명훈의 감정까지 분기시켰다.

"좋아, 이 방이 고급 호텔 방이 아니고 이 이부자리가 깨끗한 시트가 덮인 침대가 아니라 슬프다는 말이지? 내가 멋쟁이 미군 독신 장교가 아니고 그 목욕물이나 데워 주는 보일러 맨이어서 몸을 내주기가 아깝단 말이지?"

처음에는 경애가 꼼짝 못할 구실을 찾아냈다는 은근한 기쁨을 숨기면서 짐짓 성난 듯 소리친 것이었으나, 막상 내뱉어 놓고 나니 정말로 화가 치밀었다. 그리고 뒤이어 욕정과는 다른 광포성이 끼어들면서 명훈의 말투는 한층 거칠어졌다.

"야, 너 누굴 가지고 노는 거야? 내가 뭐 가지고 놀다가 제자리에 갖다 놓기만 하면 되는 노리갠 줄 알아?"

명훈은 자신도 모르게 안동 역전의 몰이꾼들을 흉내 내고 있었다. 봄철 시골에서 올라온 가출 소녀들을 어르고 달래 몸 뺏고 돈 뺏은 뒤 끝내는 사창가에 팔아넘기던 패거리였다. 그때는 가장 경멸하던 패거리였으나 이제는 오히려 그들의 방식이 가장 유용할 것 같았다. 기어이 안 되면 힘으로라도 찍어 누르려 들 만큼 명훈의 감정은 격앙돼 있었다.

"그만해."

갑자기 경애가 발딱 몸을 일으키면서 쌍소리라도 내뱉을 기세로 씨근거리는 명훈을 빤히 쳐다보며 소리쳤다.

"내 가슴에 오래오래 남아 있을 네 모습을 더는 추악하게 망가뜨리지 마. 이제부터 너는 가장 부드럽고 아름다운 말만 골라 해야 돼."

방을 뛰쳐 나가려고 그러는 게 아닌가 싶어 잔뜩 긴장한 눈으로 바라보는 명훈에게 다시 그렇게 말한 경애가 갑자기 옷을 벗기 시작했다.

너무도 앞뒤가 맞지 않는 갑작스러운 반전이어서 명훈으로서는 그저 아연할 수밖에 없었다. 그러나 경애에게는 일찍부터 예정되어 있었던 행동 같았다. 침착하면서도 태연하게 블라우스를 벗어 못에 건 다음 스커트를 벗어 주름 가지 않게 윗목에 개어 놓고, 다시 슈미즈의 어깨걸이에 손가락을 넣던 경애가 굳은 듯 서 있는 명훈을 보고 심술궂게 웃으며 이죽거렸다.

"온달님, 설마 내가 여기까지 와 놓고 그냥 가 버리기야 하겠어요? 걱정이 되고 노여우셨더라도 이젠 푸세요."

그제야 명훈은 퍼뜩 정신이 들었다. 지금껏 자신을 몰아대던 격정 대신 까닭 모를 낭패감에 사로잡힌 그는 얼결에 전등갓 쪽으로 손을 내밀며 우물거렸다.

"무슨…… 짓이야? 불도 끄지 않고……."

"불 끄지 마!"

슈미즈를 벗던 경애가 앙칼지게 소리쳤다. 명훈이 찔끔해서는 손을 거둬들이고 그녀를 보았다. 그녀는 어느새 브래지어와 팬티 바람이었다.

"나는 떳떳하게 내 처녀를 주고 싶어. 왜, 밝은 데서 받기가 겁나?"

그러면서 브래지어까지 벗어 던지는 그녀를 명훈은 자신도 모르게 외면하지 않을 수 없었다.

"겁내지 마. 처음부터 나는 내 몸을 네게 주기로 작정하고 있었어. 어쩌면 내가 먼 이국 땅에서 몇십 년 그들의 느끼한 욕정이나 받아 주며 살다가 끝날지도 모른다는 불안이 먼저 동족의 청년을 골라 내 처녀를 주어 버리도록 부추긴지도 모르지. 너는 바로 그렇게 선택받은 동족의 청년이야."

실오라기 하나 걸치지 않고 이불 속으로 들어가 반듯이 누운 경애가 다시 도발하듯 그렇게 말했다. 그럴수록 명훈은 더 큰 낭패감에 빠져들었다. 참으로 기묘한 역전이었다. 진정한 사랑에 대한 그 나름의 동경 탓일까, 그 돌연하고도 상상 밖의 전개가 명훈을 완전히 혼란시켜 버린 듯했다. 어둡고 뒤틀린 과거에도 불구하고 그는 정신적으로는 틀림없이 동정(童貞)이었다.

연이은 도발에도 명훈이 멍청하게 굳어 있자 경애가 한층 뒤틀린 어조로 명훈을 재촉했다.

"못 알아듣겠어? 나는 버터워스의 청혼을 받아들일 작정이란 말이야. 그래서 그전에 이 거추장스러운 처녀를 먼저 떼어 던져 버리고 싶은 거야."

그러다가 제풀에 답답해졌는지 이불까지 홱 걷어 젖히며 소리쳤다.

"여길 봐. 아직도 아무도 손대지 않은 몸이야. 이걸 고스란히 양키에게 바쳐도 좋아?"

그러나 정작 명훈을 움직인 것은 이제 단순한 도발을 넘어 알지 못할 독기까지 뿜고 있는 그녀의 목소리가 아니라 젖힌 이불 속에서 드러난 그녀의 알몸이었다. 무슨 희고 눈부신 빛 덩이 같은 게 언뜻 나타난 것 같아 그리로 눈길을 돌린 명훈은 이내 최면에 빠진 사람처럼 옷을 벗어 던지고 도발적으로 열려 있는 그녀의 몸속으로 뛰어들었다.

그날 아침

양철 대야 같은 것에 세차게 떨어지는 수돗물 소리가 영희를 깊은 잠에서 깨웠다. 간밤 명훈을 기다리느라 자정이 넘어 자리에 든 탓에 깜박 늦잠을 잔 걸로 알았는데 그게 아니었다. 이제 겨우 창이 희붐히 밝아 오고 있었고, 가난한 동네답게 일찍부터 수런거리는 봉창 쪽 골목길은 아직도 조용했다.

누가 아침 일찍부터 수선일까, 하는 기분으로 몸을 일으키던 영희는 방 저쪽 명훈의 이부자리가 비어 있는 걸 보고서야 그게 명훈임을 짐작했다.

'오빠가 변했어. 요즈음 무슨 일이 있는 거야……'

영희는 그 무렵 들어 거의 습관이 되다시피 한 그 걱정스러운 중얼거림을 다시 한 번 속으로 되뇌며 잠시 그 생각에 빠졌다.

명훈이 전혀 학교에 나가지 않는 것 같은 눈치를 보인 것은 한 스무 날 전부터였다. 책가방은 언제나 들고 온 대로 다시 가지고 나가고, 대학 입시 준비랍시고 제법 열을 내어 들여다보던 책도 더 는 펴 들지 않았다. 거기다가 주인집 아주머니의 얘기로는 명훈이 아침에 집을 나서는 것도 빨라야 열 시였다. 당수 도장만 들렀다 가 바로 부대로 출근하는 것임에 틀림없었다.

영희는 명훈이 무엇 때문에 그러는지 궁금했지만, 오빠를 믿고 사랑하는 만큼 어려운 데도 있어 함부로 묻지 못했다. 물어본다 물어본다 하면서도 한편으로는 곧 얘기해 주겠지 하는 생각이 들 어 미루다가 그럭저럭 보름이 지나갔다. 그런데 명훈은 스스로 모 든 걸 털어놓기는커녕 대엿새 전 아무 말도 없이 이틀이나 바깥 에서 지내고 돌아온 뒤부터는 모든 게 한층 더 이상해졌다. 책가 방도 도복도 팽개쳐 두고 아침부터 어디론가 나가 하루 종일 헤매 다가 교대 시간이 되면 겨우 부대로 들어가 근무를 때우고는 새벽 같이 달려 나오는 식이었다. 그리고 잠깐 편히 앉아 쉬는 법도 없 이 아침을 재촉해 먹고는 다시 바쁘게 달려 나갔다. 하지만 그보 다 더 걱정스러운 것은 행동의 변화였다. 원래도 그리 말이 많은 편은 아니었으나 점차 말수가 줄더니 그때부터는 거의 하루 한마 디도 말을 건네 오는 법이 없었다. 유별나던 자상함은 섭섭할 만 큼의 무관심으로 바뀌고, 어떤 때는 영희의 존재를 귀찮게 여기는 눈치를 보이기조차 했다. 잠을 잘 못 이루는지 눈은 언제나 불그 레했으며 이틀에 한 번은 과음 탓으로 보이는 헛구역질과 함께 국물만 몇 술 뜨고 밥상을 밀어냈다.

'오늘은 꼭 물어봐야지. 정말 무슨 일일까?'

영희는 그렇게 스스로에게 다짐하다가 문득 간밤 명훈이 하던 술주정을 떠올렸다.

"너도 여자 꼬리를 달았으니 물어보자. 정조란 것, 너희들에겐 생명 같은 거 아니냐? 그걸 함부로 팽개칠 수도 있는 거야?"

근무는 어떻게 했는지 통금 시간을 넘긴 뒤에야 술에 취해 돌아온 명훈이 건들거리며 옷을 벗어 던지다 말고 물었다. 하지만 처음부터 대답을 기다리고 한 물음 같지는 않았다. 너무 갑작스럽고 또 무슨 뜻으로 그러는지도 알 수 없어 어물거리는 영희를 제쳐 놓고 명훈은 곧 스스로 그 물음을 거둬들였다.

"아냐, 내가 괜한 걸 물었다. 네가 뭘 알겠니? 못됐고 닳아빠진 기집애 일을 너같이 순진한 것이 어떻게 알겠어?"

그러고는 자리에 푹 쓰러지더니 거짓말처럼 금세 코를 골기 시작한 것이었다.

'그래, 여자 일이야. 언젠가 함께 걷는 걸 본 일이 있는 그 언니일까?'

영희는 문득 그 전해 연말에 우연히 보았던 여자를 떠올렸다. 둘이 나란히 걷고는 있어도 웬지 명훈에게는 어울리지 않아 보이던 멋쟁이 아가씨였다. 그 뒤 영희는 은근히 명훈에게 그녀에 대해 물어본 적이 있었으나 명훈은 화만 내고 바로 대답해 주지 않았다.

"수건, 어디 있어?"

갑자기 방문이 열리며 명훈이 물방울이 뚝뚝 떨어지는 머리를 내밀고 물었다. 원래도 고등학생들의 단정한 까까머리와는 거리가 먼 상고머리였지만 그걸 또 한 달 가까이나 더 기른 데다 물기까지 있어 제법 어른들처럼 뒤로 넘어가는 머리칼이었다.

영희는 수건을 찾아 주고 아침밥을 짓기 위해 부엌으로 나왔다. 새벽같이 일어나 찬물에 머리까지 감고 들어서는 명훈에게서 느껴지는 어떤 심상찮은 기색에 눌려 혼자 다짐했던 물음은 뒤로 미룰 수밖에 없었다.

잠시 후 쌀을 안친 영희가 다시 무얼 가지러 방으로 들어갔을 때 명훈은 칼로 발톱을 깎고 있었다. 그런데 그 칼이 이상하게 영희를 섬뜩하게 했다. 작년 하우스 보이로 일할 때 어떤 흑인 병사한테서 얻었다는 접는 칼로, 손잡이께에 있는 작은 단추를 누르면 찰칵하는 소리와 함께 어린애 뼘 하나는 될 만한 길이의 날카로운 칼날이 튕겨져 나왔다. 명훈은 그 칼을 몹시 아껴 평소에는 기름종이에 싸서 깊이 감춰 뒀는데 그날따라 그걸 꺼내 발톱을 깎고 있었다.

"오빠, 오늘 무슨 좋은 일 있어? 아침부터 머리 감고 발톱 깎고……"

영희는 짐짓 밝은 목소리로 그렇게 명훈을 떠보았다. 그 정도로 속까지야 털어놓지 않겠지만 말투로 명훈의 기분이라도 짐작해 두려는 생각에서였다.

"응, 학교에 가 볼 참이야."

명훈은 발톱에서 눈도 떼지 않고 덤덤하게 대구했다. 영희가 그
것만으로는 부족해 스스로도 호들갑스럽게 느껴질 정도로 웃음
섞어 물었다.

"학교 가는데 왜 새벽부터 난리야? 교문 앞 빵집에 예쁜 아가
씨라도 새로 왔어?"

그래도 명훈은 별다른 변화가 없었다. 여전히 덤덤한 목소리로
영희의 말을 받았다.

"실은 한 스무 날 넘게 결석을 했어. 내가 말 안 했던가?"

"스무 날이나 결석을 했다고? 오빠, 그게 무슨 소리야?"

영희가 깜짝 놀란 척 묻자 비로소 명훈의 얼굴에도 그때껏 애
써 감추고 있던 어두운 그늘이 천천히 번져 가기 시작했다.

"똥개들이 텃세를 심하게 하길래 패 줬지. 그랬더니 떼를 지어
나를 물겠다고 교문 앞을 지키는 거야."

"똥개라니?"

"같은 재단 중학교에서 우리 고등학교로 함께 올라온 녀석들
떼거리와 그 동네 토박이들."

"그런데 이제는 괜찮겠어?"

얘기를 들을수록 정말로 걱정이 된 영희가 부엌으로 갈 것도
잊고 명훈에게 바싹 다가앉으며 물었다. 명훈이 그제야 고개를 들
어 영희를 보며 억지로 지은 듯한 웃음을 흘렸다.

"그렇다고 어쩌겠니? 이제 와서 학교를 그만둘 수도 없는 일이

잖아?"

"그렇지만……."

"걱정 마, 잘될 거야."

명훈은 여전히 웃음기를 거두지 않고 있었으나 영희는 왠지 그 웃음이 어떤 자신이나 각오에서 나온 것이 아니라 체념과 허탈에서 나온 것인 듯한 느낌이 들었다.

"떼를 지어 벼른다면 바로 그 학교의 유명한 깡패들 아냐? 그게 어떻게 잘될 수 있어? 오빠, 그러지 말고 차라리 다른 학교로 옮겨."

야간학교를 다니다 보니 그런 쪽에 관해 들은 게 많아 영희가 목소리까지 떨며 그렇게 권해 보았다. 명훈이 피식 웃었다.

"3학년 1학기도 끝나 가는데 전학이 잘 되겠어? 거기다가 돈도 없고……. 어쨌든 돈 들여 들어간 곳이니 거기서 졸업장을 받아 내야지."

"깡패들이 맞고 그냥 넘기겠어? 몰매라도 주면 어쩌려고……."

"괜찮아, 도장 선배들이 몇 따라가 뒤를 봐주기로 했으니까."

명훈이 갑자기 웃음기를 거두고 그렇게 말허리를 자르더니 이어 성가시다는 듯 이맛살을 찌푸리며 영희를 몰아냈다.

"그만 나가 봐. 기집애가 뭘 안다고……. 내 일은 내가 알아서 할 테니까 네 할 일이나 잘해."

그 바람에 영희는 학교 문제만이라도 듣게 된 걸 다행으로 여기며 부엌으로 쫓겨나지 않을 수 없었다.

겨우 열서너 살부터 작은 가장이 되어 전후(戰後)의 어려운 세월을 이겨 나가는 걸 곁에서 잘 보아 온 터라 명훈에 대한 영희의 믿음은 그만 터울의 어느 오누이와 달랐다. 결코 어리다고 할 수 없는 나이건만 그때까지도 영희는 명훈을 마음만 먹으면 무엇이든 할 수 있는 사람으로 믿었다. 그런데도 학교 일을 알고 나니 오히려 더 걱정이 되었다. 특히 명훈이 발톱을 깎고 있는 그 칼이 이상스레 마음에 걸려 견딜 수가 없었다. 간밤의 주정이나 여자 문제 쪽으로의 궁금증은 어느새 뒷전으로 밀려나 버린 뒤였다.

그러나 영희는 끝내 그 얘기를 다시 끄집어내지 못하고 집을 나서야 했다. 밥상을 들여갔을 때는 가방을 챙기는 명훈의 표정이 너무 굳어 있어 감히 말을 걸지 못했고, 밥상을 물린 뒤에는 자신의 출근이 바빠 길게 얘기를 나눌 틈이 없었기 때문이다.

그날 아침 명훈이 집을 나선 것은 아홉 시를 훨씬 넘긴 뒤였다. 대문께에 이르러서야 그는 비로소 영희의 물음에 제대로 답해 주지 않은 것을 후회했다. 좀 번거로워지더라도 자신의 계획을 대강 알려 주고, 있을지 모를 좋지 못한 일에 대해 어느 정도는 마음의 준비를 시켜 두는 게 옳았다는 생각이 든 까닭이었다.

도장 선배 어쩌고 하는 말은 실은 새빨간 거짓말이었다. 명훈은 그 누구의 힘도 빌리지 않고 혼자서 학교 문제를 처리하려고 마음먹고 있었다. 학교에 나가지 못하게 된 걸 그렇게 괴로워하면서도 그때껏 엄두조차 내지 못했던, 장하기보다는 차라리 무모한 결심이었다.

'참을 때까지 참아 준다. 어쨌든 다시는 그 역전 뒷골목으로, 그 막막하고 음울했던 날들로 돌아갈 수는 없다……'

적어도 명훈의 의식 표면을 떠다니고 있는 결의는 그러했다. 어젯밤 홀로 이 술집 저 술집을 더듬다가 집 앞 대폿집에서 통금 사이렌 소리를 들으며 불쑥 떠오른 뒤, 새벽 술이 깬 뒤에도 이제는 무슨 바꿀 수 없는 원칙처럼 되어 버린 결의였다. 그러나 그런 결의의 밑바닥에 깔린 것은 기실 지난 일주일 동안 점점 걷잡을 수 없게 자란 피학(被虐)의 열정에 지나지 않음을 그 스스로는 알지 못했다. 아니, 그것은 이미 피학의 열정이라기보다는 이제 무언가 끝을 보지 않고는 안 되겠다는 광란적인 자포자기에 가까웠다.

하지만 아무리 상반된 감정일지라도 그 극단 사이는 그리 멀지 않은 법이다. 명훈의 의식 밑바닥에서 소용돌이치고 있는 피학의 열정도 그와 같아서, 그것은 또한 언제든 흉흉한 가학의 의지로 전환될 수 있었다. 그 한 예가 바로 감추어 두었던 잭나이프를 꺼낸 일이었다. 작년 앤더슨 상병에게서 그걸 얻었을 때만 해도 명훈은 기쁨 못지않은 섬뜩함을 느꼈다. 안동 뒷골목에서 은연중에 몸에 밴 좋은 칼에 대한 선망으로 평소 탐내 오기는 했지만, 막상 앤더슨이 그걸 내밀자 얼른 받기가 망설여졌다. 그걸 받아 이전 주인의 시도 때도 없는 던지기로 뭉그러진 칼끝을 날카롭게 되살린 뒤에도 되도록이면 눈에 띄지 않는 곳에 넣어 둘 만큼 그 칼에 대한 명훈의 감정은 경원 쪽에 가까웠다. 그걸 쓰게 되는 일이 있어서는 안 된다는, 어떤 본능적인 공포 같은 것 때문이었다. 그런데 그 새벽, 학교에 갈 결심을 하고 명훈이 가장 먼저 챙겨 본 것은 그 칼이었다. 그걸로 발톱을 깎은 것도 편리해서라기보다는 그 칼을 손에 익혀 둔다는 고려가 더 깊게 깔려 있었다.

그렇게 보아서 그런지 바깥은 7월의 아침인데도 흐리고 쌀쌀했다. 명훈은 시위의 의도가 깔린, 검은 띠가 드러나게 맨 도복 뭉치가 손잡이 사이로 늘어진 책가방보다 호주머니에 든 잭나이프를 더 무겁게 느끼며 버스 정류장으로 향했다.

실제 학교로 가고 있다는 생각이 들자 뜻 아니한 떨림이 벌써부터 온몸을 스쳐 갔다. 어쩌면 오래잖아 혹독한 시련을 겪게 될지도 모르는 육체의 당연한 움츠러듦이었는지도 모를 일이었다. 그러나 명훈은 윗몸이 흔들릴 만큼 세차게 고개를 저어 그 느닷없는 떨림을 털어 버리고 마침 도착한 시내버스에 뛰어올랐다. 그런 그의 눈앞에 뒤늦은 신호처럼 경애의 얼굴이 언뜻 떠올랐다가 사라졌다.

참으로 알 수 없는 일이었다. 함께 밤을 보낸 그 이튿날 아침 명훈이 떨떠름한 승리감으로 눈을 떴을 때 경애는 이미 방 안에 없었다. 나오면서 여관집 아주머니에게 물어보니 경애는 통금이 해제되기 바쁘게 나갔다고 알려주었다. 쪽지 한 장 전갈 한마디 없는 것이 명훈으로 하여금 더욱 자신의 승리를 못 미덥고 씁쓸하게 만들었다.

생각하면 그 전날 밤은 알 수 없는 일투성이였다. 그녀가 명훈을 받아들인 과정도 그랬지만 그 뒤는 훨씬 심했다.

"야, 이 바보 자식아, 넌 네가 데리고 잔 여자가 처녀였는지 아니었는지 궁금하지도 않아? 네가 뭐 그런 데는 관심 없는 돈 후안이나 되느냐고?"

재촉해 댈 때와는 달리 차게 굳어 있는 경애의 몸속에다 뒤틀리고 움츠러든 욕정을 쏟아 낸 뒤에도 그 갑작스러운 결말이 잘 이해가 되지 않아 몽롱하게 누워 있는 명훈에게 경애가 갑자기 그렇게 독살스레 쏘아붙였다. 어느새 겉옷까지 다 챙겨 입은 채 윗목에 서서 노려보는 그녀의 눈에는 새파란 적의의 불꽃이 이는 듯했다. 얼결에 몸을 일으킨 명훈은 그 어떤 무형의 압력에 몰린 듯 그녀가 이불을 걷어차 전등불 아래 드러난 요께로 멀거니 눈길을 돌렸다.

그녀가 누웠던 가운데쯤에 밤알만 한 것과 그것보다 좀 작은 두 개의 핏자국이 선명하게 나 있었다. 그러나 경애는 감격할 틈도 주지 않았다.

"알았으면 이 병신아, 옷이나 입어. 꼴 보기 싫어!"

그렇게 명훈을 몰아쳐 옷을 입힌 뒤 비로소 불을 끄고 이부자리 속으로 들어왔다.

명훈이 그런대로 제정신을 추스른 것은 불을 끄고도 반 시간은 넉넉히 지난 뒤였다. 그러나 딱하게도 명훈의 의식에 먼저 걸려 온 것은 어쨌든 그가 그녀의 몸을 차지했다는 사실이었다. 그것과 뒤이어 떠오른 초저녁의 결의가 어정쩡한 승리감으로 그를 뿌듯하게 만든 것도 잠시, 명훈은 곧 이상한 초조감에 휩싸였다. 문득 자신이 그녀의 환상에 잠겨 자위를 했거나 몽정을 한 게 아닌가 하는 의심이 든 까닭이었다. 워낙 황당하게 치러진 성합(性合)인 데다 뒤이은 그녀의 표변이 갑자기 자신의 기억에 대한 믿음을 흔들어 놓은 듯했다. 거기다가 같은 이불 한 귀퉁이에 들어 있어도 움직임은커녕 숨소리 하나 들리지 않는 그녀라 어둠 속에서는 없는 것과 마찬가지였다.

그 바람에 명훈은 손을 뻗어 그녀를 확인해 보았다. 파들거리는 듯한 그녀의 등허리가 느껴졌으나 명훈은 그것으로는 아직도 미덥지가 않았다. 어떻게든 다시 한 번 온몸으로 그녀를 느끼고 미덥잖은 승리를 확인하고 싶었다. 거기에 어느새 슬금슬금 되살아난 눈치 없는 욕정이 가세하자 조금 전 자신을 개 몰아대듯 하던 그녀의 표독스러움마저 까맣게 잊고 불쑥 그녀에게로 다가가다 끝내 호된 꼴을 당하고 말았다.

"억!"

제 딴에는 부드럽게 다가간다고 누운 채로 그녀의 어깨를 가만히 싸안던 명훈은 그런 외마딧소리와 함께 두 손으로 가슴을 싸안고 새우처럼 몸을 꼬부렸다. 그녀가 팔꿈치로 힘껏 명훈의 명치를 찔러 버린 것이었다. 이어 숨만 헉헉거리는 명훈의 귀에 표독스럽다 못해 살기까지 띤 그녀의 목소리가 들려왔다.

"이게 미쳤어?"

경애는 그걸로도 그치지 않았다. 아직 숨이 막히는 듯한 고통에서 깨나지 못해 웅크리고 있는 명훈 쪽으로 되돌아 누우며 다시 차가운 으름장을 덧붙였다.

"너 말이야, 정말로 혼나고 싶지 않으면 조용히 엎어져 자. 알았어?"

그런데 그녀 못지않게 이상스러운 것은 그런 그녀의 말을 받아들이는 명훈의 감정이었다. 정말로 자신으로서는 막아 낼 길이 없는 어떤 무시무시한 위해(危害) 수단을 그녀가 지닌 듯한 착각이 들며 명훈은 갑작스러운 무력감과 처량함을 느꼈다. 허락 없이는 함부로 쳐다보아도 안 될 것 같은 높고도 힘있는 존재 앞에 무릎 꿇고 앉은 듯한 느낌뿐, 어떻게 항거해 볼 엄두조차 나지 않는 까닭이었다. 느닷없이 솟구치는 서글프고 쓸쓸한 눈물만 삼키다가 이윽고 잠든 그녀의 고른 숨소리를 듣고서야 자신도 아득한 벼랑에 떨어지듯 잠들어 버리고 말았다.

하지만 날이 새어 잠에서 깨어나자 명훈은 그 이상한 무력감과 처량함에서 벗어날 수 있었다. 되살아나는 기억들이 다시 은근한 승리감을 느끼게 했고, 특히 온몸에 남아 있는 그녀의 촉감들은 제법 새로운 자신까지 일깨웠다. 그래서 또 한 번의 시도를 하려고 그녀 쪽을 더듬었던 것인데 그녀는 벌써 일어나 가고 없었다.

거기다가 더욱 나쁜 것은 그 뒤 다시는 경애를 볼 수 없게 된 일이었다. 그다음 날 경애가 출근하지 않았을 때만 해도 명훈은 그걸 별로 걱정하지 않았다. 그러나 이틀째 사흘째도 거듭 결근을 하자 명훈은 비로소 일이 심상치 않음을 느꼈다.

명훈은 갑작스레 자신을 사로잡는 불길한 예감을 떨쳐 버리려고 애쓰며 흑석동 집으로 달려가 보았다. 안됐게도 예감대로 경애는 집을 옮겨 버린 다음이었다. 명훈은 한낮을 서성거리며 부근을 수소문했지만 아무도 그녀가 옮겨 간 곳을 알지 못했다.

파출소를 마지막으로 마침내 부근에서는 그녀를 찾기를 단념한 명훈이 겨우 시간에 대어 출근했을 때 부대에서는 또 새로운 일이 명훈을 후끈 달게 만들었다. 버터워스 소령이 진급해서 어디론가 전출을 가 버린 것이었다. 명훈은 김 형을 들볶아 버터워스가 간 곳을 알아보았다. 이틀 뒤에 그가 진급해 왜관에 있는 어떤 미군 캠프의 부사령관으로 간 것을 알아내긴 했지만, 그걸로 그만이었다. 새로운 임지에 가기 전에 꽤 긴 휴가를 얻어 본국으로 돌아간 때문이었다. 왜관으로 가 봤자 그를 만날 수 없다는 게 당장 그리로 달려가 그의 멱살이라도 쥐고 흔들고 싶은 명훈을 말렸다.

"잊어버려, 장교 식당 성칠이 얘길 들으니까 그 기집애가 빠다값(버터워스)인지 치즈값인지 하는 그 친구하고 어울려 다닌 게 벌써 오래됐다는데."

대강 사정을 들은 김 형이 그렇게 권했고 황도 이죽거림으로 명훈의 격정에 찬물을 끼얹었다.

"그냥 보내 주슈. 그녀는 신데렐라의 꿈을 따라간 거요. 식민지의 토민(土民) 처녀에겐 로마군 사관이 바로 백마 탄 왕자지. 그래도 첫정만은 이 형에게 주고 갔으니 기특하지 않소? 그걸로 모두 잊어 주고, 이제 그만 맘 잡으쇼."

하지만 결국 명훈이 왜관으로 가는 걸 포기하게 만든 것은 오히려 그의 순정이었다. 어쨌든 경애는 진정한 의미에서의 첫사랑이자 첫 여자 — 그녀가 버터워스와 함께 있는 걸 보게 되는 것은 차라리 공포였다. 그 외국인과는 관계없이 어딘가 낯선 곳으로 가서 새로운 삶을 시작했고, 그러다가 어느 날 꿈처럼 다시 나타나리라 — 그게 거의 필사적인 노력으로 끼워 맞춘 명훈의 추측이었다. 그리고 그 추측에 맞추어 자신을 키워 나가는 게 쓸데없이 그녀를 찾아 헤매는 것보다 나을지도 모른다고 스스로를 설득하게끔 되었을 때 문득 경애의 편지가 날아들었다.

명훈

어제 어떤 일로 흑석동엘 갔다가 네가 나를 찾아 그 부근을 헤집고 다닌 걸 알았어. 부탁이지만 제발 부질없는 짓은 그만두어. 우리가 다시 만나 더 이상 진행시킬 일이 남았다면 그것은 아직은 척박하기 그지없는 1950년대 말 아메리카제국의 어떤 변경을 무대로 한 한 막의 희비극(喜悲劇)일 뿐이야. 결국은 도중에서 끝나게 되어 있는 어설픈 사랑 놀이거나, 기껏해야 삶을 누리기보다는 삶에 짓눌린 원주민 부부를 만들어 낼 뿐인.

그러지 말고 우리 새로 시작해 보아. 이제 출발선에 선 달리기 선수처럼 각자의 결승점을 향해 힘껏 달리기로 해. 지금은 서로 아주 달라

보여도 성실하게 달리기만 한다면 도달점은 같고 거기서 우리는 다시 만나리라고 믿어. 그럼 안녕, 진정으로 사랑했던 나의 온달님. 내 아픈 첫사랑, 그리고 쓸쓸한 모국(母國).

1959년 5월 7일 경애

쓸쓸한 모국이란 말이 무슨 날카로운 송곳처럼 가슴을 찔러 오는 대로 묘한 진정의 효과를 주는 글이었다. 무엇 때문인지는 알 수 없지만 모진 절제 사이로 스며 나오는 그녀의 애틋한 사랑이 명훈을 가슴 저리게 했고, 또 버림받은 듯한 느낌을 많이 덜어 주었다. 편지를 전해 준 것은 장씨 아저씨였는데, 그가 직접 그녀로부터 편지를 건네받았다는 사실도 명훈의 상처받은 자존심을 적잖이 달래 주었다. 적어도 그녀가 아직 서울에 있다는 사실이 버터워스와 무관함을 증명한다고 믿고 싶었다.

그러자 비로소 정신을 가다듬은 명훈은 그때껏 미뤄 두고 있던 의문을 추적하기 시작했다. 통속적으로 표현해 이미 모든 걸다 바치고도 그녀가 자신을 떠나야 했던 까닭이었다. 명훈은 편지를 받은 다음 날 하루 종일 집에 누워 그걸 생각해 보았으나 알듯 알 듯하면서도 끝내 뚜렷한 답은 찾아낼 길이 없었다. 기껏 자신의 가난과 무식이 그녀를 절망케 했으리라는 막연한 추측과 아울러 새삼스러운 앙심만 생길 뿐이었다. 속된 출세욕을 불붙일 수도 있고 자포자기적인 타락으로도 내몰 수 있는 그런 앙심이었다.

갑자기 학교로 갈 결심을 하게 된 것도 그런 앙심과 무관하지 않았다. 전날 저녁 홀로 술을 마시며 불쑥 학교에 나가야겠다고 생각했을 때의 표면적인 동기는 어떻게든 학업을 계속해 경애에게 보란 듯이 출세하고 싶다는 것이었지만, 그 내면에는 그 과정에서 겪어야 할 혹독한 육체적 시련에 대한 비뚤어진 기대 또한 없지 않았다.

다시 어둠 속으로

"동대문 내리세요. 동대무운 ―."

학교에 가는 것이 아니라 경애와 무슨 결판을 내러 가는 것처럼나 그녀 생각에 빠져 있던 명훈은 차장 아가씨의 외침에 퍼뜩 정신이 들었다. 버스에서 내려 학교로 가는 골목길로 접어들자 다시 한 번 본능적인 공포가 찬바람처럼 몸을 오싹하게 했으나 명훈은 되살아나는 뒷골목 시절의 강단으로 버티며 짐짓 힘차게 발걸음을 내디뎠다.

마침내는 명훈이 학교를 그만둔 것으로 단정했는지 도치네 패는 그날 교문 앞에 나와 있지 않았다. 다른 부원 하나와 무언가 규율에 걸린 여남은 명의 하급생을 '엎드려뻗쳐' 해 놓고 으르렁대고 있던 규율부 녀석이 묘한 얼굴로 명훈을 맞았다.

"이명훈, 너…… 왔구나."

"그래, 사정이 있어서 며칠 결석했지."

명훈은 호주머니 속에 든 잭나이프를 한층 무겁게 느끼며 제법 허세까지 섞어 대꾸했다. 녀석은 더욱 어리둥절한 표정이었다.

"도치, 언제 만났어?"

"아니, 이제 만나야지."

명훈은 그렇게 대답하고 교사 입구가 되는 중문으로 들어섰다. 화강암을 다듬어 길게 낸 댓돌 위로 올라서다 뒤돌아보니 규율부 녀석이 다른 부원과 고개를 갸우뚱거리며 무언가를 수군대고 있었다.

수업 시간이 다 돼서 그런지 아이들로 꽉 들어찬 교실은 그렇고 그런 얘기들로 시끌벅적했다. 명훈은 일부러 앞문을 골라 들어갔다. 일이 어떻게 끝을 보게 될지 모르지만, 어쨌든 대담함으로 먼저 기선을 제압해 두려는 심산에서였다.

명훈이 책가방을 끼고 뚜벅뚜벅 들어서자 앞줄부터 차례로 조용해졌다. 모두 그를 보자마자 입을 다문 까닭이었는데, 명훈이 약간 뒤쪽인 그의 자리에 가 앉았을 때는 교실 전체가 이상한 정적에 싸여 버렸다.

"오랜만이다."

명훈은 의자에 가방을 놓으며 곁에 앉은 녀석에게 태연하게 인사를 건넸다. 명훈과 같은 옹진 출신인 녀석은 낯빛까지 핼쑥해지는 것 같았다. 힐끗 뒤편 창문께를 보고는 더듬더듬 인사를 받았다.

"그으래, 무슨…… 일로 결석을 그렇게나…… 했어?"

그리고 다시 힐끗 뒤편 창문께로 눈길을 주는 녀석을 따라 명훈도 그리로 눈길을 돌렸다. 평소 도치네 패가 몰려서 돌림 담배를 피우거나 눈에 거슬리는 반 아이들을 끌고 가 선매를 때리는 구석이었다. 도치 녀석과 나팔바지, 그리고 왕방울 눈이라고 불리는 녀석이 벽에 비스듬히 기대 서 있다가 명훈의 대담한 눈길을 받자 거꾸로 찔끔했다. 하지만 도치 녀석은 역시 패거리의 작은 두목다웠다. 찔끔한 게 화난다는 듯 삐딱하게 얹고 있던 교모 속에서 담배 한 개비를 꺼내 지그시 물며 나팔바지에게 나지막이 소리쳤다. 멍하니 명훈 쪽으로 눈길을 보내고 있던 나팔바지가 화들짝 놀라듯 주머니에서 딱성냥 한 개비를 꺼내 벽에 그었다. 교실 안이 조용해서인지 불붙는 소리가 유난히 크게 들렸다. 그 성냥불로 붙인 담배를 깊게 빨아들였다 길게 내뿜는 도치 녀석의 몸짓에는 허세가 더럭더럭 배어 있었다.

명훈은 거기서 주춤했다. 그 허세가 보통 아닌 그의 적의를 드러내고 있는 것이라면, 일이 곱게 풀리기는 틀린 셈이었다. 명훈은 다시 본능적인 공포로 오싹했으나 곧 마음을 다잡아 먹었다. 싸움이 된다면 더욱 대담함으로 기선을 제압해 둘 필요가 있다. 그런 생각으로 자기 쪽에서 먼저 도치에게로 다가갔다.

"야, 도치, 오랜만이다. 아직 속 안 풀렸어?"

명훈은 일부러 쾌활한 웃음까지 지으며 손을 내밀었다. 담배를 문 채 지그시 명훈을 노려보던 도치가 천천히 담배를 손가락 사이에 끼워 입에서 빼내며 차게 말했다.

"제법이다. 옹진치고는 한참 돌아 먹었군."

"그러지 마, 사내자식이. 그만한 일로 기집애처럼 꽁해 가지고 ……."

명훈은 내민 손을 거두지 않고 한술 더 떠 보았다. 어지간한 녀석도 더는 참기 어려웠던지 갑자기 벽에 기대고 있던 몸을 세웠다.

"털 손 치워, 너 정말로 사람 자꾸 야마 돌릴래(꼭지 돌게 할래)?"

그렇게 으르릉거리는 게 수 틀리면 바로 치고 들 기세였다. 명훈은 거기서 잠깐 망설였다. 녀석이 선수를 치고 나올 때 그냥 당해 주느냐, 아니면 막느냐가 얼른 결정이 나지 않은 까닭이었다. 하지만 결국은 선택을 할 필요가 없었다.

"윤도중, 거기서 뭐 하는 거야? 담뱃불 못 꺼? 그리고 이명훈도 제자리로 돌아가."

언제 왔는지 담임선생이 출석부로 교탁을 치며 소리쳤다. 명훈과 도치의 일을 대강 들어 아는 눈치였다. 도치 녀석도 담임선생이 직접 끼어들자 어쩔 수가 없었던지 창틀에 담배를 비벼 끄며 짓씹듯 말했다.

"꺼져, 새꺄. 이따 보자."

"그래, 나중에 얘기해."

어떻게 됐든 일단 시간을 벌었다는 데 약간의 안도를 느끼며 명훈도 제자리로 돌아왔다. 담임선생이 적극적으로 개입해 주면 길이 생길지 모른다는 기대와 함께였다.

하지만 담임선생의 개입은 그것으로 끝이었다. 학교에 대한 충성심도, 학생들에 대한 열정도 갖지 못한 그 중년의 지리 교사는 자기 눈에 보이지 않는 일에까지 나서 주지는 않았다. 출석을 확인하고 몇 가지 지시 사항을 전한 뒤 그대로 교실에서 나가 버렸다. 교실을 나가면서 걱정스럽다기보다는 민망스럽다는 눈길로 흘깃 명훈을 돌아본 게 그가 표시한 관심의 전부였다.

담임선생님과 함께 왕방울 눈이 뒷문으로 달려 나가는 것 같더니 이어 사발통문이 돌았는지 다른 반에 있던 도치네 패가 우르르 몰려왔다. 교실 뒤편 구석에 몰린 녀석들은 도치를 에워싸고 무언가를 수군대며 이따금씩 명훈 쪽을 훔쳐보았다.

명훈은 그런 그들의 움직임을 등 뒤로 느끼면서도 제자리에 가만히 눌러앉아 있었다. 짐짓 태연함을 가장하고 있다기보다는 갑자기 막연하고 암담해서였다. 일여덟으로 늘어나 이제는 제법 알아들을 만한 소리로 웅성대고 있는 도치네 패의 뭉쳐진 적의가 뿜어 내는 묘한 열기는 이미 명훈의 허세를 압도하고도 남음이 있었다. 차츰 거세지는 도망의 충동을 이겨 내고 앉아 있는 게 명훈 스스로도 장하게 느껴질 정도였다.

전과 달리 도치 녀석은 서두르지 않았다. 노는 시간마다 몰려드는 저희 패거리가 제 분을 못 이겨 울근불근해도 녀석은 팔짱을 낀 채 찬웃음만 날릴 뿐이었다. 무언가를, 아니, 명훈이 제풀에 녹초가 되어 발 밑에 꿇어앉기를 기다리기라도 하는 것 같았다.

그러다가 도치 녀석이 마침내 명훈 앞에 나타난 것은 4교시가 끝난 다음이었다. 앞자리의 조무래기 몇몇이 도시락을 꺼내는 걸 보고서야 비로소 점심시간임을 안 명훈이 이렇다 할 생각도 없이 일어나는데 도치가 와서 어깨를 쳤다.

"이제 가서 얘기 좀 할까?"

"어딜……?"

명훈이 기죽지 않으려고 애쓰며 그렇게 되물었다. 고뇌와도 흡사한 불안과 두려움에 벌써 서너 시간이나 시달린 뒤라 한편으로는 어떤 식으로든 결말이 다가온 게 반갑기도 했으나, 팽팽하게 긴장해 있던 몸은 도치 녀석의 가벼운 건드림을 무슨 맹렬한 타격처럼 받아들여 부르르 떨었다.

"농구대 쪽이 어때? 거기가 조용할 것 같지 않아?"

농구대 쪽이라면 옛날 그 집의 뒤뜰에 해당되는 곳이었다. 동산이 꾸며져 있던 곳을 고르고 다듬어 농구대를 세워 두었는데 학교로 보면 가장 후미진 구석이 되었다. 도치네 패가 모여 무슨 못된 의논을 하거나 뭇매를 때리는 장소란 것은 명훈도 잘 알고 있었으나 그날은 전혀 그런 게 떠오르지 않았다.

"좋아, 갈게. 거기 가는 게 사과가 될 수 있다면."

명훈은 거의 기계적으로 일어나며 그렇게 대답했다. 눈앞에는 도치 녀석 혼자뿐이란 것도 명훈의 방심을 도왔다.

그러다가 명훈이 갑작스러운 위기감을 느낀 것은 도치 녀석을 따라 본채 뒤를 돌았을 때였다. 농구대를 중심으로 벌써 대여섯의 도치네 패거리가 몰려 서성거리는 걸 보고서야 명훈은 퍼뜩 정신이 들었다.

멀리서도 알아볼 만큼 녀석들의 표정은 차고 살벌했다. 전의라기보다는 사냥의 잔혹한 쾌감을 함께하려는 몰이꾼의 음험한 기대가 터무니없이 과장된 동료 의식으로 비틀어져 만들어 낸 어떤 표정이었다.

이미 달아날 수는 없다는 걸 잘 알면서도 명훈은 본능적으로 사방을 둘러보았다. 뒷담을 대신한 높은 축대와 역시 한 길은 넘는 양쪽 돌담. 빠져나가려면 당장 도치 녀석을 떨쳐 버리고 되돌아서서 뛰는 길밖에 없었다. 거기서 다시 한 번 명훈은 도망치고 싶은 유혹에 휩싸였다. 어쩌면 이게 도망칠 수 있는 마지막 기회일지도 모른다는 생각 때문에 그 유혹이 더욱 절실했는지도 모를 일이었다.

그러나 명훈은 끝내 걸음걸이 한번 흐트러짐 없이 농구 코트로 들어섰다. 먼저 마음속의 유혹을 흩뜨려 버린 것은 이상하리만큼 크고 뚜렷하게 떠오르는 경애의 얼굴이었다. 이어 어떤 값을 치르더라도 학교는 이어 가야겠다는 결의가 전날 밤보다 몇 배나 강하게 되살아나고 그 뒤에서는 다시 야릇한 피학의 열정이 대상 모를 울분과 함께 그를 부추겼다.

거기다가 또 하나 명훈을 뒤돌아서지 못하게 한 것은 조금 전 사방을 둘러볼 때 언뜻 눈에 띈 구경꾼의 존재였다. 축대로 이어진 학교 뒷산 비탈, 용케 남아 있는 늙은 소나무 그늘에 웬 사내

둘이 서 있었다. 윗옷을 벗어 어깨에 걸친 우람한 몸매의 청년과 그보다는 좀 나이가 들어 뵈는 선글라스를 낀 사내였다. 둘 다 바람이나 쐬러 나온 동네 실업자 같지는 않았는데, 학교 쪽을 내려다보며 무언가를 얘기하고 있는 게 한편으로는 명훈을 꼴사납게 도망치지 못하게 하면서도 다른 한편으로는 이상한 안도감을 주었다. 아무리 도치네 패거리라 해도 보는 눈이 있으면 저희 멋대로 굴기 거북하리라는 계산 때문이었다.

"서!"

둘의 얘깃소리가 패거리에게도 뚜렷이 들릴 만한 거리에 왔을 때 도치가 나지막이 소리쳤다. 그리고 모두에게 들릴 만큼 소리를 높여 명훈에게 물었다.

"이명훈, 너 아까 사과하겠다고 그랬지? 어떻게 사과할래?"

"어떻게 하면 될까?"

명훈은 정말로 모든 게 사과로 끝나기를 간절히 빌며 자신도 모르게 비굴한 웃음을 지었다. 도치가 차게 말했다.

"그럼 덤벼. 여기서 우리 둘만 깨끗이 맞장을 뜨는 거야."

그걸로 보아 도치가 이를 갈고 있는 것은 그가 명훈에게 받은 육체적 고통이 아니라 치욕감 때문인 것 같았다. 특히 셋이서 명훈 하나에게 당했다는 것은 패거리 속에서 누리던 작은 오야붕의 권위에 큰 상처를 주었음에 틀림없었다.

"무슨 소리야? 나는 사과하러 왔다고 말하지 않았어?"

명훈이 사과라는 말에 유독 힘을 주며 다시 한 번 억지 미소를 지었으나 도치의 말투는 여전히 차갑기만 했다.

"내 말 못 알아듣겠어? 가장 좋은 사과가 나와 맞장 한번 까주는 거야. 저 새끼들은 겁내지 마. 비겁하게 떼 지어 덤비지는 않을 테니까."

도치는 그렇게 잘라 말하고 저희 패거리를 돌아보며 으름장을 놓았다.

"니네들, 잘 알아들었어? 여기 함부로 끼어드는 새낀 죽어! 상규, 병길이, 네놈들도 꼼짝 말고 거기 서 있어."

상규와 병길이는 호다이와 나팔바지의 이름이었다. 명훈이 오자 패거리에서 나와 도치 곁으로 다가오던 두 녀석은 도치의 으름장에 주춤 걸음을 멈추었다.

그렇다면, 하는 앞뒤 안 돌아보는 생각이 전혀 없는 것도 아니었으나 아직은 깨어 있는 이성이 명훈을 다시 한 번 도치에게 사정하게 했다.

"그러지 마. 때리고 싶다면 맞아 주겠어. 그렇게 해야만 풀린다면 그렇게라도 분을 풀어."

"그으래? 새끼, 너 패는 것뿐만 아니라 맞는 것도 잘하는 모양이구나. 너 정말 그렇게 잘 맞아?"

"그게 아니고…… 그렇게라도 사과가 된다면……."

"좋아, 이 새끼."

도치가 이를 악무는가 싶더니 갑자기 왼눈 앞이 번쩍했다. 명훈의 미간을 겨냥하고 내지른 도치의 주먹이 빗나가 왼 눈두덩이를

친 것이었다. 주먹 그림자에 본능적으로 머리를 피한 것이 오히려 타격의 효과를 보태 준 셈이었다. 아픔은 대단하지 않았으나 명훈은 과장스레 비명을 지르며 눈두덩이를 싸안고 고개를 숙였다. 엄살로 상대의 동정을 사는, 안동 뒷골목의 수법이었지만 도치는 명훈이 생각한 것처럼 순진하지 않았다. 아픔을 과장하느라 약간 수그러지는 명훈의 옆구리에 매운 훅을 넣고, 이어 앞으로 꺾어지는 명훈의 가슴을 무릎으로 세차게 걷어찼다.

이번에는 엄살이 아니라 정말로 숨이 콱 막히는 듯한 고통에 명훈은 앞으로 폭 꼬꾸라졌다. 그런 명훈의 등판을 농구화 뒤축으로 찍으며 도치가 내뱉었다.

"새끼, 덤벼. 안 그랬다간 너 오늘 뼉다귀도 못 추릴 줄 알아!"

그리고 등판을 쪼개는 듯한 아픔을 못 이겨 비척이며 일어나는 명훈의 얼굴과 가슴에 소나기같이 주먹을 퍼부어 댔다. 좀 전과는 달리 제법 멋까지 부려 가며 하는 주먹질이었다.

그런데 참으로 알 수 없는 것은 맞고 있는 명훈의 의식이었다. 몸이 차츰 고통에 적응해 가면서 들기 시작한 견딜 만하다는 느낌은 곧 어떤 후련함과 상쾌함으로까지 변해 갔다. 좀 과장하면 녀석의 주먹에 실려 가해지는 아픔이야말로 가슴속의 응어리를 풀어 주고 쑤셔 오는 상처를 어루만져 주는 무슨 부드럽고 다사로운 손길처럼 느껴졌다. 떠나 버린 경애와 갑자기 어떻게 주체해야 될지 모르게 된 삶의 암담함이며, 지난 2년의 피나는 날갯짓에도 불구하고 아직은 무지와 둔감의 어둠 속에 갇혀 있는 정신의 울적함까지 한꺼번에 덜어지는 느낌이었다.

모르긴 하지만 그날 한참이나 저항 없이 당하고만 있던 명훈이 갑자기 불 같은 투지에 사로잡히게 된 것도 어쩌면 그 상쾌함이나 후련함이 너무 빨리 끝나 버릴 것 같은 조바심 때문이었는지도 모를 일이었다.

"어이, 도치. 이젠 내게 넘겨. 그 새끼 뻗기 전에 나도 손 좀 봐야겠어."

고통으로 토막 지는 의식 속에서 호다이의 그런 목소리가 들렸을 때 명훈이 맨 먼저 떠올린 것은 이거 너무 싱겁게 끝나는구나, 하는 생각이었다. 허세만 부리는 호다이 녀석의 솜씨로는 도치만큼 나를 후련하고 상쾌하게 해 줄 수 없으리라. 그러다가 입안에 번지는 비릿한 피 맛이 거의 발작적으로 피학의 쾌감을 가학의 열정으로 뒤바꾸어 놓았다.

"잠깐."

명훈이 얼굴을 싸안고 있던 손바닥을 내저으며 그렇게 소리치자 피스톤처럼 주먹을 내질러 대던 도치 녀석이 멈칫하며 명훈을 보았다. 다른 녀석들은 맥 빠진 기색을 감추지 못한 채 농구대에 기대 서 있었고, 호다이도 말뿐 눈길에는 이미 적의가 보이지 않았다. 끝났다, 이제 무릎쯤 꿇고 빌면 일은 이걸로 매듭지어지겠구나. 반짝 깨어난 이성이 언뜻 그런 계산을 해 보였으나 그보다 더 거세게 명훈을 내몬 것은 이미 앞뒤 없이 불붙은 흉맹한 가학의 열정이었다.

"좋아, 너희 셋 다 덤벼."

명훈이 호다이와 나팔바지까지 손가락질해 가며 그렇게 소리
치자 도치 녀석은 아연한 표정이었다. 얼른 이해되지 않는지 잠시
멍해 있는 게 바로 녀석의 허점이 되었다. 명훈의 주먹이 정확하
게 입 언저리를 내지르자 녀석은 용케 쓰러지지 않는다 싶을 만
큼 네댓 발짝이나 비칠거리며 물러났다. 그 틈을 타 명훈은 제법
당수의 정확한 동작까지를 생각해 가며 이단 옆차기로 다시 호다
이의 윗몸을 꺾어 놓았다.

하지만 이번에는 전과 달랐다. 어느 정도 마음의 준비가 있었
던 까닭인지 도치와 호다이의 재빠른 반격이 시작되었다. 소리와
요란한 동작뿐이었지만, 등 뒤를 오락가락하는 나팔바지도 제법
명훈의 힘을 흩어지게 했다. 다행스러운 것은 농구대에 기대 있던
패거리까지 끼어들지 않았다는 정도일까. 그런데도 명훈은 그 싸
움이 두렵지도 힘들지도 않았다. 지난 1년 남짓 때늦은 공부에 질
린 만큼이나 유별난 노력으로 익힌 당수가, 안동 뒷골목에서 잔
뼈가 굵으면서 자신도 모르게 몸에 밴 모진 근성과 어울려 가학
의 광기를 잘 뒷받침해 주었다.

셋을 상대로 마치 신들린 사람처럼 싸우던 명훈이 다시 퍼뜩
정신을 차린 것은 등판을 휘감는, 살갗을 찢는 듯한 아픔 때문이
었다. 기계적으로 손을 돌려 등 뒤에 걸리는 걸 잡아채고 보니 자
전거 체인이었다. 그 체인 한끝에는 얼마 전까지도 농구대에 붙어
서 있던 패거리 중의 하나가 달려 있었다. 명훈은 그 체인을 세차

게 잡아채 앞으로 쏠려 오는 녀석의 턱에 멋진 올려차기를 넣은 다음 힐끗 주위를 둘러보았다.

어떤 보신 수를 썼는지 호다이는 주저앉아 사타구니를 잡고 끙끙대고 있었고, 나팔바지는 정강이뼈를 쓸며 질질 짜는 중이었다. 얼굴에 피 칠갑을 하고서도 악착스레 덤비고 있는 것은 도치 녀석뿐이었다. 그걸 보다 못해 농구대 아래 몰려 있던 패거리가 싸움에 끼어든 모양인데 체인을 든 녀석이 첫 번째로 명훈을 맞힌 듯했다. 다른 세 녀석 중 한 녀석은 놋쇠로 된 굵은 링을 주먹에 끼고 다가들고 있었고, 나머지 녀석들 중 둘은 지난 식목일에 심은 은행나무의 버팀목을 빼어 들고 달려오는 중이었다.

그들의 숫자보다는 손에 든 흉기가 문득 잊고 있었던 위기의식을 일깨웠다. 도치나 호다이의 주먹질, 발길질과는 전혀 다른 종류의 고통에 대한 예감에 온몸을 가볍게 부르르 떨었다.

'이제 도망쳐야 한다. 자칫하면 죽는다……'

명훈은 갑작스레 그런 절박감에 쫓기며 윗주머니에 손을 쑤셔 넣었다. 주머니가 부욱 찢어지며 잭나이프가 잡혀 나왔다.

찰칵하며 잭나이프의 흰 칼날이 튕겨져 나오자 겨우 여유를 되찾은 명훈은 먼저 무서운 위협으로 차츰 죄어 오는 포위망을 멈춰 서게 했다.

"가까이 오지 마! 이 칼에 또 피 묻히게 하지 말라고."

마치 이미 수십 명이나 해치운 악당 같은 말투였다. 체인과 각목을 휘두르며 다가들던 녀석들이 그 엄청난 기세에 잠시 주춤했다. 특히 정면으로 길을 막고 있는 녀석은 얼결에 각목까지 뒤로 숨기려다 겨우 정신을 가다듬은 듯 어색하게 옆으로 치켜들 정도였다. 평소 얌전하고 공부도 꽤 잘해 어떻게 도치네 패거리가 되었는지 의심이 가던 영식이란 녀석이었다.

명훈은 겁먹어 쭈뼛거리는 녀석에게서 얼른 뚫고 나갈 길을 찾아냈다.

"너, 죽고 싶어?"

명훈은 짐짓 동작을 크게 해 칼끝으로 녀석의 눈께를 겨누면서 무섭게 위협했다. 다른 사람은 아무 상관없다. 너에게만 피맺힌 원한이 있다는 투의 살기 띤 위협에 녀석은 얼굴까지 핼쑥해졌다. 친구들만 없다면 각목이고 뭐고 내던지고 주저앉아 버리고 싶다는 그런 표정이었다.

"간다. 죽고 싶지 않으면 비켜!"

그 표정을 읽은 명훈이 그렇게 소리치며 덮치듯 녀석에게로 다가갔다. 예상대로 녀석은 각목을 쥐고 있다는 것도 잊은 듯 한쪽으로 움찔 비켜섰다. 이제는 한껏 각목을 내질러 봤자 가속도가 붙지 않아 큰 타격이 되지 못하리라고 짧은 시간에 계산한 명훈이 내쳐 녀석 곁을 뚫고 달려 나갔다.

자전거 체인이 공기를 가르는 날카로운 소리를 스쳐 들은 것을 마지막으로 명훈은 가볍게 포위를 벗어났다. 위험한 곳을 빠져나왔다 싶자 잭나이프의 희고 날카로운 칼날이 새삼스레 명훈을 대담하게 했다. 그러나 한곳만 틀어 막히면 빠져나갈 곳이 없게 되는 그 학교 농구 코트의 구조 때문에 명훈은 되돌아서고 싶은 충동을 억누르며 내처 달렸다. 굳이 따라오면 앞 운동장쯤에서 한두 녀석을 찔러 버리고 튄다. 그게 이미 학교 따위는 까맣게 잊어버린 명훈의 생각이었다.

하지만 결국은 뜻 같지가 못했다. 농구 코트의 유일한 출구가 되는 교사 모퉁이가 여남은 발짝쯤 남은 곳까지 달려갔을 때 문득 한떼의 운동선수들이 쏟아져 들어오며 출구를 막았다. 멀지 않은 시립 운동장에서 운동 연습을 마치고 돌아오는 하키부원들이었다.

"개구멍 막아!"

"그 새끼 잡아. 엉겨 붙는 옹진이야."

하키부원들을 본 도치네 패거리가 저마다 그렇게 소릴 질러 댔다. 명훈은 눈앞이 아득했다. 그들이 어깨에 메고 있는 스틱이 그 무엇보다 무시무시한 흉기로 비치고, 그들 예닐곱도 무슨 넘을 수 없는 높고 두꺼운 담처럼 느껴졌다. 학생 깡패와 운동부원이 구별되지 않던 시절이라 더욱 그렇게 느껴졌는지도 모를 일이었다.

명훈은 절로 온몸에 힘이 쭉 빠졌으나 모질게 마음을 다잡아 먹고 그들을 노려보았다. 갑작스러운 탓인지 어리둥절해 마주 보는 그들의 눈길에는 이렇다 할 적의가 엿보이지 않았다. 다만 명훈이 쥐고 있는 칼을 본 몇몇만이 놀라움과 호기심의 눈빛을 띨 뿐이었다.

멈칫하는 짧은 시간에 그걸 알아본 명훈은 조금 전처럼 그대로 뚫고 나가 보기로 마음먹었다.

"간다! 너희들도 비켜!"

명훈은 그들이 사태를 알아차리기 전에 그들을 헤치고 나가기 위해 사납게 칼을 내저으며 그들 속으로 뛰어들었다. 아직 적극적으로 명훈을 가로막을 태세가 되어 있지 못한 그들이 엉거주춤 길을 내주었다.

명훈은 됐다 싶었지만 그만의 속단이었다. 맡은 역할의 특성 때문이었는지 아니면 남보다 눈치가 빨랐는지 뒤쳐져 오던 골키퍼가 골문을 지키듯 교사와 담벽 사이의 길목을 막아섰다.

"무슨 일이야? 서."

"간다! 비켜. 안 비키면 찌른다!"

명훈은 다시 한 번 무서운 위협을 내뱉으며 그대로 내달았다. 그러나 녀석은 골키퍼다운 날램으로 명훈의 앞길을 질러 막았다. 명훈은 다른 부원들이 곧 뒤를 덮칠 것 같아 얼결에 칼을 내질렀다. 묵직한 느낌에도 불구하고 비명 소리가 없는 데서 명훈은 비로소 녀석이 어깨 앞뒤로 걸치고 있던 리가드 위를 찌른 걸 깨달았다. 그게 명훈을 당황하게 만들어 다시 두 번째의 분별 없는 칼질을 하게 했다. 이번에는 느낌이 약한데도 녀석은 얕은 신음과 함께 옆구리를 싸쥐고 주저앉았다.

그런데 그때였다. 훤히 트인 길로 뛰쳐나가려던 명훈은 뒷머리에 후끈한 열기 같은 걸 느끼며 깊은 구덩이에 떨어지듯 앞으로 꼬꾸라졌다. 이어 무언가 무거운 것이 쓰러져 있는 자신의 등판 위로 어지럽게 무너져 내리는 것 같더니 그대로 아득한 어둠이었다.

명훈이 깨어난 것은 그날 해 질 무렵이었다. 서쪽으로 난 창이었는지 놀이 짙게 비낀 유리창이 먼저 명훈의 눈에 들어왔다. 이어 흰 회벽과 높은 천장, 그리고 코끝을 스치는 소독약 냄새가 그곳이 병원임을 알려 주었다.

"이제 정신이 드나?"

누군가의 점잖은 목소리에 그쪽으로 고개를 돌리려던 명훈은 머리통을 죄어 오는 듯한 둔중한 아픔에 이맛살을 찌푸리며 머리를 싸쥐었다. 그때껏 느끼지 못하고 있었지만 머리에 두껍게 붕대가 감겨 있었다.

"가만히 있어. 몽혼(朦昏=마취)이 끝나면 더 욱신거릴 거야."

그 목소리가 명훈 쪽으로 다가오며 그렇게 말했다. 징 박힌 구두발짝 소리가 유난스레 귀에 거슬렸다.

"나를 알아보겠나?"

곧 명훈의 시야에 사람 좋아 뵈는 얼굴 하나가 떠오르며 그렇게 물었다. 전혀 기억에 없는 얼굴이었다.

"그럼 네가 왜 여기 누웠는지는 짐작이 가?"

명훈이 대답 없이 올려보기만 하자 그가 다시 물었다. 그제야 명훈은 그 악몽 같은 피투성이 싸움을 떠올리고 짧게 대답했다.

"네."

"그럼 그 싸움판에서부터 시작해야겠군. 네가 싸움을 시작하기 전에 학교 뒷산에 서 있던 두 사람은 기억이 나겠지?"

"네."

"나는 그중 한 사람이야. 라이방(선글라스)을 끼고 있었지."

"……."

"하키 스틱이란 위험한 물건이야. 여간 단단한 놈이 아니거든. 나는 네가 그걸로 뒷머리를 맞는 걸 보고 바로 끝장이 난 줄 알았지. 아홉 바늘이나 꿰맸지만, 그래도 약간 빗나간 게 이만저만 다행이 아니야."

"……."

"아우들한테 얘기는 들었어. 대단해. 넌 오도꼬(남자 기질)가 있는 놈이야."

거기까지 얘기를 듣자 명훈은 비로소 그 사내의 정체가 어렴풋하게나마 짐작이 갔다. 그러나 다시 보아도 그 얼굴은 아무래도 뒷골목에는 어울리지 않았다. 서른 넘어 뵈는 나이도 평소 명훈의 상상과는 좀 달랐다.

"그 새끼들은…… 어디 갔습니까?"

주먹계의 호칭이건, 핏줄이건 그가 도치네 패 가운데 누구와 형, 아우 하며 지낸다는 게 갑작스러운 적의를 불러일으켜 명훈의 목소리를 날카롭게 만들었다. 사내가 싱긋 웃으며 말했다.

"도치는 이빨이 세 개나 나갔어. 똘마니 한 놈은 촛대뼈(정강이뼈)가 내려앉고, 또 한 놈은 하마터면 고자가 될 뻔했지, 그러나 아찔한 것은 그 골키퍼야. 칼끝이 깊이 들어가지 않아 창자까지 쏟아지지는 않았지만 뱃가죽을 고기 배 따듯 했더군. 열두 바늘이나 꿰매고 옆방에 누웠어. 좀 지나쳤던 것 같지 않아? 그만한 일에."

그러자 따지는 것 같은 말투에 이번에는 그가 형사일지도 모른다는 생각이 들었다. 예상보다는 훨씬 심각한 그 싸움의 결과 때문에 자신의 도주를 막기 위해 병실에 대기하고 있는 게 아닌가 하는 생각으로 명훈은 문득 다급해졌다.

"정당방위입니다. 저쪽은 여럿에다 무기까지 들고 있었어요. 보셨다니 아시겠지만, 제가 칼을 꺼낸 것은 그놈들의 체인에 맞은 뒤였습니다."

"그렇지만 칼을 미리 준비하고 있지 않았나?"

"그건 그냥 주머니칼입니다. 평소에 넣고 다니는."

"무슨 주머니칼이 그런 멋진 미제 잭나이프야? 하지만 나는 형사가 아니니까 걱정 마. 어쨌건 잠든 건 네 쪽이고, 주먹 세계 의리로는 잠들게 한 쪽이 잠든 쪽을 보살펴 주는 게 옳으니까. 그런데 쩨쩨하게 정당방위 같은 건 왜 따져? 뭐 고소 같은 거라도 생각 있어? 원한다면 수사반장 하나쯤은 붙여 줄 수도 있어. 마침 동대문서에 그 계통 친구도 있지."

"그런 건 아니고……."

"그럼 됐어. 사내자식들이 수틀려 치고받았으면 됐지, 짜보(형사) 불러들이는 게 아니야."

"그 자식들하고는 어쩝니까?"

한쪽 걱정이 없어지자 다시 다른 쪽 걱정이 떠올라 명훈이 물었다. 왠지 그 사내에게는 그쪽의 해결도 어렵지 않으리라는 믿음이 간 까닭이었다.

"아, 걔네들. 걔들하고는 화해를 해야지. 그리고 한번 사귀어 봐. 어리긴 해도 괜찮은 놈들이지."

사내는 그렇게 말해 놓고 새삼스레 자기소개를 했다.

"나는 배석구(裵石狗)라고 해. 반공청년단 동대문 지부로 와서 날 찾으면 언제든 연락이 될 거야. 우리도 한번 친해 보자."

첫 자기소개면서도 마치 한 10년은 알고 지낸 사이 같은 말투였다. 거기다가 자신을 악에 받친 도치네 패의 물불 안 가리는 몰매에서 그만큼이라도 구해 준 것이 그일 것이라는 어렵잖은 짐작이 겹쳐져 명훈도 그가 정말로 오래전부터 알고 지내던 사람처럼 가깝게 느껴졌다.

"여러 가지로…… 고맙습니다. 저는 이명훈이라고 합니다. 허락하신다면 저도 형님으로 부르겠습니다."

명훈은 자신의 말이 그 세계에서는 어떤 뜻을 가지는가도 생각해 보지 않고 그렇게 말했다. 그가 활짝 웃으며 화제를 바꾸었다.

"좋아. 그건 그렇고, 당수는 몇 년이나 했어?"

"이제 한 1년 반쯤 됩니다."

"겨우 그 정도야? 입단했어?"

"심사에 한 번 떨어지고 지난주에 겨우……."

"그런데도 그만하다면 너는 타고난 싸움꾼이구나. 많이 싸워 봤어?"

"그저 좀……."

실은 안동에서도 싸움보다는 구경을 더 많이 했을 뿐이었지만 명훈은 왠지 그를 실망시키기 싫어 적당히 얼버무렸다.

"칼은 어때? 많이 써 본 솜씨던데."

"그건…… 처음입니다."

칼은 왠지 섬뜩해서 솔직히 대답했으나 배석구는 얼른 믿어 주려 하지 않았다.

"그렇잖던데. 나도 조금은 알지만, 보통 풋내기들은 칼을 그저 겁주기 위한 것쯤으로 생각하고 쓰거든. 그 바람에 동작만 크게 해 획획 휘둘러 대거나 덮칠 듯 높이 쳐들고 위에서 아래로 내리찍지. 그런데 너는 짧게 긋거나 예비 동작 없이 바로 내지르더군. 독한 칼잡이들이나 하는 짓이지."

그렇게 말하는 배석구의 목 언저리에서 긴 칼자국 하나가 번쩍하듯 명훈의 눈을 찔러 왔다. 하우스 보이로 있을 때 흑인 병사들이 튀어나온 엉덩이로 어기적거리며 마주 보고 칼 장난을 하던 것과 「지상에서 영원으로」란 영화의 주인공이 잭나이프로 싸우던 것밖에 본 적이 없는 명훈으로서는 당황스럽기 그지없는 추측이었다. 자신도 모르게 그 흑인 병사들이나 영화 주인공의 자세를 흉내 낸 게 그렇게 비친 듯했다.

"아닙니다. 그저 흉내를 내 본 것뿐이에요."

명훈이 거듭 부인해도 배석구는 잘 믿어 주지 않았다. 가만히 명훈을 내려다보다가 다시 물었다.

"그럼 전에 어디서 논 적 있지? 어디야? 어디서 놀았어."

"네에?"

"시치미 뗄 거 없어. 가까이서 보니 나이도 그렇고 너, 야쿠자 물 좀 먹었지?"

"그런 적 없습니다."

명훈은 갑작스러운 경계심으로 그렇게 말하며 고개까지 젓다가 점점 강하게 살아나는 뒤통수의 통증으로 이맛살을 찌푸렸다. 꿰맨 곳의 마취가 걷히는 탓인지 처음 눈을 떴을 때의 둔중한 통증은 차츰 구체적인 욱신거림으로, 그리고 드디어는 이따금 후끈한 열기까지 동반한 쑤시는 듯한 아픔으로 변했다.

"음, 몽혼약이 걷히는 모양이군, 많이 괴로워?"

찌푸린 이맛살을 보고 알아차렸는지 배석구가 걱정스레 물었다. 명훈은 대답 대신 어금니를 악물었다. 그러고 보니 통증은 뒤통수뿐만이 아니었다. 어깨 어름에도 허리께에도 각기 느낌이 다른 통증이 일시에 들고일어나 명훈을 비틀었다.

"진통제를 맞아야겠군. 나 좀 나갔다 올게."

배석구가 그런 명훈을 가만히 보고 있다가 징 박힌 구두로 병실 바닥을 긁어 대며 밖으로 나갔다.

명훈이 겨우 고통에서 벗어난 것은 얼마 뒤에 들어온 간호원이 무언가 주사 두 대를 놓은 뒤였다. 아픔이 가라앉자 슬며시 잠이 오는 걸 참으며 명훈이 물었다.

"제가 여기 오래 있어야 됩니까?"

"잘은 모르지만 일주일은 있어야 될걸요. 왜요?"

"실은 직장이 있어서⋯⋯."

"학생인 것 같던데."

"밤에 나가는 곳이 있어요. 힘들 것은 없고, 그저 지켜보기만 하면 되는 일인데 어떻게 통원 치료로 안 될까요?"

"이따가 의사 선생님과 의논해 보세요. 어쨌든 그것도 며칠은 여기서 치료받은 뒤라야 될 거예요."

링거 병을 갈고 약물이 주입되는 상태를 체크하고 있던 간호원이 굳이 명훈의 눈길을 피하며 대답했다. 어딘가 겁먹은 듯한 태도였다. 명훈은 그게 무엇 때문일까를 생각하다가 아슴아슴 잠이 들었다.

명훈이 다시 눈을 뜬 것은 이미 방 안에 불이 켜진 뒤였다. 몸의 통증은 여전했지만 그 예리함은 저녁 무렵보다 많이 무디어져 있었다.

배석구가 도치와 호다이, 그리고 낯익은 상고머리 하나를 데리고 온 것은 명훈이 늦은 저녁을 건성으로 떠 넣고 있을 때였다.

"어이, 이제 좀 견딜 만해?"

배석구가 일부러 친밀함을 과장하는 듯한 목소리로 다가왔다. 명훈은 그러지 않아도 입맛이 나지 않아 먹는 둥 마는 둥 하고 있던 양은으로 된 밥상을 한쪽으로 밀어 놓고 짐짓 얼굴을 찌푸리며 고개를 끄덕였다.

"니네들도 이리 들어와."

배석구가 문득 목소리를 바꾸어 그때껏 출입구 부근에 쭈뼛거리며 서 있는 도치네 패거리에게 소리쳤다. 꾸중기 어린 명령조의 말에서 명훈은 다시 한 번 배석구의 호의를 확인할 수 있었다.

가까이 다가오는 도치 녀석의 얼굴은 명훈이 보기에도 딱할 지경이었다. 터지고 부은 입 언저리 외에도 눈두덩이와 광대뼈 어름의 시커먼 멍이 녀석을 딴사람으로 보이게 했다. 호다이 녀석도 얼굴은 좀 깨끗했지만 온전하지는 못한 듯했다. 아직도 사타구니 쪽이 결리는지 볼썽사납게 걸음걸이가 어기적거렸다.

그런데 알 수 없는 것은 그들 뒤에 따라오는 또 다른 상고머리였다. 얼굴은 낯익어도 낮의 싸움에 끼어 있던 녀석은 아니었다. 누구일까. 명훈은 아직도 흐릿한 머리로 한참을 더 더듬다가 비로소 그게 깡철이란 걸 알았다. 좀체 학교에 나오지도 않고 시시한 조무래기들 싸움에 끼어드는 법도 없어 얼굴은 그리 많이 팔려 있지 않지만, 이름만은 갓 입학한 1학년도 다음 날이면 알게 될 만큼 떠르르했다. 2학년 때부터 학교 전체의 주먹들을 휘어잡고 학생들은 물론 교직원들까지 떨게 한 녀석인데, 명훈도 전설이 되다시피 한 그 무용담을 들은 적이 있었다. 2학년이면서 3학년 주먹 일곱과 혼자 맞섰을 때의 일로, 그때 그는 그 일곱의 어깨를 밟고 다니면서 수박 걷어차듯 녀석들의 머리통을 걷어차 일곱 모두를 잠재웠다는 믿지 못할 내용이었다.

본 적도 없거니와 하도 그 얘기가 허황돼서 믿지는 않았지만 학교의 주먹들 사이에서 그의 위력이 놀랍다는 것만은 명훈도 잘 알고 있었다. 언젠가 아침 늦게 등교하다 보니 그가 운동장 한구석에 예닐곱을 늘여 세워 놓고 두들겨 패는데, 꼼짝없이 선매를 맞고 있는 녀석들은 모두가 도치처럼 한 반을 휘어잡고 있는 주먹들이었다.

　"뭣들 해? 사과 안 할 거야?"

　명훈 앞에 다가와서도 쭈뼛거리고만 있는 녀석들에게 배석구가 약간 언성을 높였다.

　"형, 사과라니? 화해라고 해 놓고선……."

　깡철이가 움찔하는 도치와 호다이를 대신해 깐깐한 목소리로 대꾸했다.

　"인마, 사과가 있어야 화해고 뭐고 될 거 아냐? 어서 잘못했다고 빌어!"

　배석구가 한층 소리를 높였다. 그러자 호다이가 명훈에게 멈칫멈칫 손을 내밀며 주눅 든 소리로 말했다.

　"이명훈, 미안하다. 일이 이렇게 돼서."

　"무슨 소릴…… 잘못한 건 나야. 그냥 몇 대 더 맞아 주었으면 좋게 끝났을걸……."

　명훈이 진심으로 말했다. 어린애들을 너무 심하게 다뤘다는, 이상한 후회 같은 게 새삼 명훈을 부끄럽게 했다. 그러나 도치 녀석은 호다이와 달랐다. 멍든 광대뼈 근처를 손으로 쓸며 가만히 명훈을 쩨려볼 뿐 손을 내밀 기색이 아니었다. 아무래도 자기 쪽에서 먼저 굽혀 주는 편이 옳을 것 같아 명훈이 호다이의 손을 놓고 도치에게로 손을 내밀었다. 배석구의 뜻 아니한 개입 덕분이기는 하지만, 그때 명훈을 지배하는 감정은 승리자의 관대함과 비슷했다.

"내가 심했다. 이제 우리 한번 친해 보자."

명훈이 조금도 굴욕감을 느끼지 않고 그렇게 화해를 청했다. 잠깐 입술을 지그시 물었다가 내미는 도치의 손이 가늘게 떨리고 있었다. 그 떨림을 통해 느껴지는 녀석의 파들거리는 자존심에 갑작스러운 애정을 느끼며 명훈이 덧붙였다.

"나도 제정신이 아니었어. 그대로 맞고 있다간 죽을 것 같아 발악을 해 본 게 그만……."

도치의 상처 입은 자존심을 조금이라도 달래 주기 위한 거짓말이었다. 명훈이 거듭 사과를 하자 도치도 마지못해 입을 열었다.

"돌개[石狗] 형님 말씀도 있고 하니까…… 모든 일 없었던 걸로 쳐."

그때 배석구가 말없이 서 있는 깡철이를 손가락질하며 나무라듯 말했다.

"너는 왜 가만있어? 뭐 불만이라도 있는 거야?"

"형, 너무 몰아대지 마슈. 나도 좀 생각해 볼 게 있수."

깡철이가 되레 팔짱을 끼며 퉁명스레 배석구의 말을 받았다. 눈치로 보아 도치나 호다이와는 다른 길수 같았다. 도치나 호다이가 기껏 학교 안에서나 설치는 풋내기 주먹이라면 녀석은 진작부터 사회의 뒷골목에 이어져 있는 주먹으로, 이를테면 프로의 냄새가 짙게 풍겼다. 안동 뒷골목에서 키운 본능적인 감각으로 그 냄새를 맡은 명훈은 갑자기 가슴이 철렁했다.

정말로 힘든 싸움이 아직 남아 있다는 생각 때문이었다. 그런 명훈의 속을 꿰뚫어본 듯이나 깡철이가 문득 배석구 쪽으로 고개를 돌리며 이죽거렸다.

"형, 혹시 형이 촌놈 개깡다구에 넘어간 거 아니유? 별거 아닌 뺑에 넘어간 거 아니냐고."

"똥인지 된장인지 꼭 찍어 먹어 봐야 안단 말이지? 그래 한번 붙여 줄까?"

깡철이가 너무 뻣뻣하게 맞서는 데 화가 났는지 배석구가 차갑게 말을 받았다. 어떻게 녀석을 상대할까를 궁리하고 있던 명훈은 배석구의 말이 무슨 중요한 힌트라도 되는 듯 그 순간 생각을 정했다. 배석구에게 대꾸하기 전에 다시 한 번 자신을 살피는 깡철이의 눈을 똑바로 맞받으며 짐짓 착 가라앉은 목소리를 내어 말했다.

"너 깡철이 같은데 — 촌놈 개깡다구가 어떤 거지?"

"어라, 저 새끼 봐. 너 분명 내가 깡철이라는 걸 알고 하는 소리야?"

목소리에는 날이 섰으나 계산대로 녀석은 링거를 꽂고 있는 명훈에게 덤빌 생각까지는 못 했다. 명훈이 한층 가라앉은 목소리로 그런 녀석의 기를 눌렀다.

"실은 오늘 깡철이를 한번 잡아 볼까 했는데 — 나도 아쉽군. 몸 나은 뒤에 우리 따로 한번 만나는 게 어때? 너 정도면 설마 패거리를 데리고 와 떼 지어 덤비지는 않겠지."

그러나 먼저 기가 눌려 낯색까지 변하며 명훈을 쳐다본 것은 도치와 호다이였다. 고소하다는 눈길로 깡철이를 보고 있는 배석구의 얼굴에도 어딘가 긴장하는 빛이 어렸다. 오히려 변화 없는 것은 깡철이 쪽이었다. 눈길만 야릇한 빛을 띠며 명훈을 쏘아보다가 명훈이 안간힘을 다해 끝내 버티자 문득 눈싸움을 끝냈다. 그리고 언제 그랬냐는 듯 표정을 돌변시켜 너털웃음까지 치며 손을 내밀었다.

"이명훈이라고 그랬지? 돌개 형이 어련하시겠어. 우리 한번 잘 지내 보자."

보통내기가 아닌 꾼이로구나. 그런 생각에 가벼운 몸서리까지 치며 명훈도 손을 내밀었다. 그러나 그게 바로 어둠과의 새로운 악수라는 것을 명훈은 아직 깨닫지 못했다.

(2권에 계속)

邊境

변경 1

신판 1쇄 인쇄 2021년 9월 17일
신판 1쇄 발행 2021년 9월 25일

지은이 이문열

발행인 양원석
편집장 최두은 **디자인** 김유진 **영업마케팅** 양정길, 강효경, 정다은, 김보미, 구채원

펴낸 곳 ㈜알에이치코리아
주소 서울시 금천구 가산디지털2로 53, 20층(가산동, 한라시그마밸리)
편집문의 02-6443-8844   **도서문의** 02-6443-8800
홈페이지 http://rhk.co.kr
등록 2004년 1월 15일 제2-3726호

ISBN 978-89-255-7966-5 04810
        978-89-255-7978-8 (세트)